LA INQUILINA SILENCIOSA

🌐 Planeta Internacional

CLÉMENCE MICHALLON

LA INQUILINA SILENCIOSA

Traducción de Julio Hermoso

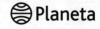 Planeta

Obra editada en colaboración con Editorial Planeta – España

Título original: *The Quiet Tenant*

© Clémence Michallon, 2023
© por la traducción, Julio Hermoso, 2024
Composición: Realización Planeta

© 2024, Editorial Planeta, S. A. – Barcelona, España

Derechos reservados

© 2024, Editorial Planeta Mexicana, S.A. de C.V.
Bajo el sello editorial PLANETA M.R.
Avenida Presidente Masarik núm. 111,
Piso 2, Polanco V Sección, Miguel Hidalgo
C.P. 11560, Ciudad de México
www.planetadelibros.com.mx

Primera edición impresa en España: marzo de 2024
ISBN: 978-84-08-28458-1

Primera edición en formato epub en México: abril de 2024
ISBN: 978-607-39-1248-8

Primera edición impresa en México: abril de 2024
ISBN: 978-607-39-1194-8

Impreso en los talleres de Litográfica Ingramex, S.A. de C.V.
Centeno núm. 162-1, colonia Granjas Esmeralda, Ciudad de México
Impreso en México – *Printed in Mexico*

Para Tyler

¡Ay! ¡Quién desconoce que estos lobos tan amables son las más peligrosas de entre todas las criaturas!

Charles Perrault, *Caperucita Roja*

1
LA MUJER EN EL COBERTIZO

Te gusta pensar que toda mujer tiene uno, y resulta que él es el tuyo.

Así es más fácil; si nadie es libre. En tu mundo no hay espacio para las que siguen ahí fuera. No existe el placer del viento en sus cabellos ni paciencia para el sol sobre su piel.

Viene por las noches, quita el pasador y arrastra las botas por un reguero de hojas secas. Cierra la puerta a su espalda y desliza el cerrojo en su sitio.

Este hombre: joven, fuerte, bien arreglado. Vuelves a pensar en el día que se conocieron, en ese breve instante antes de que sacara a la luz su verdadera naturaleza, y esto es lo que ves: un hombre que conoce a sus vecinos, que siempre recicla y saca la basura a su hora, que estuvo en la sala de partos el día que nació su hija, como una firme presencia contra los males del mundo. Las madres lo ven en la fila del supermercado y le plantan a sus bebés en los brazos: «¿La puedes cargar un minuto, olvidé la leche en polvo para el biberón? Enseguida vuelvo».

Y ahora está aquí. Ahora es tuyo.

Hay un orden en lo que haces.

Él te observa, te lanza una mirada como quien hace inventario. Aquí estás tú, con tus dos brazos, tus dos piernas, un torso y la cabeza; toda tú.

Entonces llega el suspiro. Una relajación muscular en su espalda cuando se acomoda en este instante compartido. Se inclina para ajustar el calefactor eléctrico o el ventilador, según la época del año.

Extiendes la mano y recibes un recipiente cuadrado. Asciende el vapor de la lasaña, de la carne con puré al horno, del guiso de atún o de lo que sea. La comida, abrasadora, te levanta ampollas en el paladar.

Te ofrece agua. Nunca en un vaso de cristal. Siempre en una cantimplora. Nada que se pueda romper y afilar. El líquido frío te produce descargas eléctricas en los dientes, pero bebes, porque ahora toca beber. Se te queda un sabor metálico en la boca.

Te ofrece la cubeta, y tú haces lo que tienes que hacer. Hace mucho tiempo que dejaste de sentir vergüenza.

Él toma tus desperdicios y se marcha durante algo así como un minuto. Lo oyes justo ahí fuera: las suaves pisadas de sus botas contra el suelo, el agua que sale a presión de la manguera. Cuando vuelve, la cubeta está limpia, llena de agua jabonosa.

Te observa mientras te aseas. En la jerarquía sobre tu cuerpo, tú eres la inquilina y él es el propietario. Te entrega tus útiles: una barra de jabón, un peine de plástico, un cepillo de dientes y un tubo pequeño de pasta de dientes. Una vez al mes, el champú contra los piojos. Tu cuerpo, siempre dando guerra, y él, manteniéndolo siempre a raya. Cada tres semanas saca un cortaúñas del bolsillo trasero del pantalón y espera mientras tú vuelves a estar presentable, antes de llevárselo de vuelta. Siempre se lo lleva de vuelta. Hace años que repiten lo mismo.

Te vistes de nuevo. Te parece que no tiene ningún sentido, sabiendo lo que viene a continuación, pero así lo ha decidido él. No funciona —piensas— si eres tú misma quien lo hace. Tiene que ser él quien baje los cierres, quien desabroche los botones, quien retire las capas.

La geografía de su piel: cosas que no deseabas saber, pero que has conocido igualmente. Un lunar en su hombro. El rastro de vello que le desciende por el abdomen. Sus manos: la fuerza de sus dedos al agarrarte; el calor de la presión de la palma de su mano en tu cuello.

Mientras sucede todo, él jamás te mira. Esto no es sobre ti. Esto es sobre todas las mujeres y todas las chicas. Esto es sobre él y sobre todas las cosas que le bullen en la cabeza.

Una vez que acaba, nunca se entretiene. Es un hombre que vive en el mundo real, con responsabilidades que atender; con una familia, una casa que llevar, deberes del colegio que corregir, películas que ver. Una esposa a la que hacer feliz y una hija a la que arropar. En su lista de tareas pendientes hay asuntos que van más allá de ti y de tu insignificante existencia, y todos ellos le están exigiendo que los tache de esa lista.

Salvo esta noche.

Esta noche, todo cambia.

Esta es la noche en que ves a este hombre —tan meticuloso que sabes que no da un paso sin haberlo calculado— violar sus propias reglas.

Apoya las palmas de las manos en el suelo de madera, se impulsa y se levanta. Es un milagro que no tenga una sola astilla en los dedos. Se ajusta la hebilla del cinturón por debajo del ombligo y presiona el metal contra la tersa piel de su abdomen.

—Escucha —dice.

Algo se aguza en ti, la parte más esencial de tu ser presta atención.

—Ya llevas aquí bastante tiempo.

Escrutas su rostro. Nada. Es un hombre de pocas palabras, de un rostro que se expresa en silencio.

—¿Qué quieres decir? —preguntas tú.

Se retuerce para volver a ponerse el abrigo polar y se sube el cierre hasta la barbilla.

—Tengo que mudarme —dice.

De nuevo, necesitas preguntar:

—¿Qué?

Le late una vena en la base de la frente. Lo has irritado.

—A una casa nueva.

—¿Por qué?

Frunce el ceño. Abre la boca como si fuera a decir algo, pero enseguida lo piensa mejor.

Esta noche no.

Te aseguras de que su mirada perciba la tuya conforme se marcha. Quieres que capte tu confusión, que sea consciente de todas las preguntas que quedan en el aire. Quieres que sienta la satisfacción de dejarte a medias.

Primera regla para seguir viva en el cobertizo: él siempre gana. Llevas cinco años asegurándote de ello.

2
EMILY

No tengo la menor idea de si Aidan Thomas sabe cómo me llamo. Tampoco lo tendría en cuenta si no lo supiese. Tiene cosas más importantes que recordar que el nombre de la chica que le sirve la Cherry Coke dos veces por semana.

Aidan Thomas no bebe. Nada de alcohol. Un hombre guapo que no bebe podría suponer un problema para una mesera, pero mi idioma en el amor no es la bebida; es la gente que se sienta en mi barra y se pone en mis manos durante una o dos horas.

No es un idioma que Aidan Thomas hable con fluidez. Es un ciervo en el arcén de una carretera que permanece inmóvil hasta que llegas tú y está listo para salir disparado en caso de que muestres demasiado interés. Por eso dejo que sea él quien venga a mí. Los martes y los jueves. En un mar de clientes habituales, él es el único al que quiero ver.

Hoy es martes.

A las siete en punto empiezo a mirar hacia la puerta. Con un ojo estoy atenta a su entrada y con el otro a la cocina: a mi mesera encargada, a mi sumiller, al idiota de mi jefe de cocina. Mis manos se mueven en modo piloto automático. Un sidecar, un Sprite, un Jack Daniels con Coca-Cola. Se abre la puerta. No es él. Es la mujer de la mesa de cuatro junto a la puerta, la que ha salido a mover el coche para estacionarlo en otro sitio. Llega un informe de mi mesera encargada: en la mesa de cuatro no ha gustado la pasta. Estaba fría o no estaba lo bastante picante. No queda muy claro de qué se quejan, pero lo hacen, y Cora no va a perder sus propinas porque en la cocina no sepan mantener la comida caliente con un calentador. Hay que aplacar a Cora, decirle que vaya a la cocina y les diga que tienen que volver a hacer la pasta con algún acompañamiento gratis como disculpa. O que le pida a Sophie —nuestra pastelera— que les saque un postre si es que les gusta el dulce. Lo que sea con tal de que se callen.

El restaurante es un agujero negro de necesidades, un monstruo que jamás queda saciado. Mi padre nunca me preguntó; asumió sin más que yo haría algo, y entonces fue y se murió, porque los chefs hacen ese tipo de cosas: viven en una caótica neblina de calor y ahí te dejan, para que seas tú quien recoja los pedazos.

Me pellizco las sienes con dos dedos e intento esquivar el pánico. Quizá sea el tiempo: estamos en la primera semana de octubre, apenas a comienzos del otoño, pero los días ya se acortan; el aire es más frío. O quizá sea otra cosa. En cualquier caso, esta noche todos y cada uno de los fallos me parecen particularmente míos.

Se abre la puerta.

Es él.

Algo se aligera en mi interior. Me sube un burbujeo de alegría, de esos que me hacen sentir pequeña, un poco sucia y puede que bastante boba, pero es la sensación más dulce que puede ofrecer el restaurante, y yo la acepto. Dos veces a la semana, me quedo con ella.

Aidan Thomas se sienta en silencio en la barra de mi bar. Él y yo no hablamos salvo para las cortesías habituales. Esto es un baile, y los dos conocemos nuestros pasos de memoria. Vaso, cubitos de hielo, pistola dosificadora del refresco, posavasos de papel. «Amandine» escrito con letra cursiva *vintage* de un lado al otro del cartón. Una Cherry Coke. Un hombre satisfecho.

—Gracias.

Le ofrezco una rápida sonrisa y me encargo de mantener las manos ocupadas. Entre una tarea y otra —enjuagar una coctelera, organizar los tarros de aceitunas y las rodajas de limón— le lanzo miradas furtivas. Es como un poema que me sé de memoria pero del que nunca me canso: ojos azules, cabello rubio oscuro, barba bien cuidada. Algunas líneas bajo los ojos, porque este hombre ha vivido lo suyo. Porque ha amado y ha perdido. Y luego están sus manos: una descansa sobre la barra, la otra envuelve el vaso. Firmes. Fuertes. Unas manos que dicen mucho.

—Emily.

Cora está apoyada en la barra del bar.

—¿Y ahora qué?

—Dice Nick que tenemos que sacar el solomillo.

Contengo un suspiro. Ella no tiene la culpa de los arrebatos de Nick.

—¿Y por qué tendríamos que hacer eso?

—Dice que el corte no es el correcto y que los tiempos de preparación están mal.

Aparto los ojos de Aidan para mirar a Cora.

—No estoy diciendo que tenga razón —continúa—. Es solo... que me ha pedido que te lo diga.

En cualquier otro instante, habría salido de detrás de la barra y me habría encargado yo misma de Nick, pero no va a quitarme este momento.

—Dile que mensaje recibido.

Cora se queda esperando el resto. Sabe tan bien como yo que un «mensaje recibido» no basta para que Nick deje en paz a nadie.

—Dile que yo me encargaré personalmente de lidiar con cualquier queja que recibamos sobre el solomillo. Lo prometo. Yo cargaré con toda la culpa. El polémico solomillo será mi legado. Dile que la gente está poniendo esta noche la comida por las nubes. Y dile que debería preocuparse menos por el solomillo y más por cómo salen las comandas, no vaya a ser que su gente esté sacando los platos fríos.

Cora levanta las manos como diciendo «está bien» y se encamina de vuelta hacia la cocina.

Esta vez me permito un suspiro. Estoy a punto de centrar mi atención en un par de copas de martini que necesitan un abrillantado cuando siento una mirada sobre mí.

Aidan.

Me observa desde la barra con una media sonrisa.

—El polémico solomillo, ¿eh?

Mierda. Me ha oído.

Me obligo a reír.

—Lo siento.

Hace un gesto negativo con la cabeza y toma un sorbo de su Cherry Coke.

—No hay por qué disculparse —dice.

Yo también le sonrió a él y me concentro en mis copas de martini, esta vez de verdad. Veo con el rabillo del ojo que Aidan se termina la Coca-Cola de cereza, y se reanuda nuestro baile: un ladeo de la cabeza para pedir la cuenta, levantar la mano un segundo a modo de despedida.

Y así, por las buenas, se acabó la mejor parte de mi jornada.

Recojo la cuenta de Aidan —una propina de dos dólares, como siempre— y su vaso vacío. No me doy cuenta hasta que paso el trapo por la barra: un fallo, un cambio en nuestro *pas de deux* tan bien ensayado.

Su posavasos, ese de papel que le he puesto debajo de la bebida. Ahora me tocaría tirarlo en el bote del reciclaje, pero no lo encuentro.

¿Se habrá caído? Paso al otro lado de la barra y me fijo en el suelo de alrededor del taburete donde él estaba sentado hasta hace apenas unos minutos. Nada.

Es de lo más raro, pero innegable: el posavasos ha desaparecido.

3
LA MUJER EN EL COBERTIZO

Él te trajo aquí.

Ibas descubriendo su casa a golpe de fogonazos, miradas rápidas cuando él no estaba atento. A lo largo de los años has ido repasando esas imágenes y te has aferrado a todos y cada uno de los detalles: la casa en el centro de una parcela, la hierba tan verde, los sauces. Todas las plantas bien podadas, cuidadas hasta la última hoja. Unas edificaciones más pequeñas repartidas por la finca como si fueran pastas de té en una bandeja. Un garage independiente, un granero, un soporte para estacionar bicicletas. Cables de la luz que serpentean entre las ramas. Este hombre —te diste cuenta— vivía en algún lugar bonito y acogedor, un sitio donde los niños puedan correr, donde crezcan las flores.

Caminaba rápido mientras descendía un camino de tierra y subía luego una pendiente. La casa se perdió en la distancia, reemplazada por una infinidad de árboles. Se detuvo. No había nada a lo que agarrarse, nadie a quien recurrir. Te plantaste delante de un cobertizo. Cuatro paredes grises, un tejado inclinado. Sin ventanas. Sostuvo el candado metálico en la mano y apartó una llave del resto del manojo.

Una vez dentro, te enseñó las nuevas reglas que regían el mundo.

—Tu nombre —te dijo. Estaba de rodillas y, aun así, se alzaba imponente sobre ti y tomaba tu rostro entre ambas manos de tal forma que tu visión comenzara y terminara en sus dedos—. Te llamas Rachel.

Tú no te llamabas Rachel. Él conocía tu nombre real, lo había visto en tu licencia de conducir cuando te quitó la cartera.

Pero te dijo que te llamabas Rachel, y era vital que tú lo aceptaras como un hecho. Tal y como él lo decía, el gruñido de la erre y lo definitivo de esa ele. Rachel era una hoja en blanco, no tenía un pasado ni una vida a la que regresar. Rachel podría sobrevivir en el cobertizo.

—Te llamas Rachel —te dijo—, y nadie sabe quién eres.

Asentiste. Sin el entusiasmo suficiente. Sus manos abandonaron tu rostro y te agarraron por el sueter. Te empujó contra la pared y te plantó un brazo en el cuello, con los huesos de la muñeca apretados contra tu tráquea. No había aire, nada de oxígeno.

—He dicho —dijo él, y tú empezaste a perder la noción del mundo a tu alrededor, aunque no tenías la opción de no escucharlo— que nadie sabe quién eres. Nadie te está buscando. ¿Lo entiendes, carajo?

Te soltó. Antes de que tosieras, antes de que resollaras, antes de que hicieras ninguna otra cosa, asentiste con la cabeza. Como si fueses muy en serio. Asentiste por tu vida.

Te convertiste en Rachel.

Eres Rachel desde hace años.

Ella te ha mantenido viva. Tú te has mantenido viva.

Las botas, las hojas secas, el pasador. Suspiro. El calefactor. Todo como de costumbre, excepto él. Esta noche se apresura con su ritual como quien ha dejado el agua hirviendo en la cocina. Aún estás masticando el último bocado del pastel de pollo cuando él te quita el recipiente.

—Rápido —dice—. No tengo toda la noche.

No son ansias, estas prisas que trae. Es más bien como si tú fueras una canción y él estuviera pasando a velocidad rápida las partes más aburridas.

Se deja la ropa puesta. El cierre de su abrigo polar te marca un surco en el abdomen. Un mechón de tus cabellos se engancha en la hebilla de su reloj de pulsera. Aparta la muñeca de un tirón y forcejea para liberarse. Oyes que algo se rasga. Te arde el cuero cabelludo. Todo es palpable, todo es real, por mucho que él se cierna sobre ti como un fantasma.

Lo necesitas aquí, a él. Contigo. Necesitas que esté cómodo y relajado.

Necesitas que hable.

Esperas hasta después. Con la ropa puesta, ahora ya definitivamente.

Mientras él se prepara para marcharse, tú te pasas una mano por el pelo. Un gesto que solías utilizar en las citas; el codo de tu chamarra de motociclista sobre la mesa de un restaurante, el racimo de aretes de plata que te realzan esa camiseta blanca que llevas.

Esto te pasa a menudo. Recuerdas fragmentos de ti misma, y a veces te ayudan.

—Ya sabes... que me preocupo por ti —le dices.

Él suelta un bufido.

—Es cierto. Quiero decir... es algo que me pregunto, tan solo eso.

Sorbe por la nariz y se mete las manos en los bolsillos.

—A lo mejor yo puedo ayudarte —pruebas—. A encontrar la manera de que te quedes.

Suelta un bufido, pero no se mueve un centímetro hacia la puerta. Tienes que agarrarte a eso. Tienes que convencerte de que esto es el comienzo de una victoria.

Él habla contigo, de cuando en cuando. No muy a menudo y siempre a regañadientes, pero lo hace. Algunas noches se trata de alardear, en otras es una confesión. Puede que ese sea el motivo por el que se ha tomado la molestia de mantenerte viva: hay cosas en su vida de las que necesita hablar, y eres la única que puede oírlas.

—Si me cuentas qué ha pasado, quizá yo pueda encontrar una solución —le dices.

Flexiona las rodillas, sitúa el rostro a la altura del tuyo. Su aliento, frescor de menta. La palma de su mano, cálida y rugosa sobre tu pómulo. La yema de su pulgar se te mete en el ojo.

—¿Crees que si te lo cuento vas a encontrar una solución?

Su mirada te recorre desde la cara hasta los pies. Con repulsión, con menosprecio, pero siempre —y esto es importante— con una pizca de curiosidad. Sobre las cosas que puede hacer contigo, lo que puede hacerte con total impunidad.

—¿Qué podrías saber tú? —Te recorre el contorno de la mandíbula y te raspa la piel con la uña—. ¿Sabes siquiera quién eres?

Lo sabes. Como una oración, como un mantra. «Eres Rachel. Él te encontró. Todo lo que sabes es lo que él te ha enseñado. Todo lo que tienes es lo que él te ha dado.» Un grillete en el tobillo, la cadena clavada en la pared. Un saco de dormir. Sobre una caja vacía y dada la vuelta, los objetos que te ha ido trayendo con el paso de los años: tres libros en edición de bolsillo, una cartera (vacía), una pelota antiestrés (no miento). Aleatorios y dispares. Objetos, te imaginaste tú, que este acumulador le quitó a otras mujeres.

—Yo te encontré —dice él—. Te habías perdido. Yo te di un techo. Te mantuve con vida. —Señala el recipiente, ya sin comida—. ¿Sabes lo que serías sin mí? Nada. Estarías muerta.

Vuelve a ponerse en pie. Se cruje los nudillos, cada dedo con un crujido nítido.

No vales gran cosa; eso lo sabes. Pero aquí, en el cobertizo, en esta parte de su vida, tú eres todo lo que tiene.

—Ha muerto —te dice. Se queda pensándolo y repite—: Ha muerto.

No tienes la menor idea de a quién se refiere hasta que añade:

—Sus padres van a vender la casa.

Y entonces lo entiendes.

Su mujer.

Intentas pensar en absolutamente todo a la vez. Te dan ganas de decirle lo que suele decir la gente por cortesía: «Cuánto lo siento». Te dan ganas de preguntarle: «¿Cuándo? ¿Cómo?». Y te preguntas: «¿Habrá sido él? ¿Por fin ha reventado?».

—Así que tenemos que mudarnos.

Se pasea de un lado a otro, tanto como lo permite el cobertizo. Está alterado, lo que no es propio de él. Pero ahora no tienes tiempo para sus emociones. No hay tiempo que perder tratando de averiguar si lo ha hecho él o no. ¿A quién le importa si ha sido él? Él mata. Eso lo sabes.

Lo que tienes que hacer es pensar, rebuscar en los pliegues atrofiados de tu materia gris, esos que solían resolver los problemas de la vida cotidiana, la parte de ti que te servía de ayuda con las amigas, con tu familia, pero lo único que te responde a gritos el cerebro es que si él se muda —si se marcha de esta casa, de esta finca—, tú mueres. A menos que seas capaz de convencerlo de que te lleve consigo.

—Lo siento —le dices.

Lo sientes, tú siempre lo sientes. Lamentas que su mujer esté muerta. Lamentas de todo corazón las injusticias de la vida, el modo en que le han sucedido a él. Sientes que ahora solo le quedes tú, una mujer tan necesitada, siempre con hambre, con sed y con frío, y tan entrometida, por cierto.

Segunda regla para seguir viva en el cobertizo: él siempre gana y tú siempre lo sientes.

4
EMILY

Ha vuelto. Martes y jueves. Tan fiable como un buen whisky añejo, rebosante de promesas.

Aidan Thomas se quita el gorro gris con orejeras, con el cabello alborotado como si fueran plumas erizadas. Esta noche trae una bolsa de deporte: nailon verde, como si la hubiera sacado de un economato del ejército. Parece pesada, y carga con ella colgada del hombro, con la cinta tirante.

La puerta se cierra de golpe a su espalda y doy un respingo. Suele cerrarla con un solo gesto bien cuidado, con una mano en la manija y otra en el marco.

Mantiene la cabeza agachada mientras se dirige hacia la barra. Camina con pesadez, y no es culpa únicamente de la bolsa de deporte.

Carga con el peso de algo que le preocupa.

Se mete el gorro en el bolsillo, se alisa el pelo, deja caer la bolsa de deporte a sus pies.

—¿Tienes mis manhattan?

Con una mirada distraída, deslizo dos cocteles hacia Cora, que se marcha con paso rápido sin apenas levantar los pies del suelo. Aidan espera hasta que ella se va y alza la cabeza para mirarme.

—¿Qué te pongo?

Me ofrece una sonrisa cansada.

Tomo la pistola de la máquina de refrescos.

—Tengo lo que pides siempre. —Me viene una idea a la cabeza—. O puedo prepararte algo, si necesitas una ayudita para animarte.

Suelta una risa entrecortada.

—¿Tan obvio es?

Me encojo de hombros, como si nada de esto fuese para tanto.

—Fijarme forma parte de mi trabajo.

Se queda con la mirada perdida. Al fondo, Eric gesticula. Está describiendo las sugerencias de la casa a una mesa de cuatro. Tiene encandilados a los clientes, con los ojos como platos. Qué bien se le da esto: Eric, el *showman*. Sabe ganarse el afecto de sus mesas, aumentar sus propinas entre un dos y un cinco por ciento con unas pocas frases.

Eric el dulce. Un amigo que no dejó de serlo cuando me convertí en su jefa. Uno que me respalda. Que cree en mí, en mi capacidad para dirigir este sitio.

—Vamos a probar una cosa.

Tomo un vaso de whisky y le doy un abrillantado rápido. Aidan Thomas me mira con las cejas arqueadas. Algo está pasando, algo nuevo, distinto. No está seguro de que le guste. Me mata hacerle esto, cuando todo lo que él quería era su Cherry Coke de siempre.

—Enseguida vuelvo.

Me esfuerzo al máximo para caminar como si nada. Al otro lado de las puertas de vaivén, Nick está inclinado sobre cuatro platos del especial del día: chuleta empanada de cerdo con puré de papas con queso y salsa de tocino con cebolla. «Simple, pero sabroso —me dijo—. La gente quiere ser capaz de reconocer lo que tiene en el plato, pero tampoco viene aquí para comer cualquier cosa que podrían haberse preparado en casa.» Como si aquello fuera idea suya, y no lo que mi padre me había grabado a fuego en la cabeza incluso antes de que hubiese aprendido a caminar. «Comida de verdad, y además a buen precio —solía decir mi padre—. No queremos dar de comer solo a los urbanitas. Esos únicamente asoman los fines de semana, pero la gente del barrio nos mantiene el resto de los días. Por delante de todo, estamos aquí para ellos.»

Eric pasa junto a mí al salir de la cocina con tres platos en equilibrio sobre el brazo izquierdo. A través de la puerta de vaivén, ve a Aidan en la barra. Se detiene y se da la vuelta para lanzarme una media sonrisa. Hago como que no lo he visto y me acerco a la cámara de refrigeración.

—¿Queda algo de ese té de flor de saúco que hemos preparado para el almuerzo?

Silencio. Todos están trabajando o bien me ignoran. Yuwanda, la tercera de mi trío de mosqueteros con Eric, lo habría sabido, pero ahora está en la sala, muy probablemente recitando los pros y contras de la uva gewürztraminer frente a la riesling. Sigo buscando hasta que localizo la jarra detrás de un tarro de salsa ranchera. Queda más o menos una taza.

Perfecto.

Salgo deprisa. Aidan está esperando con las manos sobre la barra. Al contrario que la mayoría de nosotros, él no toma su celular en cuanto se queda sin compañía. Sabe estar solo. Sabe llenar un instante para hallar la quietud, cuando no la comodidad.

—Disculpa la espera.

Mientras él no me quita ojo, dejo caer un terrón de azúcar dentro del vaso. Una cáscara de naranja, un golpe de angostura. Añado un cubito de hielo, despúes el té y remuevo. Con una cuchara —nada coarta la elegancia de una mesera de forma tan trágica como los guantes de plástico—, tomo una cereza al marrasquino de un tarro de conservas.

—*Voilà*.

Sonríe ante mi exagerada entonación francesa y siento un remanso de calidez en el estómago. Empujo el vaso y se lo pongo delante. Se lo acerca al rostro y lo olisquea. Con una obviedad cegadora, se me ocurre que no tengo la menor idea de lo que le gusta beber a este hombre, aparte de la Cherry Coke.

—¿Qué voy a catar?

—Un *old fashioned* virgen.

Sonríe de oreja a oreja.

—¿Chapado a la antigua y además virgen? Supongo que tiene su lógica.

Siento el calor que se me filtra bajo las mejillas. De inmediato quiero renegar de mi cuerpo, se me sonrojan los pómulos ante la mera sugerencia del sexo, mis manos dejan algunas huellas de humedad sobre la barra.

Da un sorbo y me evita tener que pensar en una respuesta ingeniosa; chasquea los labios y posa el vaso en la barra.

—Qué bueno.

Me flaquean las rodillas un instante. Espero que no pueda verme los hombros, la cara, los dedos, cómo se me relaja de alivio cada músculo del cuerpo.

—Me alegro de que te guste.

Unas uñas tamborilean en el lado izquierdo de la barra. Cora. Le faltan un martini con vodka y un bellini. Lleno de hielo una copa de martini y me doy la vuelta para buscar una botella de champán abierta.

Aidan Thomas hace girar el cubito de hielo en el fondo de su vaso. Le da un sorbo rápido a la bebida y vuelve a darle vueltas. He aquí este hombre tan guapo, que tanto ha hecho por nuestra localidad. Un hombre que perdió a su mujer hace un mes. Sentado en mi barra, solo, aunque no bebe alcohol. Tengo que pensar que si tiene un enorme vacío en el centro de su vida, es posible que el hecho de mantener esta costumbre le haya brindado alguna clase de consuelo. Tengo que pensar que esto —nuestros silencios compartidos, nuestra callada rutina— también significa algo para él.

En este pueblo, todo el mundo tiene algo que contar sobre Aidan Thomas. Si eres un niño, te salvó el trasero momentos antes de la cabalgata de Navidad. Apareció cuando lo necesitabas, con su cinto de herramientas ceñido a la cadera, para arreglar ese trineo que se te estaba desarmando y enderezarte las astas de los renos.

Hace dos años, cuando cayó aquella terrible tormenta que derribó un árbol sobre la casa del anciano señor McMillan, Aidan tomó el coche y se plantó allí para ponerle un generador mientras trabajaba en la instalación eléctrica. Volvió todos los fines de semana del mes siguiente para arreglarle el tejado. El señor McMillan intentó pagarle, pero Aidan no quiso aceptar el dinero.

La anécdota de mi familia con Aidan Thomas es de cuando yo tenía trece años. Mi padre estaba en pleno turno sirviendo cenas cuando se estropeó la cámara de refrigeración. No recuerdo los detalles, o tal vez jamás me preocupé de conocerlos. Siempre era lo mismo: un motor que fallaba, un circuito estropeado. Mi padre se estaba volviendo loco tratando de averiguar cómo arreglarla mientras dirigía la cocina. Un hombre encantador que estaba cenando allí con su mujer lo oyó y se ofreció a echar una mano. Mi padre vaciló y, en un extrañísimo arrebato, como diciendo «bueno, qué demonios», acompañó al hombre al interior de la cocina. Aidan Thomas se pasó la mayor parte de la noche de rodillas, pidiendo herramientas con toda la cortesía del mundo y apaciguando al personal, que andaba con la lengua fuera.

Cuando terminó el turno, la cámara ya se estaba enfriando. Igual que mi padre. En la cocina, ofreció a Aidan Thomas y a su mujer una copa de brandy de pera. Los dos la rechazaron: él no bebía y ella estaba embarazada de pocos meses.

Yo estaba echando una mano aquella noche, como suelen hacer los hijos del dueño de un restaurante. Cuando fui a rellenar el cuenco de caramelos de menta del atril de la *maître*, me encontré a Aidan Thomas en el comedor. Rebuscaba en los bolsillos de su abrigo tal y como suelen hacerlo los clientes al terminar de comer, con la esperanza de dar con la cartera, el celular y las llaves del coche. Las risas de mi padre nos llegaban en un goteo desde la cocina. Mi padre, un gran chef con un carácter más grandioso aún y cuyo perfeccionismo a menudo terminaba degenerando en ira, estaba relajado, disfrutando de un inusual momento de tregua en el restaurante que él había puesto en pie. Lo más cerca de la felicidad que iba a estar jamás.

—Gracias por todo eso.

Aidan Thomas levantó la cabeza como si acabara de reparar en mi presencia. Me entraron ganas de atrapar mis palabras, que aún estaban suspendidas en el aire entre nosotros, y volver a tragármelas. Aprendes a odiar el sonido de tu propia voz a muy temprana edad, cuando eres una niña.

Esperé a que me hiciese un gesto distraído de asentimiento para regresar corriendo a la cocina; a que me siguiera la corriente como hacía la mayor parte de los adultos. Pero Aidan Thomas no era como los demás adultos. No era como ningún otro.

Aidan Thomas sonrió. Me guiñó un ojo y dijo con una voz grave y áspera que me llegó hasta algún lugar muy profundo, hasta una parte de mi cuerpo que yo no sabía que existía hasta aquel preciso instante:

—No hay de qué, en absoluto.

No fue nada y lo fue todo. Era un gesto de cortesía de lo más básico y de una amabilidad infinita. Un aura de luz que descendía sobre una chica escondida y la arrancaba de la oscuridad, para permitirle quedar a la vista.

Era lo que más necesitaba. Algo que ni siquiera se me había ocurrido anhelar.

Ahora observo a un Aidan Thomas petrificado a medio sorbo, mirándome a través del cristal del vaso. Ya no soy la niña escondida que estaba esperando a que un hombre la iluminara con su luz. Soy una mujer que se acaba de meter por su propio pie en un aura de luz creada por ella misma.

Alarga la mano. Algo cambia. Una perturbación en el globo terráqueo, el choque de unas placas tectónicas a kilómetros de profundidad por debajo del río Hudson. Sus dedos rozan los míos y su pulgar me acaricia la cara interna de la muñeca, y el corazón..., el corazón ya ni me late llegados a este punto, se me ha quedado quieto quieto quieto quieto quieto, no puede con esto.

—Gracias —dice él—. Ha sido muy... Gracias.

Un apretón con la mano, una descarga de algo indescifrable e impagable, de él para mí.

Me suelta la mano y echa la cabeza hacia atrás para rematar su bebida. El cuello fibroso, todo su cuerpo entero, musculoso, con una desenvuelta confianza.

—¿Qué te debo?

Agarro el vaso vacío y lo friego bajo la barra. Mantengo las manos ocupadas para que él no pueda ver cómo tiemblan.

—¿Sabes qué? No te preocupes. La casa invita.

Él saca la cartera.

—No es necesario.

—No pasa nada, en serio. Puedes...

«Puedes invitarme luego tú a mí y quedamos en paz.» Eso es lo que le diría si su mujer no hubiese fallecido hace algo así como cinco minutos. En cambio, lo que hago es desplegar un trapo limpio y comienzo a abrillantar su vaso.

—La próxima vez.

Sonríe, vuelve a meterse la cartera en el bolsillo y se levanta para ponerse la chamarra. Me doy la vuelta para colocar el vaso en el estante que tengo a mi espalda. Mi brazo se detiene a medio camino. Sí, estoy temblorosa y me arde la cara, pero acaba de suceder algo. Me la he jugado y ha salido bien. He abierto la boca y no se ha producido ningún desastre.

Tal vez me atreva, tan solo un poquito más.

Me doy la vuelta, me inclino sobre la barra y hago como si estuviese apretando la tapa de un tarro de cebollitas en vinagre.

—¿Adónde vas ahora? —le pregunto, como si la charla intrascendente fuera lo más normal de nuestro idioma común.

Aidan Thomas se sube el cierre de la chamarra, se pone otra vez el gorro con orejeras y recoge su bolsa de deporte, que se asienta contra su cadera con un tintineo metálico.

—A alguna parte donde pueda pensar un poco.

5

LA MUJER EN EL COBERTIZO

Esperas a que llegue la cena, las salpicaduras de agua tibia. Esperas cualquier cosa. Incluso el quejido de los cierres al subir y bajar.

Él no se presenta.

Te imaginas el cobertizo, oculto entre los árboles. A estas alturas debemos de estar ya en otoño. Se llevó el ventilador y te trajo el calefactor hace un par de semanas. Cierras los ojos. Lo que recuerdas de esta época del año: los días más cortos, anochece a las seis de la tarde. Las ramas desnudas con el cielo revuelto de fondo. Lo que te imaginas: su casa en la distancia, oculta, no puedes verla. Cuadrados de luz amarilla en las ventanas, hojas anaranjadas dispersas por el jardín. Puede que un té calientito. Puede que unas rosquillas de sidra.

A lo lejos, el ronroneo de su camioneta. Ya está aquí, en la finca. Viviendo su vida. Atendiendo a sus necesidades, no así las tuyas. Esperas y esperas, y él sigue sin venir.

Intentas alejar las punzadas del hambre a base de meditar. Hojeas los libros que te trajo. *It*, de Stephen King. Un ejemplar de bolsillo de *Un árbol crece en Brooklyn*, muy manoseado. *Le gusta la música, le gusta bailar*, de Mary Higgins Clark. Todos los libros llegan usados, dobladas las páginas en las esquinas, con notas en los márgenes. Un día, hace mucho tiempo, le preguntaste si eran suyos. Te dijo que no con la cabeza. Más baratijas, te imaginaste. Objetos que les quitó a las otras que no tuvieron tanta suerte como tú.

Te agachas en cuclillas en un rincón del cobertizo. Si él no te trae la cubeta, no te queda más remedio. Se pondrá furioso, si vuelve. Arrugará la nariz, te tirará una botella de cloro. «Ponte a tallar y no dejes de hacerlo hasta que deje de oler.»

Intentas no preocuparte, porque la preocupación es un estorbo para seguir viva.

Te ha abandonado en otras ocasiones, aunque no así. A los nueve meses del primer año, el hombre que te tenía metida en el cobertizo te dijo que se marchaba a alguna parte. Te trajo la cubeta, una caja de barritas de avena y un paquete de botellitas de agua.

—He de marcharme —te dijo.

No dijo «quiero marcharme» ni «tengo que marcharme», sino «he de marcharme».

—Tú no vas a hacer nada —dijo—. No vas a mover un dedo. No vas a gritar. Sé que no lo vas a hacer.

Te agarró por los hombros. Sentiste el impulso de tomarle tú las manos a él, de aferrarte a él, solo un poquito. «Eres Rachel. Él te encontró. Todo lo que sabes es lo que él te ha enseñado. Todo lo que tienes es lo que él te ha dado.»

Te zarandeó. Dejaste que aquel temblor te sacudiera.

—Como intentes algo, me voy a enterar, y no va a ser nada bueno para ti. ¿Lo entiendes?

34

Asentiste con la cabeza. Para entonces, ya habías aprendido a asentir de tal forma que él te creyese.

Estuvo fuera tres días, y cuando regresó era el hombre más feliz de la tierra. El paso enérgico, cargado de una especie de zumbido estático que le recorría las extremidades. Respiraba hondo como si engullese el aire, como si jamás le hubiera sabido tan dulce.

Ese no era el hombre al que conocías, un hombre entregado al deber y la responsabilidad.

Hizo lo que vino a hacerte. Febril. Un poco alocado.

Entonces te lo contó. No dijo mucho. Tan solo que ella había dicho amén. Que era «perfecta». Que ella no lo sabía, hasta que lo supo, pero para entonces ya era demasiado tarde.

Volvió a suceder. Justo antes del último día de Acción de Gracias. Lo supiste porque te trajo las sobras. Lo ha hecho todos los años. No sabes si él es consciente de que es así como vas siguiendo el paso del tiempo. Sospechas que no se ha parado a pensarlo.

Así que son dos, en total. Las dos a las que ha matado mientras que a ti te ha dejado vivir. Dos que se suman a la regla mientras que tú continúas siendo la excepción.

Cada vez que se ha ido, ha dejado las cosas bien atadas. Esta vez no te ha dejado nada. ¿Se habrá olvidado de ti? ¿Habrá encontrado otro proyecto al que dedicarse?

Resulta difícil contar los días sin sus visitas. Piensas que su camioneta es la señal de cuando se marcha por la mañana y cuando regresa por la noche, pero no tienes forma de estar segura. Tu cuerpo te dice cuándo dormir y cuándo despertarte. Pones la palma de la mano contra la pared e intentas sentir el calor del sol y el frío de la noche. Según tus cálculos, pasa un día, después otro.

Al final de lo que te parece el segundo día, tienes la boca forrada de papel de lija. Unos murciélagos te revolotean a toda velocidad en el pensamiento. Te chupas los dedos para salivar, lames las paredes del cobertizo en busca de algo de condensación, lo que sea con tal de aliviar la sed. Poco después no eres más que un cuerpo, un cráneo, una columna, una pelvis y unos pies allí tirados sobre las tablillas de madera, con la piel pegajosa, y te cuesta respirar.

Tal vez haya sobrestimado tu capacidad de resistencia. A lo mejor te mata sin pretenderlo. Volverá, abrirá el cobertizo y te encontrará fría e inerte, como siempre has debido estar.

Al tercer día según tus cálculos, el candado hace su ruido metálico y él aparece como una silueta enmarcada en la puerta: la cubeta en una mano, una botella en la otra. Deberías incorporarte, hacerte con el agua, desenroscar el tapón y beber, beber y beber hasta que el mundo a tu alrededor vuelva a cobrar nitidez. Pero no puedes. Él ha de venir a ti, arrodillarse a tu lado, apoyarte la botella en los labios.

Tragas. Te limpias los labios con el dorso de la mano. No parece él. La mayor parte de los días es un hombre que cuida su aspecto, que muestra marcas de un afeitado manual a cuchilla en los pómulos y más abajo, en el cuello, y el pelo le huele a limoncillo. Tiene los dientes blancos, las encías sanas. Nunca le has visto hacerlo, pero se le nota que usa el hilo dental con asiduidad, todas las mañanas o todas las noches, con un buche de enjuague bucal para rematar la faena. Sin embargo, hoy no parece arreglado. Trae la barba descuidada, mira aquí y allá sin centrarse, de un extremo al otro del cobertizo.

—¿Comida?

Tu voz suena ronca. Niega con la cabeza.

—Aún no se ha ido a la cama. Está haciendo la maleta.

Das por sentado que se refiere a su hija.

—¿No hay nada, entonces? ¿Nada de nada?

Estás tentando a la suerte, lo sabes, pero han pasado tres días, y sin el entumecimiento que la sed te provocaba en el cuerpo, ahora lo percibes entero, ese vacío de hambre justo por debajo de las costillas, la irritación en la espalda, un millar de sirenas de alarma que llaman la atención sobre tus fragmentos rotos.

Levanta las manos:

—¿Qué? ¿Acaso piensas que puedo meter una bandeja de comida preparada en el microondas y salir por la puerta sin que ella me haga ninguna pregunta?

La comida que te trae siempre es una parte de un todo: una ración de lasaña, un cuenco de estofado, una fuente con los restos de un guiso. Platos que pueden pasar desapercibidos, mucho más discretos que una porción de pizza, una hamburguesa con queso entera o el muslo de un pollo asado. Durante todo este tiempo, ha estado guisando para varias personas y se ha ido guardando trocitos de sus platos para traértelos a ti. Es una de las formas que ha encontrado de mantenerte en secreto.

Se sienta a tu lado con un quejido. Te quedas esperando a que baje el cierre de tu chamarra, a que te rodee el cuello con las manos. En cambio, se lleva la mano a la espalda, en la cintura. Ves un destello, un brillo metálico.

Reconoces el arma. Es la misma con la que te apuntó

hace cinco años: una pistola negra con el reluciente añadido de un silenciador.

Un tic nervioso te mueve los dedos de los pies, como si se preparasen para echar a correr a toda velocidad. La cadena se tensa, pesada y fría contra la piel del tobillo, y tira de ti hacia abajo, como si quisiera que te tragase la tierra, primero el pie y después el resto.

Concéntrate. Sigue ahí con él.

Se le mueve el pecho arriba y abajo, una inspiración profunda tras otra. Sin el velo borroso de la deshidratación, ves con mayor claridad sus intenciones. Cansado, pero no hastiado. Mareado, pero no enfermo. Cierto, está hecho un desastre, pero es feliz, igual que al terminar una tarea agotadora, una carrera larga o el ascenso de una pendiente pronunciada.

Igual que tras haber matado.

Se mete la mano en el bolsillo y deja caer algo sobre tu regazo como el gato que viene y te ofrece un ratón muerto.

Unos lentes de sol. De marca, a juzgar por el peso de la montura y el logotipo en un lateral. Absolutamente inútiles dentro del cobertizo, pero los lentes de sol no son la cuestión. La cuestión es que estos lentes eran de alguien, y esa mujer ya no las necesita.

Ahora lo percibes en él. El aire triunfal. La emoción ilimitada de una fructífera salida de caza.

Esa mujer te llama la atención. ¿Qué tipo de trabajo tenía para poder permitirse unos lentes de sol como estos? ¿Qué aspecto tenían sus dedos cuando se los deslizaba sobre el puente de la nariz? ¿Alguna vez los utilizaba para sujetarse el pelo? ¿Alguna vez se los puso en una tarde de verano en el asiento del acompañante de un convertible abierto, con la melena al viento y el azote del pelo en las mejillas?

No puedes ir por ahí. No puedes pensar en ella. No tienes tiempo para quedarte impresionada ni hecha polvo.

Esto es una oportunidad. Su orgullo desmedido. Esta noche, él se va a creer capaz de lo que sea.

—Entonces escucha —le dices.

Retira los lentes, como si se estuviera replanteando su decisión. Podrías romperlos y convertirlos en un arma.

—He estado pensando. En tu traslado.

Sus manos se quedan quietas. Corres el peligro de aguarle la fiesta. Lo estás trayendo de vuelta al fastidio de la vida cotidiana, cuando lo único que quiere él es mantener este subidón tanto tiempo como sea posible.

—Podrías llevarme contigo.

Levanta la mirada, suelta una carcajada.

—Cómo crees —dice—. Creo que no lo entiendes.

Pero sí lo entiendes. Conoces sus luces y sus sombras. Sabes que viene a verte casi todas las noches, al menos todas las noches que está aquí, eso desde luego. Sabes que se ha acostumbrado a ciertas rutinas. No eres tú lo que le gusta, o no exactamente, sino tenerte ahí a su disposición. Lo que le apetezca, cuando le apetezca.

¿Qué va a hacer sin ti?

—Es un decir —le cuentas—. Podríamos seguir viéndonos. No tendría que terminarse. No tiene por qué.

Se cruza de brazos.

—Podría estar ahí mismo. —Ladeas la cabeza hacia la puerta, hacia el exterior, el mundo del que te trajo y su miríada de gente—. Y nadie lo sabría.

Sonríe. Lleva la mano detrás de tu cabeza. Te acaricia el

pelo con el gesto suave y predispuesto de un hombre que se sabe a salvo, y entonces tira. Lo justo para hacerte daño.

—Y por supuesto —te dice—, tú solo te preocupas por mí.

Te quedas como piedra ante su contacto.

Se aparta de ti, abre el pasador y deja que el aire frío de la noche entre en el cobertizo. Ya fuera, suena el *clic* del candado al encajar en su sitio. Se dirige de regreso a la casa, con su hija, a lo que quede de luz y calor en el interior de su hogar.

Tercera regla para seguir viva en el cobertizo: tú eres lo más puro que hay en su mundo. Todo cuanto suceda les ha de suceder a los dos.

6
NÚMERO UNO

Era un chico joven. Enseguida me di cuenta de que era su primera vez. No lo hizo bien. Rematadamente mal.

Sucedió en el campus, en su colegio mayor. Tal y como lo hizo..., un desastre. Sangre por todas partes. Él cubierto de mi ADN, yo del suyo. Y huellas también.

No me conocía, pero ya me había fijado en él unas semanas antes. Si pasas por la universidad el tiempo suficiente, en especial el sábado por la noche, puedes tener la certeza de que algún estudiante tímido terminará por acercarse sin saber muy bien cómo preguntar cuándo se paga.

La mayoría espabilaba después de entregarme el dinero. Entonces ya se manejaban con esa arrogancia que el mundo les había enseñado. Ellos eran unos jóvenes respetables, y yo la mujer que les cobraba quince pavos por una mamada.

En él no me lo esperaba. Era demasiado joven, demasiado frágil. No tenía ni idea de lo que estaba haciendo.

Yo creo que le sorprendió que me gustara leer. Los tipos jamás veían en mí a alguien a quien le pudiese gustar la lectura. Pero me gustaba. Escribía notas junto a los fragmentos que me hacían pensar, doblaba la esquina de las páginas que me provocaban algún sentimiento. Esa noche tenía dos libros de bolsillo sobre el salpicadero de mi camioneta: *It* y una novela de suspense titulada *Le gusta la música, le gusta bailar.* Recuerdo las dos porque nunca llegué a saber cómo terminaban.

Esperó hasta que fui a ponerme de nuevo la camiseta de tirantes. Su mano salió disparada hacia mi cuello, como si se tratase de una apuesta consigo mismo. Como si supiera que, si no lo hacía entonces, lo más probable era que jamás se atreviese a hacerlo.

Mientras se me iban cerrando los ojos, a él se le desorbitaban los suyos. Y ese aire de asombro: la impresión de estar haciendo aquello de verdad, y de que mi cuerpo reaccionara tal y como debía; la impresión de que fuese algo real: que si le apretabas a alguien la garganta con la fuerza suficiente, era cierto que esa persona dejaba de moverse.

Recuerdo el momento en que me di cuenta, mientras me mataba: si hace esto y se libra, pensará que puede librarse haga lo que haga.

7
LA MUJER EN EL COBERTIZO

Recuerdas fragmentos de ti misma, y a veces te ayudan.

Como Matt.

Matt fue lo más parecido a un novio que habías tenido cuando desapareciste. Fue, como todo lo demás, una promesa que nunca se hizo realidad.

Lo que mejor recuerdas sobre Matt: sabía abrir una cerradura con una ganzúa.

En el cobertizo, has pensado mucho en Matt. Has probado tú misma unas cuantas veces; arrancaste una astilla del suelo, hiciste una discreta muesca en la pared. La madera no fue rival para el candado enorme de la cadena. Te preocupaba que se rompiese, ¿y entonces qué?

Entonces sí estarías arruinada.

Recuerdas fragmentos de ti misma, y a veces te ayudan. Solo a veces.

El hombre que te retiene regresa al día siguiente con comida caliente y un tenedor. Te metes en la boca cinco tenedores bien cargados antes de que se te ocurra siquiera tratar de identificar qué estás comiendo: espaguetis con albóndigas. Tardas otros tres tenedores en darte cuenta de que está hablando y otros dos más en hallar fuerzas para dejar el cubierto. Lo que está diciendo es más importante para tu supervivencia que un solo plato de comida.

—Dime cómo te llamas.

Te zumban los oídos. Vuelves a poner la tapa sobre el recipiente de la comida: esa albóndiga recalentada te está llamando a gritos.

—Eh.

Viene desde el otro extremo del cobertizo y te agarra por la barbilla para obligarte a mirar hacia arriba.

No te puedes permitir el lujo de hacerlo enojar. Nunca, y menos en este preciso instante.

—Perdona —le dices—. Te estoy escuchando.

—No, no lo estás haciendo. Te he dicho que me digas cómo diablos te llamas.

Dejas el recipiente en el suelo y te sientas sobre las manos para evitar tocarte el sitio de la cara donde se te han clavado sus dedos. Respiras hondo. Tiene que creerte cuando se lo digas. Tiene que ser como un ensalmo, la lectura de un texto sagrado. Tiene que ser la verdad.

—Rachel —le dices—. Me llamo Rachel.

—¿Qué más?

Bajas el tono de voz y la envuelves en la sinuosa inflexión del fervor. Necesita algo de ti, y te ha enseñado una y otra vez cómo hay que dárselo.

—Tú me encontraste. —Le ofreces el resto sin que él te lo tenga que preguntar—. Todo lo que sé es lo que tú me has enseñado. Todo lo que tengo es lo que tú me has dado.

Cambia de postura y carga el peso del cuerpo sobre la otra pierna.

—Me había perdido —recitas—. Tú me diste un techo.

Te la juegas con la siguiente frase. Si la cargas demasiado, va a ver el mecanismo que hay detrás de tu truco de magia, pero si te quedas corta, él continuará fuera de tu alcance.

—Tú me mantuviste con vida. —Recoges el recipiente como una demostración palpable—. Sin ti estaría muerta.

Repasa con los dedos el contorno de su alianza y la hace girar un par de veces. Se la quita y se la vuelve a poner.

Un hombre con libertad para recorrer el mundo, encerrado en el cobertizo del jardín. Un hombre que conoció a una mujer, le tomó la mano, hincó la rodilla en el suelo y la convenció de que se casara con él. Un hombre tan decidido a controlar los elementos, y aun así la ha perdido. Ahora, su mundo se ha venido abajo, pero, en la escombrera de su vida, aún te tiene a ti.

Y aún tiene a su hija.

—¿Cómo se llama?

Te mira como diciendo «¿de qué estás hablando?». Señalas hacia la casa.

—¿Y a ti qué más te da?

Si decir la verdad fuese una opción en el cobertizo, le dirías: «No lo ibas a entender. Si fuiste niña, lo llevas dentro. Pasas junto a ellas por la calle. Oyes sus risas. Sientes su dolor. Te dan ganas de tomarlas en brazos, cargar con ellas hasta el punto de destino y protegerles los pies de esas mismas espinas que tanta sangre te hicieron a ti en los tuyos.

»En toda niña del mundo hay un poco de mí y toda niña del mundo es un poco mía. Incluso la tuya. Incluso la niña cuya mitad eres tú».

«Me importa —le dirías—, porque necesito la parte de ti que la creó a ella. Nunca matarías a tu propia hija, ¿verdad?»

Permaneces sentada en silencio. Dejas que crea lo que necesita creer.

Cierra en un puño la mano izquierda, se presiona la frente con ella y cierra los ojos con los párpados apretados por un instante.

Tú lo miras, incapaz de seguir respirando. Sea lo que sea lo que esta viendo él en el interior de sus párpados, tu vida depende de ello.

Se abren sus ojos.

Otra vez está contigo.

—No puede empezar a hacer preguntas por tu culpa.

Parpadeas. Con un suspiro de impaciencia, ladea la cabeza hacia el mundo exterior, en dirección a la casa.

Su hija, está hablando de su hija.

Intentas recuperar la respiración, pero has olvidado cómo se hace.

—Le diré que eres una conocida. Amiga de unos amigos. Que estás de alquiler en nuestra habitación de invitados.

Su discurso va tomando ritmo conforme se explica. Así es él: vacilante hasta que se convence de su propia invencibilidad. Entonces se entrega y ya no vuelve la vista atrás.

Te lo cuenta como si todo hubiera sido idea suya, como si no hubieras sido tú quien plantó ahí la semilla, como si jamás lo hubieras sugerido. Te trasladará a la nueva casa en plena noche. Nadie lo verá. Tendrás una habitación, te pasarás la mayor parte del tiempo en esa habitación. Estarás esposada a un radiador salvo para comer, bañarte y dormir. Habrá un desayuno la mayoría de las mañanas, un almuerzo algunos fines de semana, cena casi todas las noches. Tendrás que saltarte alguna comida aquí y allá. Ningún inquilino, por muy agradable que fuese o necesitado que estuviera, se sentaría constantemente en la mesa con su casero y su hija.

Por las noches, dormirás esposada a la cama. Él vendrá a verte, como siempre. Esa parte no va a cambiar.

Tú guardarás silencio. A lo largo de todo esto, tú guardarás mucho silencio.

Solo hablarás con su hija durante las comidas, lo justo para disipar sospechas. Para eso están las comidas: él te hará accesible de tal modo que pierdas el atractivo ante ella, que no se sienta intrigada por ti. Te convertirás en parte de su vida, algo tan aburrido que ella ni se lo plantee.

Por encima de todo, actuarás con normalidad. Él insiste varias veces en esta cuestión, entre las reglas para el baño, las reglas para dormir y las reglas para comer. No puedes dar una sola pista de cuál es la verdad. Si lo haces, sufrirás las consecuencias.

Asientes. Es todo cuanto puedes hacer. Intentas imaginártelo: tú con él y con su hija, todos en la misma casa. Una cama. Un colchón. Una almohada. Mantas. Muebles. Desayuno y almuerzo. La comida servida en un plato. Un baño de verdad. Agua caliente. Conversaciones. Una ventana al mundo exterior. Una tercera persona. Por primera vez en cinco años, alguien aparte de él.

Deja de pasearse y se acuclilla delante de ti. Alrededor de las uñas tiene los dedos en carne viva, se las acaba de morder. Vuelve a levantarte la barbilla y te eleva la cara a la altura de la suya. Aquí está el universo entero, justo en su mirada.

Sus dedos descienden hasta tu cuello, tiene el pulgar contra tu garganta. Podría hacerlo. Ahora mismo. Qué fácil sería. Igual que arrugar una hoja de papel.

—Nadie lo sabrá. —Su rostro se sonroja a la luz de la lámpara de camping—. En eso consiste todo. ¿Lo entiendes? Solo yo. Y Cecilia.

«Cecilia.»

Vas a decirlo en voz alta, pero el nombre se te atasca en las cuerdas vocales. Te lo tragas. Su hija, su pequeña. Hay algo tan orgánico en aquello, tan noble. Él, en un hospital, con una bata de papel puesta encima y una recién nacida ensangrentada en sus brazos, entre sus manos temblorosas. Un hombre que se convierte en padre. ¿Se levantaría a las dos, a las tres o a las cinco de la mañana para darle de comer? ¿Calentaba los biberones en la oscuridad y con la mente embotada por la falta de sueño? ¿La llevaría a montar en el carrusel, la ayudaría a soplar su primera vela de cumpleaños? ¿Dormiría en el suelo junto a su cama cuando ella se ponía enferma?

Ahora solo están ellos dos. ¿Le da permiso para tener su propio celular? Cuando ella llora —si es que llora—, ¿encuentra él las palabras adecuadas? En el funeral de la madre de la pequeña, ¿acertó él a ponerle la mano en el hombro, a decirle cosas como «en realidad no perdemos nunca a las personas a las que queremos de verdad, sino que nuestros recuerdos las mantienen vivas, y todo lo que tienes que hacer es llevar una vida de la que ellas estarían orgullosas»?

—Es un nombre precioso —le dices.

«Pero jamás deberías haberme permitido saberlo.»

8
EMILY

Sabe cómo me llamo.

Llega el jueves, y él no aparece. Creo que lo he perdido, pero entonces me llevo una sorpresa maravillosa. El viernes por la noche, cuando no espero verlo, va y se presenta en el bar.

—Emily —dice en voz alta, y es mi nombre en sus labios, un hilo de familiaridad que lo vincula conmigo.

Le digo hola y —antes de que me dé tiempo a morderme la lengua— que no lo vi ayer. Sonríe. Me dice que lo siente: una emergencia de trabajo fuera de la ciudad, explica. Pero ya está de vuelta.

«Y todo va bien en este mundo», me digo yo. Esta vez para mí.

Lo conservo todo. Su visita sorpresa, el sonido de mi nombre en su aliento. Dejo que me lleve en volandas toda la noche, a lo largo del día siguiente, hasta el anochecer del sábado.

En el restaurante, los sábados son la guerra. La gente de la ciudad se planta aquí en coche y compite con los de aquí por las reservas. Todos están felices hasta que dejan de estarlo. La comida sale disparada de la cocina: caliente, fría, qué más da. Nuestro objetivo son los platos en las mesas, platos en las mesas. Detrás de la barra, a mí me sale un segundo par de brazos. Todo el mundo quiere cocteles los sábados. Es un martini detrás de otro en una racha interminable de peladuras de limón y aceitunas. Me pelo la parte superior del pulgar a la vez que le quito la piel a un limón. Las muñecas se me quejan cada vez que levanto la coctelera, y el túnel carpiano se me asienta en la articulación con cada traqueteo de los cubitos de hielo.

He aquí algo bueno e inusual del restaurante: cuando está tan movido, me anestesia. No hay tiempo de pensar, no hay tiempo de que importe que Nick pase de la mayoría de mis órdenes, que sea tan imbécil con todo el mundo, incluida yo, que tendría que haberlo despedido hace mucho pero me preocupa que el siguiente chef sea todavía peor. Somos solo la barra y yo, hasta que se marchan los últimos clientes y Cora cierra con llave en cuanto lo hacen.

Cuando todo ha terminado, salimos por ahí. No tiene ningún sentido, pero hay que hacerlo, aunque nos hayamos hartado ya los unos de los otros para el resto de la noche. Porque si los sábados por la noche son la guerra, nosotros somos los soldados y hemos de ser capaces de coexistir. Y la manera de conseguirlo es beber.

Para cuando asomo la cabeza, todo el mundo está ya sentado en nuestra mesa de siempre. Hago un gesto con la mano a Ryan, el dueño —que no es mala gente, solo un tipo al que le parece buena idea llamar a un tugurio La Araña Peluda—, y planto una silla entre Eric y Yuwanda.

—Dicen que ha sido un accidente, pero yo no me lo trago —está diciendo Cora—. ¿Han visto los senderos que hay por ahí? Sería realmente difícil caerse.

Ryan me trae su cerveza de la semana, una pumpkin sour, de calabaza. Le doy un sorbo y le hago a Ryan con la cabeza lo que espero que interprete como un gesto de agradecimiento.

—¿De qué estamos hablando?

Yuwanda me pone al tanto.

—Esa mujer que desapareció la semana pasada.

Leí la noticia en el semanario local: treinta y tantos años, sin historial de enfermedades mentales ni de consumo de drogas, una pintora con un tallercito a unos sesenta y cinco kilómetros al norte de aquí. Desapareció de la noche a la mañana y nadie la ha visto desde entonces. No se ha registrado actividad en su celular ni en sus tarjetas de crédito.

—Uno de los policías le contó a mi hermana que creen que salió a caminar por el campo y que se cayó por algún barranco —dice Sophie—. Al parecer le gustaba el senderismo.

Interviene Yuwanda:

—Pero ¿no tienen imágenes de esa mujer en el video de seguridad de una tienda de ultramarinos hacia las siete de esa misma tarde?

Sophie asiente con la cabeza.

—Entonces ¿qué? —prosigue Yuwanda—. ¿Primero entró en la tienda y luego se fue a caminar por el campo? ¿Quién sale a hacer senderismo tan tarde?

Eric da un trago a su cerveza.

—A lo mejor quería ver la puesta de sol, ¿no?

—Qué va —niega Cora—. De entrada, ahora mismo el sol se pone antes de esa hora. A las siete de la tarde no le quedaría ya nada que ver. ¿Y por qué molestarse en ir por esos senderos? Conozco el sitio, y se puede ver la puesta de sol casi desde cualquier parte del pueblo.

Voy a darle otro sorbo a la cerveza de calabaza de Ryan, pero me detengo un instante y dejo el vaso en la mesa. Hay algo que no termino de comprender.

—¿Y por qué se están centrando en los senderos?

Cora baja la cabeza en un levísimo reconocimiento de su derrota.

—Han encontrado uno de sus zapatos entre la maleza —admite—. Pero yo qué sé, no es más que un zapato. No explica por qué le daría por salir tan tarde a caminar por el campo, y sola, además.

Eric le da una palmadita en el brazo.

—La gente hace cosas raras todos los días —le dice en voz baja—. Cosas que pasan.

—Eric tiene razón —digo—. Sí hay accidentes.

Nadie me lleva la contraria. La gente baja la mirada a su bebida, a los cercos de humedad que la condensación ha dejado en la mesa de Ryan. No se discute con una huérfana que te dice que sí, que los accidentes existen. Mi padre: un ataque al corazón en una soleada mañana de sábado hace dos años; mi madre: un accidente de coche en la niebla mental que vino justo después.

—Bueno —interviene Nick tras unos segundos—. Me han dicho que un chef de la ciudad ha comprado el edificio donde estaba el Mulligan's. Por lo visto lo va a convertir en un asador. —Se vuelve hacia mí con un aire que podría pasar por una especie de burla amable—. Oye, a lo mejor te cuenta dónde consigue el solomillo, si lo encuentras de buenas.

Suspiro.

52

—¿Sabes, Nick? Me parece sanísimo por tu parte que no molestes con estupideces. Cuando la gente me pregunta qué es lo que más me gusta de mi jefe de cocina, siempre digo que es un hombre con criterio amplio.

La discusión les arranca una sonrisa a Eric y a Yuwanda. Todos los demás prefieren quedarse al margen en esta ocasión. Yo también lo haría, si tuviera que pasarme cincuenta horas a la semana metida en una cocina con Nick y todo un abanico de cuchillos de carnicero.

Un par de horas más tarde, Eric nos lleva en coche de vuelta a la que era la casa de mis padres, que ahora comparto con él y con Yuwanda. Fue uno de esos sucesos que cuadraron porque así tenía que ser. Los dos aparecieron el día después del accidente de coche y cuidaron de mí como solo pueden cuidarte los amigos de la infancia. Mantuvieron el refrigerador lleno, se aseguraron de que comía y dormía, al menos un poco. Me ayudaron a organizar dos funerales a la vez. Me hicieron compañía cuando no podía quedarme sola y me dejaron espacio cuando lo necesitaba. En algún momento en medio de todo aquello, coincidimos en que lo mejor sería que no se marcharan. La casa era demasiado grande para mí sola, y para venderla habría hecho falta acometer algunas reformas, algo que ni siquiera me planteaba. Así que trasladamos las cosas de mis padres a una bodega un fin de semana y nos derrumbamos en el sofá al final de la jornada, una vez sellada nuestra nueva situación de equilibrio. Imperfecta y un tanto inusual. Lo único que tenía algún sentido.

Esta noche no paro de dar vueltas en la cama, agotada pero incapaz de dormir. Pienso en la mujer desaparecida, Melissa. En lo que queda de ella: un nombre de pila, un empleo, el nombre de un pueblo, un zapato hallado cerca de un sendero. Igual que los panegíricos de la gente en el funeral de mis padres, fieles a la verdad aunque incompletos hasta la desesperación. La vida de mi padre reducida a unas pocas palabras: fue un chef, un padre, trabajó duro. Los fragmentos de la existencia de mi madre, como si fueran las piezas de la otra mitad del rompecabezas: llevaba el negocio, recibía a los clientes para acompañarlos en la mesa, se ocupaba de la contabilidad; era el pegamento que lo mantenía todo unido. Todo cierto, pero nada que los captase como personas. Nada sobre la sonrisa de mi padre, sobre el perfume de mi madre. Nada sobre cómo era vivir con ellos, criarte con ellos, tener su amor y perderlos a los dos, en igual medida.

Vuelvo con la mujer desaparecida e intento rellenar las lagunas en su relato. Me hace sentir como si la traicionara, esta forma de utilizarla como un lienzo en blanco sobre el que me la invento tal y como a mí me parece, pero hay algo en su historia que no me deja quitármela de la cabeza.

Quizá esa mujer era un poco como yo. *Era*: fíjate tú, pensando en ella en pasado, cuando ni siquiera nos conocemos aún. Quizá ella también creció cautivada por el mundo y, a la vez, aterrorizada ante él. Quizá la obligaban a ponerse vestiditos cuando ella prefería pantalones. Quizá la obligaban a decir hola a los adultos cuando ella quería estar sola. Quizá aprendió a sentirse siempre un tanto incómoda, a vivir en un ligero y constante arrepentimiento. Quizá creció y se quedó esperando a que llegara una rebeldía adolescente que nunca apareció, y quizá, al rondar los veinticinco, se lamentó de no haberse quitado nunca de encima aquella angustia.

Esta es la historia que yo me cuento. No hay nadie aquí que me vaya a decir que no tiene sentido. Lo que comienza como un homenaje termina en egoísmo. No se trata de ella. En realidad no. Todo se trata sobre mí y sobre las partes de mi vida que llegan a mí en la oscuridad. Se trata de mí y de mi yo más joven, de la manera en que esa chica me mira, en que no deja de llamarme a gritos y de exigirme unas respuestas que no tengo.

9
LA MUJER DEL COBERTIZO, CUANDO AÚN ERA UNA NIÑA

Las señales de alarma saltan en 2001, el año de tu décimo cumpleaños. La madre de tu mejor amiga tiene cáncer. Saquean el apartamento de tu prima, que pierde sus pertenencias más preciadas de la noche a la mañana. Se muere tu tía. La lección se vuelve cada vez más nítida: a la gente que conoces le suceden cosas malas.

Empiezas a sospechar que, algún día, las cosas malas podrían sucederte a ti. En algún recoveco de tu corazón albergas la esperanza de verte eximida. Hasta ahora has disfrutado de una vida maravillosa: unos padres cariñosos que te han enseñado a montar en bici en Riverside Park, un hermano mayor que no te trata como si fueras idiota. Las hadas se asomaron a tu cuna y te hicieron todos estos presentes. ¿Por qué habría de terminarse tu buena fortuna?

Tu infancia llega a su fin con la esperanza poco más o menos intacta. Entonces comienzan los años de tu adolescencia, y van surgiendo los baches en el camino. Tu hermano le da a las pastillas. Una primera vez, una segunda vez. Tú aprendes a estar triste. Aprendes a llenar el vacío en el corazón de tus padres, que tanto extrañan a su chico de oro. Cumples los quince. Estás lista para que alguien se

56

fije en quién eres tú de verdad. Estás lista para que alguien se enamore de tu verdadero yo.

Tu primer beso a un chico lo das en una estación de esquí. Lo que tú recuerdas de aquel momento: el latido de su corazón contra el tuyo, el olor de su champú, cómo el reflejo del brillo de las quitanieves proyecta formas sobre la pared de la habitación que has alquilado. Cuando llegas a casa, resulta obvio que ese chico no tiene la menor intención de llamarte, jamás. Aprendes cómo es que te rompan el corazón. Tardarás más en recuperarte de esto que de las rupturas reales ya de adulta. Llega el verano. Comienzas a recuperarte.

Dos años después conoces a tu primer novio. Es perfecto. De haber habido algún servicio de novios por catálogo para chicas adolescentes, lo habrías elegido a él. Si una bruja te hubiese regalado un pegote de arcilla que pudiese cobrar vida, le habrías dado forma para que fuese él.

Te tomas muy en serio el trabajo de ser novia. Es la primera oportunidad que tienes de demostrar lo que vales en este aspecto, y quieres hacerlo todo bien. Lo llevas a ver la tumba de Duke Ellington en el cementerio de Woodlawn. Por su cumpleaños le compras una multitud de pequeños regalos —una caja de música que toca el tema principal de *Love Story*, una paleta de marihuana, la edición de bolsillo de *El guardián entre el centeno* con el caballo en la cubierta— y los escondes por tu propio cuerpo, en los bolsillos de atrás y metidos por dentro de la cintura de los pantalones de mezclilla. Cuando llega el momento de darle los regalos, le dices que los busque. Te pone las manos encima.

Tú nunca has tenido relaciones sexuales. Él sí. Es seis meses mayor que tú. No tienes ninguna prisa por hacerte mayor. Sabes que se trata de algo de lo que deberías avergonzarte, pero no te da vergüenza. No la suficiente como para cambiar de opinión.

Pero sí haces el resto, y qué bien estar con un chico que sabe lo que hace. Le permites deslizar las manos por debajo de tu camisa. Dejas que te desabroche el brasier con dos dedos. Le dejas que te suelte el botón de los pantalones de mezclilla. Después de eso te pones tensa, y él lo nota. Se frena. Él siempre se frena.

Al llegar a los dos meses de relación, te planteas ponerle fin. En cambio, vas y te permites enamorarte. En una tarde soleada de julio, te tumbas bajo los árboles en el campus de Columbia y caes en la cuenta de que han pasado seis meses. La gente te dice la suerte que tienes de que un chico como él se haya quedado tanto tiempo con una chica como tú sin presionarte para hacerlo. Sonríes y dices que ya lo sabes.

Y claro que lo sabes. No te crees que sea tuyo. Hay veces en que se queda dormido o quizá finge estarlo. Y lo único que sabes es que él está aquí, que tiene los ojos cerrados y que, aunque no sientas ya el brazo, ni se te pasa por la imaginación la posibilidad de retirarlo de debajo de su cabeza. Tienes diecisiete años. El amor tiene un sabor aún más dulce de lo que tú esperabas.

Una noche, tus padres se marchan en coche a Nueva Jersey a una recaudación de fondos. Él viene a casa. «Ven una peli», que es un eufemismo para manosearse. Hace dos semanas «vieron» *Réquiem por un sueño*, y no serías capaz de citar una sola frase de la película ni aunque tu vida dependiese de ello.

Esa noche toca *El club de la pelea*. No la has visto nunca. Él, igual que todos los tipos, dice que es su favorita. Da exactamente igual. No hay nada relevante en *El club de la pelea*. Lo que importa es su piel contra la tuya y el calor de su aliento en tu rostro. Sus dedos en tus cabellos, sobre tus muslos, entre tus piernas. Qué atrevida te sientes, qué feliz de haberlo encontrado, de tenerlo allí para guiarte. Esto era lo que las revistas te decían que había que buscar: alguien que te guste y a quien tú le gustes. Un chico en el que puedas confiar.

Llevas puesta una falda, Edward Norton se lamenta por su sofá, su estéreo, su magnífico armario, y tu novio se abre paso con dos dedos por debajo de tu ropa interior; luego, antes siquiera de que te dé tiempo a darte cuenta, dentro de ti. Es algo en lo que no habías pensado nunca hasta ese instante: una falda significa acceso fácil, en especial en verano, sin que los leotardos ni las capas de lana tejan fronteras que te separen del mundo exterior.

Los dedos de tu novio se ponen manos a la obra. Puedes con ello. Respiras hondo y te dices: «Relájate».

Brad Pitt está en un sótano, explicando la primera regla del Club de la pelea. Tu novio te baja las pantaletas por las piernas. En tu vida te habías sentido tan desnuda. Una carcajada te brota del pecho como si fuera una tos. Tu novio responde besándote con más ganas.

La situación progresa de una forma que te ves incapaz de procesar. Edward Norton se abre la cabeza contra el suelo de cemento. Tu novio y tú están desnudos de cintura para abajo.

La gente te dice que digas que no. Nunca te dicen cómo. Te dejan muy claro que el mundo no se detiene por ti y que frenarlo es responsabilidad tuya, pero nadie te ha dado jamás instrucciones de ninguna clase más allá de eso. Nadie te ha contado cómo se mira a los ojos a la persona a la que amas y le dices que quieres parar.

Lo ideal es que tu dulce novio se dé cuenta sin que tú tengas que decirlo. Se percataría de que tus brazos se han quedado inertes, de que te castañetean los dientes. Pero Edward Norton envía e-mails con poemas a sus compañeros de trabajo, y tu novio alarga el brazo en busca de un condón. No tenías ni idea de que los guardaba en el bolsillo interior de su mochila. Ni idea de que tenía ese tipo de cosas organizadas.

Brad Pitt pronuncia un monólogo sobre el modo en que la publicidad destruye el alma. Te quedas mirando cómo tu novio entra en ti. Es tu primera vez, y sucede porque te daba demasiado miedo decir que no. Porque al chico que lo hizo se le olvidó mirarte a los ojos.

La semana siguiente le dejas un mensaje en el buzón de voz. Le dices que te lo has pensado y que es mejor que todo se termine entre ustedes. Cuelgas y lloras.

Años más tarde, escribirás su nombre en la barra de búsquedas de Facebook. Su perfil estará protegido, con un cuadrado gris donde debería figurar su foto. No le vas a solicitar amistad.

Mientras tanto, sobrevives. Por supuesto que sí.

Vuelves a practicar sexo. A veces sexo del malo. A veces del aburrido. Con más frecuencia de lo que te gustaría, te ves regresando de nuevo a ese momento.

No se te olvida tu primera vez. Nunca se te olvida el chico que te enseñó a sobrevivir como una extraña en tu propio cuerpo.

10
LA MUJER DE CAMINO

Todas las noches le preguntas cuándo, y todas las noches se niega a decírtelo.

—Muy pronto lo sabrás —te dice—. De todos modos, ¿a qué viene tanta prisa? Tampoco es que tengas que irte a ninguna parte.

Te dice que no han terminado de embalar. ¿Cuántas cosas pueden tener? No es un hombre rico. Viste limpio y arreglado, pero la ropa tiene un uso ya. Ha mencionado las tareas de la casa en otras ocasiones, los suelos que debe lavar, la ropa que debe tender. El peso del mundo sobre sus hombros, y nadie que le eche una mano, desde luego nadie a quien pague por hacerlo. Pero llevan años viviendo en esta casa, y ahora les toca recuperar todo el contenido de la historia de la familia, hasta el último papel, cada uno de los aparatos que han ido dejando a un lado. Se van de viaje, y tienen que decidir qué irá con ellos y qué se queda. Tienen que marcharse y establecerse en otro lugar.

Entonces, una noche, entra y dice:

—Vamos.

Tardas un segundo y, cuando lo comprendes, te quedas como piedra. Te levanta de un tirón para ponerte en pie y comienza a manipular la cadena. Hay una llave —siempre la hubo— y un par dc tirones. La cadena se desliza de tu pie con un golpe seco. Sientes una ligereza increíble.

Sin la cadena, pierdes el equilibrio. Te apoyas en la pared, y él ya te está jalando del brazo, tratando de sacarte de allí lo más rápido posible.

—De prisa —dice—. Muévete.

Dentro de unos segundos estarás pisando la hierba y ya no habrá paredes a tu alrededor.

—Espera.

Retrocedes un paso hacia el fondo del cobertizo. Su mano casi te deja ir. Te agarra de nuevo, con firmeza, la fuerza de un hombre que nunca, jamás, querrá soltarte. Te retuerce el brazo izquierdo de forma tan repentina que se te nubla la vista. Su peso te presiona en la espalda.

—¿Estás bromeando?

Sueltas un grito ahogado y, con la mano libre, señalas hacia los libros. Hace mucho tiempo que te trajo una bolsa de plástico para protegerlos de la humedad. Quería demostrarte, imaginas, que sabe cuidar de las cosas que le pertenecen. También están las baratijas sobre la caja vacía y dada la vuelta, todos los objetos que les quitó a las otras y te trajo a ti.

—Solo quería tomar mis cosas —le dices apretando los dientes—. Lo prometo. Lo siento.

—No hay de otra.

Te lleva hasta la pila de libros con el brazo izquierdo apretado contra la cadera. Se le enganchan los pies entre los tuyos. Te tropiezas. Te sujeta y te endereza.

—Vamos.

Su cuerpo se mueve al compás del tuyo cuando te agachas para levantar la bolsa de plástico. La dejas caer dentro de la caja con el resto de tus cosas.

—¿Ya estamos listos?

Asientes. Te lleva hasta la puerta sin tiempo para despedirte, tan solo para intentar agarrarte a cualquier recuerdo a tu alcance, los días que se funden unos con otros, cinco años que se convierten en un barrizal. Esa superficie alargada del cobertizo. Un lugar de desesperación, de desconsuelo, que al final se convirtió en tu mundo conocido.

Aquí has aprendido a sobrevivir. Esta nueva casa a la que te lleva está llena de incertidumbre, la posibilidad de cometer un error acecha en cada esquina.

Te detiene al llegar a la puerta. Hay un destello metálico, algo frío y duro en tu muñeca. Unas esposas. Cierra bien un extremo en la tuya y se ajusta el otro en el brazo.

—En marcha.

Su mano libre se dirige al pasador. Acerca el rostro al tuyo.

—No intentes nada ahí fuera. Lo digo en serio. Como grites o salgas corriendo…, si haces cualquier cosa que no sea caminar conmigo hacia el coche, tendrá consecuencias.

Suelta el pasador, te abarca la nuca con la mano abierta y te obliga a mirar hacia abajo. La pistola. Enganchada en su cadera en una funda.

—Lo entiendo —dices.

Te suelta la cabeza. Suena un *clic*, se produce un tirón y —demasiado repentino, tanto que se acaba antes de que te dé tiempo a recibirlo agradecida— el milagro del viento en tu rostro.

—Vamos.

Tira de ti hacia delante. Das tu primer paso, después un segundo. Estás en el exterior. En pie y respirando. Unos mechones de tu propio cabello te acarician las mejillas. Están pasando tantas cosas, la naturaleza, que exige que la escuches, que la percibas. El viento que se arremolina entre las hojas de los árboles. El suelo repleto de vida bajo tus pies descalzos. El zumbido de los insectos y el crujido de las ramitas. La humedad del rocío en tus tobillos.

Otro tirón. Se dirigen hacia su camioneta estacionada. Por segunda vez en tu vida, ves el cobertizo por fuera: listones verticales pintados de gris con un marco blanco alrededor de la puerta. Bien cuidado, de forma metódica. No es un hombre que vaya a permitir que crezcan en su finca las malas hierbas, ni tampoco un hombre dado a cambiar de costumbres. Nadie que hubiera visto ese cobertizo habría sospechado nada.

A tu izquierda, si fuerzas la vista, puedes distinguir la silueta lejana de la casa. Alta, ancha, desierta. Una casa donde, imaginas, hubo antaño una familia feliz, se veían las luces encendidas en los techos, se oía el eco de las risas por los pasillos, rebotando en los flamantes electrodomésticos. Ahora las ventanas están oscuras, la puerta cerrada. Los recuerdos perdidos. Tierra quemada, borrado de sus paredes el rastro de una vida en común.

Sigues avanzando. Un hombre ansioso y atareado te empuja hacia tu destino. Esta noche no es para ti. Nada de esto es por ti.

Sobre tu cabeza, lo sabes, tienes el cielo. Quizá las estrellas. Tal vez la luna.

Tienes que mirar.

Podría costarte muy caro estirar el cuello hacia atrás para echar un vistazo. Eso no le iba a gustar. Pero han pasado cinco años, y si va a suceder, ha de ser ahora.

Él va delante de ti, con la cabeza hacia el suelo, la mirada en los pies. No quiere tropezarse. Lo último que desea este hombre es caer.

Mantienes su ritmo, con cuidado de no quedarte atrás, y —lentamente, como quien pone el pie en el tambaleo del extremo de un puente colgante— echas la cabeza hacia atrás.

Aquí está, como si te hubiera estado esperando. Un cielo negro y decenas de estrellas. Sigues caminando, un pie detrás de otro, mientras dejas que el cielo te absorba. Tú, con la oscuridad. Tú, el océano insondable y la promesa de unos minúsculos icebergs desperdigados por todas partes. Tú, tinta negra que cobra vida gracias a los destellos de pintura blanca.

Hay algo más. Una tensión que te tira del pecho, una amargura desgarradora. Tú, y todas las personas que están mirando el mismo cielo que tú. Mujeres como tú, niños como tú, hombres como tú, ancianos como tú, bebés como tú y mascotas como tú.

Esto es lo que te dice el cielo: antes tenías a ciertas personas. Tenías una madre, un padre y un hermano. Tenías una compañera de habitación. Tenías una familia por lazos de sangre y otra familia a la que habías escogido. Gente con la que ibas a conciertos, gente con la que quedabas para tomar algo. Gente con la que compartías comidas. Gente que te tomaba en sus brazos y te alzaba ante el mundo.

Fuiste en su busca, y ahora la tienes. Una comunión silenciosa que te está desgarrando.

Un pellizco en las pantorrillas. Algo que surge de lo más profundo de tu ser. Tienes que volver a encontrarlas, a esas personas que él te arrebató. Un día, tendrás que ir corriendo hacia ellas.

—¿Qué haces?

Se ha detenido y se ha dado la vuelta. Está mirando cómo miras el cielo. Tu cuello se recoloca de golpe en su ángulo natural.

—Nada —le dices—. Perdón.

Él niega con la cabeza y tira de ti hacia delante.

El cielo te ha alterado. Te dan ganas de gritar, de arañarte y desgarrarte el pecho y salir corriendo, correr y correr por mucho que lo sepas, maldita sea, que sepas perfectamente que eso sería tu fin.

Estúpida. Esto es lo que pasa cuanto te pones a pensar en la gente de fuera.

Primera regla para seguir viva fuera del cobertizo: no vas a correr a menos que estés segura.

Se detiene otra vez. Te frenas con un tambaleo y estás a punto de darte contra él. Te encuentras de pie junto a la puerta del acompañante de su camioneta. Él te la abre y dejas la caja en el asiento de atrás. Una última imagen fugaz de hojas verdes, una bocanada furtiva de aire fresco. Te agachas y te acomodas en el asiento delantero de poliéster. Suena un *clic* y se abre su extremo de las esposas. Te lleva las manos a la espalda y allí te las esposa.

—No te muevas.

Se inclina hacia delante y te abrocha el cinturón de seguridad. No es el tipo de hombre que se arriesgue a que lo paren por una infracción menor de tráfico. Él evita los problemas, y el mundo se lo agradece.

Después de comprobar dos veces el cinturón de seguridad, se vuelve a erguir. Toquetea a ciegas la cintura de los pantalones de mezclilla, saca la pistola de la cartuchera. Te la pone delante de la cara y la mueve de un lado a otro. Se te derrite la piel y se te queda en nada delante de un arma. Tu cuerpo no te ofrece ninguna ayuda, ninguna protección: se queda en un conjunto de miembros quebradizos. Lo único que te ofrece es la interminable promesa de un dolor.

—No te muevas. No me va a gustar nada si te mueves.

Asientes. «Te creo —te dan ganas de decirle como si fuera un juramento, como un sermón—. Yo siempre te creo.»

Cierra de golpe la puerta del acompañante y rodea el coche hacia el lado del conductor apuntando con la pistola hacia el parabrisas y sin apartar la mirada de la tuya en ningún momento. Se abre su puerta. Se desliza en el asiento. Deja el arma sobre el salpicadero. Se abrocha el cinturón de seguridad. Un fuerte resoplido.

—Vámonos.

Lo dice más para sí que para ti.

Arranca el motor. Vuelve a guardar la pistola en la funda. Te quedas esperando a que pise el acelerador, pero, en lugar de eso, gira la cabeza hacia ti. Se te contrae la mandíbula. Podría cambiar de idea. En el ultimísimo instante, podría decidir que esto no va a funcionar, que sería más fácil, mejor, si tú desaparecieses para siempre.

—Cuando lleguemos allí... Es tarde. Está dormida. Vas a guardar mucho silencio. No quiero que se me despierte en plena noche y empiece a hacer preguntas.

Asientes.

—Muy bien. Ahora cierra los ojos.

No puedes evitar fruncir el ceño.

—He dicho que cierres los ojos.

Cierras los ojos. La explicación te viene a la cabeza en cuanto la camioneta cobra vida con un traqueteo bajo tus muslos: no quiere que veas dónde estás ni adónde vas. Igual que hace cinco años, cuando te llevó con él, salvo que en aquel entonces te puso una venda. Te entregó un pañuelo y te obligó a cubrirte con él los ojos mientras te traía a esta finca. Pero eso fue en aquel entonces, y esto es ahora. Él ahora te conoce. Sabe que tú haces lo que él te dice que hagas.

En cualquier otra circunstancia, te arriesgarías. Abrirías los ojos y echarías un vistazo rápido. Pero esta noche no. Esta noche, lo único que importa es seguir viva.

Te concentras en las sacudidas y los vaivenes de la camioneta, que va dando botes por lo que tú imaginas que es el camino de entrada antes de llegar a una superficie lisa, asfalto, cabe suponer. Una carretera. Tienes una sensación de mareo, pero no por el movimiento, sino por las posibilidades que se abren. ¿Y si te inclinaras hacia él, hasta donde te lo permita el cinturón de seguridad, para importunarlo y hacerle cambiar de postura? ¿Y si le hicieses girar el volante? ¿Y si lo girases tú misma con la rodilla, con el pie o con cualquier otra parte del cuerpo? ¿Y si los dos salieran disparados hacia un pretil o un barranco? No le daría tiempo de tomar la pistola. Quizá. O tal vez fuese capaz de volver a meter la camioneta en la carretera en cuestión de segundos, conducir hasta un lugar apartado, sacar la pistola y encargarse de ti.

Así que te quedas quieta. Tan solo se oye el ronroneo del motor, el tamborileo ocasional de sus dedos en el volante. Cuesta decir cuánto tiempo sigue conduciendo. ¿Diez minutos? ¿Veinticinco? Por fin, la camioneta comienza a frenar y se detiene. Oyes el tintineo de una llave al retirarla del contacto.

No te mueves. No abres los ojos. Hay cosas que no haces a menos que él te lo diga. Pero tú ya lo sabes. Has llegado. Lo puedes notar. La casa, que te está llamando. Con ansias.

11
LA MUJER EN LA CASA

La puerta del conductor se abre y se cierra. Unos segundos más tarde está a tu lado. Mete el brazo en busca de tus manos, que siguen aplastadas entre tu propia espalda y el asiento. Las esposas se deslizan de tu muñeca izquierda. Una manipulación a tientas, un *clic*. Cuando te dice que abras los ojos, de nuevo están encadenados el uno al otro.

—Vamos.

No haces el menor movimiento para bajarte de la camioneta. Suelta un suspiro y se inclina sobre ti para desabrocharte el cinturón.

—¿No podías haberlo hecho tú?

«¿Para que así puedas perder los papeles? ¿Para que me des un culatazo por la espalda? Va a ser que no.»

Tira de ti, y pones el pie en una zona de césped. Se inclina para recoger tu caja del asiento de atrás. Es tu oportunidad para mirar: estás de pie al borde de un minúsculo jardín delantero, una frontera entre su mundo y la acera de la calle. La camioneta estacionada en un lateral, en una pequeña entrada de gravilla. Salida en dos direcciones: la calle por la que habéis llegado y lo desconocido. Un árbol y una puerta con un timbre y un tapete que te da la bienvenida. Botes de basura con ruedas, uno verde, otro ne-

70

gro. La puerta de un garage encajada al pie de una cuesta arriba, bajo el suelo de la planta baja. Al otro lado de la casa, un patio en miniatura, unas sillas metálicas y su mesa a juego.

Todo tan normal, los elementos típicos y perfectos de la vida en un barrio residencial.

Te lleva directa hacia allí, hacia la casa, una casa de verdad al alcance de tu mano. Paredes, ventanas y listones de madera. Como el cobertizo, pero más grande, más alta, y luego el tejado, claro.

Ante la puerta principal, una cerradura y una llave que surge de su bolsillo y que encaja en el interior del bombín, y, antes de que alcances a comprenderlo, antes de que el eco del giro de la llave en la cerradura termine de llegarte a los tímpanos, estás dentro.

—Rápido.

Te lleva con prisas hacia un tramo de escalera. La casa se presenta ante ti en una serie de visiones breves y esquivas: un sofá, una tele, fotos enmarcadas en una estantería de libros. Una cocina americana, el ligero zumbido de los electrodomésticos.

—Vamos.

Tú lo sigues. Subes un escalón, después dos y, entonces..., el cuerpo se te va hacia delante. Te agarras al barandal antes de golpearte el mentón contra el suelo. Te miras los pies. Has tropezado: los escalones están alfombrados, y ya no estás acostumbrada a los suelos blandos.

Se da la vuelta y te fulmina con la mirada. Se te tensa el estómago.

Pero continúa subiendo la escalera, tirando de ti hacia delante con renovadas ansias. Te quiere dentro de la habitación que te ha asignado. Quiere las cosas bajo control. Lo único que él ha deseado siempre es que las cosas salgan según sus planes.

Llegas a la segunda planta. Lo ves allí en la penumbra del final del pasillo, un póster pegado a la puerta con cinta adhesiva. Afinas la vista y tratas de distinguir la imagen: una silueta sin rostro acuna a otra más pequeña, con puntos naranjas y azules que brillan en la oscuridad. Tus ojos lo estudian entero y tu cerebro —casi no te lo puedes creer— te dice: «Keith Haring». Un relámpago de lucidez que refulge a través de una pila de escombros. Las partes de ti que el cobertizo no ha podido borrar.

Tiene que ser el cuarto de su hija. El suyo debe de ser el que tienes a tu izquierda, en este lado del pasillo. Se queda de pie delante de la puerta desnuda, cerrada, que guarda silenciosa sus secretos. Como si él no deseara siquiera que la vieses, como si ocultara un universo al margen del tuyo.

A tu derecha hay otra puerta. Sin nada. Anodina. Saca otra llave, la inserta en la cerradura del centro de la manija redonda de la puerta y la gira. Suave y silencioso, letalmente ágil aun en la oscuridad.

La habitación es pequeña y está casi vacía. Una cama individual justo a tu derecha, con uno de esos viejos armazones de barrotes finos de hierro. Una mesita con su taburete a juego en un rincón, una cómoda de cajones al lado. El radiador en el extremo opuesto de aquel espacio. Una ventana, pero tapada con estores opacos. Es la habitación más increíble que jamás han visto tus ojos. Lo es todo y no es nada, es tuya y no es tuya, es un hogar y tampoco lo es.

Cierra la puerta. Una lámpara cuelga del techo, pero no mueve un dedo por encenderla. En lugar de eso, deja la caja en el suelo, abre su extremo de las esposas y hace un gesto hacia la cama.

—Vamos.

Espera a que te tumbes. Ese era el trato: esposada al radiador durante el día, a la cama durante la noche. Te sientas en el colchón, y los muelles sueltan un quejido bajo tu peso. Por primera vez en cinco años, te hundes en algo mullido y elástico. Levantas las dos piernas y las subes al colchón, las extiendes, bajas el torso y dejas que la cabeza toque la almohada.

Se supone que ha de ser cómodo. Después de más de mil noches en un saco de dormir sobre unas tablas de madera, esto debería hacerte sentir como los ángeles del cielo, pero todo está mal. El colchón se hunde como si estuviera tratando de engullirte, como si fueras a continuar hundiéndote más y más hasta que no quede nada, ni rastro de ti sobre la faz de la tierra, nada que haga saber a los demás que tú pasaste una vez por aquí.

Te incorporas, sentada, tratando de recuperar el aliento.

—Perdón.

Su mano sale como un resorte sobre tu hombro. Te empuja de nuevo hacia atrás, te clava los dedos en la clavícula.

—Qué. Diablos. Haces.

—No voy a... Perdón. Es que no... Creo que esto no va a funcionar.

Te agarra con más fuerza. Quieres aplacarlo, pero se te

llena de tensión el pecho. La sensación de una punzada te quema en el tórax. Tiene que saber que no vas a intentar nada, que no saldrías corriendo ni aunque pensaras que disponías de la oportunidad. Intentas tomar aire, pero no lo consigues.

—Solo... Perdón.

Levantas las manos con la esperanza de que sea tu cuerpo el que le transmita lo que eres incapaz de verbalizar. Que eres inocente, que no tienes nada que ocultar. Todavía lleva la pistola en la mano. El silenciador te roza en el lateral de la rodilla. Te concentras en tu respiración. Hace mucho tiempo, en tu otra vida, te descargaste una aplicación para meditar. En unas sesiones pregrabadas, un hombre con acento británico te iba diciendo que inhalaras aire por la nariz y lo echaras por la boca. Una vez, y otra, y otra.

Justo cuando crees que el pecho se te está empezando a estabilizar, el silbido de un resuello surge desde tu garganta. ¿O es un pitido en los oídos? Entra por la nariz. Sale por la boca. Las manos arriba. Los ojos clavados en la pistola.

—¿Habría algún problema... si duermo en el suelo?

Arquea una ceja.

—Es solo que... el colchón... es muy distinto del cobertizo. Ya sé que es una estupidez. Perdona. Lo siento. Pero ¿podría ser? No voy a cambiar nada. Lo juro.

Suspira. Se rasca la sien con el cañón de la pistola. ¿Significa eso que tiene el seguro echado? ¿O es la confianza que tiene en su puntería?

Finalmente, se encoge de hombros.

—Tú misma.

Te deslizas y te dejas caer del colchón. Te tumbas en el

suelo con los movimientos lentos y delicados de un artificiero. Se te deshace un nudo en el pecho. Esto es lo que conoces. Es como en el cobertizo. Tú ya sabes cómo seguir viva en el cobertizo, y puedes aprender a hacer lo mismo aquí.

Se arrodilla a tu lado y te agarra la muñeca esposada. Te estira el brazo por encima de la cabeza, desliza el extremo libre de las esposas entre dos curvas de hierro en el fondo del armazón de la cama y se desprenden unas escamas de pintura al sacudir el mecanismo hacia la derecha y hacia la izquierda para ponerlo a prueba.

Cuando tiene la certeza de que no vas a poder escabullirte de allí, se levanta.

—Si oigo algo, lo más mínimo, no me va a gustar nada. ¿Entendido?

Asientes lo mejor que puedes teniendo la cabeza en el suelo.

—Mi cuarto está cruzando el pasillo. Si intentas algo, me voy a enterar.

Otro gesto de asentimiento.

—Volveré mañana por la mañana. Espero verte en el mismo sitio. En la misma postura. Todo igual.

De nuevo, asientes. Da un par de pasos, lleva la mano a la manija de la puerta y se queda quieto.

—Lo prometo —dices—. No me moveré.

Te mira con los ojos entrecerrados. No se acaba nunca, la incertidumbre de su mirada sobre ti. ¿Puede confiar en ti? ¿Ahora mismo? ¿Y dentro de una hora? ¿Y dentro de una semana?

—Lo digo en serio —añades—. Estoy cansadísima. Voy a caer redonda en cuanto te vayas.

Con la mano libre, haces un gesto con el índice alrededor de la habitación.

—Esto está muy bien. Gracias.

Está girando la manija de la puerta cuando sucede. El ruido de un roce al otro lado de la pared, el crujido del suelo de madera. Una voz lo llama desde la otra punta del pasillo:

—¿Papá?

En sus ojos se enciende un brillo parecido al terror. Te mira como si estuvieras muerta, como si fueras un cadáver, él tuviese las manos manchadas de sangre y su hija viniera directa hacia ti.

Recobra la compostura con la misma rapidez. Su rostro se relaja. Aguza la mirada. Levanta una mano hacia ti. «No te metas en esto. Quédate muy callada.»

En un solo movimiento ágil, sale de la habitación sin hacer ruido. ¿Lo verá la hija? ¿O estará demasiado oscuro y ella demasiado lejos? Es lo más difícil que has tenido que hacer en tu vida, no mirar. No asomar la cabeza, no estirar el cuello. No abrir la boca mientras la puerta se cierra a su espalda. Una rápida bocanada de aire te acaricia la cara. Metes los labios hacia dentro, te muerdes el interior de los carrillos.

A través de la pared se filtran unos ruidos amortiguados: «¿Va todo bien?» y «Sí» y «Es muy tarde» y «Sí, ya lo sé» y «He intentado enviarte un mensaje» y «No lo he oído» y, al final, «Vuelve a la cama». Debe de haberle hecho caso, porque los sonidos no tardan en desaparecer y ya solo quedas tú. Tú en una habitación. Tú en una casa de verdad con muebles, con calefacción y tantas paredes y puertas. Tú con él y, en algún lugar pasillo abajo, alguien más.

Casi puedes sentirla. Cecilia. Como un campo de fuerza. Una brasa al rojo en la oscuridad. Por primera vez en cinco años, un pequeño huracán. La infinita promesa de una persona nueva.

12
NÚMERO DOS

Estaba prometido.

Eso fue lo primero que me dijo. Después de que yo cerrara la tienda. Después de que me exigiera el dinero de la caja registradora. Después de que me percatara de que el dinero no era lo único que andaba buscando.

Lo dijo mientras me quitaba el anillo. Tenía las joyas en la cabeza porque hacía poco tiempo que se había comprometido.

Con una mujer maravillosa, dijo.

La otra cosa acerca de él: se le daban bien los nudos.

—¿Ves esto? —me preguntó después de atarme las manos por delante—. Es un nudo en ocho, y no se va a soltar si tiras. La presión solo sirve para apretarlo más, así que no lo intentes. No lo intentes ni de broma.

Lo intenté, cuando no estaba mirando, pero lo cierto es que aquel hombre no mentía.

Jamás se deshizo.

Lo último que averigüé: estaba preparado. Creo que ya lo había hecho antes. Se le veía con confianza, con determinación. Con calma, incluso cuando me negué a colaborar con su plan. Porque él sabía que lo haría, al final sí. Él sabía que el mundo cedería a su voluntad.

Aquel hombre —y esto es lo último que pensé en mi vida— era como un guerrero. Alguien que sabe que esto no ha terminado hasta que el otro deja de retorcerse.

13
LA MUJER EN LA CASA

Un temblor en el hombro. Está inclinado sobre ti, zarandeándote para despertarte. ¿Cuándo te quedaste dormida? Todo lo que recuerdas es que te tumbaste en el suelo de parqué tratando de dar con una postura decente para el brazo esposado.

Esperas a que te libere. Tira de ti para ponerte en pie. Te frotas los ojos, estiras las piernas. En el cobertizo, siempre estabas ya despierta cuando él entraba. Se te cierra la garganta ante la sola idea de que haya podido entrar sin que te des cuenta, de que se haya quedado ahí sobre ti, tumbada y con los ojos cerrados, la boca entreabierta, ajena al mundo que te rodea. Sin notar su presencia.

—Vamos.

Te agarra del brazo, abre la puerta, te lleva al otro lado del pasillo. Bajo el otro codo lleva sujeta una toalla de baño y unas prendas de vestir. Abre otra puerta a tu izquierda —una en la que no llegaste a fijarte anoche— y tira de ti para dentro. Realizas una valoración rápida: tina, cortina de baño, lavabo, retrete. Se lleva un dedo a los labios al tiempo que abre el grifo de la regadera.

—Sigue dormida —dice en voz baja, ensordecida por el chorro de agua—. Pero sé rápida. Y no hagas ruido.

Cecilia. El recuerdo de anoche flota en el ambiente entre ustedes dos, la voz inquisitiva de su hija y el pánico en los ojos de él. Los tres allí de pie, tomados de la mano al borde del precipicio.

Te bajas los pantalones de mezclilla y las pantaletas por las piernas. Te quitas la sudadera, la camiseta y el brasier barato de deporte que te trajo él cuando se arruinaron los broches del que traías tú.

Levantas la tapa del retrete. Estás tan ocupada quedándote estupefacta con lo real que es la experiencia que, por un instante o dos, se te olvida que él está mirando. Tú solo sabes que hay una alfombrilla de algodón que te acaricia los arcos de los pies, un aro de esmalte frío que se te está clavando en la parte inferior de los muslos. Un rollo de papel higiénico a tu derecha, blanco, de doble capa. Él no te quita ojo, pero con la misma indiferencia que si fueras una perrita que se pone a hacer sus cosas cuando la saca de paseo.

A tu izquierda, el agua salpica contra la tina. No preguntas por Cecilia, por si podría despertarla el sonido de alguien que se está bañando. Él es su padre y sabe qué es lo que interrumpe el sueño a su hija. Tú apuestas por que la hija está acostumbrada. Hasta donde tú sabes, él lleva años levantándose antes que ella, afeitándose y lavándose los dientes antes de que ella suelte el primer bostezo.

Desde allí, sentada en el retrete, lo examinas. Bingo. Ya está vestido: pantalones de mezclilla, un abrigo polar limpio y botas de trabajo con cordones. Peinado, la barba recién arreglada. Se ha levantado temprano, con tiempo para su propio aseo antes de ocuparse del tuyo. Si oye algo, la hija pensará que esta nueva inquilina es igualita a su padre, toda una madrugadora.

Te levantas para jalar de la cadena. Estás a punto de entrar en la tina cuando algo te detiene en seco. Una imagen en el espejo. Una mujer. Nueva y desconocida. Tú.

Necesitas unos segundos. Mirarte el pelo, largo y oscuro como solía, pero con las raíces canosas, un par de mechones blancos como los de una mofeta que te llegan más allá de los hombros. Las costillas prominentes, una sucesión que asoma bajo la piel como si amenazara con atravesarla. El perfil de tu rostro.

—Rápido.

Antes de que te dé tiempo a mirarlo mejor, te agarra del brazo, abre la cortina de la regadera hacia un lado y te apremia a meterte debajo del agua.

Qué caliente está. Solías darte baños como este todas las mañanas. Te quedabas ahí una eternidad, mientras el agua te caía rebotando por el pecho. Echabas la cabeza hacia atrás y dejabas que te inundara los oídos, que te llenara la boca, que te poseyera. Te entregabas de lleno al momento, de manera irrevocable, tratando de asir una especie de algo sublime que jamás se materializaba. Ahora, después de cinco años de lavarte a salpicones con el agua de la cubeta, eres incapaz de distinguir qué parte de esta experiencia —el agua que te abrasa la espalda, que te cae a chorros por la cara, el vapor que te llena los pulmones— se suponía que era agradable.

Mantienes los ojos abiertos e intentas respirar entre el vaho. ¿Te acuerdas de cómo se hacía esto? Vas a agarrar el jabón y te resbalas. Él te sujeta y pone los ojos en blanco. La cortina del baño continúa abierta, echada a un lado. Allí no hay rastrillos, nada con lo que le puedas hacer daño a él ni hacértelo tú, ni siquiera un bote de champú con el que pudieses echarle un chorro en los ojos. Estás sola con tu cuerpo desnudo y una barra de jabón.

La metes debajo del chorro de agua. Te frotas los brazos con la espuma, el pecho, entre las piernas, y sigues bajando hasta los dedos de los pies.

—¿Has terminado ya?

Le dices que casi. Vuelves por más jabón y te lavas la cara y el pelo. Entonces cierras el grifo y te das la vuelta hacia él. Te entrega la toalla. Te secas. Tu cuerpo está tan presente, es tan real bajo la luz amarillenta. En el cobertizo, en el resplandor de la lámpara de camping, no alcanzabas a ver los detalles: estrías con la forma de un rayo en el interior de tus muslos, vello negro en los antebrazos y en las pantorrillas, matas de pelo en las axilas. Magulladuras en los brazos, manchas crónicas de morado y azul en el interior de los codos. Alguna que otra cicatriz en el pecho. Años de brutalidad escritos por toda tu piel.

Le ofreces la toalla y él te señala un gancho en la puerta, donde la cuelgas para que se seque. Te hace un gesto hacia la pila de ropa que ha dejado en el suelo. Te arrodillas y ves unas pantaletas nuevas de marca propia del supermercado. Un brasier deportivo hecho con el mismo algodón negro. Unos pantalones de mezclilla nuevos, una camiseta blanca, una sudadera gris con gorra y cierre. Todo barato, neutro, aburrido. Todo nuevo. Todo tuyo.

Mientras te vas poniendo la ropa, te recuerdas los detalles de tu nueva identidad. «Eres Rachel. Hace poco que te has venido a vivir al pueblo. Necesitabas un sitio donde quedarte y te enteraste de que un amigo de una amiga subarrendaba una habitación.» Te entrega un cepillo de dientes nuevo y te señala la pasta de dientes en el borde del lavabo: la suya, se supone.

No es un gesto de bondad. La higiene más básica, la oportunidad de asearte. Para él es más sencillo si no te pones enferma, si no se te caen los dientes, si tu cuerpo no la lía con una infección. En el cobertizo, te necesitaba lo bastante sana como para que no le dieras más trabajo. Ahora te necesita con un aspecto tan normal como sea posible de cara a su hija.

—Ven aquí.

Te coloca delante del espejo y retira el vaho con una toallita. Esta es tu oportunidad de mirarte con más detenimiento. Nunca fuiste guapa, no con todas las letras, pero en un buen día, desde el ángulo apropiado, sí eras capaz de ver tu atractivo. Tu pelo negro azabache, con el flequito corto. Una buena piel salvo por las espinillas una vez al mes a modo de anuncio del periodo. Los labios bien definidos, capaz de salir airosa con la barra de color rojo. Aprendiste tú sola a hacerte el delineado con alas en los ojos, el lápiz blanco en el borde del párpado inferior, los ojos tan grandes y redondos como fuera posible.

La mujer del espejo no tiene fleco. Hace mucho que lo perdió. No sabes muy bien cómo, pero te notas la piel seca y grasienta a la vez. Tienes unas arrugas nuevas en la frente, entre las cejas, alrededor de los labios. Granitos desde las sienes hasta la línea de la mandíbula. La pérdida de peso también te ha transformado la cara. Tienes las mejillas hundidas, se te han quedado chupadas ya de forma permanente.

84

Eras una chica sana y musculada. Los domingos desayunabas avena, salías a correr y estirabas; hacías pilates y te apuntabas a yoga de forma ocasional. Caminabas tanto como podías, comías cuando tenías hambre y no seguías comiendo si te sentías llena. Tu metabolismo era como un reloj, sin alteraciones, y te parecía un milagro aquella máquina obediente, un organismo que te recompensaba por cuidarlo bien. Y él te lo ha echado a perder. Lo ha destrozado, como hace con todo.

—Quédate quieta.

Tiene unas tijeras en las manos. Te quedas como piedra.

—Lo tienes demasiado largo.

Te señala el pelo con las tijeras. No te ha crecido tanto como tú te imaginabas. Después de los primeros doce meses —doce meses de una sola comida al día—, tu cuerpo decidió utilizar sus recursos en aspectos más acuciantes. Las puntas te empezaron a ralear y se te quedaron ya para siempre por debajo de los omóplatos.

Necesita que tengas mejor aspecto. Necesita que parezcas alguien que nunca ha dejado de tener acceso a un corte de pelo.

—No te muevas —te dice—. Sería una lástima que por tu culpa se me fuera la mano.

Sigues quieta mientras él te pasa las tijeras de un lado a otro de la espalda, reprimes un escalofrío cuando el metal rebota contra tu piel. Con un corte aquí y otro allá, te vuelve a dejar el pelo a la altura de los hombros.

Se guarda las tijeras en el bolsillo de atrás y te tira del brazo.

Es lo único que hace siempre. Te jala para acá, te jala para allá, siempre metiéndote prisa, nunca cuenta con el tiempo necesario para nada. Te das la vuelta para mirarlo. Sus ojos azules, esos que tú juras que a veces se vuelven negros. Su vello facial meticulosamente cuidado; sus pómulos, de una delicadeza asombrosa, casi frágiles.

Es probable que haya un champú del bueno escondido en los cajones de debajo del lavabo. Aftershave y crema de aloe vera en el armarito del espejo. Nada caro, lo justo para sentirse aseado y compuesto.

Surge la ira, ardiente, y te asciende por la espina dorsal. Tus ojos recorren disparados la habitación en busca de algo que puedas agarrar y tirarle. Quizá el platillo del jabón sirva para partirle el cráneo. O podrías utilizar las manos; qué bien te sentaría, durante unos segundos, aporrearle el pecho con los puños cerrados una y otra y otra vez, quizá descargarle un buen puñetazo en la cara, pegarle justo en el hueso de encima del ojo, partirle el labio y dejarle los dientes rojos, o atizarle en la nariz y hundírsela hasta el cerebro, ¿verdad? Pero su mano te aprieta el brazo cada vez más fuerte. Este hombre bien alimentado y descansado que sabe dónde están escondidas las armas. El señor de sus dominios.

—Lo siento —dices, y te subes el cierre de la sudadera—. Estoy lista.

Recoge tu ropa vieja y te dice que lo sigas. Con un gesto rápido, abre la puerta del dormitorio y arroja dentro tus cosas. A la luz del día, se ve mucho mejor la puerta: la manija redonda con una cerradura en el centro, de esas que se cierran desde el interior, como las que tenías cuando vivías con tus compañeras de piso. Esta no está pensada para retenerte dentro. Es para Cecilia, y está ahí para asegurarse de que ella no entra. Solo su padre tiene la llave. Solo él puede entrar.

Vuelves a entrar en la habitación, y él te vuelve a esposar a la cama.

Al final del pasillo, suena el timbre de una alarma. Justo a tiempo.

Te sientas y esperas con el pelo mojado sobre la espalda. No tarda mucho en regresar y en volver a quitarte las esposas. Esta vez cierra la puerta detrás de ti al salir y te agarra por la muñeca. Lo sigues escaleras abajo, y la casa cobra vida bajo tus pies. Alfombra gris sobre los escalones, las paredes pintadas de blanco, igual que el barandal. Giras a la izquierda y accedes a la cocina americana. «Te llamas Rachel; eres Rachel.» A tu derecha queda la zona del salón. No hay vestíbulo. La puerta principal, ahí sin más, llamándote. Un sofá, una butaca, una televisión de un tamaño decente. Una mesita baja de centro con un par de revistas. Fotografías enmarcadas en las paredes y esa estantería de libros del rincón, llena de ejemplares de bolsillo. Debajo de la escalera, una puerta.

Sientes ganas de inspeccionarlo todo, quieres poner boca abajo los cajones, vaciar todos los armarios, pero él tira de ti hacia la mesa de la cocina: es de madera, con algún arañazo que otro, pero acaban de pulirla. No muy lejos de ella, la puerta de atrás. Toda la casa está limpia y carece de personalidad, como si aquel lugar temiera que, si se ponía a hablar, fuese a decir más de la cuenta.

Te señala una silla, también de madera, la más alejada de la puerta de atrás. Te sientas. La mesa está puesta para tres personas: tres platos, dos tazas vacías, tres cuchillos de cocina. Una cafetera Mr. Coffee petardea en la barra.

Te pone la mano en el hombro y te da un meneo. Le miras la cintura. No hay cartuchera.

—Recuerda.

«Eres Rachel. Amiga de una amiga. No le vas a poner un cuchillo en el cuello. Vas a actuar con naturalidad.»

Abre la alacena de aluminio, saca una bolsa de pan blanco y coloca unas rebanadas en la tostadora. Te vuelven a la cabeza los desayunos de la infancia: tortas de galleta sujetas entre dos servilletas de papel, aún calientes, que te comías de camino al colegio. Más adelante, una rutina similar, pero con unos sándwiches de huevos revueltos y un café para llevar que pedías en un puesto ambulante. Hasta donde te alcanza la memoria, no te sentabas a desayunar con tus padres, al menos en los días lectivos, eso desde luego.

Desde tu silla, vas tomando nota de todo lo que ves: un dispensador de cuchillos en la barra, tangas en el tendedero. Un cucharón, un abrelatas, unas tijeras de hoja larga. Un paño de cocina doblado sobre el asa de la puerta del horno. Todo limpio, cada cosa en su sitio. Ya ha desembalado las cajas. Ha tomado posesión de este nuevo espacio. Ahora es suyo, está bajo su control.

Va a apoyarse en el barandal y ladea la cabeza en dirección a la primera planta.

—¡Cecilia! —la llama a voces.

Vuelve arrastrando los pies hacia la cafetera para comprobar si ha terminado de hacerse el café. Un padre en el turno del desayuno, dedicándose a su rutina diaria.

Lo primero que ves de ella son los pies. Dos calcetines de color celeste que bajan sin hacer ruido por la escalera. Pantalones negros ajustados, un suéter malva peludo. Se inclina hacia delante para asomarse mirando a la cocina.

—Hola —dices tú.

Tu voz sorprende a la chica, lo sorprende a él y, por encima de todo, te sorprende a ti. La mirada de él va y viene entre su hija y tú. Te preocupa haberlo hecho mal. Una sola palabra y ya lo has estropeado todo, pero Cecilia viene hacia la mesa y se sienta enfrente de ti.

—Hola —dice ella.

Tú no puedes volver a decirle hola, así que le haces un gestito de saludo con la mano. Estás intentando no quedarte mirándola, pero no puedes evitarlo: devorar su rostro, darte un atracón con los detalles de sus facciones.

La estudias en busca de cualquier rastro de su padre, de la historia de su infancia. Adviertes cierto aire —un desconocido por la calle daría por sentado que son familia—, pero ella tiene su propia individualidad, el rostro más redondo que el de su padre, más suave. Salpicado con pecas y enmarcado por las ondulaciones de su cabello pelirrojo. Los ojos, sin embargo, son los de él: el mismo azul grisáceo, los mismos destellos amarillos alrededor del iris.

Deja un plato de panes tostados sobre la mesa. De espaldas a su hija, te mira y arquea las cejas. «No la cagues.»

Lo estás intentando, pero no tienes ni idea de cómo hacerlo. Nada podría haberte preparado para sentarte en la cocina de este hombre, desenterrar las partes más amigables de tu ser y ofrecérselas a su hija.

—Yo soy Rachel —le dices.

Asiente.

—Cecilia.

—Encantada de conocerte.

Esboza una sonrisa. Su padre se dirige a la barra de la cocina, toma la jarra del café y vuelve a sentarse en la mesa. Mira a su hija.

—¿Has dormido bien?

Ella asiente con los ojos clavados en el plato vacío. Vagamente, recuerdas cómo eras tú por las mañanas a su edad: siempre agotada, nunca con hambre y, desde luego, nunca de humor para hablar. Su padre se sirve una taza de café y deja la jarra al borde del mantelillo que tú tienes delante. Te está diciendo, indicando, que te sirvas tú misma. Llenas la taza que tienes delante. Hasta que te la llevas a los labios no te fijas en lo que tiene escrito sobre la loza por el otro lado: MEJOR PADRE DEL MUNDO, en letras negras y grandes.

En la mesa del desayuno, el mejor padre del mundo alarga la mano hacia un mechón de pelo de su hija, se lo lleva a ella a la nariz y lo mueve arriba y abajo como si se lo metiera en el orificio nasal. Al principio, ella no reacciona. Al tercer intento, la hija lo aparta con un leve manotazo y se ríe como si supiera que es un error.

—¡Para ya!

Él sonríe a su hija, en parte, y en parte lo hace para sí. Ese padre y su hija, tan cómodos el uno con el otro.

Él la quiere. Resulta obvio, incluso para ti.

Lo que tiene el amor: que te puede hacer débil.

Mientras ellos están distraídos, tú cierras los ojos y te tragas tu primer sorbo de café en años. De golpe, el sabor te hace retroceder en el tiempo, hasta tu última mañana, la del día que él te llevó. Antes de eso, un verano de becaria

90

en una sala de redacción, empleados exhaustos que meten cápsulas en una máquina hasta bien entrada la tarde. Y, a lo largo de todo aquello, todas las visitas a una cafetería. En lo que al café se refiere, ahora lo recuerdas, nunca fuiste muy fiel. Probaste todas las variedades imaginables: el café simple de cafetera de filtro, el doble con leche, el *latte* con jarabe de avellana, el capuchino con extra de espuma. Te negabas al compromiso. Querías probar todo cuanto el mundo tenía que ofrecer.

Cuando vuelves a abrir los ojos, la chica está leyendo la parte de atrás de la tarrina de la mantequilla. «Actúa con normalidad.» Alargas la mano hacia un pan tostado y lo dejas caer en tu plato. Miras al mejor padre del mundo y esperas a que te dé su aprobación sin decir una palabra antes de tomar un cuchillo sin filo. Su hija abandona su material de lectura y te untas mantequilla en la rebanada de pan. Añades una capa de mermelada como si tal cosa, como si esta no fuese la primera vez en cinco años que tienes la posibilidad de decidir la cantidad que vas a tomar de un alimento dado. Tan ceremoniosa como puedes, pero sin levantar sospechas, le das un mordisco.

Un dolor agudo te punza en el borde de las encías. La mermelada está tan dulce que se te pega en el fondo de la garganta. Hace siglos que no vas al dentista. No quieres ni pensar en el desastre que habrá ahí dentro. Caries, gingivitis, una boca que se pondrá a sangrar si utilizas el hilo dental. Te hace daño el pan tostado, pero también está calientito, crujiente, la mantequilla está a medio derretir, y tú tienes mucha hambre, tanta que se te ha olvidado la sensación de saciarte. A lo mejor has estado guardándote el hambre en algún lugar entre tu estómago vacío y los bultos de los huesos de la cadera, y no vas a poder dejar de comer hasta que hayas compensado hasta la última caloría que te perdiste en el cobertizo.

—¿Tienes esa nota para la señora Newman?

La voz de ese padre te trae de vuelta a la cocina, a tus manos sobre la mesa, a los pies en el suelo, con este hombre, su hija y su rutina matinal maravillosamente perfecta. Cecilia le confirma que sí, que tiene esa nota para la señora Newman. Continúa un poco más la charla intrascendente entre los dos, preguntas sobre un examen próximo, la confirmación de que Cecilia va a ir a clase de arte esta tarde y que él la recogerá a las cinco y media.

No sabías que los padres podían actuar de ese modo. Por mucho que te remontas en tu búsqueda, no alcanzas a recordar que el tuyo te hiciera el desayuno jamás, que jugara con tu pelo, que se supiese el nombre de tus profesores y tu horario de clases. Tu padre se iba temprano a trabajar y volvía después de cenar con un bonito traje, el maletín en la mano, cansado pero feliz. Buscaba un hueco para tu hermano y para ti, para los días de partidos y las funciones escolares, para las tardes de domingo en el parque, pero tú eras un elemento en una lista de tareas. Incluso de niña, te daba la sensación de que si nadie le recordaba aquella obligación en particular, la paternidad quizá desaparecería de sus pensamientos, como si tu infancia fuese una prenda de vestir que nadie se molestara en ir a recoger a la tintorería.

El mejor padre del mundo se termina su taza de café. Su hija abandona el pan tostado que trataba de mordisquear. Se levantan de la mesa.

—Cinco minutos —le dice él, y ella le responde que ya lo sabe y desaparece escaleras arriba.

En cuanto llega hasta la cocina el sonido de la puerta del cuarto de baño al cerrarse, él se vuelve hacia ti.

—Vamos. Ya.

Te hace un gesto para que camines delante de él y subas por la escalera. Te sigue muy de cerca, su cuerpo se roza con el tuyo. Haces el camino de regreso a la habitación. No tiene que decirte que te coloques cerca del radiador. Te sientas en el suelo y levantas la mano derecha; él se saca las esposas del bolsillo, cierra uno de los aros en tu muñeca y el otro alrededor de la tubería metálica. Lo desliza arriba y abajo, se cerciora de que el mecanismo es bien seguro.

—Tengo que llevarla a clase, y después tengo que irme a trabajar. Ahora, mira esto.

Saca su celular. Nunca antes lo habías visto. Tiene una pantalla mucho más grande que los que recuerdas de hace cinco años.

—Tengo cámaras. En esta habitación, en la puerta principal, por todas partes. Están escondidas. Conectadas con una aplicación que tengo aquí.

Toca varias veces en la pantalla y la gira hacia ti. No es la señal de la cámara: él no te iba a enseñar eso, sería darte demasiada información. Es un video de internet. Como una demo.

Lo reproduce con un volumen de apenas un suspiro. Muestra la entrada de una casa. La ves, la oyes. Aparece un ícono rojo en la esquina inferior derecha de la pantalla.

Te quedas absorta con aquella casa, con la puerta y la

mujer contratada para que entre en una casa que no es realmente la suya. Con la tecnología. La amenaza de sus ojos y sus oídos sobre ti.

Se te tensa la mandíbula. El cobertizo. Él no tenía ojos dentro del cobertizo, no cuando estaba fuera. En el cobertizo podías leer, podías echarte un rato, sentarte. Podías hacer todo aquello, y él no sabía ni cuándo ni cómo lo hacías. No era mucho, pero era algo, y ese algo te pertenecía.

«Se suponía que esto iba a ser mejor», te dan ganas de decir, y de inmediato sientes el impulso de maldecirte por pensar de ese modo. Ese «mejor» no es algo que él te vaya a permitir. Ese «mejor» es un cuento de hadas.

La pantalla se oscurece. Bloquea de nuevo el celular.

—Si haces algo, si gritas o te mueves y viene alguien a echar un vistazo, recibiré una notificación. Y eso no me va a gustar nada. —Mira hacia la ventana de la habitación, oscurecida por un estor—. Trabajo cerca de aquí. ¿Lo entiendes?

Le dices que sí, pero hay algo que lo retiene. Se arrodilla a tu lado, te lleva una mano a la cara y te obliga a mirar hacia arriba. Necesita verlo en tus ojos, que lo crees, que él te puede creer a ti también.

—¿Sabes cómo me gano la vida?

¿De verdad te lo está preguntando? ¿En serio no se acuerda de que jamás te lo ha contado?

Intentas decirle que no con la cabeza.

—Soy técnico de tendidos eléctricos —te dice, y tú te quedas mirándolo con una cara que debe de ser bastante inexpresiva, porque eleva la mirada al techo y añade—: ¿Sabes lo que significa eso?

Crees que sí, pero te lo ha preguntado con tal intensidad que te hace pensar que no.

—Más o menos —dices.

—Soy el que arregla las averías de los cables de la luz y los mantiene en buen estado. ¿No has visto nunca a ninguno ahí subido en un poste, trabajando con los cables en todo lo alto?

Le dices que sí, claro, que eso era lo que habías pensado. Te parece que cuadra este tipo de trabajo para él. Todo el día ahí subido en un poste de la luz, con tan solo una capa de goma que lo separe de una fuente de energía letal.

—Este es un pueblo pequeño —prosigue—, y cuando estoy trabajando..., bueno, es increíble lo lejos que se alcanza a ver desde ahí arriba.

Te suelta la cara y mira hacia arriba, como si pudiera ver a través del techo. Te lo imaginas con las copas de los árboles de fondo, los pájaros que pasan volando. Vuelve a fijarse en su teléfono.

Esta vez te enseña los resultados de una búsqueda de imágenes en Google. Hombres colgados de cables, con un pie apoyado en lo alto de un poste de doce metros y el otro suspendido en el aire. Casco de obra y guantes gruesos. Una maraña de poleas y ganchos. Notas cómo te clava la mirada mientras tú lo asimilas todo. Te da unos instantes y guarda el celular.

—Puedes verlo todo cuando estás ahí arriba. —Sus ojos se desplazan veloces de nuevo hacia la ventana—. Todas las calles, las casas, las carreteras. A todas las personas. —Su mirada regresa contigo—. Lo veo todo. ¿Lo entiendes? Incluso cuando la gente no se da cuenta. Estoy vigilando. Siempre estaré vigilando.

—Lo entiendo —le dices, y si tu voz tuviese manos, ahora mismo las tendría unidas en un gesto de oración—. Lo tengo claro.

Te mira fijamente unos segundos y se dirige hacia la puerta.

—¡Espera!

De inmediato se lleva el dedo a los labios, y bajas la voz.

—Mis cosas.

Tiras de las esposas para dejar patente que tú estás aquí y que tus libros están allí, fuera de tu alcance. Los recoge y los echa en una pila a tu lado.

—Gracias.

Mira su reloj y se marcha con prisas. Oyes pasos, y después su voz que llega desde la planta de abajo.

—¿Lista?

Cecilia ha debido de decirle que sí con la cabeza. Se abre la puerta principal y se cierra. Arranca la camioneta y, acto seguido, el rumor del motor se desvanece poco a poco.

Sin ellos, la casa está en silencio. No es un silencio de esos que transmiten paz. Es un silencio vacío, opresivo, tan incómodo como sentarte en el regazo de un desconocido. La habitación te parece enorme y minúscula a la vez, como si las paredes se fueran deslizando las unas hacia las otras y se encogiera la superficie, como si la estructura se estuviese estrechando a tu alrededor.

Cierras los ojos. Regresas mentalmente al cobertizo, al suelo duro de madera que tenías bajo la cabeza, a tu mundo de listones de madera. Te tapas los ojos con las palmas de las manos y aprietas, y luego las desplazas hacia los oídos. Puedes oír el soplo del aire a través de tu cuerpo, como una corriente en el interior de una caracola.

Estás aquí.

Estás respirando.

Esta mañana ha sido una prueba, y la has superado. Hasta donde tú sabes, has superado la prueba.

14
EMILY

Después de que muriese la mujer de Aidan y de que los padres de ella, por razones desconocidas, lo echaran a él de la casa de la familia, el juez Byrne se ofreció a alquilarle esa casita que tiene en la zona de la aldea junto al Hudson. No es muy grande. Por lo que me han contado, el juez le ha ofrecido una magnífica rebaja en el alquiler, de esas que no puedes rechazar. Típico del juez Byrne.

El juez Byrne se tiene a sí mismo por el pegamento que mantiene el pueblo unido. Ha celebrado todas las bodas en un radio de quince kilómetros desde antes de que yo naciera. Cuando la cosa se te pone fea, va el juez Byrne y aparece. Siempre encuentra tiempo para charlar. Te respalda, aun cuando desearías que no lo hiciese.

Por eso, el juez Byrne propuso hace tres días en la página de Facebook del pueblo que celebrásemos la carrera de cinco kilómetros para recaudar fondos: «Aidan (nuestro manitas preferido y un buen hombre para todo el pueblo) acaba de perder a su mujer y su hogar, y continúa haciendo frente a unas facturas astronómicas por la atención médica mientras cría él solo a su hija —escribió el juez—. Tiene mucho orgullo como para reconocerlo o para quejarse, pero yo sé que le vendría bien un poco de ayuda».

A la gente le encantó la idea. Uno de los voluntarios del cuerpo de bomberos trazó el recorrido, que comienza y termina en el centro del pueblo. En la sección de comentarios, los García han ofrecido suministros de su supermercado de productos ecológicos: unas bolsas de papel llenas de pasas y gajos de naranja. Los chicos de mi antiguo colegio se han apuntado para repartir vasitos de agua. Los padres han formado un grupo de jueces para situarse a lo largo del recorrido. Todo el mundo tenía tantas ganas de ayudar que casi se nos olvida el objetivo: apuntarse a la carrera cuesta un mínimo de cinco dólares, y se anima a la gente a hacer donaciones adicionales. La recaudación será para Aidan y su hija, para pagar las facturas, el alquiler, los gastos pendientes del funeral y lo que sea que falte por saldar.

Mientras tanto, Aidan Thomas ha permanecido en silencio. Me lo he imaginado observando al mismo tiempo que nuestro pueblo se desvivía por ayudarlo. Sin querer sonar descortés, pero detestando ser el centro de atención.

Hasta esta misma tarde.

Sé cuál es el perfil de Aidan, aunque no somos amigos en Facebook. Solo tiene algo así como tres contactos ahí, contando la cuenta que era de su mujer, pero he reconocido la fotografía de inmediato: no es una foto suya, claro que no. Es solo una panorámica del Hudson helado, tomada desde la colina que hay junto a la posada.

«Muchísimas gracias a todos —ha escrito debajo del mensaje del juez—. Cecilia y yo estamos muy agradecidos por contar con esta comunidad.»

El comentario se compartió hace dos horas, y más de cincuenta personas le han dado ya un me gusta. Algunos han llegado a responder incluso con corazones o emojis cariñosos con las manitas unidas en un abrazo virtual.

Estoy sentada en mi dormitorio, con el índice suspendido sobre el *trackpad* de mi laptop.

En los multicines de mi cerebro ha estado pasando una y otra vez la misma película, en bucle: los ojos azules de Aidan mirándome a través del vaso en la noche del *old fashioned* sin alcohol, algo que es nuestro y de nadie más.

En Facebook, hago clic en «comentar» y me pongo a escribir. Paro. Empiezo de cero. Me vuelvo a parar.

Lo último que quiero es parecer ansiosa.

No, eso no es cierto.

Lo último que quiero es que parezca que no me importa.

«El Amandine estaría encantado de apoyar a todos los corredores (y a quienes vayan a animarlos). Sería un placer montar un puesto de chocolate caliente en la zona de meta.»

El restaurante hace lo del chocolate caliente todos los años en el desfile de Navidad. No me importa montar el dispensador un poco antes este año. De ese modo, cuando llegue el día de la carrera tendré algo que hacer y me dará un motivo para estar por allí.

Repaso las faltas de ortografía de mi comentario y pulso «enviar».

Mientras me preparo para el turno de las cenas, vuelvo a mirar la pantalla para ver las actualizaciones. Justo cuando estoy a punto de marcharme, aparece una notificación en la esquina superior derecha.

Dos comentarios.

Uno es de la señora Cooper, que se mudó aquí hace unos años con su marido y sus dos hijos. «¡Qué idea tan maravillosa!», ha escrito. La señora Cooper: siempre un pelín demasiado entusiasta, siempre preocupada por hacerse un hueco para ella y su familia.

El segundo comentario es de él. Lo leo demasiado rápido, con una sensación de pánico oprimiéndome el tórax («¿Y si piensa que es una broma? ¿Y si me estoy pasando? ¿Y si me estoy quedando corta?»). Entonces, allá voy de nuevo, me tomo mi tiempo. Saboreo cada palabra.

«Qué amable por tu parte.»

Aquí, presionó la tecla mayúsculas y el intro a la vez para meter un salto de línea.

«Eso suena delicioso.»

15
LA MUJER EN LA CASA

Cambias de postura junto al radiador, intentas encontrar la menos incómoda. Si apoyas la espalda contra la pared, puedes estirar las piernas.

Cierras los ojos y escuchas. En el exterior, el picoteo de un pájaro carpintero. El trino de otra especie distinta de pájaro. Antes de que él te llevara, habías empezado a aprender sobre el trino de los pájaros. Habías conseguido un libro con una lista de especies y descripciones de las melodías correspondientes. Todo aquello estaba clarísimo, en teoría, pero tú jamás has logrado adjudicar un pájaro a un trino con certeza, ni siquiera después de los años de práctica en el cobertizo. Para tus oídos de ciudad, un pájaro es un pájaro es un pájaro es un pájaro.

Cuando regresa la camioneta, los cuadrados de luz alrededor de los estores ya han perdido intensidad. Puertas que se abren y se cierran. Voces que ascienden desde la cocina. Captas fragmentos de frases: «deberes», «cena», «*jeopardy*». Alguien sube por la escalera. Tiran de la cadena del retrete; el lavabo del cuarto de baño hace sonar las tuberías. El olor a comida recorre la casa, sabroso y caliente y —si mal no recuerdas— a mantequilla.

Él ya te lo ha advertido: no habrá cena todas las noches.

No habrá desayuno todas las mañanas. Él vendrá por ti en el momento adecuado.

Pero esta noche es la primera, así que esta noche sí aparece.

Tú ya te has aprendido los pasos. Él te libera de las esposas y te dice que te des prisa. Te levantas, flexionas las rodillas un par de veces, te frotas los pies para revivirlos. En el piso de abajo, la mesa está puesta igual que por la mañana, con vasos de agua en lugar de tazas de café. Abre el horno y echa un vistazo a lo que sea que esté preparando ahí dentro.

—¡Cecilia!

Un hombre en su casa, que lleva la comida a la mesa. Que da de comer a su hija. «Ese padre.»

Te da un empujoncito, como diciendo «¿qué estás esperando?». Te sientas en el mismo sitio que te asignó en el desayuno.

Cecilia baja por la escalera. Contiene un bostezo. Recuerdas tener su edad, lo agotador que era tenerlo todo por aprender, todos esos libros que leer, todas esas fórmulas de matemáticas por memorizar. El mundo entero al alcance de las yemas de tus dedos, y la obsesiva tarea de averiguar —entre clases, en los recreos— qué tipo de persona querías ser y cuál era el mejor camino para llegar a serlo.

Se detiene en la zona del salón y apunta el mando a distancia hacia la tele. Una sintonía televisiva de instrumentos de viento inunda la estancia, el sonsonete de un estribillo y, finalmente, una voz atronadora que dice:

—Bienvenidos aaaaa... *Jeopardy!*

La imagen de los concursantes va apareciendo fugaz en la pantalla, su nombre y su ciudad, Holly de Silver Springs,

Jasper de Park City y Benjamin de Búfalo. Un hombre con traje y corbata entra en el estudio.

—Y, con todos ustedes, el presentador de *Jeopardy!*, Alex Trebek.

Los brazos se te quedan inertes. Sientes un cosquilleo en las piernas. Lo de la casa, puedes con ello; incluso Cecilia, puedes con ella, con la energía de otra persona más en la habitación, con su juventud, los misterios de su vida. Pero la tele, gente respondiendo preguntas por dinero; Alex saludando a Holly, a Jasper y a Benjamin como si fueran amigos de toda la vida..., eso es demasiado. Demasiado mundo exterior. Demasiadas pruebas de que el mundo ha seguido girando sin ti.

Dentro de la casa, ese padre se acerca a su hija, le pasa un brazo por los hombros. «Como solía hacer tu padre —susurra tu cerebro—, cuando tiraba de ti para pegarte a él y te recordaba que eras su colega.»

—La cena está lista.

Cecilia alza la mirada hacia él con expresión suplicante.

—¿Solo la primera ronda? Por favor.

Ese padre suelta un suspiro. Te mira. Tal vez decida que una distracción no será lo peor del mundo: mantener a la chica centrada en la tele, y no en la recién llegada sentada en la mesa.

—Baja el volumen y la dejamos puesta de fondo.

Cecilia arquea las cejas. Por un instante, se parece a él, con el mismo aire de sospecha, siempre buscando dónde está la trampa, el engaño. No intenta forzar su suerte y apunta el mando hacia la tele hasta que la voz de Alex se convierte en un rumor lejano.

Toquetea los botones unos segundos más. Aparecen unos subtítulos en el fondo de la pantalla. Chica lista.

Con los dedos envueltos en un trapo de cocina, ese padre coloca una fuente de cerámica en el centro de la mesa, junto a una barra ya cortada de pan de ajo. Cecilia se inclina hacia delante para olisquearlo.

—¿Qué es esto?

Él le dice que es lasaña de verduras y que se siente. Ella le sirve a él primero, después se sirve ella y te mira con la cuchara en ristre como si fuera un símbolo de interrogación. Le das tu plato y tomas una rebanada de pan de ajo. Cecilia te estudia un instante, hasta que su padre señala la tele. La categoría es «Asuntos del corazón». Hay ochocientos dólares en juego, y los subtítulos van apareciendo mientras Alex lee una tarjeta.

—Es lo que se produce cuando se acumula alrededor del corazón una cantidad de fluido que supone un riesgo para la vida.

El padre contesta en voz alta.

—Qué es un taponamiento cardiaco.*

No lo entona como una pregunta, sino como una afirmación.

Benjamin de Búfalo da la misma respuesta. Ochocientos dólares se añaden a su cuenta acumulada.

—Eso no es justo —dice la niña—. Tú lo has estudiado.

Tú sabes que el hombre de la llave del cobertizo —de la llave de tu habitación— no es médico. Aquí hay una his-

* En el concurso televisivo *Jeopardy!*, los concursantes han de acertar con la pregunta que tiene por respuesta la afirmación que hace el presentador. *(N. del t.)*

toria que se te escapa. Ambiciones insatisfechas, cambios de planes. Antes de que te dé tiempo a pensar en una forma hábil de investigarlo, Benjamin de Búfalo escoge la categoría «Apodos» por doscientos dólares. Alex les da la pista:

—También fue conocido como «el Beatle callado».

Algo se despierta dentro de ti. El conocimiento del pasado. Canciones que solías cantar, los CD que le agarrabas a tu padre de las estanterías de su despacho en casa. Los primeros acordes de «It's All Too Much», el quejido de una guitarra eléctrica distorsionada.

El padre y su hija cruzan una mirada de no tener ni idea. Entonces suena tu voz:

—¿Quién era George Harrison?

Benjamin de Búfalo prueba con John Lennon y falla. Jasper de City Park se decide por Ringo. Holly de Silver Springs prefiere no intentarlo, y pasa el tiempo del reloj hasta que se termina. Alex pone cara de lamentarlo.

«No es ni John ni Ringo —dice en los subtítulos—. La respuesta correcta es... ¿Quién era George Harrison?»

Cecilia te mira con una sonrisita, como diciendo «oye, muy bien». El padre no te mira hasta que su hija vuelve la atención de nuevo hacia la tele. Te encoges ligeramente de hombros. «¿Qué? Has dicho que actúe con normalidad.» Se gira de nuevo hacia la tele, donde Benjamin ha vuelto a escoger la categoría «Apodos», en esta ocasión por cuatrocientos dólares.

—Es el nombre real de un personaje británico icónico, nacido en Brixton, Londres, conocido entre otros apodos como «el Duque Blanco».

Holly de Silver Springs acciona su pulsador y frunce los

labios. Más recuerdos llegan hasta ti: un rayo pintado en la cara en una noche de Halloween. El mariposeo en el pecho cuando te enamoraste de aquella silueta flaca de labios finos y ojos hipnóticos. Te tragas un bocado de lasaña con la rapidez suficiente para responder:

—¿Quién es David Jones?

En la pantalla, Holly vacila hasta que se le acaba el tiempo. Pone una sonrisa de disculpa y mira a Alex, que aguarda a que los otros dos concursantes intenten aprovechar su oportunidad y, acto seguido, les cuenta:

—La respuesta es David Jones, también conocido como David Bowie.

Cecilia se vuelve de nuevo hacia ti.

—¿Cómo sabías eso?

No se te ocurre ningún motivo para no contarle la verdad.

—Me gusta mucho la música.

Se retuerce un poco en el asiento.

—Oh, a mí también.

Su padre ha dejado de comer, el tenedor en equilibrio en el borde del plato. Sus ojos se desplazan entre Cecilia y tú como si estuviera viendo un partido de tenis.

Algo más que recuerdas: la sensación tan emocionante, a su edad, cuando un profesor te permitió hacer una presentación sobre Cher. Cuando a alguien se le abrían mucho los ojos de entusiasmo al oír el nombre de Bob Dylan. La música como atajo a la afinidad, para poner fin a la devastadora soledad que traían consigo los trece años.

Le sonríes. La chica que es mitad él, la chica que no debe saber lo que hace su padre entre las sombras.

—¿A quién escuchas? —le preguntas.

Se lo piensa. A ti te encantaba y odiabas a partes iguales que te hicieran esa pregunta. Te encantaba porque nunca te cansabas de paladear aquellos nombres en la lengua: Pink Floyd, Bowie, Patti Smith, Jimi Hendrix, los Stones, Aerosmith, los Beatles, Deep Purple, Fleetwood Mac y Dylan. Lo odiabas porque te aterrorizaba decir algún nombre fuera de lugar, eso que iba a desenmascarar que no eras una experta del rock, sino solo una simple adolescente más.

Cecilia nombra a varios artistas, Taylor Swift, Selena Gomez y Harry Styles. Gente que apenas estaba empezando cuando tú desapareciste. Talentos que florecieron en tu ausencia.

—Qué bueno —le dices.

Cuánto te costaba conocer gente, por entonces, cuando aún andabas por el mundo; hacer amigos, intentar sonar elogiosa pero no condescendiente.

Asiente.

—¿Y tú?

Sientes una mirada fulminante del padre. «Esto es lo que hace la gente —le dirás más tarde, si te pregunta—. La gente habla. Se cuenta las cosas que más le gustan.»

Le dices algunos nombres.

—Los Rolling Stones; los vi en directo en 2012, por cierto. Los Beach Boys. Las Pointer Sisters. Elvis, pero imagino que a todo el mundo le gusta Elvis. Y Dolly Parton. Me gustaba muchísimo cuando tenía tu edad. Suplicaba a mis padres que me llevaran a Dollywood todos los v...

Como una blasfemia en una iglesia. Un tartamudeo en un encantamiento. Te detiene en seco. «Mis padres.» Es la primera vez que los mencionas delante de él, las personas de cuyo seno él te arrebató.

Tú tenías tu propia vida. Una universitaria a unas semanas de su graduación. Tenías trabajos que redactar, cosas por hacer, amigos, un empleo..., pero aún les pertenecías. Te gustara o no. Aún tenías la obligación de las cenas semanales. Llamadas de teléfono y mensajes de texto. Una vida que contarles.

Cecilia carraspea. Alarga la mano hacia la pala de servir, te da tiempo para recomponerte. Lo vuelves a intentar.

—... todos los veranos. Pero nunca lo conseguí.

Se sirve una ración de lasaña en el plato. Cuando vuelve a alzar la mirada hacia ti, te destroza. Ha pasado mucho tiempo desde la última vez que alguien te miró así. Con bondad. Con la idea de que tú importas y también importan tus sentimientos.

No sabes qué estará pensando. Probablemente que te pelearías con tus viejos, o que se murieron antes de tener la oportunidad de llevarte a Dollywood. Sea cual sea la historia que ella se está contando, quiere que sepas que lo comprende.

—Bueno —dice ella—. Ahora puedes ir cuando tú quieras.

Bajas la mirada y la clavas en lo que te queda en el plato.

—Cierto. Cuando yo quiera.

Más tarde, cuando su padre le dice que vaya a cepillarse los dientes, ella te lanza una mirada a hurtadillas. Tiene los mismos ojos que una becaria nueva que acaba de descubrir al lado de quién sentarse en su primer día de trabajo. Los de una prima desorientada en un funeral, aliviada por encontrar a alguien con quien conversar durante la recepción.

Conoces esa mirada. Ya la has visto antes. Son los ojos de alguien que ha estado muy sola y ha sufrido.

16
CECILIA

A veces siento una presión terrible en lo más hondo de la garganta. Me entran ganas de ponerme a gritar o de darle un puñetazo a algo. No a alguien, eso no. Solo a algo.

Si mi padre lo supiera, haría ese gesto que hace para decirme que no con la cabeza y que me dan ganas de morirme un poquito. Mi madre solía decirle: «No le puedes poner el listón tan alto a todo el mundo. Déjala que sea una niña. Tiene toda la vida para llegar a ser alguien como tú».

Cuando ya no lo aguanto más, me voy a la zona de árboles que hay junto al cementerio en lo alto de la colina. Me busco un árbol y le suelto unas cuantas patadas con el zapato. Las primeras son flojas, y después cada una es más fuerte que la anterior. Mi padre no lo sabe. Claro. Lo hago en el rato que hay entre el colegio y la clase de arte, para que él no me vea. Él ya tiene bastante de lo que ocuparse ahora mismo.

Primero fue lo de mi madre, y después lo de Rachel.

Me habló de ella antes de mudarnos. Una amiga de un amigo de otro amigo, eso es lo que me dijo. Qué más da. No me importaba quién era, la verdad, solo que iba a venirse a vivir con nosotros a esta casa nueva que tampoco es que me encantara, precisamente.

Según él, Rachel necesitaba ayuda. Le habían sucedido cosas muy malas. Le pregunté qué cosas tan malas, exactamente. Me dijo que no quería entrar en detalles, pero que esa mujer había sufrido y que no tenía a nadie más que la ayudase, así que le íbamos a subarrendar la habitación de sobra de la casa del juez, íbamos a ofrecerle que se sentara a comer con nosotros y ese tipo de cosas.

Lo que no le dije a mi padre: que yo también lo he pasado mal, que no me vuelve loca la idea de comer con desconocidos, pero no hay problema, claro.

—Ha pasado por mucho —me dijo él—, así que no estés muy encima de ella. No le hagas preguntas. Tú sé amable, educada, y dale un poco de espacio.

Quise decirle que eso no iba a ser un problema, porque de todas formas tampoco me moría de ganas por hacerme amiga de una desconocida cualquiera. Pero eso no habría sido amable, y mi padre es una persona amable. Lo que está haciendo ahora mismo, ayudar a Rachel, es un gesto amable, sobre todo justo después de que se haya muerto mi madre, su mujer. Así que le dije que estaba bien. Le dije que lo haría lo mejor posible.

No soy tonta. Ya sé que no es muy normal que se diga traerte a casa a una extraña un minuto después de que se haya muerto tu mujer, así que al principio pensé que estaba claro que esta Rachel debía de ser su novia o algo así. He visto películas, veo una buena cantidad de televisión, y sé lo que hacen los maridos después de que mueran sus mujeres. Pasan página. Cierto, no me esperaba que mi padre lo hiciese tan rápido, pero tampoco es que yo tuviera voz ni voto.

Pero entonces vi cómo se comportaban cuando coincidían, y me di cuenta de que lo había malinterpretado por completo. Recuerdo que mis padres solían tomarse de la mano, que ella lo llamaba «cariño», cómo se miraban el uno al otro, incluso después de haber discutido. No hay nada de eso entre mi padre y Rachel. No hay chispa. No hay mariposas. Nada.

Fue injusto por mi parte pensar algo así de mi padre. Él nunca se olvidaría tan rápido de mi madre, no traería a alguien para sustituirla. Él la quería. Aún la queremos mucho los dos.

Pero lo más sorprendente sobre Rachel hasta ahora es que me cae más o menos bien. Es una mujer rara, eso desde luego, pero tampoco es algo tan malo. A decir verdad, yo también soy un poquito rara, pero Rachel no me habla como los demás adultos. Me pregunta sobre mí y sobre las cosas que me gustan. Nunca menciona a mi madre. Da gusto tener a alguien que no te trate como a algo roto.

Antes de que ella se viniera a vivir aquí, mi padre me había prometido que su llegada no iba a cambiar nada de cara a nosotros. Es obvio que sí lo ha hecho. No para mal, pero es que vive con nosotros. Come con nosotros. Pues claro que las cosas han cambiado. No sé cómo podía él esperarse que no lo hiciesen. Prefiere pensar que es capaz de controlar ese tipo de cosas, congelarlas en el sitio, pero las cosas siempre están cambiando.

Un ejemplo: cuando murió mi madre, empecé a tener problemas para comer. Ahora he recuperado el apetito. Peor aún: he empezado a disfrutar otra vez con la cena. Nos sentamos los tres juntos y vemos *Jeopardy!*, y por un rato las cosas están más o menos bien.

Y desde que ella llegó, no he sentido esa necesidad de darle patadas al árbol con tanta frecuencia como antes.

Estoy segura de que el árbol está entusiasmado, pero ¿y yo? A mí me mata pensar en esto. Tan solo hace un par de meses que murió mi madre. ¿En qué clase de hija me convierte eso?

Se supone que no tendría que haber dejado de estar triste. Se supone que aún tendría que estar de duelo.

Me cae bien, la mujer de nuestra casa, aunque también la odio un poco por haberme sacado de mis miedos.

Pero, sobre todo, me alivia que mi padre y ella no lo estén haciendo.

17
LA MUJER EN LA CASA

Cuando la casa está a oscuras, él viene a buscarte.

Su proceder aquí es prácticamente idéntico al del cobertizo. Suspira. Te estudia de la cabeza a los pies. Ahora no tiene que esperar a que hayas terminado de comer o a que hayas utilizado la cubeta, sino que te quita las esposas, te hace un gesto para que vayas a la cama. Entonces se lo piensa mejor y te dice que te vuelvas a tirar en el suelo. Estás confundida, pero obedeces.

Lo entiendes un poco más tarde. No quiere que su hija oiga el crujir de los muelles, el revelador golpeo del armazón de la cama contra la pared.

18
LA MUJER EN LA CASA

Los días son tuyos.

Lees tus ediciones de bolsillo. Ya te los sabes de memoria, casi de principio a fin. Te retas a recitar de memoria el primer capítulo de *Un árbol crece en Brooklyn*. Intentas recordar algunas secuencias de meditación de tu vida anterior, el modo en que tu mente era capaz de comprimir el tiempo o de lograr estirarlo.

Sin ellos, la casa está tan silenciosa que a veces tarareas algo solo para asegurarte de que todavía te funcionan los oídos.

Tu faceta de corredora de fondo te ha enseñado cosas. La clave de un maratón es no pensar en el final. No imaginas la línea de meta. Sigues moviéndote. Existes en el momento presente. La única manera de conseguirlo es ir de zancada en zancada. No tiene por qué ser bonito, y desde luego que no tiene que ser agradable. Lo único que importa es que aún sigues viva al llegar al final.

Echas un vistazo en busca de las cámaras. Sola en la habitación y desde la cocina durante las comidas. No puedes saber con certeza si te estaba diciendo la verdad o si se lo estaba inventando. No alcanzas a ver nada, pero qué fácil habría sido ocultarlas entre dos libros, en un rincón del falso techo, detrás de un armario de la cocina, ¿verdad? Te crees que puede verlo todo.

Los fines de semana, por la mañana se marchan con el almuerzo empaquetado y la mochila llena. No oyes nada salvo los trinos de los pájaros hasta el anochecer. Cecilia regresa agotada, pero deseando compartir las historias de la tarde que han pasado durante la excursión, explorando, recorriendo una biblioteca, un museo. Tú cribas cada una de sus frases en busca de información. Excursiones con frío: debes de estar cerca de las montañas, tal vez sigas al norte del estado. Es imposible saberlo con certeza. Algunos días menciona el nombre de algunos pueblos cercanos. Nada que te suene. Podrías estar en cualquier sitio.

Ella te interroga. Cecilia. Quiere saber a qué te dedicas cuando ella no está. Le recitas la mentira que ha preparado su padre: que trabajas en remoto, en el servicio de atención al cliente de una empresa tecnológica. Alrededor de eso, te inventas una vida para Rachel, la persona que Cecilia cree que eres. Te pasas las tardes leyendo, que tampoco es exactamente una mentira. Mencionas alguna salida de compras, sin mucho detalle, las mismas tiendas que has oído mencionar a su padre. No llegas al extremo de darle a Rachel unos amigos ni una familia. No confías en que tu cerebro vaya a quedarse con la lista de un reparto de personajes inventados, que sea capaz de desarrollar la historia completa de la vida de cada uno. Es inteligente. Si cometes un error, Cecilia se dará cuenta.

No se te permite tocar nada, pero tus ojos tienen poderes. Pueden viajar a cualquier lugar, como cuando eras una niña y tu madre te llevaba de compras: «Solo puedes tocar con los ojos». Dejas que tu mirada vaya rebotando por la cocina, que se asome al salón. En la estantería de libros, una hilera de *thrillers* médicos. Te sientas en el sofá y ladeas la cabeza en un intento por descifrar los títulos. ¿Qué estás buscando? ¿Algún patrón? ¿Alguna constante? ¿Una explicación de quién es y qué hace, por allí metida entre *Postmórtem* y *La amenaza de Andrómeda*?

Está allí mismo, latiendo a través de las paredes, como un rugido silencioso bajo los suelos de parqué. La verdad sobre él, empotrada en el mismísimo corazón de esta casa.

Cada objeto te cuenta una historia que puede ser o no ser cierta. Las novelas de suspense de médicos: ¿la colección de bolsillo de una esposa fallecida, restos de una sucesión de vacaciones estivales, o una baliza sobre una oscura obsesión con el cuerpo humano? Las fotos de la infancia de Cecilia aprendiendo a nadar en la piscina de un motel, «graduándose» en tercero de primaria, perdida bajo un sombrero de bruja en Halloween: ¿los habituales objetos que simbolizan una vida en familia, o el atrezo del teatro de la existencia de este hombre, aquí colocado para mantener las apariencias?

Esta casa... ¿lo conoce a él? ¿O no es más que un set de rodaje, un universo alternativo construido pieza a pieza para ocultar su verdadero yo?

Están las cosas que ves, y las cosas en las que te fijas por su ausencia: no hay teléfono fijo. No hay una computadora de escritorio. Das por sentado que habrá una laptop en alguna parte, guardado en un cajón bajo llave y protegido con contraseña, que solo sale de ahí para las tareas administrativas y para hacer los deberes. Los dos llevan el celular siempre en el bolsillo. Cecilia ni siquiera se puede quedar con el suyo: lo tiene para ir al colegio y a clase de arte, cada vez que se separa de su padre. En cuanto la chica llega a casa, él le extiende la mano y ella se lo entrega. Tiene trece años. En las raras ocasiones en que ella se queja de las normas que le impone al respecto, él le dice que no quiere que pierda el tiempo con las redes sociales y jura que ella se lo agradecerá el día de mañana. La chica suspira, pero no va a desafiarle.

Tu mirada regresa a los libros de bolsillo, las fotos, esas revistas de naturaleza perfectamente apiladas en la mesita del salón. En busca de respuestas, de un hombre, de una señal de vida. En busca de su historia.

Por la noche, sueñas. Las visiones te han seguido desde el cobertizo: tú, corriendo a cuanto dan tus piernas por un camino campestre que discurre entre árboles. A tu espalda, el sonido de su respiración, la amenaza de su zancada, cada vez más cerca.

Te despiertas de golpe. Te persigue incluso en tus sueños, pero tú corres, y por unos instantes te parece real. Te aferras a esas sensaciones tanto tiempo como puedes en la oscuridad: la inercia de tu cuerpo, los latigazos de tus brazos en los costados, la deliciosa sensación de que te quema el aire que entra y sale por la garganta.

Haces tu descubrimiento más impactante una noche en que estás sentada delante de un plato de hojaldre de verduras estofadas. Cecilia tiene la mirada fija en la tele. Nick de Arkansas ha elegido «Lemas» por cuatrocientos dólares.

—Estas dos palabras en latín simbolizan los valores de los marines estadounidenses —dice Alex Trebek.

—*Semper fidelis*.

Lo dicen al mismo tiempo. Tú y el padre perfecto, que vuelve la cabeza muy despacio. Por primera vez en presencia de su hija, te mira directo a los ojos.

—¿Cómo es que lo sabías?

Habla con determinación, centrado. Hay algo aquí que significa mucho para él.

No quieres contarle la verdadera razón. Deseas guardarte para ti los recuerdos del Maratón del Cuerpo de Marines de 2012. Un tren al anochecer desde Penn Station hasta Union Station, una noche de hotel, el despertador a las cuatro de la mañana. Un autobús lleno de siluetas de nailon, un paseo neblinoso hasta el Pentágono antes del alba. Hombres de uniforme registrándote el cinturón de correr, revisando las bolsitas de gel cafeinado, los sobres monodosis de paracetamol, las barritas nutritivas. El himno nacional y después el pistoletazo de salida. Treinta mil corredores. Cuatro horas y veinte minutos. Los bosques de Virginia a un lado y otro del recorrido, la recta interminable de una carretera en el calor sofocante y, por fin, la línea de meta. Más gente de uniforme. Sus manos haciendo entrega de las medallas. Tus piernas cansadas, tu cuerpo sudoroso, una tarjeta identificativa que te cuelga del cuello. El corredor que tienes a tu lado pronuncia dos palabras al marine que tiene delante de él. *Semper fidelis*.

No quieres que él tenga nada de esto. No quieres que él sepa que algún día, si se presenta la ocasión, podrías salir corriendo.

Pero ahora no. Ahora tu cuerpo no podría con ello. Segunda regla para seguir viva fuera del cobertizo: te vas a preparar. Hasta entonces, te vas a sentar. Vas a comer. Vas a ver *Jeopardy!* Vas a esquivar las preguntas en la mesa a la hora de la cena.

Con ese padre y esa hija esperando tu respuesta, registras tu cerebro en busca de la mentira más verosímil.

—Tuve un instructor de *fitness* que había estado en los marines —dices—. Él nos lo enseñó.

Ese padre arquea una ceja con cara de perplejidad. Juega con su hojaldre. Esto no es propio de él, no es un hombre que vacile. Él come o no come.

Cecilia se inclina hacia delante con ademán conspirador.

—Él también estuvo en los marines. —Señala a su padre con la barbilla.

Él intenta intervenir.

—Cecilia...

Pero ella continúa.

—Dejó la universidad para alistarse.

Tu tenedor hace un ruido metálico contra el plato.

Un marine.

—Vaya.

No se te ocurre qué más decir.

—Recluta sanitario —mascula en voz baja.

Se ha visto obligado a darte una parte de él, algo que esperaba guardarse, igual que tú con el maratón.

No sabes qué es un recluta sanitario. No sabes qué hace. Dejó la universidad para dedicarse a ello, así que imaginas que para ser recluta sanitario no hace falta un título de Medicina.

El relato se va trazando por sí solo: un hombre que quería ser médico, pero no pudo. Distraído de sus trabajos universitarios por el torbellino de pensamientos que gira en su cabeza, un círculo obsesivo, un monólogo interior cada vez más profundo. No dejó los estudios para alistarse, como acaba de decir su hija. Más bien dejó los estudios y después se alistó. Se convirtió en recluta sanitario. Causó baja en el ejército, de manera honorable o deshonrosa; eso no tienes modo de saberlo. Algo lo trajo aquí, donde sea que estés. Encontró un trabajo. Una mujer. Se convirtió en un hombre con una familia y una casa. Se convirtió en el hombre que conoces.

Sueltas el tenedor, apoyas la palma de la mano en el mantelillo. «Dejó los estudios para alistarse.»

Recuerdos: el abuelo de una amiga, un funeral en el cementerio de Arlington. Barbacoas el Cuatro de Julio, tu padre ocupado con la parrilla, tu madre con un vestido rojo. Una canción country sobre la bandera, sobre la libertad y la venganza. En tu aula de la Universidad de Nueva York, un veterano con un perro de servicio que se convirtió en la mascota de la clase. Unas palabras. Seis en total. Lo que decía la gente en un momento dado, en la conversación, para agradecer ciertas cosas.

Seis palabras que Cecilia aguarda, esa niña que creció oyendo la historia de cómo su padre dejó los estudios para servir a su país.

Vuelves a tomar el tenedor. No eres capaz de mirarlo, así que clavas los ojos por encima de su hombro cuando las pronuncias.

—Gracias por servir a la patria.

Él asiente. Un sabor ácido te llena la boca.

19
LA MUJER EN LA CASA

Los calambres llegan en la tarde de un viernes. Tú no eres de tener calambres. No los has tenido en años. Al principio, imaginaste que se te había retirado el periodo debido al estrés. Este hombre no es descuidado, utiliza condones. Durante un tiempo, te preocupó volver a tener el periodo, pero luego perdiste todo ese peso, y supusiste que ya estaba, que se acabó. Quizá tu cuerpo supiese que la vida en el cobertizo iba a ser más sencilla de ese modo.

Muy pronto vas a sangrar. Vas a necesitar compresas o támpax, hará falta que él te los compre. Se lo vas a tener que pedir. Ante esta perspectiva, las tripas se te retuercen todavía más.

Ya lo hiciste enojar esta misma mañana. En el baño, mientras te vestías, le has señalado la cintura apretada de tus pantalones de mezclilla, el botón tirante contra tu abdomen. Te ha estado alimentando y has ganado peso.

—¿Crees que sería posible...? —has intentado decirle, pero has vuelto a empezar—. Lo siento muchísimo, pero ¿sería posible conseguir una talla más? Cuando puedas, ¿sea cuando sea?

Ha soltado un suspiro y te ha mirado como si lo hubieras hecho adrede, para fastidiarle.

No estás en situación de pedir más cosas. No por un tiempo.

Intentas tumbarte en posición fetal, con la cabeza en el hueco del brazo esposado. Todo esto es para ti una molestia. El embotamiento en el vientre, persistente. Tu cuerpo llevándote al límite, desafiándote a aguantar más dolor.

En la cena, él saca el celular del bolsillo. Esto es algo que sucede allí dentro: los teléfonos surgen como de la nada, la tele cobra vida con un chirrido, pasa un coche mientras estás sentada en la cocina. Cada vez que ocurre, sientes un cosquilleo en la yema de los dedos.

—Voy a ir a la tienda este fin de semana. —Ese padre mira a su hija—. ¿Necesitas algo?

Cecilia piensa. Menciona un bolígrafo de cuatro colores, tal vez champú. Él asiente y toca la pantalla del teléfono.

—¿Algo más?

Su mirada aún no se ha desviado de ella. Cecilia niega con la cabeza.

Te arde la parte baja del abdomen. Te ha costado sentarte recta durante toda la cena. Los calambres son peores de lo que recordabas, un dolor que se irradia desde el centro de tu ser. Aprietas con fuerza la mandíbula. Rechinas los dientes. Algo se avecina, y no puedes hacer nada para impedirlo. Necesitas ayuda. Carajo, necesitas compresas o támpax.

Está a punto de guardarse el celular de nuevo en el bolsillo cuando se lo dices.

—Si pudieras, la verdad, unos tampones o unas compresas... me vendrían fenomenal. —Sueltas una risilla, como alguien que aún conserva una vida íntima y privada y acaba de confesar una parte de ella.

Se le frunce el ceño. Sus dedos permanecen suspendidos sobre el teléfono durante unos breves instantes. Intenta ser amable contigo delante de su hija. Se supone que ha de serlo. A veces te da utensilios de cocina, y otras te pone la comida en el plato en lugar de dejar que seas tú quien se la sirva, pero lo que acabas de decir..., eso no le hace gracia. Se vuelve a guardar el celular sin escribir nada, se levanta y comienza a quitar la mesa. Cecilia va a echar una mano.

—Vete arriba —le dice—. Ya me encargo yo.

Espera a escuchar la puerta de su cuarto, hasta que se cierra. Antes siquiera de que se te pase por la cabeza la posibilidad de apartarte de su alcance, te pone la mano encima: te agarra del brazo, te aleja de la mesa y te sujeta contra la pared de la cocina. Te aprieta en el cuello lo suficiente para que te cueste tragar. Estás de vuelta en el cobertizo. De vuelta a un mundo que le pertenece a él por entero, donde la luz no llega. Cuatro paredes, sin ventanas. Una comida al día. El único universo que Rachel conoce.

—¿Te ha parecido una buena idea? ¿Pedirme que te haga la compra, que haga tus recaditos?

Intentas decirle que no con la cabeza. No puedes moverte. No puedes hablar. No puedes decirle que lo sientes, que no pretendías hacerlo.

—Siempre hay algo. Que si unos pantalones nuevos, que si tampones...

El sonido de un borboteo surge de tu garganta. Te suelta con un leve empujón. Te quedas muy quieta. Por muchas ganas que tengas de dejarte caer de nuevo en la silla, de esconder la cabeza entre las rodillas, de buscar el aliento que has perdido, sabes que ahora no es el momento. El hombre de la cocina no ha terminado.

—Estoy empezando a pensar que ha sido un error traerte aquí.

Te frotas la nuca, mueves la cabeza hacia arriba y hacia abajo y a derecha e izquierda tal y como solías hacer tras un día entero delante de la computadora.

—Lo siento —dices—. No pretendía... Pero tienes razón. Tienes toda la razón.

Se da la vuelta hacia la ventana —con los estores bajados, siempre— de manera que te da la espalda. No teme nada que pudieras hacerle: saltar sobre él, tirarte a su cuello. Este hombre no alberga ningún motivo para tenerte miedo.

—No lo he pensado —le dices—. Lo siento.

Alargas la mano hacia su brazo, pero la vuelves a encoger. Demasiado imprevisible. Un contacto inapropiado en un mal momento y sería tu fin.

—Ven —le ofreces, en cambio—. Vamos arriba.

Se da la vuelta de golpe. Retrocedes un paso. Solo sirve para irritarlo más.

—¿Arriba? —Su voz suena en un susurro airado. Sus dedos te vuelven a apretar el brazo—. Una idea genial. Es genial. —No lo entiendes hasta que alza la mirada hacia el techo—. Acaba de subir. Puta sabelotodo.

Cecilia. Aún despierta en su habitación. Esa niña. Lo juras, esa niña va a ser tu final.

Te devuelve a tu silla de un empujón.

—Limítate a sentarte y cierra la boca —te dice—. ¿Puedes hacer eso? ¿Puedes quedarte ahí callada un segundo?

Te sientas y aprietas con fuerza los labios mientras él permanece inclinado sobre ti unos instantes. Endereza la espalda y se queda mirando en la distancia mientras lo hace: no puedes ver, pero sí sentir cómo te revienta la bota contra la pantorrilla por debajo de la mesa de la cocina, su pie contra tu pierna. Te encojes. Te muerdes los labios, reprimes un gemido. No es un hombre que dé patadas muy a menudo. Aprieta, retuerce, tira y te hace toda una serie de cosas distintas con mucha más facilidad. Las patadas son una carta que solo juega cuando no se le ocurre nada más, como aquella vez al principio, cuando vino al cobertizo y supo —tan solo con mirarte, llevabas la culpabilidad en la cara, por la postura de tu cuerpo junto a la puerta— que habías estado toqueteando el candado. Esa noche sí cayó más de una patada, y alguna otra vez también. Cuando te golpea, siempre es con los pies, nunca con las manos.

Regresa a la barra de la cocina, y sus ojos esquivan tu mirada. Hay veces en que no es capaz de mirarte, ocasiones que te dicen que aún queda algo de vergüenza en el interior de este hombre. Enterrada, reprimida, ignorada, pero vergüenza en todo caso. Te gusta creer que se manifiesta muy de cuando en cuando. Te gusta creer que le quema por dentro.

Más tarde, cuando su hija se ha quedado ya dormida, entra en la habitación.

Los calambres siguen ahí, pero aún no estás sangrando.

Cuando se marcha, una nueva oleada de dolor te sacude por dentro. Te agarras a la estructura de la cama como si fueras alguien que se está ahogando y se aferra a un madero a la deriva.

Te muerdes el interior de los carrillos y percibes el sabor metálico.

No lo combatas. Deja que el dolor tome las riendas. Piérdete en él.

Estás aquí.

Estás sangrando.

Estás viva.

Cuando va cediendo la oleada, llega un impulso de otra vida: pasas la mano libre por la parte posterior de las pantorrillas, tanto la magullada como la intacta. Te palpas los huesos, no están rotos. Comienzas a flexionar los dedos de los pies.

20
EMILY

El día de la carrera de cinco kilómetros me levanto a las seis y conduzco el viejo Honda Civic de mi padre hasta la salida. Eric y Yuwanda se quedan durmiendo. «Tengo demasiada resaca para ver correr a nadie —escribe Eric en el grupo de mensajes—. Pero pásatelo bien, nena. Y saluda al viudo de mi parte.»

Estoy en la plaza del pueblo. Los voluntarios llegaron al amanecer para preparar y despejar el recorrido. Según me dicen, el primer puesto de avituallamiento de líquidos y de gajos de naranja de los García estará en el primer kilómetro y medio. A mi alrededor, los corredores vestidos de nailon hacen estiramientos, corren en el sitio y charlan sobre las pruebas en las que han corrido y sobre las que quieren correr. El juez Byrne pasa por delante de la multitud saludando a todo el mundo.

Retuerzo los dedos en el forro de mis bolsillos para calentarlos. Mi plan original era montar el puesto de chocolate caliente antes de que empezara la carrera, pero, al igual que Eric, yo también tomé anoche unas cuantas rondas y me ha parecido físicamente imposible levantarme de la cama tan pronto. Y ya que estoy aquí y va reuniéndose la gente, también podría darme una vuelta a ver si localizo a Aidan.

Llega en su camioneta blanca. Guapo a rabiar, incluso desde lejos. Incluso con ese gorro viejo con orejeras, los guantes de esquí y las botas de nieve. No se ha subido el cierre del abrigo hasta arriba y lo lleva abierto sobre una camisa de franela con el cuello al aire. Ya tirito yo por él. Su hija permanece cerca de él, embutida en una chaqueta de plumas de color pastel, un gorro blanco, las manos hundidas en los bolsillos. Hay en ella un aire de seriedad, algo que le pesa un pelín más de lo que debería. Es difícil saber si es tímida, si está triste o si se trata de ambas cosas. A lo mejor ese es el aspecto que tienen las adolescentes, y resulta que no me había fijado hasta ahora. Por lo que yo recuerdo, ser una chica no era nada fácil, sobre todo una que acababa de perder a su madre.

Por fin, hacia las siete, el juez Byrne agarra un micro. Se acopla y suena un pitido que espanta a los pájaros de los árboles de alrededor. La gente se ríe mientras el juez trata de apagar el cacharro y volver a encenderlo.

—Buenos días a todos —saluda una vez que ha vencido al micro en la pelea—. Me gustaría decir unas breves palabras para ponernos en marcha.

La gente guarda silencio.

—Estamos aquí hoy para respaldar a una familia muy muy especial. Me enorgullece mucho saber que formo parte de esta comunidad, cuyos miembros se preocupan los unos por los otros.

La gente aplaude, y el juez espera unos segundos para continuar.

—Quiero darles las gracias a todos los que están aquí hoy: a nuestros voluntarios, a los espectadores y, por supuesto, a nuestros corredores. —Más aplausos y otra pausa hasta que de nuevo se hace el silencio—. Como ya saben, esta carrera tiene como fin recaudar fondos, y me complace muchísimo anunciarles que, gracias a las generosas donaciones de todos, ya hemos recaudado dos mil dólares para nuestros vecinos y amigos.

La gente lo celebra a voces. Yo hago una mueca de dolor. No sé cómo reacciona Aidan porque no soy capaz ni de mirarlo. No sé a quién pretendía yo engañar al confiar en que este pueblo lo ayudaría sin hacerle sentir que era una obra de caridad; que esto iría sobre él, no sobre nosotros.

El juez Byrne mira a su alrededor.

—Y ahora —dice, y el micro empieza a quejarse de nuevo—, ¿dónde está nuestro invitado de honor?

Ay, por Dios bendito...

Albergo la brevísima esperanza de que nadie logre dar con él y que el juez pase a otra cosa, pero la señora Cooper lo delata.

—¡Aquí está, juez!

Aidan se acerca hasta el juez y toma el micro. Sin el menor acoplamiento. Casi como si el tipo supiera cómo manejar los equipos electrónicos.

—No me va mucho lo de hablar en público —dice de un modo que me dan ganas de meterlo debajo de mi abrigo y esconderlo de la multitud—, pero quiero darles las gracias y quiero decirles lo agradecidos que estamos Cecilia y yo por contar con esta comunidad. Echamos muchísimo de menos a su madre. Un poco más cada día que pasa. Esto le habría llegado al corazón.

La gente se desmelena. Otra ovación. Aidan da las gracias un par de veces más y le devuelve el micro al juez Byrne.

El juez carraspea para aclararse la garganta.

—Bueno, ahora vienen las noticias no tan buenas: apuntarse a la carrera está muy bien, pero aún tienen que correrla.

Se oyen algunas risas lejanas.

—Que tengan una carrera sin contratiempos. Disfruten de este día tan maravilloso y, si tienen frío, no olviden que habrá un chocolate caliente esperándolos en la meta.

Esa soy yo.

El sobrino del juez, que se graduó en la academia de policía el verano pasado, da el pistoletazo de salida, y la voz ronca de Jakob Dylan atrona en un altavoz cantando «One Headlight». Los corredores salen.

Camino hasta el restaurante, abro la cerradura de la puerta principal, pulso un interruptor de la luz y el comedor cobra vida. Todo está en silencio, inmóvil. Todo para mí.

En la parte de atrás, rescato la mesa plegable que guardamos en la despensa para los eventos. La línea de meta está a una manzana de distancia. Vuelvo a cerrar con llave, cargo con la mesa hasta allí y la coloco algo más allá de la meta; quiero dar un poco de espacio a los corredores para que recobren el aliento antes de llegar hasta mí.

Estoy agachada comprobando el mecanismo de seguridad cuando lo oigo.

—Hola.

Con la sorpresa, levanto la cabeza demasiado rápido y me doy un golpetazo con el borde de la mesa plegable. Un dolor agudo se irradia desde la coronilla.

«Su puta madre.»

Sus dedos cubren el lugar del impacto, como si pudiera evitar la colisión de manera retrospectiva.

—Cuánto lo siento —dice—. No pretendía darte un susto.

Me levanto mientras me masajeo la cabeza. Me sostiene por el codo y me ayuda a equilibrarme.

—¿Estás bien?

Registro las profundidades de mi cerebro en busca de algo, lo que sea, cualquier combinación de letras que pueda funcionar, aunque sea de aquella manera.

—Hola —consigo decir—. Estoy bien. En serio. —Sonrío y dejo de frotarme el cuero cabelludo, como si con eso quedase demostrado.

Vuelve la cabeza para mirar por encima del hombro. Su hija está con el juez Byrne, que intenta entablar conversación explicándole alguno de los fascinantes capítulos de la historia local, doy por sentado.

—Gracias por hacer esto. —Señala con un gesto lo que en breve será un puestecillo de chocolate caliente—. En especial tan temprano en una mañana de sábado.

Asiento con la cabeza.

—No es nada. El restaurante está justo a la vuelta de la esquina.

Pone una mano sobre la mesa plegable.

—Déjame ayudar. Es lo menos que puedo hacer, después de provocar que te golpearas así la cabeza.

—De verdad que no hace falta.

—Por favor.

Se gira un instante hacia el juez.

—Estoy encantado de estar aquí. En serio. Pero... A ver cómo digo esto...

—No te entusiasman las multitudes.

Se muerde el labio.

—Sí se me da bien ocultarlo, ¿eh?

Algo me mariposea por dentro de las costillas.

—Ahora que lo pienso —digo—, me vendría muy bien un pinche de cocina. Sobre todo, tal y como has dicho, dada mi reciente lesión.

—No se hable más.

Su mano se posa en la parte baja de mi espalda para llevarme camino del restaurante.

—Cece —dice hacia su hija—, voy a echar una mano. ¿Te parece bien quedarte por ahí un momento?

Me giro y la veo hacer un gesto de asentimiento muy poco convincente.

Ante la puerta del restaurante, busco en el bolsillo las llaves, hiperatenta a todos mis movimientos. La cerradura me da guerra.

—¿Puedes? —me pregunta.

Le digo que sí, la manipulo a ciegas unos segundos más. Por fin, la puerta se abre y deja a la vista el comedor vacío. Las mesas están puestas, preparadas para esta noche. Tenedores, cuchillos y copas para el vino que destellan a ojos de un público invisible. Los sábados solo servimos cenas; el *brunch* es los domingos.

—Bienvenido al Amandine: una visita privada —le digo.

Mira a su alrededor.

—Así que este es el aspecto que tiene cuando nos hemos marchado todos.

Su mirada se cruza con la mía. La última vez que estuvimos los dos solos en una habitación —en esta misma, da la casualidad—, yo era una adolescente y él estaba casado.

—Sígueme.

Este es mi mundo. Está en mis manos para que lo guíe, para que lo utilice. Nos quitamos los abrigos y lo llevo a la cocina, enciendo la luz y quedan al descubierto todos los puestos de trabajo bien limpios, las superficies bien lavadas tal y como debe ser, cada utensilio en su sitio, cada contenedor bien etiquetado y a buen recaudo. Cada centímetro de cromado reluciente, cada azulejo del blanco más puro. Suelta un silbido.

—Ah, no es para tanto —digo yo, como si no fuese gran cosa—. Ha pasado mucho tiempo desde la última vez que estuviste aquí.

—Nadie me ha invitado a entrar desde entonces.

«Así que estabas ahí bloqueado —me dan ganas de decir—, como un vampiro ante el umbral de una puerta.»

Me guardo para mí mis pensamientos vampíricos.

—Está... increíblemente limpio —prosigue.

Sonrío como si me acabara de conceder un Oscar.

—Es posible que mi chef y yo tan solo estemos de acuerdo en una cosa en la vida, y es que uno no se va a casa al final del turno hasta que la cocina está tan limpia como el día del estreno.

Desliza un dedo por la mesa de trabajo más próxima y asiente, antes de mirar de nuevo a su alrededor.

—¿Qué puedo hacer, entonces?

—A ver, lo primero, te puedes lavar las manos.

Le muestro el fregadero. Nos enjabonamos las manos en silencio y nos turnamos para aclarárnoslas bajo el chorro de agua caliente. Le ofrezco un paño de cocina limpio. Se seca los dedos con diligencia, uno por uno.

—¿Y ahora qué?

—Por aquí.

Me sigue al interior de la despensa. Tomo cacao en polvo, vainilla, canela.

—¿Ves un tarro de plástico con una etiqueta que dice «azúcar blanco»? —le pregunto—. No debería estar muy lejos.

Los dos miramos con los párpados entornados.

—Aquí mismo —dice él.

Alcanza un contenedor hermético que hay en la balda más alta. La camisa de franela asciende por su abdomen y ofrece la imagen más fugaz de la piel en la oscuridad de la despensa. Me obligo a apartar la mirada.

—Magnífico.

Lo digo como si lo tuviese todo bajo control, como si no estuviese dispuesta a dar un riñón a cambio de quedarme encerrada para siempre en la despensa con este hombre.

El siguiente paso es la cámara de refrigeración, donde tomo una garrafa de cinco litros de leche con cada mano. Él hace lo mismo que yo.

—Oye, mírate —le digo—. Lo llevas en la sangre.

Suelta una carcajada. La sensación es la misma que la del primer bocado a una galleta recién sacada del horno con sus pepitas de chocolate, como un baño en agua caliente tras un día de lluvia, como el primer sorbo a un martini seco..., sabiendo que lo he provocado yo.

Regresamos a la cocina y dejo las garrafas de leche. Me hago con el dispensador de acero inoxidable que guardamos en un rincón. Aidan se inclina con intención de ayudarme, pero le digo que está bien, que el dispensador no pesa tanto cuando está vacío.

—No te preocupes, que ya te daré trabajo cuando lo llenemos con los veinte litros de chocolate caliente.

Se vuelve a reír. Resulta casi demasiado fácil estar con él, demasiado cómodo, como una acusación directa al universo por lo enrevesado de su comportamiento el resto del tiempo.

Trabajamos codo con codo, sus movimientos como una réplica de los míos. Juntos, ponemos la leche a hervir a fuego lento en una cacerola grande. Añadimos el cacao en polvo, azúcar, vainilla y canela. Corro de vuelta a la despensa.

—Huele esto —le digo cuando regreso, y él se inclina para olisquearlo—. Chile ancho en polvo.

—¿En serio?

Y le digo que sí, que mi padre insistía en ello: era su receta, y cuando la probabas ya no había vuelta atrás.

—Me fío de ti —dice.

Eso me conmueve más de lo que debería.

Observa mientras añado a la mezcla un toque de chile en polvo y remuevo. En el preciso instante en que voy a alargar la mano para agarrar un poco más de vainilla, algo me detiene: un vistazo fugaz por su parte, un movimiento en mi visión periférica.

—¿Qué es esto?

Extiende la mano hacia la base de mi garganta, el huequecito donde comienzan mis cuerdas vocales. Allí, sus dedos van a parar al guardapelo que me he colgado del cuello esta mañana. Una corriente eléctrica me eriza desde el cuello hasta el estómago.

—Ah, era de mi madre —le cuento.

Lo sostengo en alto para que pueda ver el diseño. Tres mujeres —tres gracias, eso fue lo que le dijo el joyero a mi madre— con vestidos vaporosos, tomadas de la mano, y una de ellas señalando algo en la distancia. Quizá sea el cielo. Yo creo que, en la imaginación del artista, esas mujeres solo estaban dando un paseo, pero para mí siempre ha sido como si estuvieran celebrando alguna clase de ritual. Formulando un hechizo.

—No me lo pongo para trabajar porque es un poco... excesivo —le digo a Aidan—. A mi madre le gustaba porque era muy diferente de todo lo que tenía, y a mí me gusta porque me recuerda lo divertida que ella podía ser.

Vuelve a tocar el guardapelo y lo toma entre dos dedos como si tratase de sentir su peso.

—Creo que es un homenaje muy bonito —dice.

Suelta el colgante. Nuestras respectivas ánimas quedan suspendidas en la cocina. Dejo que nos sigan rondando un poco más antes de romper otra vez el silencio:

—¿Pasas mucho tiempo en la cocina, en casa? ¿O eres más de comida a domicilio?

Me cuenta que cocina. Nada espectacular, me dice. Acto seguido, señala a nuestro alrededor:

—Nada parecido a lo que hacen aquí. —Lo suyo es la cocina cotidiana, funcional. Quiere que su hija coma bien, y tampoco es que le importe enredarse en los fogones, es una actividad que le relaja—. Siempre ha estado en mi lista de tareas —dice—, incluso antes de... —Se detiene.

La leche rompe a hervir, y me quedo mirando el interior de la cacerola, concentrada en el cucharón que entra y sale del líquido.

—Bueno, ya sabes —añade.

Levanto la cabeza para mirarlo. Me cuesta un poco desprenderme de una capa de mí, permitirle ver lo que sea que haya debajo, pero merece la pena. Una corriente de complicidad fluye entre nosotros. El universo me ha hecho este regalo, este hombre en esta cocina, todo mío durante unos minutos. Espero que pueda oír todas las cosas que no le puedo decir en voz alta.

Siento un picotazo en el dorso de la mano. Una gota de chocolate caliente, hirviendo, que ha escupido la cacerola.

—Ups. —Bajo la potencia del calor y me limpio con el trapo que hemos utilizado antes—. Creo que ya está listo.

Me giro hacia él.

—¿Quieres probarlo?

—Solo un tonto se negaría.

Por la cabeza se me pasa una imagen como un fogonazo: le llevo el cucharón a los labios y le pongo una mano debajo para atrapar cualquier goteo. Es excesivo, demasiado perfecto, demasiado arriesgado. Dejo el cucharón y tomo una taza blanca de café del armario sobre la barra. El chocolate está espeso, con ese color perfecto que reconozco de cuando lo hacía mi padre. Este lo hemos hecho nosotros. Lo hemos hecho juntos.

—Toma.

Sus dedos rozan los míos al agarrar la taza. Siento punzadas en el estómago. Prueba un sorbo. Espero con expectación mientras cierra los ojos. Los vuelve a abrir, hay un centelleo en su mirada.

—Demonios —dice—. Perdona, es que no sabía que el chocolate podía saber así.

Vuelve por otro sorbo. Sonrío. No hay nada que decir, nada que añadir. Es un momento perfecto, y hasta yo sé que lo único sensato es retroceder y saborearlo.

Insiste en lavar su taza vacía. Le digo que puedo hacerlo yo, que tengo que lavar los utensilios de todos modos.

—No te preocupes por eso. —Los lava él también.

Guardo los ingredientes que no necesitan frío y tiro las garrafas de leche vacías. Entre los dos, pasamos el chocolate caliente al dispensador de acero y lo levantamos. Suelta un gruñido.

—¿Lo ves? —digo—. Ya te he dicho que pesaba.

Salimos de la cocina al comedor con paso cuidadoso, nuestros cuerpos moviéndose a la par. Cuando llegamos a la puerta, se apoya en ella para abrirla. Una ráfaga de viento le alborota el pelo, y la luz baña su rostro de manera meticulosa.

—¡Aquí están!

El juez Byrne observa mientras colocamos el tonel en lo alto de la mesa plegable. Vuelvo corriendo a la cocina en busca de servilletas y vasos de cartón. Aidan me sigue.

—No tenías por qué hacer eso —comento.

—Lo sé, pero ahora ya formo parte de la misión chocolate caliente. No me voy a rajar en el último momento.

Cuando regresamos a la línea de meta, la señora Cooper está a punto de cruzarla, ágil y elegante con sus mallas de color azul marino y su chaleco blanco, la coleta rebotando con cada zancada.

Me llevo las manos a la boca para hacer de altavoz.

—¡Ya casi está, señora Cooper!

Suena forzado, como un numerito que me acabo de montar, pero lo que ha pasado con Aidan en la cocina me ha animado, y estoy dispuesta a seguirles el juego. La señora Cooper me hace un leve saludo con la mano. Menos de un minuto más tarde, es la ganadora oficial de la primera Carrera Familia Thomas.

El juez Byrne aplaude y se deshace en felicitaciones. No hay medallas ni obsequios de patrocinadores, tan solo la promesa de un chocolate caliente, que me dispongo a servir en un vaso de cartón.

Aidan aparece a mi lado y acciona la manija mientras yo sostengo el vaso bajo el dispensador. Antes de que me dé tiempo a decir nada aparecen dos corredores más: Seth, uno de los chicos de mi antiguo instituto, y su padre, el señor Roberts, que trabaja en la ciudad. Entre los dos servimos otros dos vasos.

Poco después, los corredores comienzan a llegar en un goteo constante. Encontramos el ritmo. Yo me encargo de los vasos de cartón, él acciona la manija. Voy entregando cada chocolate con unas palabras de admiración: «Qué bien lo hicieron, son geniales, yo no habría podido en la vida». Aidan se centra en la tarea que tiene entre manos. Juguetea con la pila de vasos, comprueba que el dispensador todavía está caliente al tacto. Este es el hombre que se sienta en mi bar: alérgico a la atención, con los hombros encorvados y la mirada fija en cualquier cosa que no sean tus ojos. Su hija está sentada en un banco en la acera de enfrente, con los cables de los auriculares serpenteándole desde el bolsillo hasta los oídos. Digna hija de su padre.

Unos cuarenta minutos más tarde, aumentan los intervalos entre los corredores que llegan a la meta. La señora Cooper está charlando con el juez Byrne, le pregunta si podría oficiar la boda de su primo en Poughkeepsie dentro de tres semanas. Aidan y yo esperamos en silencio a nuestro siguiente corredor. La inercia que habíamos alcanzado en el momento álgido de la carrera ya se ha extinguido. Nos hemos quedado sin tareas que nos tengan ocupados.

—Y ¿qué tal el trabajo? —pruebo a decirle.

Sonríe.

—El trabajo va bien.

—¿Puedo contarte un secreto?

Me dice que por supuesto.

—Creo que en realidad no tengo claro qué hace un técnico de tendidos. Sé que tiene que ver con el tendido de los cables eléctricos, claro, pero solo llego hasta ahí.

Una carcajada.

—Nadie sabe lo que hace un técnico de tendidos. —Pone los ojos en blanco—. Incluso algunos de ellos parecen algo confundidos al respecto.

Básicamente, me cuenta, su misión es que la electricidad siga llegando a las casas de la gente.

—Por eso nos ves ahí arriba, toqueteando los cables de la luz. Arreglamos los que están estropeados y mantenemos los que no lo están. Si viene una tormenta fuerte que haga caer el tendido, nosotros lo arreglamos. A veces vamos a las casas de la gente y reformamos las instalaciones.

Hago un gesto de asentimiento.

—Entonces imagino que no te dan miedo las alturas.

Niega con la cabeza.

—Me encanta estar ahí, en lo alto. Está todo tan... tranquilo. No sé si estoy diciendo una bobada...

Le digo que lo entiendo. Centrado en su tarea, con la cabeza literalmente en las nubes sin nadie que lo moleste: suena a que está en su elemento.

—Además —añade—, no sabes lo bien que se ve todo desde ahí arriba. El río, las montañas... Fíjate, mira lo que vi el otro día.

Se saca el teléfono del bolsillo y se inclina hacia mí. Percibo un olor a pino, a detergente y a pelo recién lavado con champú. Quiero cerrar los ojos y guardar esa combinación en la memoria para poder recordarla por la noche, buscarlo a él la próxima vez que yo lave o salga a caminar por el bosque, pero hay algo que quiere enseñarme, y he de centrarme. Va pasando una serie de imágenes con el pulgar. Capto un atisbo de las montañas y los tejados, un pantallazo de una receta de lasaña de verduras, su hija en un sendero.

Su dedo se detiene en la fotografía que estaba buscando: un ave rapaz grande con las alas extendidas, planeando sobre el hayedo de detrás de la iglesia.

—Vaya.

Me toca a mí acercarme más. Ahora tengo una excusa. Necesito ver bien el pájaro. Puedo fingir que no tiene nada que ver con la proximidad de su cuerpo junto al mío, sus brazos fuertes y el abdomen firme, el cuello como el de un cisne: largo y fino, elegante y orgulloso.

—Es tan... majestuoso —digo.

—Eso mismo pensé yo.

Contempla el ave rapaz y vuelve la mirada hacia mí. Es como si hubiera estado guardando esta foto durante sema-

144

nas, hasta que ha encontrado a alguien capaz de apreciarla tanto como él.

—Es un gavilán colirrojo —afirma—. Eso dice en internet, al menos.

—Qué grande es. Seguro que es capaz de levantar a un perro pequeño.

Asiente.

Deslizo dos dedos por la pantalla de su celular para aumentar la imagen del gavilán.

—Míralo —digo—. Vigilando sus dominios. En busca de su presa. Qué bonito es.

Algo nos envuelve a ambos, una verdad más profunda que ninguno de los dos sería capaz de expresar con palabras.

—¿Perdone?

Bob, el marido de la señora Cooper, se encuentra delante de la mesa con un vaso de cartón en la mano.

—Disculpe —le digo, y voy a servirle un chocolate caliente.

Aidan se guarda el teléfono.

Los corredores pasan a ser caminantes. Un trío de la residencia de ancianos cruza la línea de meta, tomados todos de la mano. Esperamos unos segundos más, pero el juez Byrne nos confirma que estos eran los últimos participantes. Hay una ronda final de felicitaciones y, acto seguido, la gente comienza a dispersarse.

Amontono los vasos de cartón abandonados y limpio las salpicaduras de chocolate de la mesa. Aidan me acompaña al restaurante y me ayuda a llevar de vuelta el dispensador y la mesa plegable. No le digo que no tiene por qué hacerlo. Ya me he cansado de fingir que no quiero que me eche una mano.

Cuando el dispensador ya está bien tallado y limpio y la mesa bien guardada de nuevo en la despensa, Aidan intenta encontrar unas palabras.

—Gracias por permitir que te acompañe —dice—. Ha sido realmente... Bueno, que lo he disfrutado.

—Soy yo quien debería darte las gracias. —Es un momento de calidez, con la ligereza de un secreto guardado durante mucho tiempo que por fin se destapa—. No podría haber pedido un mejor ayudante.

Sonríe y me dice que tiene que ir a buscar a su hija. Le digo un «vete, rápido, vete» y lo despido con un gesto de la mano como si no me aterrorizara su inminente ausencia.

Cierro con llave, regreso al Civic y dejo dentro el abrigo, en el asiento de atrás. Cuando vuelvo a levantar la vista, mi cuerpo se tensa. Las llaves del coche se me clavan en la palma de la mano. El sudor me produce un picor en las axilas.

Hay una silueta al otro lado del coche, visible a través de la ventanilla del lado del acompañante. Hay alguien apoyado en la carrocería. Alguien a quien no he visto ni oído cuando he cruzado el estacionamiento hace unos segundos.

—Perdona. ¿Te he vuelto a asustar?

Se relajan todos los músculos de mi cuerpo.

—No —le digo—. Disculpa. Soy yo, que no te he reconocido.

Aidan se saca el teléfono del bolsillo y lo menea un poco.

—Quería que tuvieras mi número. Por si alguna vez necesitas algo, ¿sabes? Enviarme un mensaje o llamarme.

Con la atención de un cirujano que abre la cavidad torácica de un paciente, rescato mi teléfono del bolsillo de atrás de los pantalones de mezclilla. Él aguarda hasta que estoy lista, con la pantalla desbloqueada, desplegada la lista de contactos, y me dicta la cadena de números.

—Ahí lo tienes —dice cuando termino de teclear.

Hace ademán de marcharse, pero se detiene y mira el Civic.

—No te lo tomes a mal, pero tu coche tiene más años que tú, ¿no?

Le brillan los ojos con una sonrisa de medio lado. No se burla de mí, solo es una broma.

—Casi. Era de mi padre. Espera a oír los chirridos de la correa de distribución, y no me hagas hablar de la caja de cambios.

—¿Va mal?

—Terrible. Y es manual.

Arruga la nariz en un gesto de solidaridad.

—Pero no está tan mal. —Doy unas palmaditas sobre el techo del Civic—. Es que ha pasado por mucho.

Asiente. Bajo la mirada a mi celular, en cuya pantalla aún figura su número, y pulso en «Contacto nuevo». Cuando añado su nombre y lo guardo, él ya se ha ido.

Deslizo el celular en el bolsillo delantero de los pantalones. Durante todo el trayecto a casa, sigo notando caliente la pantalla contra mi muslo.

21
LA MUJER EN LA CASA

La mañana después de que empieces a sangrar es un sábado. Con la punta de los dedos de los pies, empujas las pantaletas manchadas de sangre hacia un rincón del cuarto de baño. Él te ofrece unas nuevas. Las forras de papel higiénico, tu mejor opción por el momento. Te observa un segundo, luego aparta la mirada.

En el desayuno, entre un tenedor y otro de huevos revueltos, Cecilia pregunta a su padre si es hoy la cosa esa. Él le pregunta si se refiere a la carrera, ella le dice que sí, y también él le dice que sí. Ella suelta un quejido.

—Va a estar bien —le dice a la chica—. No durará mucho.

Después del desayuno te lleva de regreso a la habitación. No te da explicaciones. No se las pides. Esperas a que se marche y te encoges en un ovillo. El dolor ha comenzado a moderarse hacia el exterior del abdomen, pero sigue ahí, partiéndote por la mitad.

Horas después, la puerta principal se abre, se cierra de un portazo y se vuelve a abrir de inmediato.

—¡Cecilia!

Sonríes al oír aquel grito de cabreo. La chica se le habrá adelantado unos segundos y le habrá cerrado la puerta de golpe en las narices. Una hija enojada con su padre de forma abierta, explosiva.

Unos pasos furiosos suben con estruendo por la escalera. Otro portazo, más cerca de ti: el cuarto de Cecilia. Detrás vienen los pasos de él, pesados, decididos, ligeros pero sin prisas.

—¡Cecilia!

Llama a su puerta. Una voz amortiguada le dice que se largue. Silencio, después un suspiro. Se dirige de vuelta hacia el otro extremo del pasillo y baja la escalera.

Esa niña. Su niña. En este preciso instante, la adoras.

Más tarde ese mismo día lo oyes ajetreado en la cocina. Viene y te quita las esposas para cenar. Cecilia y él cenan en silencio, sin apartar la mirada de los macarrones con queso. Hacia la mitad de la comida, él hace un nuevo intento.

—Estaba ayudando a una amiga, eso es todo.

Ella sigue masticando.

—Cecilia, estoy hablando contigo.

La chica levanta la mirada con los párpados entornados.

—Estabas ignorándome —dice—. Yo no quería ir, pero tú me has llevado a rastras a la cosa esa. Me has obligado a quedarme ahí toda la mañana, y vas y te olvidas de mí por completo.

Das por hecho que la cosa esa en cuestión es la carrera que él ha mencionado en el desayuno, la que él ha prometido que no les iba a ocupar mucho tiempo aquel día. Cecilia apuñala con el tenedor el contenido de su cuenco. Conoces bien esa combinación de expresiones faciales: la mirada agachada, la mandíbula apretada, el ceño fruncido.

Está conteniendo las lágrimas. Sientes la necesidad de acogerla entre tus brazos, de abrazarla con fuerza, de acunarla en un balanceo tal y como esperas que su madre hiciese con ella.

—¿Te haces una idea de lo imbécil que es ese tipo, el juez? —pregunta a su padre.

Él le dice algo sobre esa boca. Ella no escucha, no se disculpa. En cambio, empuja el cuenco hacia un lado y se levanta. Él va a agarrarle el brazo, pero ella le suelta un manotazo y sube hecha una furia por la escalera.

Estás observando con tanta atención que se te olvida respirar. Ese hombre va a estallar, eso crees. Va a salir corriendo detrás de ella y la va a traer a rastras de vuelta a la cocina, agarrada del pelo si hace falta. Va a recordarle a la niña quién manda aquí.

Pero no se mueve. Su mirada sigue el camino que sigue su hija y termina aterrizando en su silla vacía. La deja allí clavada unos instantes, antes de tomar el celular que lleva en el bolsillo. Desbloquea la pantalla, mira algo y se lo vuelve a guardar en el mismo sitio del que ha salido. Un suspiro. La pierna le rebota arriba y abajo. Está impaciente. Esperando, dirías tú, a recibir algo que aún no ha llegado.

Te lleva de vuelta arriba después de la cena. Ya regresará dentro de unas horas, cuando su hija esté dormida y la casa en silencio. Por el momento, lo que quiere es tenerte de vuelta donde no puedas hacerle daño, en la habitación, esposada al radiador.

Tú vas delante. Así es como él lo prefiere. Siempre te obliga a caminar delante de él, donde te pueda ver bien. Abre la puerta de la habitación y te da un empujoncito hacia dentro.

Tu pie pisa algo blando. En la oscuridad no puedes saber lo que es, pero sí sabes que no quieres que él lo vea.

—¿Qué ha sido eso? —preguntas con la cabeza ladeada como si estuvieras escuchando con suma atención.

No es muy sutil que digamos, pero es la única estrategia que se te ocurre. Se detiene, trata de aguzar el oído. Con el pie, le das unos toquecitos al objeto blando en dirección a la cama y rezas por estar teniendo buena puntería.

—Yo no oigo nada —dice él.

—Ha debido de ser un pájaro o algo así. Perdona.

Suspira, vuelve a empujarte hacia el interior de la habitación y cierra la puerta. Cuando enciende la luz, no hay nada a la vista.

Esperas a que termine la parte de la velada que sigue a la cena. Algunas noches puedes oírlos a los dos charlando en el piso de abajo. Esta noche solo hay silencio.

Aguzas la vista e intentas ver algo debajo de la cama, pero no puedes. No eres capaz de distinguir siquiera la silueta de lo que sea que acabas de esconder ahí.

Oyes el agua que corre por las tuberías, la cisterna del retrete. Cecilia debe de estar cepillándose los dientes, preparándose para irse a dormir. La puerta de su cuarto se cierra por última vez en el día de hoy.

Esperas a que todo se detenga y se quede en silencio. Una sacudida en la manija de la puerta. Entra ese padre, que cierra la puerta a su espalda. Te hace las cosas que él ha decidido que hay que hacerle a alguien.

Después, tú sigues la rutina habitual: te tumbas cerca de la cama y te acomodas para pasar la noche. Él te agarra el brazo y te esposa a la estructura de la cama. Un par de tirones a esa cadena y se larga.

Esperas a que él también se haya ido a la cama, a oír sus pasos por el pasillo, la puerta de su dormitorio que se cierra. Y luego esperas un poco más. Por fin, cuando sabes que estás tan a salvo como vas a poderlo estar nunca, arrastras un pie debajo de la cama.

Nada. Vuelves la cabeza, entornas los párpados. Te haría falta una linterna. Te haría falta no estar esposada a la cama. Cambias de postura, inclinas las caderas hacia acá y después hacia allá. Fuerzas el manguito de los rotadores. El cuerpo te duele, tira y se dobla en ángulos antinaturales. Por fin lo tocas.

Lo atraes hacia ti con el talón. Lo mueves con los dedos del pie. Lo haces todo en silencio, parando para escuchar cualquier movimiento en su dormitorio. La casa permanece en silencio. Por fin, lo agarras con la mano.

Aguardas a que tus ojos hayan absorbido un poco más la oscuridad. Concentras la mirada, imploras que los pálidos cuadrados de luz de luna alrededor de los estores opacos hagan su parte del trabajo. Entre los dedos tienes unos envoltorios de plástico, algo que parece de un verde y un azul muy vivos, un dibujo geométrico. Algo blando, flexible, casi mullido. La silueta de un logotipo que antes veías todos los meses.

Compresas. Tres o cuatro, formando un paquete gracias a una liga elástica.

En la parte de atrás del paquete, un papel. Por suerte, lo ha escrito en letras grandes y redondas, con un rotulador morado. Descifras las palabras una por una: «Espero que sean de ayuda. Dime si necesitas más. Cecilia».

Me oyó. Me escuchó. Y esta noche, después de cenar —después de haberse marchado enfurruñada de la mesa—, ha ido a buscar algunas de las suyas. Ha escrito la nota, ha deslizado el paquetito por debajo de tu puerta. Su padre le habrá dicho que se mantenga lejos de tu cuarto, pero a ella le ha dado igual. Sabe que su padre no ha ido aún a la tienda. Sabe que necesitas ayuda. Ha decidido echarte una mano. Te ha elegido a ti antes que a él.

Te llevas las compresas al pecho y las aprietas. No las vas a utilizar. No puedes. Se daría cuenta y exigiría saber de dónde han salido. Vas a seguir forrándote las pantaletas con papel higiénico hasta que él ceda —si es que cede— y vuelva de la tienda con la caja más barata de tampones.

Ahora mismo, notas cómo las compresas ascienden y descienden con los movimientos de tu caja torácica. Hay alguien a quien le importas. Alguien que ha oído que necesitabas algo y ha hecho un esfuerzo para dártelo. Te deleitas con esa sensación, el primer acto de bondad que recibes en cinco años.

Y entonces... te quedas como piedra. Tus dedos se aferran a los envoltorios de plástico. Las cámaras. Las putas cámaras. Esas que él te ha dicho que hay por todas partes: «en esta habitación, en la puerta principal». Tienes que creerte lo que él te ha dicho. «Estoy vigilando. Siempre estaré vigilando.»

Tú no has hecho nada malo, te dices, pero eso dará igual. Siempre da igual.

Todas las posibilidades que hay son malas, y dejar las compresas a la vista es la peor de todas, porque entonces seguro que las verá. Si las escondes, entras en el territorio del «a lo mejor». A lo mejor no ve el video. A lo mejor no lo descubre. A lo mejor Cecilia y tú se libran de las consecuencias de todo esto.

Tus libros están apilados cerca de la cama. Alargas la mano en busca del grueso ejemplar de bolsillo de *It*. Metes las compresas entre dos capítulos. Deslizas la nota en otro libro distinto, en el ejemplar destrozado ya de *Un árbol crece en Brooklyn*. Es mejor dispersar las pruebas. Se iba a poner furioso con las compresas, pero con la nota..., eso no sería capaz de asumirlo. Su hija actuando a sus espaldas. Sería tu final. El final de todo.

No te quedas dormida. No durante un rato.

La cabeza te da vueltas con tanta expectación, abrumada al tomar consciencia de algo.

«Estaba ayudando a una amiga.»

Eso es lo que le ha dicho a la niña.

Una amiga. Un hombre sociable, que estrecha lazos con los demás. Un hombre para el que los demás significan mucho.

La gente habla de amistad, pero quiere decir amor. Es todo amor, al fin y al cabo.

Y ahora, por primera vez en años, tú también sabes lo que se siente, y lo sabes sin lugar a dudas. Alguien te respalda. Le caes bien a alguien.

22
NÚMERO TRES

Iba a ser padre. Muy pronto.

Cuando se enteró, al principio mismo del embarazo, dejó de beber.

«El mono», decía. No podía ir por ahí tan descuidado. No se podía arriesgar a decir demasiado. Nunca, pero menos aún con un bebé en escena.

«Niño o niña», le pregunté.

«Niña», me dijo.

Y pensé: «Algún día tendrá mi edad».

«¿Y si no puedo hacerlo?», dijo él.

Le pregunté a qué se refería.

«Cuando la niña haya nacido —dijo—. ¿Y si no puedo hacerlo?»

Estaba a punto de preguntarle si ese «hacerlo» se refería a ser padre o a lo que estaba a punto de hacerme a mí.

Y entonces obtuve mi respuesta, supongo, cuando sí lo hizo. Intentando demostrarse algo.

Era el gran enigma de su vida, lo que me hizo a mí, y no había terminado aún de resolverlo.

Si me lo hubiera permitido, le habría dicho que no se preocupara. Le habría dicho que, en mi opinión, iba a seguir haciéndolo durante mucho tiempo.

23
EMILY

No iba a enviarle un mensaje tan pronto. Quería esperar un día o dos, tal vez tres.

Tumbada en la cama, recién llegada del turno de las cenas, he desbloqueado el celular y he buscado datos sobre los gavilanes colirrojos. Cuando he encontrado lo que buscaba, me he puesto a escribir. Me he frenado. He tenido mis dudas. He seguido escribiendo.

«¡Hola! Soy Emily (tu compinche del chocolate). Gracias otra vez por toda tu ayuda hoy. Por cierto, ¿sabías que los gavilanes colirrojos pueden cargar con un perro de hasta diez kilos?»

He añadido un emoji sorprendido y he dejado el pulgar suspendido sobre el botón de «Borrar». ¿Era Aidan de los tipos que usan emoticonos? No tenía manera de saber en qué lugar se situaba él dentro de ese espectro, y no me he sentido en condiciones de meter la pata. Borrar, borrar.

He revisado el mensaje una vez, después dos y después un par de veces más hasta que las palabras han dejado ya de tener sentido. He cambiado mi «¡Hola!» por un «ey!», mucho más informal. He quitado eso de «(tu compinche del chocolate)» y, acto seguido, me he angustiado un poco más. ¿Y si le molestaba? ¿Y si aquello de darme su número

156

no era más que un gesto comercial? ¿Y si, al decir eso de «por si alguna vez necesitas algo», se refería a «si necesitas que te arregle la instalación eléctrica, yo me encargo a cambio de una suma económica, ya que ese es mi trabajo»?

He cerrado los ojos. Cuando he vuelto a abrirlos, estaba conteniendo la respiración, y he seguido conteniéndola mientras pulsaba en «Enviar». El mensaje ha hecho un sonidito como *fiuuu* al salir volando desde mi celular hacia el suyo.

Han pasado ya quince minutos. No hay respuesta. Ni un «Leído». Tan solo una nota que dice que el mensaje ha sido entregado, y ni siquiera sé si me arrepiento de haberlo enviado. La ansiedad me abrasa el cerebro.

Me desmaquillo en el cuarto de baño, me quito el uniforme y dejo la camisa almidonada y los pantalones negros de pinzas en el suelo de baldosas. La habitación se llena de vapor.

«No voy a pensar en él.» Eso es lo que me digo cuando me meto bajo el chorro de agua. Cuando me echo el cabello hacia atrás. Cuando los dedos me recorren los pechos, descienden por la cintura, entre mis piernas. «No voy a pensar en él», pero lo hago, todo el rato. Llevo un deseo muy dentro de mí, y qué bien sienta dejarse engullir por él a veces.

Acaricio esos lugares que hacen que me olvide de todo. En la regadera, en este instante, no soy una criaturita inocente y enamorada hasta la médula. Soy una mujer que conoce su cuerpo, que sabe cómo hacer que ese cuerpo se sienta bien. Las costillas se me expanden y se contraen. La palma de mi mano empuja contra la pared. Veo imágenes, rápidas y esquivas como polillas: su camisa al levantarse cuando se estiró para agarrar el tarro del azúcar blanco; ese sitio que me daban ganas de besar, donde el cuello se le junta con la clavícula; sus manos sobre la mesa, al lado de las mías, sus manos agarrándome, tocándome, moldeándome a su imagen. Todo mi yo entero acoplándose al suyo. Me estremezco, susurro para mí su nombre. En algún lugar de mi cerebro se alberga la débil esperanza de que el golpeo del agua contra los azulejos ahogue mi voz.

Abro los ojos. Estoy sola otra vez. Me enjabono, me lavo y me enjuago el pelo, observo la espuma, que cae en un chorrito por el sumidero. Cuando salgo, me digo que me voy a tomar mi tiempo antes de ir a mirar el celular. Me envuelvo en una toalla y empiezo a cepillarme el pelo hasta que ya no puedo aguantarme más. A ver, ¿qué demonios estoy haciendo aquí plantada con el celular ahí, a treinta centímetros? ¿Por qué me pongo a fingir que me lo tomo con calma delante de un público inexistente? Salgo del cuarto de baño dando tumbos y vuelvo a mi dormitorio. El celular está encima de la cama, con la pantalla hacia abajo. Me sudan las palmas de las manos cuando lo activo para que cobre vida con el pulgar en el botón de inicio.

«¿Diez kilos? ¡Hala! Y muchas de nadas. El placer ha sido todo mío.»

Hay un emoji sonriente seguido de su firma, una simple «A».

Me voy a la cama con el martilleo de los latidos del corazón atronándome en los oídos.

24
LA MUJER EN LA CASA

Esperas a que te interrogue sobre las compresas, a sentir su mano que te agarra del brazo, que te zarandea. A oír la urgencia en su voz cuando te exige respuestas. Te lleva al piso de abajo para desayunar, después para la cena. Esperas y esperas, y no llega nada.

¿Es que no lo sabe? ¿Es que no lo ha visto?

¿Es que no hay cámaras o es que ni las ha comprobado?

¿O es que te está poniendo a prueba? ¿Acaso lo sabe y está esperando para desenmascararte?

Pero no te está prestando atención a ti. Cuando Cecilia no está mirando, e incluso a veces cuando sí lo hace, él no deja de sacar el celular para echarle un vistazo bajo la mesa. De vez en cuando escribe unas palabras y lo guarda con la misma rapidez.

Ni siquiera han llegado a la mitad de la cena y ya lo ha hecho cinco veces. Justo después de plantar un pollo asado en el centro de la mesa y llamar a voces a su hija. Después de trincharlo de manera meticulosa con un tenedor y un cuchillo enormes. Después de haberte preguntado —por puro teatro de cara a la galería, en realidad— si preferías pechuga o muslo (le has dicho que muslo, por favor; necesitas todas las calorías que puedas conseguir; no puedes desperdiciar espacio en el estómago con proteínas magras). Y ahora, cada vez que Cecilia baja la mirada al plato, cada vez que la niña alarga la mano hacia la jarra de agua, los ojos de su padre se disparan hacia la pantalla.

Acabada la cena, Cecilia pregunta si puede ver una película. Él le dice que mañana tiene que levantarse temprano para ir a clase. Ella le llora un poco, le dice que por favor, que todavía es fin de semana y que ha terminado los deberes. Él resopla.

¿Sabe él la suerte que tiene? ¿Una niña de trece años, hoy en día, y su principal petición es ver una película un domingo por la noche? A su edad, tú ya estabas yendo de una a otra casa de tus amigas para quedarte a dormir con ellas, negociando salidas a los centros comerciales de la otra orilla del Hudson, expandiendo palmo a palmo el perímetro que se te permitía ocupar fuera de casa, sin padres.

—Muy bien —dice—, pero a las diez a la cama.

La niña se vuelve hacia ti.

—¿Quieres verla?

Contienes el aliento. Le das a él unos segundos para que intervenga. «Cecilia, estoy seguro de que Rachel está ocupada esta noche», podría decir. Le vibra el celular. Lo saca, mira la pantalla, comienza a escribir.

—Claro —dices tú.

La niña ayuda a recoger la mesa. Después de eso, no sabes por dónde ir. Su padre suele enviarla al piso de arriba a cepillarse los dientes, le pide que busque en el armario y reponga el papel de cocina en el dispensador, lo que sea que se le ocurra con tal de distraerla mientras te lleva de vuelta a la habitación; pero esta noche te quedas.

Esta noche es noche de cine. Es una inmensa incógnita, un millón de oportunidades de cagarla por el camino.

Sigues a los dos hacia el salón. Ocultas el temblor de la pierna, haces caso omiso de la quemazón en el punto donde te dio la patada hace un par de días. Él se sienta en la butaca. Mientras Cecilia busca el mando a distancia, él te hace un gesto para que te sientes en el sofá. Su hija se hace un ovillo en el cojín contiguo al tuyo. Apunta el mando hacia la tele, pasa de las cadenas tradicionales y selecciona un servicio de *streaming*. Apenas reconoces la interfaz, pero el logotipo sigue siendo el mismo. En los tiempos en los que él te llevó, la plataforma se estaba expandiendo, aumentando su catálogo y comenzando a producir sus propias series. Ahora, Cecilia va recorriendo una infinidad de series de televisión y de películas: algunas son antiguas, algunas ni las conoces y otras van etiquetadas con un «original».

—Esta, ¿de acuerdo?

El cursor se encuentra sobre lo que la plataforma describe como una comedia romántica juvenil basada en una saga superventas de novelas juveniles con el mismo título.

—Parece buena —le dices.

Se recuesta contra el respaldo con una tímida sonrisa. Recuerdas cómo era tener su edad, sentir un poco de vergüenza por todo lo que te gustaba.

Te esfuerzas todo lo que puedes con tal de centrarte en la pantalla. Cuánto tiempo ha pasado. Todos esos sonidos, colores, personas y nombres. A tu cerebro le cuesta seguir el ritmo. Vas saltando de una subtrama a otra y se te olvida lo que te han contado los guionistas hace cinco minutos. Se te acelera el pulso. Aprietas los puños de pura frustración o tal vez de pánico.

Con el rabillo del ojo ves una luz azul que se enciende. Su celular. Está ignorando olímpicamente la película, con el cuello flexionado sobre la pantallita y el pulgar que salta de una esquina a otra como un zapatero sobre la superficie de un lago.

En la pantalla grande, el pretendiente dice algo gracioso, Cecilia suelta una risita. Se corta y te mira como si quisiera comprobar si tú también aprecias lo cómico de la escena. Una niña, desesperada por recibir una aprobación Vuelves a pensar en las compresas, en la nota garabateada con rotulador morado: «Espero que sean de ayuda. Dime si necesitas más». Te ríes.

Ella deja escapar otra risita y vuelve la cabeza hacia la pantalla. Relaja su postura en el sofá, tienes su costado derecho casi apoyado en ti.

Aquí la tienes. Una aliada, una amiga. Qué sola te sientes a su lado, más de lo que nunca te sentiste en el cobertizo.

El pretendiente suelta otro comentario chistoso. Cecilia te da con el codo. Te ríes otra vez. Te obligas. Por ella.

Esto te lo ha hecho ella. Sin pretenderlo, la suavidad de su mundo se ha filtrado en el tuyo. Te ha arrebatado las partes más pulidas, más duras de tu ser. Las que te ayudaron a sobrevivir en el cobertizo. Ella las está retirando y las está sustituyendo con matices de tu yo anterior. El yo que amaba. El que se abría a los demás.

El yo vulnerable. El que tanto daño ha sufrido.

25
LA MUJER: ANTES DE LA CASA, ANTES DEL COBERTIZO

Te dedicas a escribir, y así pasas tu etapa del instituto. Eres editora en el periódico de los alumnos. Vas a ver universidades. Eliges la Universidad de Nueva York en detrimento de Columbia. Naciste y creciste en la ciudad de Nueva York, y no te has cansado de ella. Tus amigas se marchan y cruzan el país en busca de los veranos de California, de Silicon Valley, de la magnífica hierba que hay en Colorado. Tú te quedas. Estás contenta donde estás. Lo suficiente.

Comienzas a correr a pesar de que sabes que, con el tiempo, te va a destrozar el cuerpo. Te astillará los huesos, te agarrotará los músculos, te roerá los tendones. Aprendes a tomarle el gusto a la llama que te arde detrás de las costillas, y los pulmones son un conducto para canalizar la tormenta que descarga furiosa en tu interior. Corres, porque solo tú sabes cómo autodestruirte de forma sana.

A tu alrededor, las mujeres se dedican a escribir. Son tiempos de un colapso económico, tiempos para la reinvención. Las jóvenes escriben para los mejores sitios web y sirven copas para pagar el alquiler. Aparecen por clase agotadas, con las lumbares doloridas, los ojos velados de sueño.

Están pasando cosas. Firmas de artículos, trabajos de verano, puestos de becaria. Tres de tus compañeros de clase entran de becarios en ese grupo periodístico para el que todo el mundo quiere trabajar. Ese que ha inspirado películas y series de la tele.

Algunos consiguen colocar artículos en revistas literarias. Ganan premios y son alabados por sus compañeros. Tú estás intentando no quedarte atrás, pero es que son todos muy buenos. Todos son mejores que tú, que no eres más que una chica que creció en Nueva York leyendo un montón de libros. Tus notas están bien. Todo lo que tiene que ver contigo está bien, así, sin más.

En el primer día del segundo semestre de tu último año salta la noticia: tu compañera de clase ha firmado un contrato editorial. La gente susurra cosas, habla de números, cinco ceros, tal vez seis. A algunos les sale natural lo de alegrarse por su compañera, mientras que otros van tirando de la historia como si de un hilo se tratara hasta que encuentran algo para desbaratarla: la temática del libro es floja, ese contrato tiene tanto de maldición como de bendición. Un éxito tan grande, tan visible, tan pronto. A partir de ahí, todo es caer. ¿Te lo puedes imaginar?

No puedes. Desde tu magnífica vida, tus magníficas notas, tu manera de escribir tan absolutamente magnífica, si quisieras imaginártelo, no sabrías ni por dónde empezar.

Hay una página web, un retoño digital de una revista juvenil ya difunta. Aquella revista fue algo revolucionario en su día, porque hablaba a las chicas como si tuvieran cerebro. Te gusta esa web, la sigues a diario. Tiene una sección titulada «Esto lo he vivido», que es justo como suena:

desconocidos que detallan las situaciones disparatadas por las que han pasado. «Esto lo he vivido: no había nadie a los mandos de mi avión», «Esto lo he vivido: me desperté de un coma de dos años», «Esto lo he vivido: yo fundé una secta».

Lees esos artículos durante las pausas para el almuerzo. Después regresas a clase, donde te exhorta tu profesora de escritura creativa. Tiene la edad de tu madre, tal vez un poco más. Amable en persona, implacable por escrito. Tiene cinco libros publicados y una interminable ristra de artículos en las revistas. La admiras de un modo que se parece al amor.

«Tu manera de escribir está bien —te dice tu profesora—, pero te deja fría, es rígida, por extraño que parezca.» «Tú no eres así en la vida real —te dice tu profesora—. Eres una joven sensible y divertida. Tienes mucha chispa.» Ella te dice que eres graciosa y eso te sacia, solo durante un segundo.

«Voy a trabajar eso —le dices—. Voy a trabajar mi voz.»

Ella niega con la cabeza. «No es la voz —te dice—, es sobre qué escribes. No estás escribiendo sobre lo que importa. Te estás escondiendo, y mientras sigas escondiéndote, tu lector no sabrá qué impresión sacar sobre ti.»

Vuelves a leer los artículos femeninos. «Esto lo he vivido: mi mejor amiga se fugó con mi hermano», «Esto lo he vivido: me cambiaron al nacer», «Esto lo he vivido: mi vecino resultó ser un espía».

Piensas en las cosas que has vivido tú, y solo hay una que podría figurar en esa web. La evitas durante días, y entonces, una noche, te sientas y lo pones todo por escrito. Las palabras te vienen, huesos de un esqueleto que pide a gritos salir a la luz: «Esto lo he vivido: mi hermano Paul me nombró en su nota de suicidio».

No tienes la sensación de que te corresponda a ti contar esa historia. Antes que a ti le sucedió a tu hermano. Fue él quien se tomó las pastillas, la primera y la segunda vez. Fue él quien sobrevivió. Fue él quien escribió la nota.

Se suponía que tú no debías verla. Te tropezaste con ella en la noche de la segunda vez, cuando llegaste a casa y tus padres todavía se encontraban en el hospital, rellenando el papeleo.

«¿Cómo se supone que voy a encontrar mi lugar en el mundo —escribió tu hermano— cuando todo acaba siempre llevándome hasta ella?»

Se refería a ti. Tu hermano, el que se metía en líos. El que no sabía amar sin perderse, aquel cuya turbulenta adolescencia no te dejó más opción que convertirte en la mejor niña que podías ser. A diferencia de él, tú sabías comportarte de ese modo que la sociedad premia. Para ti, su mente era algo genial, un volcán donde cristalizaban piedras preciosas. Te considerabas la aburrida, y jamás se te ocurrió pensar que tal vez tu hermano veía las cosas de otra manera.

El texto se queda guardado en tu computadora durante semanas. No sabes qué hacer con él. Se te pasa por la cabeza enviárselo a tu profesora por correo electrónico, pero no consigues obligarte a pulsar «Enviar». El texto te parece caótico, egocéntrico, inmaduro. Tienes la sospecha de que es algo que podrías lamentar algún día.

La compañera de clase que consiguió el contrato editorial comparte una fotografía en Facebook. Sale ella, bolígrafo en mano, con la muñeca apoyada en una pila de pa-

166

peles. «Noticia increíble —escribe tu compañera—. He firmado el contrato. Es oficial: *La casita azul* va a convertirse en una película. Bueno, ¡a lo mejor! ¡Algún día! ¡Si todo va bien! Pero ya están vendidos los derechos, y eso es un primer paso enorme. Me siento muy agradecida.»

Están pasando cosas, y necesitas que te empiecen a pasar a ti. Buscas el texto en la laptop, escribes un correo electrónico de cinco frases. Adjuntar. Enviar.

Se publica la semana siguiente.

Al principio, tu hermano no dice nada. Entonces, una noche, un domingo, la familia está de nuevo en casa para el pollo asado con papas al limón. Tus padres están en el salón, ustedes dos están en la cocina, lavando los platos.

—¿Sabes? —dice tu hermano mientras enjabona un plato—, lo he visto, tu artículo.

Te pilla por sorpresa. Te concentras en abrillantar una copa de vino con el trapo de cocina de tu madre.

—Es bueno —te dice él.

Piensas en él: dos años mayor que tú, alto pero frágil. Un niño delicado, hipersensible: así es como tu madre se lo describió una vez a una profesora del colegio. Con la mandíbula contundente y la sonrisa torcida. Los andares de tu padre. Los ojos de tu madre.

Toma otro plato y sigue lavando.

—Aunque —dice con una amargura que reconoces de sus años de adolescencia— podría decirse que me has dado la razón.

Más tarde, cuando llega el momento de volver a ponerte el abrigo y meterte en el metro, tu hermano se despide de ti. En condiciones normales, te daría un abrazo. Tu hermano, el que te enseñó a armar líos. A huir, a conectar un puñctazo. Tu hermano, cuyo amor se hacía patente en el jadeante caos de los recreos. Tu ropa manchada de barro, briznas de hierba en el pelo. Esa noche, tu hermano te da una palmadita muy leve y correcta en el hombro.

—Que llegues bien a casa —te dice; equilibrado, libre de tu presencia.

Se despide con la mano desde el otro lado del andén y lo sabes. Sabes que lo has perdido para siempre.

26
LA MUJER EN LA CASA

Te sorprendes deseando repetir el experimento de la peli del domingo. No es la película lo que quieres, sino todo lo que la rodea. Cecilia a tu lado en el sofá. Un cambio en tu itinerario, una parada entre la cocina y la habitación. Una pausa entre la cena y el silencio de la noche, las cosas que él te hace.

Así que, cuando la chica comienza a dirigirse hacia la zona del salón y te lanza una mirada con un interrogante, tú miras en dirección a su padre. Está mirando su celular. Asientes a Cecilia con la cabeza. Una vez asegurado tu apoyo silencioso, la hija comienza a negociar.

—No hace falta que sea una peli entera —le dice a su padre—. Puede ser una serie, solo un episodio, veinte minutos.

Intentas captar la mirada de su padre por todos los medios. Miras hacia su celular, al principio discreta, luego ya sin vacilar. Un mensaje subliminal. Tiene que ser él quien se dé cuenta de que esto podría ser bueno para él, de que si su hija no aparta los ojos de la pantalla de la tele, él tendrá libertad para seguir intercambiando mensajes.

Cede. «Un episodio», dice él, y el trato queda cerrado.

Una noche, al ir a pasar de la señal de televisión al servicio de emisión por internet, Cecilia se detiene en un programa de noticias donde hablan sobre un musical. Consigues entender que va sobre los fundadores de la nación.

—¿Tú también eres fan? —te pregunta con una sonrisa de emoción.

En la tele, dos personas hablan sobre el espectáculo. Cazas las palabras *historia, gira nacional, obra maestra*. Deduces que este musical es importante, no solo para Cecilia, sino para el mundo en general.

—Seguro que sí —le dices—. Quiero decir que por supuesto.

Te encantaba el teatro. La última obra que viste fue no mucho antes de que él te llevara, cuando tu vida comenzaba a desbaratarse, pero aún te parecía que se podía salvar la situación. Julie, tu compañera de piso, tenía entradas para una obra que se había estrenado fuera de Broadway, y te insistía en que fueses con ella. «No has salido del apartamento en tres días. Esto te va a venir bien», te dijo.

Cediste. Fue la decisión correcta.

Cecilia sigue poniendo su musical por las nubes. «¿Qué te parece el reparto nuevo?», quiere saber. «¿Cuáles son tus canciones preferidas?» Al oír esto, su padre levanta la cabeza y le dice a su hija que pulse de una vez el botón para reproducir el capítulo de su serie.

Todas las noches, él se sienta en su butaca con la luz del celular brillando bajo sus dedos. Cuando terminan de ver lo que sea que estén viendo, le dice a Cecilia que se prepare para irse a la cama. Esa es tu señal para dar las buenas noches y regresar a la habitación. Él llegará un par de minutos después con las esposas. Y regresará un poco más tarde. Él siempre regresa.

Las cosas empiezan a demorarse más de lo normal. Sus visitas nocturnas, el tintineo de las esposas contra la estructura de la cama. Quizá sea ese el motivo de que hayas comenzado a darte cuenta. Antes estabas dormida cuando sucedía, pero ahora estás despierta, y no hay manera de negarlo.

Todas las noches, hacia lo que tú consideras que deben de ser las primeras horas de la madrugada, unos pasos avanzan sigilosos por el pasillo. Al principio piensas que alguien está yendo al baño, pero el patrón no te cuadra. Te quedas escuchando, noche tras noche. Una puerta se abre y se cierra. Alguien que va de un sitio a otro. Hay un silencio. Y después, vuelve a suceder. Pasos, una puerta que se abre y se cierra.

La cabeza se te llena de teorías. La niña tiene miedo. Tiene pesadillas, terrores nocturnos. Él acude a consolarla..., pero nunca oyes hablar a nadie, no la oyes llamar a papá, ningún grito en sueños. Solo pasos, puertas y silencio.

Te resistes a pensarlo, pero entonces lo piensas. Él entra en su cuarto, noche tras noche. Sientes el peso de un ancla en el estómago y ganas de gritar, de reventar cosas contra las paredes, de prenderle fuego a la casa. Vas a vomitar.

No puedes saberlo con seguridad, pero todo ello encaja perfectamente para ti. No te puedes imaginar un mundo donde este hombre sepa querer a alguien sin destruirlo.

Quieres envolverla en tus brazos y decirle que todo va a ir bien. Quieres prometerle un lugar seguro, un mundo nuevo. Lo construirás para ella si tienes que hacerlo, pero la llevarás allí.

A lo mejor te equivocas. A lo mejor no es lo que tú crees que es. Te quedas despierta, esperando a que se haga evidente que te equivocas. Intentas confiar en otro tipo de situaciones: tal vez la niña tiene miedo a la oscuridad y él, que lo sabe, también sabe que le toca entrar en su cuarto sin que ella lo llame. A lo mejor es ese padre, y los padres saben cuándo sus hijas los necesitan.

Pero tú sí sabes el tipo de hombre que es, y tienes recuerdos del mundo de ahí afuera, el de antes. Tú sí sabes cómo se supone que funcionan las cosas. Por mucho que te esfuerces rebuscando en la memoria, por muy atrás que te remontes, no se te ocurre ninguna buena razón para que un hombre como él desaparezca en el interior de la habitación de su hija todas las noches.

27
CECILIA

Y ahora, de repente, mi padre tiene un montón de amigas.

Primero fue Rachel, y está bien, ningún problema con eso. Lo de Rachel lo puedo entender. Necesitaba un sitio donde quedarse y que la gente se portara bien con ella.

Pero ¿lo de esta mujer nueva? Increíble.

Ni siquiera sé cómo se llama, y no quiero saberlo. Ya la he visto alguna vez por el pueblo. Trabaja en un restaurante que a mi padre le gusta. Imagino que la conoce de eso, pero no explica qué lo ha obligado a pasar con ella toda la mañana de la bobada esa de la carrera.

No me habría importado tanto si no me hubiese obligado a ir, pero si vas y me dices que tengo que ir a algo, pues podrías hablar conmigo una o dos veces mientras estamos allí. A mí me parece que eso debería ser una norma.

Mi padre entiende lo de las normas. Siempre le han gustado mucho. «No toques las cosas de los demás», «no te metas en los asuntos de nadie». «No quiero tocar tus cosas», solía decirle yo. «No te ofendas, pero es que me dan igual tus cosas.» Pero, un día, mi madre me contó que eso le venía de su época de los marines, porque allí nadie se preguntaba, y le robaban sus cosas todo el rato, así que ahora es un poco territorial. Que, por otro lado, fenomenal. Si uno sirve en los marines, tiene derecho a alguna que otra rareza.

Pero yo seguía enojada por la carrera, y también estaba molesta en nombre de Rachel. Que ya lo sé, que es un poquito raro, pero lo estaba. Si mi padre va a tener uno de esos rollitos raros de amiga, pues está bien, pero el puesto ya está ocupado. Por Rachel.

Supongo que por eso le di las compresas. Mi padre ha sido muy firme con que no me acerque al cuarto de Rachel bajo ninguna circunstancia, pero después de la carrera me han dado igual sus normas. He hecho lo que me ha dado la gana.

Tampoco es que ella me lo haya agradecido. Un «gracias» habría estado bien.

Así que está Rachel, está la Mujer del Restaurante, y después están los mensajitos.

La gente se cree que las adolescentes nos pasamos todo el día con los mensajitos. Pues tendrían que ver a qué se ha dedicado mi padre estos últimos días: a teclear sin parar, sobre todo cuando cree que no lo veo.

A lo mejor es la Mujer del Restaurante. A lo mejor es una tercera. A estas alturas, ya, ¿quién sabe? Durante quince años, mi padre solo tuvo ojos para mi madre, y si yo fuera mala, diría que está intentando recuperar el tiempo perdido.

Pero no soy tan mala. Y tampoco creo que sea eso.

Lo que sí voy a decir es que ese no era el trato, y dudo mucho que a mi madre le hubiese encantado el modo en que él ha estado actuando. Me pone muy triste pensarlo, pero es la verdad.

No mucho antes de su muerte, mi madre me dio una pequeña charla. Esperó a que mi padre se marchara para hablar con algún médico, porque en esa época hablaba con un montón de médicos, aunque tampoco sirviera para cambiar nada. Se habían quedado sin ideas acerca de cómo lograr que se pusiera mejor.

Cuando nos quedamos solas, mi madre dio unas palmaditas en la cama, a su lado.

—Ven aquí.

Era muy raro estar tan cerca de ella hacia el final. Ya no parecía ella, había perdido un montón de peso. Le había vuelto a crecer el pelo después de que dejaran de darle la quimio, pero era más fino que antes, con mechones grises. Cuando la abrazaba, a mi tacto era todo huesos.

Me pasó un brazo por los hombros y me atrajo hacia sí.

—No tengo miedo —me dijo. Estaba mirando al techo, como si temiera mirarme a los ojos—. Bueno, a veces sí lo tengo, pero no por ti. Sé que te voy a dejar con el mejor de los hombres. —Tragó saliva con esfuerzo—. Estoy muy agradecida por el tiempo que hemos disfrutado juntos, los tres.

Era una despedida, y yo no quería despedirme. Lo que yo quería era que mi madre volviera a casa. Sabía que era imposible, pero eso no iba a hacer que lo deseara menos.

Lo cierto es que no quería convertirme en la hija de un cáncer. No quería despertarme todas las mañanas y acordarme de que nos había dejado. Una chica del colegio, Cathy, tenía un hermano que había muerto de leucemia hacía un año. Se perdió varias semanas de clase, y cuando volvió, todo el mundo empezó a tratarla como si fuese una niñita frágil.

Yo no quiero ser una niñita frágil.

Pero estuviera yo lista o no, mi madre se iba a despedir de mí. Me abrazó un poco más fuerte y continuó hablando.

—En algún momento se van a quedar solos ustedes dos. Y no pasa nada, ¿okey? Quiero que sepas que eso no me preocupa lo más mínimo. Él te va a cuidar maravillosamente bien, y tú también lo vas a cuidar a él igual de bien. Somos muy afortunadas por tenerlo.

Se frotó los ojos con la mano que tenía libre. Me dio la sensación de que yo también debería estar llorando, pero habían pasado un montón de cosas tristes en muy poco tiempo, y cuando te pasan un montón de cosas tristes en muy poco tiempo, llegas a un punto en el que ya no puedes llorar más.

Mi madre seguía mirando al techo.

—Los dos van a tener que dar la cara el uno por el otro. Eso también se lo he dicho a él, ¿de acuerdo? —me dijo, y asentí—. Los abuelos también van a estar ahí. Ya sé que papá no siempre se lleva bien con ellos, pero tú puedes contar con los dos. Espero que no se te olvide. —Se me quedó mirando fijamente hasta que volví a asentir con la cabeza—. Pero papá y tú van a ser un equipo, y siempre se van a tener el uno al otro.

No sé yo, eso de «siempre», pero mi madre tenía razón en lo otro: se murió tres semanas después, y nos quedamos solos mi padre y yo.

No es que cambiaran mucho las cosas en casa, y espero que eso no suene mezquino. Es solo que, incluso cuando mi madre estaba bien, era él quien hacía la mayor parte de las tareas de casa. Cocinar, limpiar. Siempre estaba haciéndonos la comida, llevándonos aquí y allá.

Así que siguió cocinando. Yo lo ayudaba con la limpieza. Él volvió a ir a trabajar, y yo volví a ir a clase. «Estamos a comienzos del año», me dijo. «Adoptar ciertas rutinas puede ser de ayuda.»

Ya sé que estaba intentando ponerme las cosas más fáciles, pero yo odiaba que él lo llevase todo tan bien. La casa jamás estaba hecha un desastre. Después del funeral, la gente nos traía guisos que no nos hacían falta. Mi padre se encargó de conservar mi vida lo mejor posible. Era como si se hubiera leído un libro de autoayuda, algo como *Gestionar el duelo de un adolescente*, y hubiera memorizado todos los capítulos.

Yo quería que parase. Que dejase que las cosas se desordenaran, que fuéramos un desastre. Seguir adelante por las buenas me parecía una falta de respeto, como si estuviésemos llevando su ausencia demasiado bien. Yo quería que la casa reflejara cómo me sentía yo por dentro. Quería el caos.

Y entonces, más o menos un mes después de que ella muriese, me recogió en el colegio —no dejo de decirle que puedo esperar el autobús o pedirle a alguien que me lleve, pero nunca me escucha— y me comunicó que teníamos que mudarnos de casa. Los padres de mi madre nos ponían de patitas en la calle. Él no me lo dijo así, pero esa era la idea.

No entiendo tanta emoción que tiene la gente con los abuelos. Mis abuelos paternos murieron los dos antes de que yo naciera, y él jamás se ha dedicado a ponerlos por las nubes. A mis abuelos maternos les caigo más o menos bien, pero no es que sean muy fans de mi padre, no sé muy bien por qué. Mi madre solía decir en broma que solo estaban enojados porque mi padre se había llevado a la niña de sus ojos. A veces, mi padre decía que era por el dinero, porque mi madre tenía algo, pero él no tenía nada. Mi madre siempre le decía que parase ya, le daba una palmada en el brazo y le soltaba cosas como «Vamos, les caes bien, es que no saben cómo demostrarlo, eso es todo».

Antes de que mi madre muriese, pero después de que volviera a ponerse enferma, la oí hablando con mi padre. Se suponía que yo tenía que estar ya dormida, pero había ido por un vaso de agua. Las voces de los dos venían de la cocina.

—No estoy diciendo que debamos aceptar —decía mi madre—. Solo quería que supieses que se han ofrecido, que si alguna vez te da la sensación de que tú no puedes... tú solo..., que ellos se pueden quedar con ella.

Mi padre se cabreó muchísimo.

—Demonios, es que no me lo puedo creer. —Le oí dar un golpe sobre la mesa donde comemos; al día siguiente había una buena marca al lado del sitio donde él se sienta—. Es mi hija. Ellos vienen a vernos, ¿qué, dos veces al año? ¿Y ya se creen que pueden venir y quitárnosla? ¿Quitármela a mí? —Se paseaba arriba y abajo. Retrocedí un par de pasos para asegurarme de que no me veía—. Ya sé que piensan que soy una especie de idiota que no es capaz de hacer nada bien, pero es mi hija. Yo la he criado.

Sonó el rasponazo de una silla contra el suelo de la cocina, y me imaginé que mi madre se habría levantado y le habría puesto una mano en el brazo para tratar de calmarlo.

—No pretendía alterarte —dijo ella—. Lo siento. Solo quería que lo supieras. No pasa nada. No hablemos más de ello.

No sé qué pasó después de eso. La última vez que vi a mis abuelos fue en el funeral. Se acercaron a nosotros tras la ceremonia. Mi padre se mantuvo cortés, con la espalda muy recta y los hombros tan tiesos que pensé que no los iba a volver a mover jamás. Nadie dijo mucho, tan solo las cosas que se espera que diga la gente en estas circunstancias. «¿Cómo lo llevas?», o «Era una persona maravillosa» y «Supongo que ya ha dejado de sufrir». Todos habíamos perdido a un ser muy querido, pero eso no significaba que de repente nos fuésemos a caer bien los unos a los otros.

Así que mis abuelos nos han obligado a marcharnos. A lo mejor, en las semanas posteriores al funeral se dieron cuenta de que nunca íbamos a tener una relación tan estrecha como ellos esperaban, y decidieron tirar la toalla. A lo mejor mi padre los rechazó, y para ellos eso significaba recuperar la casa. Porque no es que ellos quisieran vivir ahí. Tienen otra casa lejos de aquí, muy al norte. Solo querían vender esa. El resultado fue el mismo: tuvimos que marcharnos de la casa en la que yo había pasado toda mi vida, la casa que encerraba todos los recuerdos que tenía de mi madre.

Allí, aún podía verla. Sentada a mi lado en el sofá cuando yo era pequeña, viendo los dibujos animados el sábado por la mañana. Enseñándome a hacerme una coleta delante del espejo del cuarto de baño. Leyéndome los tres primeros libros de *Harry Potter* y, más adelante, tirada a mi lado mientras yo leía sola los cuatro siguientes. Cantando las canciones del musical *Hamilton* en la cocina con una espátula o una cuchara de madera como si fuesen el micrófono, a ver cuál de las dos era capaz de cantar entera «My Shot» y «Non-Stop» sin equivocarse con la letra.

Mi madre ha desaparecido en la casa nueva. No está aquí. Ella nunca estuvo aquí.

Ahora volvemos a estar solos mi padre y yo.

Bueno, mi padre y yo, y Rachel, y quien sea que vaya a ser la siguiente en sumarse a la lista, ya que al parecer mi padre está aceptando solicitudes.

Esto es lo que yo pienso.

Creo que mi padre es una persona complicada. No ha tenido una vida fácil. No habla nunca de su infancia, y me tengo que imaginar que eso es porque fue terrible. Él quería ser médico, pero se metió en los marines porque lo consideraba un deber con su país, pero también porque..., yo qué sé... ¿Porque hacerse médico es difícil, y la gente que lo consigue suele tener dinero y ser de buena familia, y mi padre no tenía ninguna de las dos cosas, quizá?

A pesar de todo eso, ha logrado montarse una buena vida. Y junto con mi madre, también consiguió darme a mí una buena vida. Cuando discutíamos él y yo, y mi madre tenía que venir a poner paz, ella me decía: «Le encanta ser padre». Y es verdad que le encanta. Lo sé. Le encanta ser mi padre. Me lleva a todas partes. Me compra ropa. Me prepara la comida. Se preocupa por lo que estoy pensando. Me enseña cosas. Quiere que sepa lo que él sabe.

Es solo que tengo la sensación de que no soy suficiente, no sé muy bien por qué. Como si se supusiera que íbamos a estar solos los dos, pero yo lo he hecho mal (el qué, no estoy segura), y ahora él tiene que andar reclutando a todas esas acompañantes que llenan el vacío.

A lo mejor es una locura ponerse a pensar en eso. Perdón.

Ya sé que él también ha perdido a mi madre.

Así que estoy yo, con mi padre y con sus mujeres, y cuanta más gente se mueve a nuestro alrededor, más sola me siento.

A lo mejor es así como tiene que ser. A lo mejor ese es el aprendizaje que tengo que extraer de todo esto. Que, al final, la única persona con la que de verdad puedes contar eres tú misma.

28
EMILY

Él es parte de mi vida. No estoy segura de cómo ha sucedido, pero lo es, y él se siente cómodo en ella.

Mi mensaje sobre los gavilanes colirrojos se ha convertido en una bola de nieve de la manera más maravillosa. No hemos dejado de escribirnos. Ahora hablamos todo el día. En el trabajo, llevo el celular en el bolsillo delantero del delantal. Lo miro entre un cliente y otro, bajo la barra. Lo compruebo en el aseo, en el asiento de atrás del coche de Eric. Lo compruebo mientras me cepillo los dientes antes de acostarme, y es lo primero que hago por la mañana. Su último mensaje se me repite en la cabeza en un bucle infinito.

Al principio, superamos el temario de los gavilanes colirrojos para pasar a otras aves rapaces y, por último, al resto de la fauna del valle del Hudson. Hemos expandido nuestros horizontes para hablar del trabajo, el pueblo, la comida y el clima. Me envía fotos de pájaros interesantes. Intercambiamos recetas. Todas las mañanas me pregunta qué tal voy y me da las buenas noches al final de cada día. Quiere saber qué tal me trata el restaurante. Quiere saber cómo lo llevo. Ha oído que el trabajo es brutal. Espera que me encuentre bien. Le cuento un sueño que he tenido, con una serie de puertas a lo largo de un pasillo oscuro, todas cerradas con llave. Él busca el significado en internet. «Al parecer las puertas cerradas significan que alguien o algo se interpone en tu camino. Una puerta abierta, por el contrario, significa una nueva etapa en tu vida, un cambio positivo. ¿Estás segura de que todas esas puertas estaban cerradas?», me dice.

Escribe las palabras enteras. Nada de «2» en vez de «dos», ni «tb» en lugar de «también», ni «xq» en vez de «porque». Comienza sus frases con letra mayúscula y las termina en un punto. Hace un uso moderado de los emoticonos, y el emoji sonriente ocasional va cargado de un significado especial.

Hay temas que él no menciona y por los que yo no pregunto. Su mujer. Su hija. Me ciño a preguntas genéricas: «¿Cómo estás? ¿Qué tal el día?». La puerta está abierta. Si quiere hablar, lo hará.

Viene al bar los martes y los jueves, como de costumbre. Le preparo un *old fashioned* sin alcohol, y hablamos siempre que tengo la oportunidad. Somos menos locuaces en persona, nuestros cuerpos van atrasados de la intimidad que hemos ido desarrollando con los mensajes.

Él no siempre se da mucha prisa por responder. Puede pasar una hora, dos o tres sin que responda. En ese lapso, yo releo nuestros mensajes, busco en cada palabra la posibilidad de algún malentendido. Y cuando llego a ese punto en el que ya me he convencido de que lo he estropeado todo, me contesta. Simpático, abierto.

En el restaurante, corro a la cocina por las aceitunas, una cuchara limpia, un aperitivo, y freno el paso en el camino de vuelta. Lo observo, al hombre tan guapo del taburete.

Su presencia me eleva. Camino con la cabeza bien alta, la espalda más recta. Mi voz se alza, segura de sí misma, y desciende con pulcritud al finalizar mis frases. La certeza de esta corriente de conexión entre los dos la llevo conmigo como si fuera un amuleto de la buena suerte. Todo el tiempo acunada junto al corazón.

Y bien que lo necesito, este extra de energía al caminar, este pequeño milagro. Lo necesito muchísimo.

El pueblo no se ha recuperado aún del impacto de la desaparición de esa mujer. Era de la zona, y todo el mundo conoce a alguien que la conocía. No la han localizado, y nadie lo dice, pero lo sabemos. Sin más ni más, pero sabemos que, cuando la encuentren —si es que alguna vez la encuentran—, no estará viva.

La gente se muestra un poco más amable en su trato con los demás. En la calle, en las tiendas e incluso en el restaurante. Hay una especie de suavidad en nuestros actos, aunque por supuesto se acaba justo donde empieza la cocina. Pero la gente lo está intentando, incluso Nick, a su manera. Sirve de ayuda que no estemos muy ocupados. Acción de Gracias ya se nos echa encima, y el pueblo está empezando a quedarse vacío. La gente de aquí se va de puente, viaja para ver a la familia y va entrando en el calendario de las vacaciones. Dentro de poco arrancará la época más frenética del año, pero por ahora las cosas permanecen en una quietud inquietante. La calma que precede a la tempestad.

Esta noche, el turno de cenas termina pronto. Echo la llave de la puerta en cuanto se marcha nuestra última mesa de la noche, unos padres intentando meter a los niños en la cama antes de las diez. Eric recoge los platos que quedan, y Cora ya está poniendo los manteles limpios y los cubiertos relucientes para el turno de mañana. Nick está ocupado en la cocina con lo que está sucio: sartenes, pinzas, espátulas. Sophie emplea las energías que le quedan en lavar un par de moldes de panqué. Yo recorro el comedor para recoger las copas sucias.

Un zumbido en mi delantal. Dejo una copa bulbosa de vino y miro el celular.

«¿Llego tarde para la última? No pasa nada si no puede ser. Es que no quería perderme mi *old fashioned*.»

Es viernes. No es martes, ni jueves. Ayer pasó por aquí, siguiendo su calendario habitual. Y ahora quiere más.

Miro hacia la cocina. Eric y Sophie ya casi han terminado con los platos. Nick ha tomado un trapo y los está ayudando secándolo todo. Cora está contando sus propinas.

Echo un vistazo.

«Se te ha escapado —le contesto—, pero a lo mejor me las arreglo para colarte. Dame solo unos... ¿20-30 minutos? Te puedes tomar una fuera de horas.»

Me responde: «Un honor», con una carita sonriente al final.

Entro en la cocina con un tridente de copas de vino encajadas entre los dedos.

—Chicos. —Nick y Eric alzan la mirada—. Puedo cerrar yo. Todavía tengo que abrillantar unas cuantas copas, pero no me importa. Se lo ahorran, todos.

Quince minutos más tarde tengo todo el restaurante para mí sola. Su camioneta se estaciona delante de la puerta. Me vuelve a vibrar el delantal.

«¿Todo despejado?»

Respiro hondo antes de contestar: «Todo despejado». Cuando voy a abrir la puerta, me lo encuentro esperando con las manos en los bolsillos del abrigo y el pelo que se le sale de debajo de su gorro con orejeras. Lleva la barbilla metida en una bufanda gruesa de lana, y asoma lo justo para dejar ver una sonrisa.

—Pasa.

También ha vuelto la bolsa de deporte, que le va dando golpes en la cadera a cada paso. Siente un escalofrío al bajarse el cierre del abrigo y se frota las manos antes de acomodarse en su taburete de costumbre. La bolsa de deporte descansa a sus pies como un perrito obediente. Comienzo a prepararle el coctel. Se hace el silencio, uno de esos silencios cómodos, de los que se producen entre personas que no tienen la necesidad de estar hablando constantemente el uno con el otro.

Agito su coctel y lo corono con una cereza.

—Bueno, ¿qué tal ha ido esta noche? —pregunta.

—Ah, ya sabes. Sin demasiado movimiento. Pero la semana que viene…, es entonces cuando empieza la locura, y a partir de ahí no paramos ya hasta final de año.

Deslizo el vaso hacia él. Le da un sorbo y ladea la cabeza en un gesto de agradecimiento.

—Gracias por colarme.

—Por nuestros clientes más fieles, siempre encontramos la manera.

Aparto la angostura, la naranja que he utilizado para

sacar la peladura. Hace un gesto hacia el taburete que hay a su lado.

—¿Por qué no vienes a sentarte?

Echo un vistazo alrededor del comedor. Nerviosa, como una estúpida. Él se relame los labios.

—No pretendo hacerte quebrantar el código de los meseros. Es que... debes de haber estado de pie toda la noche. —Se inclina hacia mí—. Y no hay nadie más por aquí que pueda presenciar esta... transgresión.

Me echo a reír. Supongo que está en lo cierto, le digo. Rodeo la barra y me subo al taburete que está a su lado. Fuera de nuestra disposición habitual —él sentado, yo de pie, con la barra que hace las veces de muro entre nuestros mundos— nos sentimos más cerca que nunca el uno del otro, empujados a unos papeles que hemos estado interpretando en un entorno digital, pero no físicamente, durante cerca de una semana.

Le da un empujoncito a su bebida, hacia mí.

—Puedes probarlo, si quieres. Me siento un poco maleducado bebiendo solo.

Se me pasa por la cabeza decirle que no, gracias, pero hay una cierta vulnerabilidad en el modo en que acaba de hacerme la oferta que me impide rechazarlo. Mis dedos se rozan con los suyos al rodear el vaso. Echo la cabeza hacia atrás, el cubito de hielo me golpea en los dientes.

Sentarnos en un bar, compartir una copa..., esto yo ya lo he visto. En una película. Un espía que prueba un sorbo de un martini, una mujer con un vestido de noche que le arrebata la bebida de la mano.

—¿Sabes? —le digo—. Me han contado que si bebes

del vaso de otro, le podrás leer el pensamiento, descubrir todos sus secretos.

Se parte de risa.

—¿Es en serio?

Asiento con la cabeza, dejo el vaso en la barra. Me observa. Me obligo a no apartar la mirada.

—Bueno —contesta él—, pues menuda historia sería eso.

Un campo de fuerza se forma a nuestro alrededor, nos empuja al uno hacia el otro, al uno contra el otro. Me resisto. Enderezo la espalda, carraspeo, me sujeto los mechones de pelo suelto detrás de las orejas.

—¿Vas a hacer algo especial en el puente?

Me arrepiento de la pregunta en cuanto sale de entre mis labios. Tan trillado. Tan por debajo de unos mínimos. Y tan inapropiado hacérsela a alguien que acaba de pasar por una pérdida tan grande.

Da un sorbo al coctel y hace un gesto negativo con la cabeza.

—Este año no. Vamos a quedarnos solos Cece y yo. Tenemos familia fuera del estado, pero la situación es... complicada.

—Ah, créeme que lo entiendo.

Hace girar el cubito de hielo en el fondo del vaso.

—¿Y tú?

—Trabajo. Tenemos tres turnos solo en Acción de Gracias.

Hace una mueca de dolor en señal de solidaridad.

—Tampoco pasa nada —le digo—. No me van mucho las fiestas. —Entonces decido contárselo, porque cuando estás de luto, la gente no espera que te pongas a hablar sobre tus muertos, pero yo sé que lo va a entender—. Ni siquiera cuando aún tenía a mis padres, a ellos tampoco les iban mucho. Siempre estaban muy ocupados, ya sabes, ¿no?

Lo que no le cuento: mis padres no desatendían sus responsabilidades, pero tengo la sensación de que se pasaron los primeros diez años de mi vida esperando a entender cómo iba eso de la paternidad, hasta que, un día, no les quedó más remedio que aceptar que se acabó, que las cosas ya estaban todo lo bien que podrían estar jamás. Mi padre era un hombre que te quería desde la distancia de su cocina; sus instintos afectivos los reservaba para los desconocidos que se sentaban en su restaurante. Yo siempre tuve la idea de hacerme mesera, porque pensaba que esa sería mi oportunidad de querer a la gente más de cerca. Por supuesto, no caí en la cuenta de que la mayoría de esa gente quiere que el mesero los deje en paz de una maldita vez.

Me levanto del taburete y voy a recoger el vaso vacío de Aidan. Él me detiene con una mano, que me agarra el brazo. Con suavidad, me va retirando los dedos del vaso y los entrelaza con los suyos.

—Tiene pinta de que estamos los dos en el mismo barco, entonces.

Todo cuanto puedo hacer es asentir. La palma de su mano, caliente contra la mía; el pulso de ambos, latiendo el uno contra el otro. Me suelta los dedos y, al instante, echo de menos el contacto de su piel. Su mano asciende hasta mi rostro. Con una caricia de tres dedos me aparta un mechón de pelo que se me ha escapado de la coleta.

Arquea una ceja, como si me estuviera pidiendo permiso. Asiento con la cabeza y, al hacerlo, hago que nuestros rostros estén ligerísimamente más cerca el uno del otro. Así es como lo voy a recordar para siempre: soy yo quien se inclina primero. Yo lo invito. Por un segundo creo que lo he malinterpretado por completo, que va a retroceder, va a dejar un billete de veinte en la barra y se va a marchar. Por el contrario, recibo la recompensa de la suavidad de su mano en la mejilla. Un temblor microscópico en su pulgar cuando me roza la comisura del labio.

Nuestros labios colisionan. Todo un mundo nuevo se abre bajo mis pies. Es viernes por la noche y estoy besando a Aidan Thomas en el restaurante vacío. Es como si fuera el karma, como si la vida me compensara por todos sus desaires por el camino: todos olvidados, todos perdonados, todos han merecido la pena ahora que sé que desembocaban en este instante.

Sigue sentado en el taburete. Le rodeo el cuello con las manos, que se encuentran en la nuca. Sus dedos se cierran alrededor de mi cintura.

Su lengua encuentra la mía. Me muerde el labio superior de la manera más leve y me produce un escalofrío en la espalda que me llega hasta los tobillos. Me besa como no lo habían hecho desde el instituto, cuando todo era nuevo, el cuerpo estaba ahí para explorarlo y cada centímetro de piel era un misterio por resolver. Hay más lengua, labios y dientes. Es un poco caótico, con un leve exceso de ansiedad, me hace sentir deseada. Reconocida. Amada.

Se levanta del taburete y permite que nuestros cuerpos se aprieten el uno contra el otro. Nos separamos de nuestro beso durante unos escasos segundos. Lo suficiente como para empaparme de aquel instante, para asimilarlo entero. Apoya la frente en la mía y se produce un suspiro entre los dos. No sabría decir si ha salido de él o si viene de mí, solo que es cálido, tembloroso y está cargado de ansia.

Sus manos se deslizan hacia abajo y se detienen sobre el final de mi espalda. Soy yo quien acorta la distancia, quien tira de él hacia mí. Más cerca, más a fondo. Mi cuerpo le cuenta lo que yo jamás sería capaz de decir en voz alta: cuánto lo deseo, cuánto he esperado para esto, que he sido suya todo este tiempo, desde antes de que él supiese mi nombre o el color de mis ojos.

Lo beso, labios hinchados, picor en la piel bajo su vello facial. El tórax del uno se expande y se contrae contra el del otro; las cuatro manos desabrochan botones, apartan la tela y reptan bajo la ropa en una búsqueda desesperada de la piel.

Me obligo a apartarme. Le agarro la mano.

—Por aquí —murmuro.

Lo llevo atravesando la cocina, al interior de la despensa.

No hace preguntas. Me sigue. Es lo único que importa. Lo único que ha importado siempre.

Nuestros cuerpos se estampan contra las estanterías en busca de un punto de apoyo. Con torpeza, lo guío hacia una zona de pared vacía. Él me ayuda: utiliza la presión de su cuerpo contra el mío y me inmoviliza contra la superficie. Mantengo un pie en el suelo y le rodeo la cintura con la otra pierna.

—Pero bueno —susurra—. Qué flexibilidad.

Me río. Me desata el delantal. Es lo más excitante que nadie me ha hecho, jamás. Su mano recorre el interior de mi camisa, aplica la presión más leve contra la parte baja de mi abdomen. Gimo y me olvido de avergonzarme.

Mis dedos buscan y buscan, pero siguen siendo incapaces de dar con lo que tratan de encontrar. Él nota mis movimientos a tientas y viene al rescate. Finalmente lo oigo, como una puerta que se abre a un mundo nuevo: el *clic* de la hebilla de su cinturón al abrirse, el golpe seco de los pantalones de mezclilla al caer al suelo.

29
LA MUJER EN LA CASA

Es tarde. Muy tarde. Esta noche no ha habido cena, y ahora está desaparecido en combate. A lo mejor te ha vuelto a abandonar. A lo mejor ha decidido que más vale dejarte sola un rato, recordarte que ha sido él quien te ha mantenido con vida todos estos años. Que sin él te morirías. De hambre.

Entonces gira la manija de la puerta. Aquí está. El hombre que nunca se olvida de ti.

Te abre las esposas. Se quita primero los zapatos, después los pantalones, el suéter, la camiseta interior. Le das permiso a tu mente para que escape de tu cuerpo. Tu cerebro reproduce recuerdos de un viaje en tren hace mucho tiempo, la imagen fugaz de hileras y más hileras de árboles contra el cielo cada vez más oscuro y la menguante luz del sol que se asoma entre las ramas.

La realidad vuelve a ocupar su sitio. Estás en la habitación, tirada en el suelo de parqué, bajo su cuerpo. Su hombro izquierdo se mueve contra tu mentón, y lo ves: la marca de cuatro rayas rojas grabadas en su piel. Medias lunas con una estela escarlata. Reconoces esas marcas. De clavártelas en las palmas de las manos, de grabarte su forma en la pálida piel de las piernas, cuando el dolor te aliviaba una u otra cosa de manera temporal. Esas son las marcas que se te quedan cuando alguien te clava las uñas en las zonas más blandas del cuerpo.

Es la primera vez que se las ves a él. Incluso después de un viaje, incluso después de «Ya sabes qué». Él siempre regresa sin arañazos de ninguna clase.

Lo estudias luego, cuando se está volviendo a poner los pantalones. No tiene ninguna prisa por marcharse. Tiene una especie de soltura, un optimismo... Está de buen humor.

—Bueno —susurras—. Es más tarde de lo habitual, ¿no?

Se eleva una de las comisuras de sus labios.

—¿Por qué? ¿Acaso tienes que ir a alguna parte?

Te obligas a reírte.

—No. Solo me lo preguntaba, ya sabes. ¿Dónde has estado?

Ladea la cabeza.

—¿Me echabas de menos?

No espera a que le respondas. Se vuelve a poner la camiseta interior.

—Haciendo unos recados, nada más —dice, y se frota la nariz—. Ya que preguntas.

Está mintiendo —por supuesto que está mintiendo—, pero sabes interpretarlo. No hay ningún «Ya sabes qué». No le centellea la mirada, no hay una corriente eléctrica que le recorra el cuerpo.

Sea quien sea la que le ha arañado la espalda, tienes que creer que se encuentra bien, tienes que creer que sigue viva.

Por un segundo te sientes aliviada. Entonces se te vuelve a cerrar la garganta. Si la tiene a ella, ¿te necesita a ti? ¿O se limita a jugar con su presa?

La idea no se te va de la cabeza una vez que él se ha marchado. Arañarle a un hombre la espalda, aferrarte a su piel, dejar tu marca en él, es algo que una solo hace bajo determinadas circunstancias.

Esto no te gusta. Esto no te gusta nada.

No te gusta por ella y no te gusta por ti.

Hay una desconocida ahí fuera. Una desconocida en peligro.

Y esa mujer podría suponer también tu fin.

Tercera regla para seguir viva fuera del cobertizo: si te tienes que quedar en su mundo, entonces tienes que ser especial. Tienes que ser la única.

30
LA MUJER EN LA CASA

Es la mañana posterior a la de los arañazos rojos. Te pesan los párpados, tienes la cabeza embotada. Él, por su parte, se mueve con los pies ligeros. Con orgullo en la mirada. Jurarías que le reluce la piel. Quizá sí la haya matado ya, a fin de cuentas, ¿no?

Primero viene el desayuno. Los tres juntos, en silencio. A Cecilia le tiemblan los párpados, toquetea los cereales más que comérselos. Él teclea en su celular por debajo de la mesa. Poco después te encuentras de vuelta en la habitación. Entra él, te esposa al radiador y se marcha. Todo normal, todo como de costumbre.

La camioneta sale del camino de entrada. Sientes un dolor sordo en la parte baja de la espalda y ajustas la postura para estar lo más tumbada que puedas. Entonces lo notas.

Las esposas. Parecen de chicle en la muñeca. Inútiles. Te incorporas. Rozas el metal con la mano izquierda. El aro se suelta y se te cae del brazo. Así, por las buenas.

Eres libre.

¿Eres libre?

Hay algo que flota en el ambiente, que no te deja en paz desde lo más hondo de tus pensamientos. Está ahí mismo, pero no lo entiendes. Te empiezan a temblar las piernas. Deberías estirarlas, levantarte, ponerte de pie y echar a correr.

¿Es este el momento en que echas a correr?

Siempre pensaste que, cuando llegara el momento, lo sabrías con certeza.

¿Tienes miedo?

¿Eres una cobarde?

A las mujeres como tú se les presupone la valentía, eso es lo que oías decir. En las noticias, en los artículos de las revistas. Extensos perfiles de chicas que desaparecieron y encontraron el camino de vuelta a casa, de mujeres que trabajaban bajo la tutela de unos hombres horribles y encontraron el modo de salir de allí. «Qué valiente fue.» Como un premio de consolación. «Disculpa que no hayamos podido salvarte, pero ahora vamos a hacer como si besáramos el suelo por donde pisas.»

Lo visualizas.

En tus pensamientos, te levantas. ¿Es esto lo que se siente al ser libre? Caminas hasta la puerta de la habitación. Hace falta valor, pero tú eres una mujer valiente, ¿recuerdas? Eres valiente, y que no se te olvide. En esa visión, abres la puerta y te asomas. No está. Aquí no hay nadie. Eso ya lo sabes, que su hija y él se acaban de marchar. Bajas un par de peldaños por la escalera. Entonces, algo hace *clic*. Echas a correr. Corres al salón, hacia la puerta principal. Miras a tu alrededor una última vez, y entonces lo haces. Abres la puerta.

¿Y después qué?

¿Qué pasa después de que hayas abierto la puerta?

Imagínatelo. Estás ahí fuera. Sola. No sabes dónde estás, ni en qué calle, ni en qué pueblo ni en qué estado.

Ni idea. No sabes dónde viven los vecinos más cercanos ni si están en casa. Son desconocidos. No es algo que te resulte fácil —ni siquiera se te ocurre ya—, confiar en desconocidos, confiarles tu vida, confiar en que te salven.

Olvídate de los vecinos, pues. Podrías seguir corriendo, tú sola. ¿Adónde? ¿Al centro de algún pueblo? ¿A una comisaría? ¿A un supermercado? Esos lugares también están llenos de desconocidos, pero al menos no son la casa de otra persona.

Estarías rodeada de gente. Testigos.

Y ¿dónde estará él durante todo ese rato?

¿Dónde estará su hija?

Las cámaras.

Te acuerdas de las cámaras.

No tienes ninguna seguridad al respecto.

¿Y su trabajo en las alturas?

Observándote desde allí arriba.

Listo para caer en picado sobre ti.

A lo mejor sales corriendo. Buscas otra casa, una tienda. Una puerta abierta. Alguien que te escuche.

¿Y mientras tanto? Él recibe una alerta en su celular. Ve la retransmisión de las cámaras en directo. Te ve a ti, te oye. Vuelve a casa a la carrera. Está furioso. Lo has traicionado, has traicionado su confianza. Llegados a ese punto, no hay vuelta atrás.

Te encuentra antes de que te hayas puesto a salvo. Te lleva al bosque en la camioneta y te hace lo que debería haberte hecho hace cinco años. Todo se vuelve negro. No te puedes creer cómo acaba esto. Nadie sabrá que estabas viva todo este tiempo. Nadie comprenderá que te podrían haber salvado.

O al final no mira el celular. Regresa a casa y se da cuenta de que te has ido. Sabe lo que viene ahora. Sirenas de policía, una detención, un juicio. No quiere estar aquí para ver todo eso. Se lleva la pistola a la cabeza y dispara.

Otro escenario: mete a su hija en la camioneta, le dice que se tienen que marchar de inmediato, sin tiempo para hacer las maletas. Arranca y recorre kilómetros, más kilómetros y kilómetros y nunca dan con él. Cecilia y él quedan para la eternidad como un par de retratos robot antiguos en la página web del FBI.

O agarra la pistola, mete a su hija en la camioneta y se marcha a algún lugar remoto. A lo mejor la mata a ella antes de suicidarse. Ya lo viste en tu primera noche en la casa, el terror en los ojos de él cuando ella lo llamó, cuando estuvo a punto de descubrirlo. Has oído los ruidos por la noche, las pisadas por el pasillo. Esa chica lo mira como si fuese una cierta clase de hombre, y él hará lo que sea con tal de mantener viva esa versión de sí mismo.

No le deseas la muerte. Esto te confunde, pero sabes que no se la deseas. Y tampoco quieres que muera su hija.

Siempre pensaste que, cuando llegara el momento, lo sabrías con certeza.

Si este no es el momento, entonces ¿qué es?

Si no lo es, ¿cuándo vas a salir?

Tu madre, tu padre y tu hermano.

Julie, la amiga que jamás te mereciste. Matt.

Durante cinco años, han estado esperando.

Te necesitan viva.

Tú te necesitas viva.

Siempre pensaste que, cuando llegara el momento, lo sabrías con certeza.

Este no es el momento.

Estás en la habitación, sentada con las piernas cruzadas junto al radiador.

¿Significa esto que estás convencida de que se presentará una segunda oportunidad? ¿Confías en que vas a tener otra oportunidad? ¿Una mejor, más segura?

Se trata de tu vida. Te encargaste de salvarte el primer día y te has vuelto a salvar todos y cada uno de los días desde entonces. No ha venido nadie a rescatarte. Has estado haciendo esto tú sola y vas a salir de esto tú sola.

Este no es el momento.

¿En qué situación te deja eso, entonces?

No te lo puedes creer. Te muerdes los labios, tiras de la piel tan delicada. Te muerdes más fuerte, más y más fuerte hasta que algo cede. Notas el sabor metálico. El sabor caliente. Una furia crece en tu interior y amenaza con engullirte. Quieres llorar, chillar, gritar y gemir. Conjuras una tormenta eléctrica con el poder de la mente. Quieres anestesiarte, elevarte por encima de todo esto. Quieres dejar de sentir que te están despedazando.

Otra cosa más.

Si vuelve a casa y ve las esposas abiertas, se dará cuenta de que está teniendo despistes. De cara al exterior, te culpará a ti, pero él lo sabrá en el fondo. Dejará de confiar en sí mismo. Volverá a fijarse más.

Lo necesitas descuidado, distraído. Necesitas que mantenga intacta su confianza en sí mismo.

Hazlo.

Esta es la mayor traición. Es un acto de fe.

No te levantas. Por el contrario, envuelves el aro de las esposas con los dedos y empujas los extremos para unirlos.

El mecanismo se cierra con un *clic*.

31
NÚMERO CUATRO

Su hija apenas acababa de dar sus primeros pasos.

«Dentro de poco dejará de necesitarme», dijo él.

¿Qué quería que hiciese yo? ¿Que le jurase que eso no era cierto?

Yo tenía a los tres míos.

Podría haberle mentido sobre cualquier cosa, excepto sobre mis niños.

Así que se lo dije.

«A lo mejor sí lo hace —le dije—. A lo mejor un día deja de necesitarte para todo.»

Eso lo hirió. Fue un error decírselo, es evidente, pero eso era todo lo que yo tenía.

Él iba a hacerlo pasara lo que pasase, de eso estaba segura. Necesitaba hacerlo. Más aún: necesitaba verse haciéndolo. Yo lo vi, cuando estaba sucediendo. Mirándose. Echándose vistazos fugaces en el retrovisor de mi coche.

Como si deseara comprobar que aún era capaz. Como si necesitara verlo para creerlo.

No me arrepiento de lo que dije sobre su hija. Es probable que eso acortara mi vida un minuto o dos, pero no lamento haber acertado con mi única bala.

Como he dicho, eso era todo lo que tenía.

32
EMILY

Han suspendido la búsqueda de la mujer desaparecida. El caso sigue abierto, según el artículo de la página cuatro del periódico local, pero todos sabemos lo que significa eso. Los investigadores se han quedado ya sin lugares donde buscar, sin pistas que seguir. No tienen nada.

Los demás continuamos con nuestra vida. De forma egoísta. De forma estúpida. ¿Qué otra cosa podemos hacer? Las fiestas están a la vuelta de la esquina. Se supone que todos tenemos que estar felices.

Lo de Acción de Gracias es brutal. Me preparo para mi turno como esos chicos de *Los juegos del hambre*, salvo que mis armas son un calzado cómodo, una goma del pelo de sobra para sujetarme la coleta, una generosa capa de laca en el pelo y ese lápiz de labios mate que solo se quita si lo frotas con aceite de oliva.

A pesar de todas estas precauciones, al finalizar el turno de las seis los pies me piden a gritos un descanso. Un vistazo rápido en el espejo de detrás de la barra me dice que tengo manchas en las mejillas, que me brilla la frente y que mi peinado perfecto es ya cosa del recuerdo. Siento los brazos doloridos de agitar martinis de sidra y de café expreso. Tengo cargada la parte baja de la espalda. A cada paso que doy, un dolor agudo me asciende por las piernas.

El dolor no es para tanto, forma parte del plan. Di mis primeros pasos por el suelo del restaurante de mi padre. Me pasé la infancia recogiendo propinas, llevando la cuenta a las mesas, rellenando vasos de agua, quemándome las manos con platos calientes. El dolor, puedo con él.

Lo que me desintegra en pedacitos es el resto: las veces en que meto la pata, las injusticias que permito que se produzcan. Eric la caga con las entradas de una mesa para cuatro, y no me veo capaz de obligarme a decirle que despierte de una puta vez. Me viene de vuelta un sidecar, «demasiado flojo». Y después tenemos la debacle del shirley temple. Nick me canta la receta por la tarde: «*Hard seltzer*, *crème de cassis*, una peladura, como una especie de shirley temple para adultos, ya sabes, ¿no?». Pruebo a prepararlo antes del primer turno. Está bien. Al menú que va.

Cora no dice ni mu sobre las bebidas hasta el segundo turno, después de ver tres en fila sobre la barra.

—Ha sido idea mía —dice.

—¿Qué?

—La receta. Me la he inventado yo. Se la he contado a Nick durante el almuerzo.

Ni siquiera está enojada, sino en algún punto entre el asombro y la aceptación. El sujeto le ha robado la idea. Como el malo de los dibujos animados, como el matón de una comedia de la tele. Se la ha robado sin más, y yo no tenía ni la menor idea.

—Cuánto lo siento —le digo.

—No pasa nada.

Pues claro que pasa, pero soy su jefa, así que va a fingir

que no pasa nada. Ya se ha marchado antes de que me pueda volver a disculpar.

A la gente le gusta pensar que el trabajo es lo contrario de lo personal. Cualquiera al que le haya importado alguna vez su trabajo, aunque solo sea un poquito, te dirá que eso es una estupidez. Es lo más personal, lo que hacemos aquí. Y cuando yo me equivoco, lo sufre el resto. Da igual que sea trabajo: al final, todo se metaboliza en forma de tristeza.

Acción de Gracias nos engulle como si fuera el hongo radiactivo de una bomba atómica y, acto seguido, termina pronto. Es una fiesta familiar. Nadie quiere estar por ahí fuera pasadas las once de la noche. El restaurante se calma. Nos quedamos ahí en suspensión durante unos minutos, sin saber muy bien cómo actuar en la resaca del caos. Suspiramos. Nos masajeamos el cuello, nos sonamos la nariz, matamos de un trago las botellas de agua. Igual que después de un huracán, comienza la limpieza.

—¿Alguien quiere llevarse esto a casa?

Sophie sostiene en alto una caja de cartón llena de bolsas de galletas, la mitad de chocolate con trufa, la otra mitad galletas de mantequilla con lavanda. Hemos estado toda la noche obsequiándolas con la cuenta. Quedan unas diez.

Nadie dice nada. No es que seamos muy tímidos con las cosas gratis, sino que todos hemos tenido ya mucho restaurante por esta noche. Nadie quiere llevarse a casa el recordatorio de la velada.

Sophie mira a todos por el comedor.

—Vamos, señores, que no voy a dejar que esto acabe en la basura, pero tampoco me las voy a comer yo.

Su mirada se detiene en mí.

—¿Jefa?

No se le dice que no a Sophie.

—Sí, claro.

Acepto la caja y le doy las gracias. Cuando hemos terminado de limpiar, les digo a Eric y a Yuwanda que no me esperen.

—¿Adónde narices vas tú? —quiere saber Yuwanda—. Ya es casi medianoche.

Me invento un recado, algo que tengo que comprar en la farmacia. Yuwanda me clava una mirada escéptica, y espero a ver si continúa sondeándome —que me diga que la farmacia cierra a las diez y que, desde luego, no va a estar abierta en la noche de Acción de Gracias—, pero está demasiado cansada para eso. Ella sabe, por el periodo inmediatamente posterior a la muerte de mis padres, que a veces necesito estar sola y que de nada sirve preguntarme al respecto.

—Conduce con cuidado.

Ya dentro del Civic, saco el celular. Después de la noche en la despensa, Aidan y yo no nos hemos escrito mensajes en veinticuatro horas, como si estuviéramos demasiado aturdidos para hablar. Entonces, en el preciso instante en que estaba a punto de meterme en la cama, me escribió: «Pensando en ti», con un emoji sonriente.

«Ah, ¿sí?», le contesté. «Sí», me dijo, y le respondí: «Yo igual», y añadí una carita sonriente, y desde entonces hemos vuelto a nuestra cadencia habitual de mensajes de texto. También volvió por el restaurante, el martes. Me pasé el día en un estado de confusión eléctrica, mirando hacia la puerta aunque sabía que todavía no era su hora. Cuando entró por fin, sentí que se me vaciaba el estómago. Su mirada se encontró con la mía. Sonrió. Le correspondí la sonrisa. Durante unos breves segundos, estuvimos solos los dos. Dos idiotas felices compartiendo el secreto más delicioso del mundo.

No repetimos nuestra hazaña de la despensa, pero sí hubo más miradas de complicidad, un rápido roce en la muñeca cuando tomó la cuenta, un agarrón por la cintura cuando nadie lo veía. Y, justo antes de la hora del cierre, un milagro: esperó hasta que la sala del comedor se quedó vacía y entonces me dijo que cerrase los ojos y extendiese la mano. Lo hice, me puso algo frío en la palma, me hizo cerrar los dedos y me apretó el puño.

—Ya puedes —dijo—. Abre los ojos y míralo.

Abrí los dedos y apareció un pequeño collar de plata. El símbolo del infinito colgando de una cadenita fina, con un cuarzo rosa incrustado en la parte de atrás del colgante.

—Ay, Dios mío —susurré—. ¿De dónde has sacado esto?

No me lo dijo. Me pidió que me diese la vuelta.

—Esperemos que no sea un poco excesivo para lucirlo en el trabajo.

Le dije que era perfecto. Me recogió el pelo con suavidad y lo apartó hacia un lado. Permanecí quieta mientras él me aseguraba el cierre y sentí un escalofrío al notar el roce de sus nudillos en la nuca.

Y ahora me toca a mí. No es ninguna pieza de joyería, pero las galletas de Sophie son lo mejor que puedo ofrecer en este momento.

Activo el teléfono y escribo: «Oye, tengo una sorpresa para ti».

Pulso en «enviar» y arranco el Civic. La casa del juez no está lejos del centro del pueblo, a unos diez minutos en coche desde el restaurante, quizá, bajando por la calle principal. Pues me dirijo para allá, por qué no. Unos cinco minutos después me vibra el bolsillo. Levanto el pie del acelerador y miro el celular.

«¿Qué es?», me ha contestado.

Escribo con una sola mano: «Enseguida lo sabras, estoy haciendo un reparto a domicilio» y lo remato con un emoji sonriente.

Estoy a punto de volver a pisar el acelerador del Honda cuando me vuelve a vibrar el celular.

«¿Cuándo?»

«En algo así como... ¿cinco minutos? Ya casi estoy al final de tu calle LOL.»

Me replanteo el mensaje, borro el «LOL» y lo envío. De inmediato aparecen los tres puntitos que dicen que está escribiendo.

«Okey. No te muevas de ahí. Voy yo para allá. Cece está dormida y no quiero que se despierte. Es su primer Acción de Gracias sin mamá, ya te imaginas, ¿verdad?»

Echo la cabeza hacia atrás, de golpe, contra el reposacabezas. ¿Cómo es que no he pensado en eso? Nos hemos escrito esta mañana, solo nuestro habitual «Hola» y «Que tengas un buen día». Después de eso, el torbellino de Acción de Gracias me ha tenido demasiado ocupada para ir a mirar el celular con tanta frecuencia como yo querría. Todo cuanto he conseguido ha sido un escueto —y estúpido, ahora me doy cuenta— «¡Feliz Acción de Gracias!» durante una pausa para ir al baño mientras Eric aporreaba la puerta gritando no sé qué del Grey Goose.

«Por supuesto. Siento muchísimo haber venido sin avisar. Espero a la vuelta de la esquina», le contesto.

No me responde. Maldita sea. Pero ¿en qué estaba yo pensando al presentarme sin avisar?

Ya es demasiado tarde para dar media vuelta. Ya debe de haber salido hacia acá. Avanzo por la calle, giro a la izquierda y apago el motor.

Unos segundos después, llega corriendo hasta el Civic. Me bajo. No lleva puesto el abrigo, solo un suéter grueso de color beige. Tampoco lleva gorro ni guantes.

Cuando llega a mi altura, suelto una carcajada y le hago un gesto hacia la garganta desprotegida y las manos desnudas.

—¿Tan disparado has salido de casa?

Antes de responder, echa un vistazo a su alrededor como si quisiera comprobar que estamos a solas. Entonces trae sus labios hasta los míos, un pico suave al principio, y después otro beso más largo.

—Tenía prisa por verte, digo yo.

Sus manos se deslizan bajo mi abrigo y encuentran mis caderas. Me presiona contra el Honda, con delicadeza. Le rodeo los hombros con los brazos y me abandono para fundirme en él.

Por un instante se me olvida Acción de Gracias. Se me olvida el restaurante. Me olvido de los márgenes, de sidecares flojos, de ideas robadas..., se me olvida la tensión en la garganta cuando pienso en el futuro, un agua congelada en los pulmones cuando intento imaginarme dentro de cinco años, de diez años, de veinte años.

Por mucho que me mate, me separo de él lo suficiente para entregarle la caja de galletas.

—Por cortesía de Sophie, para nuestro cliente preferido.

Sostiene una de las bolsas a la luz de una farola.

—Galletas. Vaya, qué detalle. Gracias, y por favor, dáselas también a Sophie de mi parte.

Le digo que no es nada y, de nuevo, que lo siento, que siento muchísimo haberme presentado así. Que tendría que haberlo sabido, que no me he parado a pensar y que de verdad espero no haberlo molestado.

—No te preocupes. —Deja la caja sobre el techo del Honda—. Debería volver —dice, pero no lo hace: algo lo retiene aquí, una tentación, un instante que es mejor de lo que él se había imaginado y que pide que se prolongue.

Me vuelve a acariciar. Me lleva la mano a la nuca y me da un suave tirón del pelo. Un mordisquito rápido en el labio inferior. Me arde el abdomen.

Mi respiración se hace más profunda. Lo aprieto contra mí, tanto como me lo permiten los brazos doloridos. Lo deseo, a todo él, y quiero que él me tenga entera. Mueve las manos a ciegas en mi suéter, en mi camisa, unos dedos acelerados contra mi piel. Su frío contra mi calor. Cierro los ojos.

Es posible que él lo haya percibido antes de que llegue hasta nosotros. Sus labios se separan. Sus manos me abandonan. Antes de que me dé tiempo a darme cuenta de estos detalles —antes de poder empezar a echarlo de menos—, llega hasta nosotros.

Un grito, tan penetrante que desgarra la noche por la mitad.

33
LA MUJER EN LA CASA

Es él quien te dice cómo mentir a Cecilia sobre Acción de Gracias:

—Dile que no vas a ver a tu familia —te instruye una noche—. Cuéntale que están de viaje, que trabajaron muchísimo durante toda su vida y ahora se pasan todas las vacaciones en un crucero.

Cecilia no tiene mucho interés en tus planes para Acción de Gracias. Te cuenta las cosas que ella solía hacer con su madre en esta época del año. Su padre cocinaba la mayoría de las noches, pero Acción de Gracias..., eso era cosa de mamá, te dice. Había una receta específica de una salmuera, puré de papas a las que dejaba apenas una porción minúscula de la piel, galletas con trocitos de tofe que preparaban juntas y se las llevaban a los vecinos.

Su padre rechina los dientes mientras ella va recordando. Se le ve muy rígido, con los hombros cargados de tensión. Es ese padre, un padre viudo.

Llegada esa noche, él lo intenta. Por así decirlo. Pone la mesa con unas servilletas de verdad en lugar de las habituales de papel, embutidas en unos anillos con forma de pavo que Cecilia montó hace siglos con la grapadora.

Velas naranjas, platos dorados de papel con un anillo rojo en el borde.

En lugar de pavo, él asa una oca. La cazó un tipo del trabajo, dice. La congeló y se la vendió hace un par de días. Te sube la bilis por el fondo de la garganta. Le das unos toques a la carne que hay en tu plato, blanca e irregular. Te obligas a masticar y a tragar, masticar y tragar. No te sale de forma natural alimentarte de una criatura capturada en el bosque y sacrificada.

Zanahorias con romero. Papas *fingerling*. Salsa de arándanos de lata, justo como le gusta a Cecilia. Lo está intentando. Es su niñita, y él necesita que ella lo quiera. La necesita obediente, ciega, que lo adore. Necesita que ella vea todo lo que él ha hecho para tenerla feliz.

Después de la cena hay una película. A Cecilia no le van los clásicos de las fiestas, ni a ti tampoco. Nadie está de humor para las familias numerosas y felices.

Cecilia va pasando las sugerencias una a una. Se decide por una comedia romántica navideña. Una joven actriz británica interpreta a una mujer que ha perdido el control de su vida, encallada en un trabajo sin futuro, con una relación distante con su hermana. Aparece un recién llegado, un ángel —claramente— que ha regresado de entre los muertos para salvarla. Se la lleva a correr aventuras por Londres y le muestra todas las cosas tan curiosas y encantadoras que se ha estado perdiendo.

«¿Alguna vez te han dicho —pregunta al ángel la joven actriz británica mientras sigue sus pasos por un callejón oscuro— que tienes un cierto aire de asesino en serie?» El ángel atractivo le dice que no, que «nunca más de una vez, en cualquier caso». La frase le arranca una carcajada a Cecilia. Su padre no reacciona. A lo mejor ni siquiera lo ha oído. A lo mejor está escribiendo mensajes. No lo sabes. Te concentras en la pantalla.

Tus pensamientos se remontan al primer Acción de Gracias después de que él te llevara. Fue por aquel entonces cuando te diste cuenta de que esto iba a ir para largo, que tu periodo en el cobertizo se iba a contar en años, y no en meses. Intentaste no imaginarte a tu familia: a tus padres sentados en la mesa para cenar, guardando las apariencias. ¿Habría venido tu hermano de visita desde Maine o se habría saltado las fiestas enteras?

Tú solías formar parte de un todo más grande, y, con mucha frecuencia, eras quien los mantenía unidos: a tu padre, a tu madre y a tu hermano. Eras quien aligeraba el ambiente después de una discusión y quien traía a casa las buenas notas, las noticias alegres, el material para la postal navideña de la familia. ¿Siguieron adelante sin ti, o se habrá dividido tu familia? ¿Se habrán desintegrado los vínculos tal como sucede con frecuencia tras una terrible pérdida?

—Mierda.

Levanta la vista de su celular, con los ojos entrecerrados.

—Tengo que salir corriendo un segundo —dice por encima del volumen de la película—. Tú quédate aquí.

De cara al exterior, se lo está diciendo a Cecilia, pero tú sabes que se refiere a ti. Le vibra el celular. Baja la mirada y la vuelve a levantar.

—Regreso enseguida, solo voy a recoger una cosa.

Escribe a toda prisa y deja el celular sobre el brazo de la butaca para poder calzarse las botas. Cecilia detiene la peli.

—¿Qué pasa?

Él alza la mirada con una sola bota puesta, con la otra en la mano.

—Nada, solo es una amiga que quiere darme algo.

Su expresión es la misma que en la noche en la que te trajo a la casa, cuando sonó la voz de su hija desde el otro extremo del pasillo. Qué raro te resulta verlo de ese modo. Cazado con la guardia baja, afanándose con tal de evitar que sus dos vidas se estrellen la una contra la otra.

—Regreso enseguida. —Toma las llaves de la casa—. No voy muy lejos. —Muy despacio, con toda la intención, añade para ti—: Estaré ahí mismo, a la vuelta de la esquina —dice, y señala hacia algún lugar desconocido al oeste de la casa—. Solo voy a estar fuera unos minutos.

Cecilia le hace un gesto breve con la mano y se despide, ansiosa por volver a poner la película. Tú le haces a su padre un leve gesto de asentimiento con la cabeza.

Más que caminar, va dando saltos hasta la puerta y, después de echar un último vistazo hacia ti, sale de la casa. Suena el *clic* de la puerta al cerrarla tirando desde fuera, aunque es una precaución inútil, ya que mantiene a raya a los posibles intrusos, pero —eres muy consciente de ello— no sirve para impedir que salga de la casa nadie que ya esté dentro.

Tu cerebro se pone a maquinar. Los pensamientos revolotean a tu alrededor como si fueran mosquitos, zumban con un pitido, son demasiado rápidos para ti. Lanzas la mano para intentar atraparlos, tratas de enfocarlos con nitidez de uno en uno.

Se ha marchado. No por mucho tiempo, ha dicho, pero se ha ido. Están las dos solas. Cecilia y tú. Te mueves en el sofá. Notas la presión de un peso muerto en el estómago, y es entonces cuando lo ves.

Su celular.

Tenía tanta prisa por salir que ha dejado el celular en el brazo de la butaca.

Miras a tu alrededor. Las llaves de su camioneta están colgadas junto a la puerta, pero ¿y él?

¿Dónde está él?

Si sales ahí fuera —si echas a correr—, ¿te verá?

Cecilia se acurruca apoyada en ti, y tú te esfuerzas por no perder la concentración. Tu cerebro..., es como si tratara de vadear unas hojuelas de avena, como si nadara en melaza. ¿Podrías dejar allí a la niña?

Sientes un puño que se te cierra en el interior del tórax.

Te quedaste allí por ella, el día que su padre no te esposó bien. Te dijiste que te quedabas por las cámaras, porque no estabas segura, porque tenías miedo, pero te podrías haber convencido, podrías haber hallado el coraje.

Fue la niña. Te quedaste por ella. Ahora lo sabes.

Sea cual sea el modo en que termines escapando de esto, tendrá que ser contando con la niña. Quieres verla a salvo. Quieres tenerla a la vista todo el rato.

Justo antes de salir, su padre ha señalado hacia el oeste. La primera noche, cuando te trajo a la casa, llegaron por la dirección contraria. Piensas. Tienes que confiar en tus recuerdos de la carretera, de las huellas de los neumáticos, del lado del que tú supusiste que venían. Podrías conducir hacia el este y seguir por las mismas carreteras. Te obligó a cerrar los ojos, pero podías sentirlas al pasar por debajo de ti, los suaves movimientos de la camioneta que implicaban asfalto.

Has estado esperando a que meta la pata. Has tenido cuidado. Has esperado a estar segura.

Tiene que ser ahora.

Si no echas a correr ahora —justo ahora que él no está y que tienes su celular y las llaves de la camioneta a tu disposición, además de una ligera idea de un plan de huida—, entonces ¿cuándo?

Comienzas a sentir un zumbido en los oídos. ¿Cuánto tiempo has desperdiciado ya dándole vueltas a esto? ¿Dos minutos, tres?

Tiene que ser ahora.

«Podrías pasar las Navidades en casa.» Con esto sí. Es el pensamiento definitivo que necesitabas para empujarte a saltar. Agarras el mando a distancia y pausas la película. Cecilia te mira con las cejas arqueadas, como diciendo «¿te pasa algo?».

No sabes cómo venderle esto a la niña, cómo decirle que se tienen que marchar las dos, que hay cosas que tú sabes y que ella no, y que tiene que confiar en ti.

Tú también tienes que confiar en ti.

—Voy a salir —le cuentas—, a dar una vuelta.

Te mira con el ceño fruncido.

—¿Ahora?

—Sí. —Tragas saliva. Intentas hablar con ese tono claro y estable de alguien que sale a tomar el aire constantemente, que tiene su coche estacionado justo a la vuelta de la esquina—. Me acabo de acordar de... una cosa. Tengo que irme. —Qué real suena en tus labios. «Tengo que irme tengo que irme tengo que irme»—. No tardaré mucho.

La niña se encoge de hombros. Está acostumbrada a esto, te percatas, a los adultos que entran y salen a cualquier hora de la noche, que desaparecen por razones desconocidas y que regresan como si fuera lo más natural del mundo.

Entonces se lo cuentas.

—Tienes que venir conmigo.

Arruga la frente. Tiene el mismo aspecto que él cuando está contrariado, cuando hablas con él, cuando le pides cosas. Ella es Cecilia. Es la hija de su padre.

—Tú ven conmigo —le dices.

Vuelve el rostro de nuevo hacia la pantalla.

—No puedo, en serio. Tendría que decírselo a mi padre. Y, *mmm*, está la peli.

Qué mona es, tan correcta. Mareando la perdiz para no herir tus sentimientos, inventándose excusas en lugar de afirmar lo evidente: «No puedo desaparecer con una desconocida en plena noche».

—No hay ningún problema —afirmas—. A tu padre no le va a importar.

Te frunce el ceño. Le estás mintiendo, y ella lo sabe.

Insistes.

—No va a pasar nada.

No tienes ningún argumento para convencerla ni tiempo para ponerte a pensar en uno. Su padre podría volver en cualquier instante.

Te tienes que ir.

—Vamos.

Te levantas. Ella no se mueve. Tiene trece años. No tiene diez, ni seis. No se va a ir contigo solo porque tú lo digas.

Le das un toquecito.

—Vámonos.

Se encoge un poco. La estás molestando, asustando. Quiere que la dejes en paz.

Ya no es el momento de echarse atrás. Ya se lo explicarás más adelante. Por ahora, todo cuanto tiene que saber es que tú estás de su parte, y que la vida va a ser mejor si se marcha contigo.

—No hay nada de lo que preocuparse. Solo es una vuelta, ¿de acuerdo? Solo vamos a ir a dar una vuelta.

Quieres sonar tranquilizadora, pero hay un dejo en tu voz que da una mala impresión. Estás perdiendo la paciencia.

¿Te largas corriendo tú sola?

Si ella no te permite que la salves, ¿te salvas tú sin echar la vista atrás?

Un último intento.

Te vuelves a sentar a su lado. La miras a los ojos, esos ojos que son mitad él.

—Escucha. —Hablas en voz baja, con el aliento cálido y húmedo como una niebla en una ventana invisible—. Esto no es nada, solo una vueltecita. No va a ocurrir nada, ya sabes, si pasas un rato sin él. No tiene nada de malo querer eso.

Se hace un ovillo y se abraza las piernas flexionadas con los brazos.

—Tú no sabes lo que estás diciendo.

No quieres exponerle tus teorías sobre lo que sucede por las noches. Sabes que podrías estar equivocándote. Sabes que no sabes nada.

Suavizas la voz tanto como puedes.

—A mí también me gustaba pasar tiempo con mis padres —dices—. Cuando tenía tu edad.

Sientes un cosquilleo en la garganta. Ahí la tienes, anclándote como un percebe a una roca. Tienes que arrancarte de esta casa. Sacarla de allí como a una ostra de su caparazón, un *clac* y lo abres, las ligaduras se sueltan.

—Yo también quería mucho a mis padres —le dices—. Y sigo haciéndolo. Yo también los quiero mucho. Pero no pasa nada por ser tú misma. No pasa nada si te vas y lo dejas aquí, solo por un rato.

La chica levanta la cabeza para mirarte. Tiene las mejillas muy rojas, los ojos negros de furia. La niña de papá.

—Tú no lo entiendes. No comprendes nada. —Esto le cuesta mucho, ser desagradable contigo. Se retuerce los dedos en un nudo de ansiedad, con los nudillos blancos y la piel al rojo—. No tienes ni idea de cómo es esto. —Mira al techo, y el corazón se te rompe en un millón de pedazos. Está conteniendo las lágrimas—. Nadie lo sabe —dice la niña, y la voz le tiembla como un avión que cae del cielo—. Nadie lo comprende.

—Escucha. —Se lo tienes que decir. Tienes que arriesgarte—. Yo lo sé, ¿okey? Yo sí sé lo que él te hace.

Te mira con cara de no comprender nada.

—¿Qué?

No queda nada que puedas hacer para convencerla. Esta niña tan lista, de una fidelidad incondicional. Lo único que ella desea es querer y ser querida, y tú la has acorralado en un rincón. La estás obligando a elegir, y ella te odia por ello. No la culpas.

Cada fibra de tu cuerpo tira de ti hacia el exterior, y cada fibra de ti tira de vuelta hacia ella.

No puedes hacerlo. Por mucho que pienses que ojalá pudieses, no te puedes marchar sin ella.

Tienes que elegir tú por ella.

—Muy bien —dices, y te levantas. La agarras del brazo y empiezas a tirar—. Vámonos.

Tratas de darle a tu voz el peso de la autoridad. Intentas no apretar demasiado y jalar de tal forma que no le fuerces el hombro. No quieres hacerle daño. Ni ahora ni nunca.

Lo consigues, en parte. Se ve obligada a levantarse del sofá, pero se resiste, tira en la dirección opuesta.

—¿Qué estás haciendo?

Su tono de voz es más de indignación que de pánico. La sujetas del otro brazo con la mano izquierda y redoblas tus esfuerzos.

Tienes más fuerza de lo que pensabas. Quizá sea por toda esa comida que has estado tomando. A lo mejor has ganado músculo. A lo mejor has dejado de ser quebradiza. Lo más probable es que sea la adrenalina que te corre por el cuerpo y el tirón del aire de la noche en el exterior, la llamada del asfalto sobre el que no tardarás mucho en conducir.

Haces acopio de fuerzas y vuelves a jalar sus brazos una vez más. Algo sale mal, un fallo de cálculo: se da un golpe seco con el tobillo contra la mesa. Te lanza una mirada de tal traición que tienes que volver la cara. Has hecho daño a la niña. Lo último, lo ultimísimo que querías hacer, en esta vida y en todas las demás vidas que estén por venir.

Antes de que te puedas disculpar, surge un sonido que recorre toda la casa, herido, primario. Es como si tu propia ira y tu dolor, acumulados durante cinco años, estuviesen atravesando tu piel y atravesaran la de ella como una corriente eléctrica. Cecilia chilla, chilla y chilla. Tiene la boca muy abierta, los ojos cerrados con tanta fuerza que se le arrugan, y grita más fuerte, durante más tiempo y con más furia de lo que has oído jamás. Quieres que pare, y aun así estás con ella, tan cerca de ella a lo largo de todo este momento. Y cuando piensas que está a punto de quedarse sin aire, algo se abre en ella, un nuevo influjo de aire, y empieza otra vez. Chilla de tal modo que te aterroriza, pero, fugazmente y en secreto, también te libera. Grita lo suficiente para hacerlo por las dos.

34
EMILY

Nos quedamos el uno junto al otro. Por unos breves instantes, todo lo que percibo es la ausencia de sus manos entre mi pelo, de su pecho contra el mío, que sigue respirando trabajoso después de habernos separado. Se eleva su aliento, gotitas cálidas en el aire gélido.

La realidad se me viene encima como un balde de agua fría. Ese grito. Sacado directamente de una peli de terror sangriento, cuando se descorre la cortina para que veas una silueta oscura, el brillo de un cuchillo de carnicero.

Estamos los dos de pie en mitad de una calle desierta. Sea lo que sea lo que ha provocado ese grito, no puede estar a más de ciento cincuenta metros. Me quedo como piedra.

—¿Qué ha sido eso?

Me tiembla la voz. Su cuerpo se ha desplazado hacia el grito, que ahora me doy cuenta de que procedía de su casa. Se le tensa la expresión. Acto seguido, es como si hubiese procesado algo, y sus facciones se relajan.

—Habrá sido mi hija.

Frunzo el ceño. ¿Cómo puede ser eso una buena noticia?

—Tiene pesadillas. Terrores nocturnos. Estaba dormida cuando me escribiste, ¿recuerdas?

Por supuesto. Me apoyo en el Honda, las piernas me

tiemblan de alivio. Su hija de trece años, que se ha desper-
tado por un mal sueño.

—Voy a ir a verla —dice.

Estoy aliviadísima, contengo una risa floja y noto el corazón tan leve como un globo de helio en el pecho.

—Claro —contesto con un tono de voz que vuelve a ser
serio—. Ve.

Abro la puerta del coche y me deslizo sin hacer ruido
en el asiento del conductor. Se queda esperando hasta que
se produce el golpe de la puerta al cerrarse, me hace un
gesto rápido de despedida y echa a correr de vuelta hacia
la casa. Lo veo por el espejo retrovisor, con unas zancadas
que van aumentando hasta un esprint a toda velocidad.
Un padre con una misión.

Doy marcha atrás deprisa. Se oye un ruido sordo. Piso
el freno con el corazón de nuevo que se me sale por la
boca. ¿Le he dado un golpe a algo? No he visto nada ahí,
pero... ¿una ardilla, tal vez?

¿O una persona?

¿He atropellado a alguien? Carajo, qué oscuras están
las calles por esta zona. Hasta el propio juez se está que-
jando siempre de eso, suplicando al ayuntamiento que tire
la casa por la ventana y que ponga alguna farola más.

Me detengo, saco la cabeza para vomitar y miro las
ruedas delanteras.

Me invade otra oleada de alivio. Es la caja de galletas,
esa misma que él ha puesto sobre el techo del coche y se ha
dejado ahí olvidada por culpa de las prisas.

Arranco de nuevo. Aunque sé que ese grito no era
nada, no estoy de ánimo para detenerme en un tramo tan
oscuro de la calle si voy yo sola. Me voy directa a casa.

35
LA MUJER EN LA CASA

Sueltas a Cecilia en el instante en que se pone a gritar. Abres los dedos. La liberas y le das espacio. Le suplicas que pare, que, por favor, *chsss, chsss, chsss*, pero ya es demasiado tarde. Sigue chillando hasta que entra su padre, un arrebato de furia que va directo hacia ustedes dos.

Es el mayor error que has cometido en cinco años. Lo sabes de inmediato, con una claridad cegadora.

Lo que él ve es a su niña aullando, su preciosa niña, su única hija, que de repente deja de gritar, y a ti, encorvada junto a ella e implorando en vano con los brazos en alto.

Cierra de un portazo al entrar. Una, dos, tres zancadas son más que suficientes. Se interpone entre su hija y tú, te agarra a ti por una muñeca y a su hija por otra.

Cecilia intenta explicárselo y se le atropellan las palabras unas contra otras: «Está bien —dice ella—, no pasa nada, es que me ha parecido ver algo y me he asustado, así que me he puesto a gritar, pero no era nada. Estoy perfectamente, no le ha pasado nada a nadie. Papá, Rachel solo intentaba..., solo estaba intentando ayudar».

De manera intuitiva, ella sabe que ha de hacerlo. Miente con la esperanza de salvarte.

Su padre deja escapar un largo resoplido. Le suelta el

brazo a Cecilia y te lo suelta a ti también. El pecho le sube y le baja, sube y baja, mientras intenta calmar la respiración.

Sonríe. Todo esto es de cara a la galería. Todavía puedes sentirla, esa furia que late soterrada. Tiene los orificios nasales muy abiertos, la mirada perdida.

—¿Estás bien? —pregunta con voz tranquila, la voz de un padre.

Ella asiente con la cabeza.

Él se vuelve hacia ti como si estuviera esperando a que le respondieses a la misma pregunta. Todo una pantomima. Todo para que ella lo vea.

Tú también asientes.

Vuelve a centrarse en su hija.

—¿Por qué no te vas a tu cuarto un rato?

Su hija dice que está bien y se marcha corriendo y sin echar la vista atrás. Ha hecho lo que ha podido.

En el piso de arriba se cierra la puerta del cuarto de Cecilia.

—Lo siento —susurras—. Es como ha dicho ella, le ha parecido ver algo, se ha asustado y...

—Cierra la boca.

—Lo siento —le dices, e insistes—: Lo siento muchísimo.

No te oye.

—¿Qué diablos has hecho?

Te pone las manos encima. Te agarra, te zarandea. Antes de él lo desconocías: nunca lograbas entender por completo el concepto, la devastadora simpleza de alguien con más fuerza física que tú. Nunca te habías visto reducida a la nada por los puños cerrados de otra persona. Nunca te habían sacudido los hombros con tal fuerza que sintieras en directo el efecto del latigazo en el cuello.

—Ha sido un malentendido —dices—. Yo solo intentaba...

—He dicho que cierres la boca.

Te empuja contra la pared, silencioso, letal.

Si pudieses, saldrías corriendo hacia tu cuarto igual que Cecilia. Desaparecerías de su vida, le permitirías olvidarse de ti por un instante, pero no puedes, porque esta habitación le pertenece y el mundo entero le pertenece, y él te quiere fuera de allí pero también te quiere justo allí, allí mismo donde él pueda verte.

Te clava el brazo en la garganta. Empuja, empuja y empuja hasta que comienzas a ver unos puntitos negros que te bailan delante de los ojos.

Esto ya lo ha hecho antes, pero siempre te ha soltado en el último instante. Esta vez no lo hace.

No puedes respirar. Es como si nunca hubieras sabido cómo se respira. Lo intentas, lo intentas y lo vuelves a intentar, pero se te han cerrado las paredes de la tráquea y no puede pasar nada por allí.

Se te escapan unos sonidos alarmantes, gritos sofocados, conatos de gemidos. Ruidos finales. Moribundos.

Diez segundos. Eso lo escuchaste una vez en un pódcast. Tienes diez segundos antes de perder el sentido, hasta que tu cuerpo se te vaya para siempre y pierdas toda opción de salvarlo.

No le pides a tus brazos que se muevan, ni a las piernas. Lo hacen sin más, y no lo entiendes hasta que sientes que afloja la presión, de manera brevísima.

Te oyes boquear antes de poder sentir que el aire, por

fin, pasa libre por la tráquea. Toses, te atragantas. Respiras otra vez.

Estás tan centrada en traerte de nuevo a la vida que se te olvida por un segundo o dos que él sigue estando ahí.

Él te lo recuerda.

Lo has empujado, justo ahora. Te has resistido, solo un poquito, y eso no le ha gustado. No le ha gustado lo más mínimo.

Te encuentra de nuevo. Te rodea la cintura con un brazo, te pone una mano en la boca y la nariz. Silencia tus toses. Te roba el aire una vez más.

—Cierra la puta boca —te susurra al oído. Lo tienes detrás, cargando todo su peso en tu espalda—. Que cierres. La puta. Boca.

Lo único que quiere este hombre, lo único que ha querido jamás, es que dejes de hablar, que dejes de moverte. Solo quiere que lo dejes ya.

Cuarta regla para seguir viva fuera del cobertizo:

No la conoces.

Sea lo que sea, la acabas de violar.

Con un gran esfuerzo, mueves el cuello de golpe unos centímetros hacia la izquierda. Tus ojos se encuentran con los suyos durante un segundo. Este hombre... debería haberte matado hace mucho. Ahora se percata, y tú también lo ves, tan obvio resulta, tan innegable. No has sido más que un problema.

Su brazo izquierdo te rodea el cuello. Notas presión en la nuca: su mano derecha, supones. Una llave de estrangulamiento, te tiene sujeta en una llave de estrangulamiento.

No te puedes mover. Apenas puedes pensar.

No sabes si estás respirando o no. Ese saber no te pertenece. Lo que sí te pertenece es la visión cada vez más borrosa, las extremidades cada vez más débiles y ese latido en el oído: tu sangre, cada contracción del corazón como el rasgueo de las cuerdas de una guitarra.

El sonido te llena.

Se ralentiza.

Cada latido, uno detrás de otro, cada vez más separados.

Se produce un último intento, una ola de claridad que te sacude la columna contra su pecho.

Y después nada.

Todo se vuelve negro.

36
CECILIA

Mi padre me enseñó a leer cuando era pequeña. Todas las noches me preguntaba: «¿Cómo decimos en inglés la "i" con la "n" cuando las juntas? ¿Y la "o" doble? ¿O la "e" doble?». Más adelante me enseñó las palabras: las de la comida, la naturaleza, las de las plantas. Palabras de la construcción, de la medicina. Una vez pasamos en coche por delante de un grupo de pavos, a un lado de la carretera —yo tendría unos seis o siete años—, y él me contó que al conjunto de las aves de corral se le llama «averío».

Entonces me obsesioné y pasé por una fase en la que quería saber qué nombre recibían diferentes grupos de animales. Un enjambre de abejas, un nido de víboras. Mi padre se imprimió una lista de internet y me iba enseñando uno cada día. Una colonia de murciélagos, también un bando o una nube. Una familia de osos. Una caravana de camellos. Una jauría de perros. Lo convertimos en un juego, cada vez que me llevaba en coche a alguna parte: él me decía «pájaros», y yo decía «una bandada, una bandada de pájaros». ¿Cerdos? Una piara de cerdos. ¿Gatos? Una gatería. ¿Mulas de carga? Una recua. ¿Una bandada de cuervos? Este era mi preferido. En inglés la llamamos *murder*, un «asesinato» de cuervos. Mira que son góticos los cuervos. Tenía que ser eso, un «asesinato».

Nos peleamos, mi padre y yo.

Por supuesto que nos peleamos. Es mi padre. Pero yo sé que me quiere.

Algunas hijas ni siquiera llegan a saber cómo es que te quieran así. Oigo lo que dice la gente de clase. Cuando te cuentan su vida, su padre siempre es alguien que está en segundo plano, que trabaja hasta tarde y que se pasa a ver tu partido o que está ahí en vacaciones como si fuera un invitado, más que tu padre.

Yo siempre lo sabré. A veces creo que es lo único que sabré con seguridad en toda mi vida. Pase lo que pase, me muera joven o de vieja, esté sana o enferma, feliz o sumida en la tristeza, casada o soltera. Si alguien me pregunta —si por ejemplo me hiciera famosa y todo el mundo quisiera saber de repente cómo era mi vida antes de que ellos supieran nada de mí ni me conocieran—, solo hay una cosa que yo podría decir con toda certeza.

Le contaría al mundo que mi padre me quería.

37
LA MUJER EN PELIGRO

Te lleva al bosque.

Así es como sucede: deja que tu cuerpo se deslice, inerte como una muñeca de trapo, y caiga al suelo del salón. Maltrecha, pero respiras. Es lo que pasa contigo, que nunca dejas de respirar.

Te pasa un brazo por debajo de la espalda y el otro bajo las rodillas. Tal vez sea así como te lleva hasta la camioneta. O, a lo mejor, te echa al hombro y carga contigo al estilo de un saco de papas. No eres un objeto delicado. Sabes perfectamente lo que eres: una tarea que hay que tachar de la lista. Un problema que hay que resolver.

O quizá te da unos toquecitos y tú abres los ojos sin recuperar todo el sentido, pero lo bastante despierta como para que te levanten. A lo mejor van juntos los dos hasta la camioneta entre tambaleos, con tu brazo sobre sus hombros y sus dedos apretados en tu cintura. Quizá parecen un par de amigos después de una noche de fiesta: tú borracha perdida, y él te acompaña para que no te pase nada.

Se abre una puerta. Aire frío en la cara. Oyes el viento que agita las ramas de los árboles, pero no puedes ver nada. Ni una sola hoja. Alguien se ha cargado las luces del interior de tu cabeza y tienes el cerebro hecho un caos de bombillas fundidas. Lloras con sollozos mudos. Si estás a punto de irte de este mundo, tienes que ver los árboles una última vez. Necesitas que sus raíces te den estabilidad, que el dulce vaivén de sus hojas te acune hasta que te duermas.

Te sienta en la plaza del acompañante. La cabeza se te va contra la ventanilla, y el cristal es como un cubito de hielo contra tu piel. Te sostiene erguida para pasarte el cinturón de seguridad por el pecho. ¿Qué más dará?, te dan ganas de preguntarle. ¿A quién le importa si patina la camioneta, se va fuera de la carretera y tú sales volando por el parabrisas. Tú estarías lista, y él no habría tenido que mover un solo dedo.

Pero no es un hombre que deje las cosas en manos del azar. Cierra tu puerta de un portazo y camina hacia el otro lado.

Si aquí se acaba todo, entonces él será la última persona que te vea con vida. La última persona que te vea pestañear, tragar saliva. Será el último que vea cómo se te hincha el pecho y se te deshincha como un metrónomo.

Si decides hablar, él será la última persona que oiga el sonido de tu voz.

¿Hay algo que sientas la necesidad de sacarte de dentro? ¿Algo que necesites que oiga alguien antes de que sea demasiado tarde?

Arranca la camioneta.

«Yo tenía una madre —podrías decirle—. Tenía un padre. Igual que tu hija, yo también tenía un padre. Tenía un hermano. Nací en una noche estival de tormenta. Mi madre ya se había hartado de estar embarazada, y sintió un gran alivio cuando por fin vine al mundo. También se sintió feliz, pero fundamentalmente aliviada. Mi nacimiento señalaba el final de un periodo muy desagradable.

»Tú nunca lo viste, pero a mí me encantaba mi vida. No era perfecta. Resultaba cómoda, pero no siempre era fácil. Mi primer novio me hizo daño, y yo se lo hice a él con un mensaje de voz en el contestador automático, un furioso signo de exclamación que ponía punto final al amor juvenil. Mi hermano se hizo daño él solo, y después yo también se lo hice.

»Busqué mi lugar en el mundo, y a veces tuve la sensación de haberlo encontrado, pero entonces me preocupaba la posibilidad de que me lo arrebataran. Un desconocido me hizo daño, no tú, sino otro antes que tú. No has sido el único. Tú no lo sabes. Nunca me lo has preguntado y yo nunca te lo he contado, pero yo ya sabía cómo era esto, antes de que tú me encontraras. Ya sabía cómo era cuando alguien a quien no conoces, alguien a quien no has visto jamás, decide que una parte de ti le pertenecerá para siempre.

»Ese fue tu único error el día que te conocí. Pensaste que me ibas a sorprender. Pensaste que ibas a ser lo primero malo que me sucedía, pero yo ya sabía cómo funcionaba. Nací en la ciudad que mató a Kitty Genovese; algunos la oyeron gritar, pero tuvieron miedo de hablar con la policía, o se sintieron confundidos, o no pensaron que llamar fuese a hacer ningún bien. ¿Qué me enseñó Kitty Genovese? Cuando el mundo no sale en tu defensa, tú no puedes salir en defensa de los demás.

»Di mis primeros pasos en un parque donde encontraron el cadáver de una joven de dieciocho años en una mañana de agosto de 1986, horas después de que la chica se marchara de un bar con un chico al que conocía. En la acera de enfrente del mismo parque se hallaba el lugar donde mataron a tiros a ese cantante en 1980, y lo hizo un hombre que llevaba en el bolsillo un ejemplar de una edición barata de mi novela preferida de mis tiempos de adolescente.

»Así que no, no me sorprendiste cuando me encontraste, Y claro que me encontraste, por supuesto. Tenías que pasarle a alguien, y me pasaste a mí.»

La camioneta se detiene. Se para el motor.

«El año en que nací: 1991. Un día me puse a mirar en la Wikipedia las cosas que habían sucedido aquel año. Como si fuera un horóscopo, quería saber bajo qué auspicios había venido yo al mundo.

»A lo mejor te acuerdas. Los Giants ganaron la Superbowl. Dick Cheney canceló un contrato de cincuenta y siete mil millones de dólares por alguna clase de avión militar. Un reactor letal, un bombardero sigiloso, una máquina diseñada para aniquilar. ¿Ves ya adónde voy a parar con esto?

»Ese año, esa mujer —tú ya sabes quién, la que interpretó Charlize Theron en una película— confesó haber matado a siete hombres. Le pegaban, dijo ella. Intentaron violarla. No tuvo elección.

»Fue una época revuelta. Con la Operación Tormenta del Desierto en segundo plano. Un gran jurado acusó a Mike Tyson. La policía detuvo a Jeffrey Dahmer. En Europa se acabó la Unión Soviética.

»El mundo, menudo desastre estaba hecho. Qué caótico. Lo adoraba entonces y lo sigo adorando ahora. Eso es lo único que jamás me has arrebatado. Dejé de querer a los demás y dejé de quererme yo. Dejé de querer a mi familia en el momento en que quererlos fue ya demasiado para mí, pero nunca dejé de amar a esta enorme, absurda y maravillosa congregación que formamos entre todos.

»No sé por qué te lo tomaste de un modo tan personal, como una ofensa hacia ti y hacia tus creencias: la improbabilidad estadística de la vida humana sobre la Tierra.»

Se oye un suspiro y el *clic* de su cinturón de seguridad. Pasos en el exterior que rodean la camioneta. Se abre la puerta del acompañante, te libera del vehículo. No ves nada, pero recuerdas el bosque, tu lugar preferido antes de que él te llevara, los árboles más altos, la hierba más mullida.

Este suelo no es mullido. Aterrizas en él con un golpe seco, y la cabeza te revienta contra algo: unas raíces, el tocón de un árbol, tal vez una roca. Lo único que sabes es que la cabeza te arde, que te sangra a chorros el cuero cabelludo y que todo esto te duele horrores.

Qué innecesario parece convertir esto en algo tan doloroso.

Pero no eres tú quien pone las reglas. Nunca has sido tú.

Aquí es donde has acabado, una silueta temblorosa en el suelo. Pronto habrá terminado todo. Él hará lo que tiene que hacer, y entonces tú te irás. Por fin.

No te habías dado cuenta hasta ahora de cuánta energía hace falta para seguir vivo, qué cansada estás de aferrarte a los latidos de tu corazón, la respiración de tus pulmones, cuando todos los elementos conspiran en tu contra.

Es hora de irse.

Oyes el *clic* de una pistola. La hierba se agita a tu lado. Su mano te sujeta la cabeza por la nuca. Sientes el calor de su cuerpo junto al tuyo, un anillo frío de metal contra tu sien.

¿Es así como va a ser? Siempre pensaste que el arma era para aparentar. Te imaginabas que lo haría con las manos, apretando, esperando, observando, escuchando tus jadeos, el siseo del aire al salir del cuerpo para no volver jamás.

A lo mejor lo has hecho enojar tanto que no tiene ya paciencia para eso. Tal vez él también quiere que esto acabe lo antes posible.

Cambia de postura. Su aliento te llega a la oreja, que la tienes ardiendo, hecha polvo. Te susurra algo que no puedes oír. Te quedas esperándolo. Te imaginas la detonación, fuegos artificiales detrás de los párpados, una oleada de dolor que te parte el cráneo por la mitad. Esperas y esperas, pero no llega.

Un golpe seco. Te pone las dos manos encima.

Un pensamiento se abre paso en tu mente.

¿Acaba de dejar caer el arma?

Sus dedos te recorren el cuero cabelludo en la nuca, donde se te ha abierto el cráneo. Una punzada de dolor irrumpe a través del cerebro. Te recorre el cuerpo entero, te provoca escalofríos, náuseas y un quejido, y dejas de sentir los dedos de los pies, dejas de sentir las manos y también los brazos, y entonces dejas de sentirlo todo.

Te pierdes en la oscuridad.

38
LA MUJER, HACE MUCHO TIEMPO

Después de sufrir el rechazo de tu hermano, asistes a una clase de Psicología. Tu profesor solía tratar a veteranos con trastorno por estrés postraumático. Un día, te explica que el trauma es lo que sucede después de verte morir. Presencias la historia de tu propia muerte, que parece tan real que jamás vuelves a ser la misma.

No lo comprendes, hasta que acabas comprendiéndolo.

Un sábado por la noche, Julie te convence para salir. Tiene una nueva novia. La besa delante de ti en la pista de baile. Por primera vez, tu amiga —tu mejor amiga, la única persona con la que te imaginas capaz de vivir— está enamorada. Agradeces la noticia como quien recibe un regalo muy valioso.

Se te adormecen los dedos. No te percatas inmediatamente de lo que está sucediendo. Así es como funciona: vas cayendo, pero no te das cuenta, y cuando lo adviertes ya es demasiado tarde. Te envuelve una extraña calma. Flotas sobre la pista de baile, separada de la multitud por un velo invisible. Unas aureolas azuladas ondulan alrededor de cada luz. Te sientes en paz durante unos minutos, y entonces te sientes rara.

Te escabulles de la pista de baile. Dejas la bebida en la mesa más cercana. Esa bebida... nunca la has perdido de vista, pero no la has tenido tapada con la mano todo el rato. El vaso no tenía tapa. Estabas bailando. Has dejado la puerta abierta, una rendija, la más mínima por la que un desconocido podría colarse para hacerte daño.

Sales a la calle. Lo que necesitas es un poco de aire frío, una ráfaga de aire polar que te despierte de golpe. El viento del noreste que te mordisquee las mejillas, que te recuerde que estás viva. Sin embargo, el aire de esa noche es cálido y pegajoso, y es como si tuvieras la cabeza llena de jarabe.

Paras un taxi. Te sorprende a la vez que te alivia ver que eres capaz de hacerlo.

Dentro del taxi, vas perdiendo y recuperando la consciencia. No te duele nada, pero todo va mal.

—Oiga —le dices al taxista—. Oiga, por favor.

El hombre te mira por el retrovisor. No recuerdas su rostro. Jamás recordarás su rostro.

Le pides: «Oiga, por favor, ¿puede llamar a mi amiga?... Creo que alguien me ha puesto algo en la bebida». No te puedes creer tus propias palabras. El taxista detiene el coche..., tú crees que lo hace. Te da su celular.

Tecleas el número de Julie tan rápido como puedes, antes de que desaparezca de la cabeza para siempre. «Rápido —te dice tu cuerpo—, tienes que conseguir todos los números antes de que yo me apague.» Entonces piensas: «Apagarte», y tu cuerpo dice «Sí, apagarm...» y todo se queda a oscuras.

Te despiertas como «serie de médicos en la tele», en una cama en Urgencias. La cara de preocupación de Julie flota sobre la tuya.

—¿Puedes oírme? —te pregunta, y resulta que has estado despierta en cierta medida desde hace un tiempo, solo que tú no lo recuerdas.

Hay un agujero negro donde deberían estar los recuerdos. Jamás se llenará. En la gran película de tu vida, la pantalla se queda en negro durante varios minutos. Te sientes atracada, como si te hubiesen arrebatado algo de un gran valor.

Unas manos enguantadas te tiran del hombro. Te tienes que incorporar, sentada, tienes que levantarte la camiseta para que te puedan poner unos electrodos en el pecho. Tienes que extender el brazo para que te hagan un análisis de sangre.

—No quiero que me hagan ningún análisis de sangre —les dices—. Me desmayo cuando me sacan sangre, incluso en mi mejor día.

Insisten, y cuanto más les dices que no, menos te escuchan. Te han traído inconsciente en una camilla y con olor a alcohol en el aliento. No cuenta nada de lo que tú digas.

—No doy mi consentimiento —dices—. No doy mi consentimiento para que me hagan este análisis.

Un hombre con uniforme sanitario te mira y pone los ojos en blanco.

Le dices a Julie que vas a vomitar. Una bolsa de plástico aparece de la nada. Ya está medio llena. Has debido de estar vomitando antes. Echas un hilillo de bilis. Tienes el estómago vacío, pero los músculos de tu abdomen siguen contrayéndose. Surgen de ti unos sonidos horribles, todo gutural, sin voz ninguna. Vomitas con tal fuerza que mañana te van a doler los abdominales.

Entre las arcadas, explicas lo que ha sucedido. Lo expresas de diferentes formas: «Me han drogado», «Había algo en mi copa», «Alguien me ha puesto algo en la bebida». Varias horas más tarde, cuando ya estás lista para que te den el alta, te entregan una hoja con el diagnóstico. Dice, y siempre dirá, «intoxicación etílica».

Nadie te cree.

Julie llama a un Uber. De vuelta en el apartamento, te dice que te sentirás mejor después de un baño.

—Quítate de encima las Urgencias del hospital —te dice, y tú te lavas el cuerpo, pero estás demasiado agotada para lavarte el pelo.

—Mañana —le respondes a Julie—. Lo hago mañana.

Tu cabeza toca la almohada. Aquí, una discordancia: todo normal, todo excepcional. Qué suerte tienes de estar viva. Qué suerte tienes por estar durmiendo en tu propia cama.

El día siguiente parece borroso. Te despiertas con dolor de cabeza. Mordisqueas un bagel. Sales a dar un paseo. Hay una enorme frontera entre el resto del mundo y tú. Está ahí, pero no puedes tocarlo. Ya no sabes con seguridad cómo seguir existiendo en él.

Aún no lo sabes, pero hay ciertos fragmentos de tu ser que se han quebrado y que jamás te volverán a parecer enteros.

Aún no lo sabes, pero esta no es la peor tragedia de tu vida.

Esta es la parte que él no se había imaginado. Aquel día cerca del bosque, él necesitaba que te sorprendieras, te necesitaba impresionada ante la mera posibilidad de que alguien pudiera querer hacerte daño.

Lo que sucedió en la discoteca, aquello te cambió. Cuando él te encontró, la única parte que quedaba de ti era la que sabía cómo sobrevivir.

39
LA MUJER EN LA CASA

Una superficie dura y fría contra la espalda. Un leve tra queteo metálico sobre tu cabeza. Te arde la parte de atrás del cráneo. Te pesan los párpados. Todo tu cuerpo es una herida enorme.

Todo está borroso. Las paredes oscuras y unas formas todavía más oscuras si eso se puede..., ¿muebles?

Cajas.

Pilas de cajas. La silueta de una silla. Algo que a ti te parece que es un banco de trabajo, un tablero vertical con herramientas.

Se oyen sonidos ahí arriba…, una voz, después otra.

Estás en la casa. En las profundidades de la casa.

El sótano. Eso tiene que ser.

Te mueves apenas lo más mínimo y haces un gesto de dolor. Te duele todo.

Pero estás viva.

40
LA MUJER EN LA CASA

No sabes cuántos días han pasado. No sabes qué le ha contado a su hija. No es cosa tuya saberlo. Qué cansada estás de sostenerte en pie durante todo esto, de respaldar sus mentiras, de hacerle el juego.

Hasta ahora no habían sido nunca tan sinceros los dos, el uno con el otro.

Entra y no dice una palabra. Te trae agua, a veces sopa. Te da de comer. Te lleva a los labios un vaso de agua o cucharadas de caldo de pollo. Te incorpora y te sostiene con el interior del codo. Cuando te atragantas, él te da palmaditas en la espalda, entre los omóplatos.

A veces piensas que eso es todo cuanto él quiere. Poseer a alguien, completa y absolutamente. Que alguien lo necesite, solo a él.

Ese debe de ser el motivo por el que no lo hizo. En el bosque. Vio algo en ti que era más interesante que la muerte. El dolor y tu infinita capacidad para sentirlo, para manifestarlo. Contemplará la posibilidad de que vuelvas a estar entera, mientras sea él a quien corresponda volver a unir los pedazos.

Quinta regla para seguir viva fuera del cobertizo: él tiene que necesitarte al menos tanto como tú lo necesitas a él.

Una mañana, después de que Cecilia se marche al colegio, él te lleva hasta el cuarto de baño y te inclina sobre la tina. El agua te cae sobre la cabeza, se te mete en los oídos y en la boca. Notas el sabor de la sangre. Te enjabona el pelo con champú a base de un leve masaje sobre el cuero cabelludo. Todavía te quema. Haces un gesto de dolor, y él te dice: «No te muevas, no te muevas... Todo irá más rápido si te quedas quieta».

Acto seguido, vomitas. Te agarra por los hombros y te asoma al retrete. Te recoge el pelo y te lo sujeta en la nuca con una mano, como si tuvieras resaca y él fuese tu amigo, como si estuvieras enferma y él fuese tu madre. Los músculos del estómago se te contraen con tal fuerza que se te corta la respiración. Sigues con las arcadas aun cuando ya no te queda nada dentro, con unos jadeos ruidosos y dolorosos que resuenan con eco en el interior de la taza. Le agarras la mano. Es un acto reflejo. No sabes lo que estás haciendo hasta que él te corresponde con un ligero apretón en la mano.

Lo hacen juntos.

Te lleva de vuelta a tu cuarto, te tumba en la cama. Se acabó el suelo duro de parqué. No te resistes a hundirte en el colchón, con el roce suave de las sábanas en tus mejillas. Y que el edredón te engulla. La habitación se te caerá encima. No harás nada por impedir que todo eso te suceda.

Estás harta de luchar.

Te pone la palma de la mano en la frente. Te ha subido mucho la fiebre. Se te nubla la vista. Cada vez que intentas incorporarte, el suelo se abre bajo tu cuerpo. Le dices que alguien tiene que verte, un médico, quien sea. Él te dice que no te preocupes, que todo va a ir bien, insiste, si te calmas un poco.

Te arde el cerebro. Tienes una herida, él está aquí, y tú tienes mucho frío, muchísimo frío a pesar incluso de que él te echa encima otra manta. La pena te congela por dentro. Empiezas a llorar, y lloras por ti, por Cecilia, por su madre muerta, por las mujeres por las que va él ahora. Todo se te viene encima, una tristeza detrás de otra, hasta que él te pregunta qué te pasa.

—Tu mujer —dices entre sollozos—. Tu pobre mujer.

Eso es todo lo que consigues decir. Él se detiene y te lanza una mirada severa.

—¿Qué pasa con mi mujer?

Intentas explicárselo, arrastrarlo bajo ese maremoto tuyo de dolor.

—Era tan joven —le cuentas—. Las dos lo eran. Tu mujer y tu hija. Lo siento muchísimo por tu hija. —Y lo dices en serio, sientes su pérdida de una manera tan aguda como sientes la ausencia de tu propia madre.

¿Aún tienes tú una madre, siquiera? Y, si está viva, ¿abriga todavía alguna esperanza de que tú también lo estés?

—Cáncer —dice—. Una cosa horrible.

«¿Cáncer? —te entran ganas de decir—. ¿En serio?»

Lo miras con los ojos entreabiertos, a través de la neblina de la fiebre. Pensabas que tal vez había sido él, que quizá hubiera sido él quien la mató, pero te está diciendo la verdad. Nunca habían estado tan cerca el uno del otro, nunca habían sido tan directos el uno con el otro.

Alisa la manta sobre tus piernas.

—A veces solo es cuestión de mala suerte —dice él—. Lo superó una vez, pero recayó hace cinco años.

Dejas de sentir miedo. Estás hartísima ya de tanto urdir y tanto tramar con tal de sobrevivir cada día y ver la luz del siguiente.

Así que se lo cuentas. Esa misma noche, cuando vuelve más tarde, se lo cuentas.

—Cometiste un error. El otro día. No comprobaste las esposas.

Está sentado en la cama junto a ti. El bote de paracetamoles suena como un sonajero en sus manos.

—Estaban abiertas —prosigue—. Abiertas del todo, así sin más. Podría haberme marchado, ya sabes, pero no lo hice.

Deja el bote de paracetamol. Suspira: tienes su aliento en la cara, en el cuello, en el pecho. Se inclina sobre ti y te susurra:

—Lo sé.

Por un brevísimo instante, ves la luz. Un pensamiento trágico te taladra la cabeza, con orificio de entrada y orificio de salida. Te espabila de golpe. Te desarma, te desmonta toda tu geometría, y tus líneas rectas, tus recodos y tus ángulos caen al suelo con estruendo.

No metió la pata.

«Lo superó una vez, pero recayó hace cinco años.»

Este dato se pasa la noche recorriéndote.

Le lleva su tiempo llegar hasta ti, pero una vez que da contigo, se extiende por todo tu ser como una infección.

Cinco años.

Y piensas.

Fue cuando él te encontró.

Iba a matarte, pero no lo hizo.

Le estaban pasando cosas. Cosas que él no podía impedir.

Era la muerte lo que le estaba sucediendo, a él y a la familia que él había construido. Y no podía hacer absolutamente nada al respecto.

Eso tuvo que desatarlo.

Necesitaba control. En eso consiste para él. En decidir dónde comienza y dónde termina una mujer. En decidirlo todo y en salir airoso de ello.

Te capturó. Estabas en su camioneta.

Iba a matarte, pero no lo hizo.

41
LA MUJER SIN UN NÚMERO

Buscas a ese hombre. A la persona que te ha empastillado con sedantes. Das por hecho que es un hombre. ¿Cuáles son las probabilidades? Intentas averiguarlo. Tomas tu laptop y buscas «estadísticas de drogas en la bebida», «delincuentes que drogan bebidas», «gente que echa sedantes en la bebida de otros». No encuentras lo que estás buscando. La gente como tú no denuncia lo que le ha pasado.

Por la calle, todo el mundo es sospechoso. El tipo que tienes delante en la cafetería, el instructor de yoga, el conductor del autobús, tus profesores. Nadie está libre de sospecha.

Ya no duermes de corrido. Todas las noches, hacia las siete, una sombra desciende sobre ti. Antes de meterte en la cama, compruebas que el pasador de la puerta está echado, lo compruebas una y otra vez. Miras dentro de los armarios y los vestidores. Compruebas el cuarto de baño, miras debajo de la cama. Buscas y buscas y buscas esa amenaza que te persigue como una sombra.

Escuchas las historias de la gente. Las lees. Hay pódcast, hilos en foros de internet que te desvelan los misterios. Te enteras de esa estudiante que salió con las amigas y no volvió jamás. La mujer que desapareció y desde luego que fue su marido, pero no lo capturaron. La chica que se fue de vacaciones en primavera. La mujer que tuvo un accidente con el coche y que desapareció antes de que las asistencias llegaran al lugar del siniestro.

Es posible que hayas absorbido tantas historias que han acabado por absorberte ellas a ti.

Pierdes la capacidad de concentración. Las clases de tus profesores se desvanecen en segundo plano. Te quedas dormida en el aula y por las noches fijas la mirada en el techo. Tus notas caen a plomo. Dejas de beber, así de golpe. Dejas de ver a tus amigos. Dejas de cruzar mensajes con Matt, tu casi novio. Te paras en seco.

Un tiempo después son solo Julie, tú y los fantasmas. Julie nunca te da por perdida.

—Me tienes preocupada —te dice después de que te echen de clase de Derecho de Medios de Comunicación por quedarte dormida en el asiento.

—Estoy bien —respondes tú.

—No, no lo estás. No, para nada.

—Creo que solo necesito un descanso.

Julie te dice que está bien, que tampoco pasa nada con eso. Así que te tomas un descanso. Hablas con tu orientadora académica y te metes en internet a buscar árboles, aire fresco y silencio. Lo contrario de la ciudad.

La cabaña es pequeña. Como un rancho, un dormitorio. Es de crucial importancia que pertenece a una europea que ha instalado persianas en todas las ventanas. Esa mujer es partidaria de los cerrojos, de las medidas de seguridad robustas. Allí estarás a salvo.

La casa de las persianas está a dos horas de Manhattan. Agotas lo que te queda de tus exiguos ahorros —cuatro años de trabajos veraniegos, de becaria trayendo cafés y la compra a unos editores que ni se molestan en aprenderse tu nombre— para alquilar un coche. Un domingo al anochecer, llenas una maleta de leotardos, suéteres suaves y libritos curiosos. Te vas en coche hacia el norte del estado. Metes tu ropa en los cajones de la señora europea. Por fin, respiras hondo.

Marcharte de la ciudad es como un masaje para el cerebro. Esa semana te acuestas temprano y te levantas en cuanto empiezan a trinar los pájaros. Sigues haciendo algunas cosas de clase, hasta cierto punto, pero sobre todo te dedicas a beber té, a leer esos libritos tuyos tan graciosos y a dormir muchas siestas. Encuentras un libro sobre la naturaleza y estudias el canto de los pájaros. Empiezas a creer en un nuevo mundo.

Hay un sitio que te gusta. En el bosque. No muy lejos de la carretera principal. Vas caminando hasta allí por la mañana, después del amanecer, pero antes de que el sol comience a calentar.

Ese lugar tuyo es un claro, o algo por el estilo. Hierba rodeada de árboles. Árboles que forman un círculo. Es un sitio verde, primero, después café, después verde otra vez y después azul. Siempre está en silencio, salvo por los sonidos más leves. El viento que agita las hojas de los árboles y se arremolina por las briznas de hierba. Pájaros carpinteros y ardillas. Aves que eres incapaz de identificar por mucho que te esfuerces.

Te gusta sentarte y cerrar los ojos, sentir la humedad que te cala los leotardos y dejar que la tierra te acoja, dejar de prestar atención al mundo para sentir cómo existes tú en él.

Una mañana caminas de vuelta a casa desde el claro del bosque. No estás exactamente en el bosque, pero tampoco estás en el centro del pueblo. Es una carretera local que no tiene el tráfico suficiente que justifique un arcén por el que andar. Es un lugar donde no te ve nadie. Si te pusieras a chillar —algo que se te ha ocurrido ya varias veces—, nadie te oiría.

Ese día sí hay un coche. Enciende la sirena. Una respuesta pavloviana se apodera de ti: oyes el sonido de una sirena y piensas que la persona que está al volante es quien manda.

Echas una mirada hacia atrás por encima del hombro. No es un coche de policía, sino una camioneta pickup de color blanco. La policía hace eso, piensas. Llevan coches sin distintivos con mucha frecuencia.

A través del parabrisas, el hombre que va al volante te indica que te detengas a un lado de la carretera. Y te detienes. Sale a la superficie una regla de seguridad que te han grabado a fuego desde la infancia: te mantienes a una cierta distancia de la camioneta.

El hombre se baja. Lo observas. Tu cerebro lo evalúa: ¿amigo o enemigo, aliado o atacante? ¿Le tiendes la mano o echas a correr?

El hombre parece aseado. Y además sonríe. Unas líneas le arrugan las comisuras de los ojos. Dientes blancos, chamarra, pantalones de mezclilla. El pelo, recién cortado. Las manos, limpias.

En este momento, estás lista para confiar en él. En este momento, no sientes temor.

El hombre se aproxima un poco. Huele bien, además. Una nunca se espera que alguien malvado huela bien. ¿Qué clase de demonio se echa colonia?

Más adelante, piensas en las plantas carnívoras, en cómo relucen para atraer a los insectos, en cómo los engañan con un néctar tentador antes de devorarlos.

Tardas un segundo en ver el arma, la pistola negra con el silenciador negro. La ves, y entonces la sientes. Por primera vez en tu vida, un arma se te está clavando en un omóplato.

—No te muevas —te dice—. Si intentas huir, te haré daño. ¿Entendido?

Asientes con la cabeza.

—¿Cartera? ¿Celular?

Le entregas tus posesiones. Habías pensado en lo que harías en caso de que te robaran a punta de pistola, y te prometiste que lo darías todo a cambio de tu vida.

—¿Arma? ¿Espray de pimienta? ¿Navaja?

Le dices que no con la cabeza.

—Voy a comprobarlo, y si descubro que me has mentido, eso no me va a gustar nada.

Te cachea. Te quedas quieta. Es la primera prueba, y la pasas. No le has mentido.

—¿Joyas?

—Lo que llevo puesto, nada más.

Espera a que te quites el collar, se lo guarda en el bolsillo. En otra línea temporal, es aquí donde esto se acaba.

Aquí es donde él regresa a la camioneta y tú te marchas caminando muy despacio, después corriendo, de vuelta a la cabaña y después a la ciudad. Aquí es donde te encuentras con la gente y les cuentas lo que te ha pasado.

En tu línea temporal, el hombre de la pistola tira tu celular al suelo y lo revienta con la bota. Hace un gesto con la pistola en dirección a la camioneta.

—Sube —dice.

Esta es la sensación que te produce, el instante en que tu vida se convierte en una tragedia. El momento que ya te habías imaginado. Cuando tu vida deja de ser tuya y se convierte en la historia de un crimen.

Es como si las piernas se te hubieran vuelto de plomo, como si el tórax se te hubiese congelado en el sitio, y tu cerebro va repasando toda una lista de posibilidades —salir corriendo, ponerte a gritar, obedecer—, pero, fundamentalmente, no siente nada. La tierra no se abre bajo tus pies. Tú sigues siendo tú. Es el mundo a tu alrededor lo que cambia. Todo cambia excepto tú.

Salir corriendo, ponerte a gritar, obedecer. Salir corriendo queda descartado por completo. Quizá fueses más rápida que él, pero no se huye corriendo del sujeto de la pistola. No, si existe cualquier posibilidad de que te atrape. ¿Ponerte a gritar? Solo si sabes que te van a oír. Estás en una carretera silenciosa y no se ve a nadie por allí. No gritas.

Obedecer. En este momento, no sabes qué quiere ese hombre. Si obedeces, existe una posibilidad de que te deje marchar.

Te subes a la camioneta.

Él regresa al asiento del conductor. Con calma y tranquilidad, con la cómoda concentración de un hombre acostumbrado a que el mundo le obedezca.

Guarda la pistola en lo que tú imaginas que es la cartuchera abrochada en la cintura. No lo miras directamente; el contacto visual te parece una idea mortífera. Clavas la mirada al frente, por el parabrisas. Mientras intentas concontrarte en los alrededores, algo se despierta en el fondo de tus pensamientos. Has visto algo. Hace apenas unos segundos, al inclinarte para subirte a la camioneta, te has fijado en el asiento de atrás y lo has visto. Una pala, cuerda, esposas. Un rollo de bolsas de basura.

El hombre aprieta un botón. Las puertas se bloquean en ambos lados.

Todos los fragmentos de tu ser que albergaban alguna esperanza mueren al mismo tiempo.

Él guarda silencio, con los ojos puestos en la carretera. Concentrado. Un hombre que vive una rutina. Alguien que ya ha hecho esto antes.

«Habla.» Es lo único que puedes hacer. No puedes huir corriendo, no puedes gritar, pero sí puedes hablar. Te crees capaz de hablar.

Tragas saliva. Buscas las palabras. Anodinas pero personales, que tiendan un puente entre él y tú. Una vía de escape bajo un lecho de hojas.

—¿Eres de por aquí?

Esto es lo mejor que tienes, y no consigues sacarle nada.

Apartas la mirada de la carretera y lo miras a él. «Joven —piensas—. No tiene mal aspecto.» Es un hombre al que podrías haber conocido en el supermercado, en la fila del café para llevar.

—Ya sabes que no tienes por qué hacer esto —dices.

Te sigue ignorando.

—Mírate —insistes. Acto seguido, tímida, con una voz que se queda en nada, añades—: Mírame a mí.

No te mira.

Piensas en esas historias, en los pódcast, en los artículos de los periódicos, en los titulares sensacionalistas, tan largos y enrevesados, con las PALABRAS más indignantes en mayúsculas. Algunas de aquellas historias venían con consejos: «Humanízate ante tu secuestrador», «Toma las llaves, sujétalas entre los dedos y úsalas como arma. Apunta con ellas a sus ojos», «Golpéale en la nariz», «Dale una patada en los huevos», «Chilla», «No chilles», «Sorpréndelo», «No lo sorprendas».

Lo que nunca te cuentan esas historias es que, al final, si un hombre quiere matarte, te mata. No es cosa tuya el convencerlo para que no lo haga.

Miras por la ventanilla. Piensas: «Casi. Me pasó algo malo, y creí que iba a morir, pero no lo hice, y casi lo consigo. No tocaba y punto».

No quieres morir, pero la muerte te parece algo lógico.

Algo te recorre por dentro. A lo mejor has dejado de tener miedo. A lo mejor estás más aterrorizada que nunca, y esto libera las partes más temerarias de tu ser. Sigues hablando. Dices un montón de tonterías, como si ya te diera todo igual. Hablar es lo único que te pertenece, y vas a utilizarlo por si sirve de algo.

—Hace un tiempo magnífico aquí en el norte —dices—. La otra noche vi una película y esperaba que terminara bien, pero no. ¿No odias tú cuando pasa eso?

Te arquea una ceja, apenas ligeramente.

—La verdad es que no veo tantas películas —prosigues—, justo por esa razón. No me gusta dedicarle dos o tres horas de mi tiempo para acabar decepcionada, o triste.

Sus dedos eliminan una mota de polvo invisible del volante. Unos dedos largos, manos fuertes. Malas noticias por todas partes.

—Cállate —dice él.

«O oi no, ¿qué? ¿Me vas a matar?»

Vuelves a clavar la mirada en el exterior. Conduce bajando por un tramo de carretera que no reconoces, árboles y barro hasta donde alcanza la vista.

Entonces pasa un ciervo. Lo ve venir desde lejos y reduce la velocidad, espera a que cruce. Un conductor responsable. No es momento de tener un accidente ni de que se te cale el motor. ¿Qué haría este hombre, llamar a asistencia en carretera? ¿Cómo iba a explicar lo de esa chica temblorosa del asiento del acompañante y todo lo del asiento de atrás?

Te quedas mirando cómo se aleja el ciervo, que no va a venir a salvarte, pero allí mismo, detrás de él, los ves: unos pájaros negros, no menos de diez, que picotean el tronco de un árbol.

—Eso es un asesinato —dices.

La camioneta pasa por delante de los pájaros y los deja atrás. Vuelven hacia ti esos ojos vidriosos que tienen, como si tu presencia los empujara a creer en algo.

Levanta el pie del acelerador. La camioneta se detiene. Se vuelve para mirarte, pero para mirarte de verdad, por primera vez.

«Los ojos azules —piensas—. ¿Cómo te atreves a tener los ojos azules? ¿Cómo te atreves a estropearle eso a todo el mundo?»

—¿Qué acabas de decir? —pregunta.

Inclinas la cabeza hacia los pájaros.

—Así es como llaman a un grupo de cuervos. No una bandada, ni una nube, ni nada por el estilo. Un «asesinato» de cuervos.

La nuez le sube y le baja en la garganta. Lo que acabas de decir debe de significar algo para él. No sabes si es bueno o malo. No sabes si es algo valioso.

Aún no lo sabes, pero este hombre tiene una familia. Una hija y una esposa cuyo cáncer acaba de volver a manifestarse.

Aún no lo sabes, pero a este hombre le cuesta creer en nada. Por primera vez desde que empezó a matar, le cuesta creer en sí mismo.

Vuelve la cabeza para mirar hacia la carretera. Agarra con fuerza el volante, los nudillos blancos sobre el poliuretano negro.

Fuera de la camioneta, un cuervo alza el vuelo.

La camioneta vuelve a arrancar. Pisa un poco el acelerador y gira de golpe a la derecha. La camioneta se detiene. Gira el volante en la dirección contraria, para cruzar la carretera, y pisa el acelerador. Tu cuerpo se mueve contra el asiento, sacudido por la maniobra.

Un cambio de sentido.

Un puto cambio de sentido.

No tienes ni idea de lo que significa esto.

Aparta una mano del volante y rebusca en la guantera hasta que encuentra un pañuelo para el cuello.

—Ponte esto —dice.

No te mueves.

—En los ojos —indica con impaciencia, como diciendo «no me hagas cambiar de opinión».

Te tapas los ojos con el pañuelo.

Él conduce, conduce y sigue conduciendo. Podrían ser cuarenta o sesenta minutos, o doscientos. Oyes su respiración, lenta, con algún suspiro ocasional. El tamborileo de sus dedos sobre el volante. El quejido de los pedales bajo sus pies.

Algunos tirones seguidos de una línea recta que no se acaba nunca. La camioneta reduce la velocidad. Oyes los frenos, los chirridos de la palanca de cambios hacia acá y hacia allá. El motor se queda en silencio.

Un tirón en la parte de atrás de la cabeza. El pañuelo se te cae de la cara. Intentas mirar a tu alrededor, pero él te sujeta por la barbilla para obligarte a centrarte en él.

—Vamos a hacer esto rápido. —Tiene otra vez la pistola en la mano, te la mueve delante de la cara—. Vamos a salir de aquí y vamos a ir caminando juntos.

Después, las reglas.

—Como intentes algo, lo más mínimo, volvemos a la camioneta.

Se queda esperando, como diciendo «¿has oído lo que te acabo de decir?».

Asientes con la cabeza. Se baja de la camioneta, saca un par de cosas del asiento de atrás —las esposas y la cuerda, por lo que has podido ver— y viene al otro lado a abrirte la puerta.

—No mires a tu alrededor —dice—, tú sigue mirando al suelo.

Su mano te agarra por el brazo izquierdo, tan fuerte que ya sientes cómo se forman los moratones.

Te aleja de su camioneta y te lleva por un camino de tierra largo y sinuoso. Echas alguna mirada furtiva. Ya estás aprendiendo a hacerte con lo que puedas. Captas una imagen fugaz de la casa y de los edificios de diseño similar que la rodean dentro de la misma parcela. No hay vecinos. Su jardín es precioso, está bien cuidado. Quieres aferrarte a todo ello, pero este hombre camina con paso resuelto, sube por una pendiente. Este hombre te lleva a un cobertizo.

La puerta se cierra a tu espalda. Aún no lo sabes, pero es entonces cuando sucede. Es entonces cuando todo tu mundo se congela y adopta una nueva forma.

En este preciso instante, el cobertizo es un trabajo a medio terminar. Herramientas desperdigadas por el suelo, un saco de abono en un rincón. Silla y mesa plegables, una pila de revistas: porno o de armas, no estás segura. Probablemente sea una mezcla de ambas.

Este espacio es suyo. Más adelante descubrirás que ha empezado a prepararlo para la remota, débil y supuesta probabilidad de tener a alguien como tú. Alguien a quien tal vez le gustase conservar. Lo ha aislado a prueba de ruidos, ha acolchado el suelo con una esterilla de goma, ha pasado las manos por las paredes y ha rellenado con masilla hasta la última grieta. Pero no está terminado. No es a ti a quien él pretendía retener, eres una decisión improvisada, una compra por impulso.

Regresará al día siguiente para finalizar el trabajo. Clavará una cadena a la pared. Se llevará sus cosas, despejará el espacio. Lo hará tuyo. Por ahora, te lleva las manos detrás de la espalda y te esposa. Te ata los tobillos con la cuerda y la anuda al picaporte de la puerta.

—Tengo que ir a la casa un minuto —dice—. No hay nadie más. Si gritas, seré el único que te oiga, y eso no me va a gustar nada. Créeme.

Le crees.

En cuanto se cierra la puerta tras él, lo intentas. Retuerces las muñecas, los tobillos, tratas de agarrar alguna herramienta, pero este hombre sabe esposar a alguien, sabe hacer un nudo y sabe que ha de apartar sus herramientas para que queden fuera del alcance de la mujer a la que acaba de atar en el cobertizo de su jardín.

Tienes que confiar en que la gente se pondrá a buscarte. Tu foto circulará por las redes sociales. Tus padres y Julie —se te cierra la garganta al pensar en ellos— pondrán carteles. Darán entrevistas, suplicarán que vuelvas sana y salva.

Tienes que confiar en que esto es temporal y en que el mundo te encontrará algún día.

Pero hay cosas que tú sabes y que él no, cosas que actuarán a su favor. Cualquiera que te conozca dirá que no estabas siendo tú misma, que se te veía retraída justo antes de tu desaparición. Te quedabas dormida en clase. Se resintieron tus calificaciones. Hiciste las maletas, te marchaste y abandonaste tu amada ciudad y a la gente que conocías.

Entonces surgirá una nueva historia. Pasarán los días, las semanas, los meses. Al principio —y después, cuando la gente se vaya acomodando—, se dirán los unos a los otros que a lo mejor desapareciste a propósito, que tal vez pediste el coche para irte a donde fuese y que te abandonaste para dejar de existir. Que te tiraste por un barranco, que te caíste al agua. Que a lo mejor empezaste de cero en algún otro sitio. Que, quizá, te has liberado por fin de tus demonios.

Nadie se queda esperando a que sus muertos vuelvan a la vida.

Con el tiempo, la gente dejará de buscarte. Dejarán de enseñar tu foto. Dejarán que te desvanezcas. Dejarán de contar tu historia, hasta que un día tú serás la única que la recuerde.

42
LA MUJER EN LA CASA

La fiebre remite. Dejas de vomitar. Él sigue trayéndote la comida, pero ya no está pendiente de ti. Su interés está menguando.

El mundo vuelve a cobrar nitidez. Las hendiduras de detrás de la cabeza se alisan. Las heridas comienzan a sanar. Cuando te despiertas, no tienes la almohada llena de sangre seca.

Una noche, aparece con las manos vacías. Ya es hora de que vuelvas al piso de abajo, te dice. La cena está servida.

Haces un esfuerzo para levantarte. El suelo es de agua. Es el mar embravecido. Estás en un barco, balanceándote. Él te dice: «Rápido, vamos». Tú te estabilizas con una mano apoyada en la pared. «No sé si estoy en condiciones —quieres decirle—. He perdido peso. Sigo muy cansada.» Pero él sabe lo que quiere. Tus piernas en el agua son las que van a tener que llevarte hasta el piso de abajo.

Ella también está.

Cecilia.

Intenta sonreír, tímidamente. Debe de estar preguntándose cómo estará la cosa entre ustedes dos. A lo mejor tiene la sensación de haberte metido en alguna clase de lío. Ha de acordarse tan bien como tú de sus últimos instantes juntas, antes de que su padre entrara como un vendaval en el salón de la casa.

¿Qué le contaría su padre? Palpas en su busca, un relato de confusión. Él oyó su chillido. Pensó que su hija se había asustado o que estaba herida. Quería llegar hasta ella tan rápido como fuera posible, así que se interpuso entre ustedes dos. La agarró a ella y te agarró a ti. Ella no presenció lo siguiente, pero sí vio algo, y tiene que hallar la manera de darle sentido.

Él le ocultó su ira. Lo intentó. Y aun cuando ella lo percibiese, pudiste verla acostumbrada a ello: a su mal genio, a sus arranques impredecibles. Y, acto seguido, todo se desinfla tan deprisa como empezó. Se limita a esperar que todo pase, y él regresa. Ese padre que ella conoce, ese padre en el que confía.

También estaba enojada contigo, antes de que él irrumpiese en la casa. Pero ahora está tratando de hacer las paces con una sonrisa a modo de mano tendida desde el otro extremo de la mesa. Se siente demasiado sola como para estar mucho tiempo enojada contigo.

Pero tú no le correspondes con tu sonrisa. No eres capaz de obligarte.

Podrías haberte marchado.

Es un pensamiento que se aferra a ti durante todo este teatrillo. Podrías haberte marchado. Podrías haber huido, podrías haberte salvado. Tu cuerpo estaba cada vez más fuerte. Y ahora, esto.

Te convenciste de que no te podías marchar sin ella, pero ella no quería que nadie la salvase. Lo estropeó todo. Te lo estropeó todo.

Y ahora la odias.

Este torrente de hostilidad te pilla por sorpresa, pero ahí está. Una especie de aversión que ruge en tu interior como un incendio descontrolado. Notas cómo se aviva y se aviva y te preocupa que él se vaya a dar cuenta. Está sentado junto a ti. ¿Cómo no va a sentir esta nueva fuerza, este calor que irradias por todos y cada uno de los poros?

Se te pasan por la cabeza los pensamientos más terribles. Te parece antinatural odiar a una niña. En tu vida anterior, tú siempre concedías el beneficio de la duda a mujeres y niñas, y lo hacías de manera ostentosa. Incluso cuando se trataba de las que eran objetivamente censurables, jamás te veías capaz de unirte al lío. Eras incapaz de decir «qué cabrona, qué hija de puta, qué zorra». Había algo nefario en aquellas palabras. No las querías en tus labios.

Pero ahora la ves a ella, a esta niña. Ya estarías lejos de aquí de no ser por ella. Habrías conseguido salir. Habrías arrancado la camioneta. Él habría oído el motor, pero ya sería demasiado tarde. Habrías conducido y conducido y conducido hasta que encontraras algo, lo que fuese: una tienda, una gasolinera. Cualquier lugar con cámaras de seguridad y testigos.

En la mesa de la cena, Cecilia alarga la mano hacia la sal. Tan solo está a unos cinco centímetros de tu mano izquierda, pero no te mueves. No se atreve a pedírtela. Es de una crueldad espectacular, pero hay algo más: pequeños gestos tan cargados de la posibilidad de negarlo todo, tan mínimos que si ella dijese algo, parecería que está loca. Paranoica. Egocéntrica. Pero tú lo sabes y ella lo sabe, y qué bien sienta, qué bien hacer que se perciba empequeñecida, qué bien hacerle saber lo mucho que te ha decepcionado, lo poquísimo que ella significa para ti.

Se levanta para agarrar la sal, sin apartar los ojos de la mesa.

Tú clavas la mirada en tu sopa. Eres consciente de que compartes ciertas energías con su padre, que una parte de ti obtiene algún placer, de manera ocasional, haciendo daño a los demás.

Tú nunca has dicho que fueras perfecta.

La niña juega un rato con la sopa hasta que, por fin, suelta la cuchara, se vuelve hacia su padre y le pregunta si puede volver a su cuarto. No tiene hambre, dice. No se encuentra muy bien. Él asiente con la cabeza. La ves marcharse escaleras arriba, un paso pesado detrás de otro. No hay película esta noche. No hay sofá. Ni amor perdido.

La casa. Se te viene encima y te atrapa como un cepo para lobos. En este relato, desde este punto de vista, tú serías el lobo.

Por la noche no duermes. Tu propia ira se vuelve en tu contra.

Fuiste tú quien decidió que no se podía marchar sin ella. Te distrajiste. Los traicionaste, a todos los que habías dejado: a tu madre, a tu padre, a Julie, a Matt. Eres un gran interrogante en sus vidas, y tuviste la oportunidad de ponerle fin a todo. A la duda, al no saber. A la silla vacía ante la mesa, al espacio que sobra bajo el árbol de Navidad.

Te imaginas que habrán encontrado la manera de pasar página. Nadie pone su vida en pausa para siempre, pero seguro que todavía les escuece. Un pensamiento los sorprenderá en una calurosa mañana de lunes mientras esperan a cruzar la calle delante de la oficina. En el cine un sábado por la noche, con los dedos metidos entre las palomitas con mantequilla. Intentando cada uno seguir con su vida, intentando disfrutar de su tiempo sobre la faz de la tierra. Y ahí sigue siempre esa pregunta que los reconcomerá: «¿Qué fue de ella?».

Seguro que piensan que estás muerta. Es inevitable que piensen que tú misma lo hiciste. Y cada vez que piensas en esto, un grito silencioso te desgarra por dentro. Están —en términos relativos— desquiciantemente cerca de ti: todos ellos en el mismo planeta, en el mismo país, en el mismo plano existencial, y, aun así, estás desaparecida. Eres una Ulises: estabas tratando de solucionar tus líos, te fuiste de viaje, y ahora no puedes regresar a casa.

Podrías estar contándoles la verdad ahora mismo y no la entenderían, no toda ella ni de inmediato. Tú ya sabes cómo suceden estas cosas, has leído libros y artículos, has visto películas, y sabes que no es fácil regresar al mundo. La gente te plantea las preguntas incorrectas, no tiene ni idea, pero lo intenta.

Podrían estar haciendo la faena todos juntos, en este preciso instante, de no haber sido por esa niña. De no haber sido por ti, por esa niña y por ese corazón tuyo. Tu tierno y estúpido corazón que, después de todo esto —después de los cinco años enteros de esto—, ve a una niña y va y te dice: «No nos marchamos sin ella».

La noche siguiente vuelve a llevarte al piso de abajo. Aquellas palabras te llegan sentada en la mesa. Dos palabras que nunca te ha dicho.

Va a sentarse, pero se vuelve a levantar y se saca el sobre del bolsillo de atrás de los pantalones de mezclilla. Lo deja sobre la mesa y se sienta.

Lo estudias de inmediato. Un solo segundo es todo cuanto necesita para darse cuenta de su error: tal vez no se le ha ocurrido que te atreverías, tal vez se le ha olvidado, tal vez ha pensado que seguías estando un poco lenta, lesionada. Retira el sobre y se lo guarda en el bolsillo de delante.

No has podido captar la dirección, el nombre de la localidad, pero sí has conseguido otra cosa.

Te llena el cerebro como el chorro de agua que sale de una boca de incendios. Información nueva y reluciente. Un mundo por explorar. El nombre de ese padre.

Aidan Thomas.

Nunca te lo había dicho. Nunca se lo habías preguntado. Ni que decir tiene que él no te lo quería decir. ¿De qué te hubiera servido tener un nombre en el cobertizo? Pero ahora... Ahora estás en la casa, y ahora el tipo que te retiene posee un nombre.

Aidan Thomas.

Más tarde, en la oscuridad, vas formando las sílabas con los labios, en silencio. Ai-dan Tho-mas. A-i-d-a-n-T-h-o-m-a-s. Lo paladeas. Vas tocando con los dedos en el suelo, una vez por cada letra. Es un principio y un final. Un nacimiento y una muerte. La última palabra de un mito. La primera palabra de una historia real.

Allá en tu vida anterior, cuando escuchabas los pódcast y te ocupabas buscando en los foros de internet, cuando eras la rarita de los crímenes, conociste los detalles, las teorías, los apodos. Supiste del Asesino de Golden State. De Unabomber. El Hijo de Sam. El Asesino Durmiente, el Asesino de Green River, el Panadero Carnicero. Siempre la misma historia: hombres sin nombre, sin rostro. Hasta que los capturaban. Hasta que se les ponía nombre, un empleo y una biografía. Hasta que la policía les entregaba una tablilla garabateada con la fecha y el lugar y les hacía una foto para la ficha policial.

El nombre era siempre lo primero que los anclaba a la realidad.

Te aferras a dos palabras, once letras, como si de una boya se tratase. Aidan Thomas.

El hombre del cobertizo, ese tipo comenzaba y terminaba contigo, pero Aidan Thomas ha existido sin ti durante años; en las tarjetas de crédito, en los impresos de Hacienda, en las tarjetas de la Seguridad Social. En su certificado de matrimonio, en el certificado de nacimiento de su hija. Ese hombre se desenvolvía en el mundo, y no tenía nada que ver contigo.

Algún día, Aidan Thomas volverá a existir sin ti.

43
EMILY

Le escribí un mensaje el día después del grito: «Espero que todo vaya bien». Tuve mis dudas, y entonces añadí un emoji con una sonrisa. «Esto es lo que hacemos —me dije—. Nos besamos, nos ponemos las manos encima el uno al otro. Intercambiamos regalos secretos. Cruzamos caritas sonrientes al final de los mensajes.»

Me metí el celular en el delantal, bien guardadito contra mi muslo. Esperé a que vibrase durante todo el turno. Nada. Me puse a negociar conmigo misma: «Después de que prepare una bebida, llegará su respuesta. Después de que prepare dos bebidas. Después de cinco. Si me tomo un descanso para ir al baño, esto se resetea, y entonces me va a contestar. Si dejo de mirar el celular durante cinco minutos. O a lo mejor diez. Si apago el celular y lo vuelvo a encender».

No me contestó.

Él siempre me contesta.

«Los hombres hacen estas cosas —me dije—. La gente hace estas cosas. Está ocupado. Trabaja. A lo mejor se ha venido abajo alguna línea de alta tensión. Cientos de personas sin electricidad en algún pueblo vecino, y yo aquí preocupada por un mensajito de texto. A lo mejor su hija lo necesita. A lo mejor está enferma. A lo mejor es él quien está enfermo. La cuestión es que a veces la gente no contesta a los mensajes, y eso tampoco significa que pase algo malo. Cosas que pasan en la vida.»

No con él, sin embargo. Con él, era especial..., es especial.

Ha transcurrido casi una semana. No lo he visto en el restaurante ni tampoco por el pueblo.

Ya sé lo que ha pasado. Sus manos sobre mi piel, su aliento en mis labios. La cadena de plata, fría alrededor de mi cuello. El regalo que me hizo. Eso sí fue real. Tengo la prueba.

Turno de cenas. Es jueves. Estoy pendiente por si viene. Va a aparecer en cualquier momento. Me va a sonreír desde la otra punta de la sala, y se van a desvanecer todas mis preocupaciones. Tendrá una explicación absolutamente válida, y ni siquiera se lo voy a tener que preguntar. «No te vas a creer lo que me ha pasado», me dirá. «Se me ha estropeado la camioneta.» «Me han robado el celular.» «Se me ha roto.» «Se me ha caído dentro de la taza del baño.» «No me habrás escrito ningún mensaje, ¿no?»

La puerta se abre y se cierra. Es el juez Byrne. Es la señora Cooper. Es mi antiguo profe del colegio. Es todo el mundo menos él y tenemos un caos esta noche, y me digo que bueno, por lo menos estoy prestando menos atención al celular y que eso tiene que hacerlo vibrar, seguro.

No vibra.

Eric nos lleva a casa. Ajusta el espejo retrovisor para verme en el asiento de atrás.

—¿Qué pasa, nena? —pregunta—. Has estado muy callada toda la noche.

—Cansada, solo eso.

Le pongo una sonrisa con los labios tensos y un gesto de dormirme sobre el dorso de la mano. Asiente con la cabeza y vuelve a fijar la mirada en la carretera.

Apoyo la frente en la ventanilla. Está tan fría que duele, y aprieto más y más fuerte hasta que se me entumece la piel. Agradezco el dolor y el vacío que lo sigue.

Estamos a un par de calles de la casa de Aidan. Cómo me gustaría decirle a Eric que fuese a dejarme allí. Llamaría con los nudillos o pulsaría el timbre de la puerta. Él retiraría la cortina, echaría un vistazo al exterior y se le iluminaría el rostro. «Cuánto me alegro de que hayas venido», me diría, me rodearía con los brazos, y yo respiraría su olor, todo mi cuerpo de celebración.

En casa, les digo a Eric y a Yuwanda que me voy a la cama. Son las festividades, les digo. Estas fechas siempre me dejan para el arrastre. Más bien son unas zombidades, ¿no?

Debajo del edredón saco el celular. Sigue sin haber nada. Lo estampo contra el colchón. Suspiro. Vuelvo a levantar el celular y leo su mensaje más reciente: «Okey. No te muevas de ahí. Voy yo para allá. Cece está dormida y no quiero que se despierte. Es su primer Acción de Gracias sin mamá, ya te imaginas, ¿verdad?».

Ni siquiera era uno de los buenos. Ningún emoji, ni un «Buenas noches», ni un «Buenos días», ni «Hoy voy a estar pensando en ti». Ningún «Espero que hayas tenido un buen turno», «Espero que tengas dulces sueños», «Espero que todo te esté yendo bien».

Voy pasando por nuestro intercambio de mensajes de texto hasta que llego arriba del todo, a los primerísimos, a ese: «Ey! Soy Emily. Gracias otra vez por toda tu ayuda hoy», hasta nuestras conversaciones sobre gavilanes colirrojos y las pesadillas sobre puertas cerradas y pasillos oscuros.

Ocurrió de verdad. Lo tengo todo aquí, toda nuestra historia. Le gusto. Me ha hecho un hueco aun cuando todo en su vida era un caos.

Podría enviarle un mensaje. No tengo por qué quedarme esperando a que él se ponga en contacto conmigo. Eso ya lo sé, pero cada uno de mis intentos por redactar el mensaje perfecto ha terminado pulsando la tecla «borrar». «¿Qué tal v...» Borrar. «Solo quería asegurarme de que tod...» Borrar. «No quisiera molestarte, pero espero que t...» Borrar, borrar, borrar.

Me llevo la mano al collar de plata, cierro el puño en torno al colgante y así permanezco, inmóvil, hasta que el metal alcanza la temperatura de mi piel.

Yo lo he visto. Lo he vivido. Él me ha dado todas estas cosas, y nadie le ha obligado a hacerlo. Lo ha hecho porque ha querido.

Lo ha hecho porque le gusto.

Es viernes en La Araña Peluda. Me obligo a ir. Por el equipo, me digo. Como si les importara lo más mínimo.

Sigue sin dar señales de vida.

Si quisiera hacerlo a propósito, si quisiera volverme loca, así es como lo haría.

Esta noche solo una copa. Sabía que Eric iba a querer quedarse por ahí, y también sabía que yo no iba a estar de humor, así que he traído mi coche.

En el camino de vuelta hasta el Civic, una alucinación.

Y, aun así, juro que la estoy viendo. Su camioneta blanca, estacionada al fondo de un callejón, con un ligerísimo brillo entre los arbustos de La Araña Peluda.

Echo un vistazo a mi alrededor, miro hacia la puerta del bar.

No está por aquí.

Lo compruebo otra vez. De ninguna manera.

Arranco el Honda, coloco los retrovisores, voy a salir de mi estacionamiento y...

Ya no está.

Su camioneta se ha ido.

Se me tensan los hombros. Miro por las ventanillas, me giro en el asiento, vuelvo la cabeza a un lado y a otro. Miro hacia los arbustos. Nada.

¿Qué dem...?

Como si él estuviera esperando algo, lo viese y se marchara. Me río para mis adentros, de mí misma, porque la sola idea no puede ser más ridícula, y aun así tiene toda la pinta de serlo.

Como si estuviera esperando para verme y se hubiese marchado en cuanto me ha visto.

44
LA MUJER EN LA CASA

Te acostumbras a ese horno de fundición que llevas dentro del pecho y que consume todo el oxígeno. Te consume a ti. Te va a consumir —a ti, a él, a su hija— si no consigues tenerlo bajo control. Cometerás errores. Si hay algo que él te ha enseñado es que la gente comete errores cuando permite que sea ese horno incandescente el que esté al mando.

Sexta regla para seguir viva fuera del cobertizo: no te puedes quemar tú misma hasta los cimientos.

Están cenando, y oyes algo. Él lo percibe primero. Es un hombre pendiente de su entorno, sus ojos y oídos están pendientes de todo, siempre. Después vas tú, luego Cecilia. Los tres se quedan sentados con la cabeza ladeada hacia la puerta de atrás, con el ceño fruncido. Algo que rasca, algo —alguien— que gime.

Cecilia señala en la dirección del sonido.

—Viene de fuera.

—Será algún bicho —dice él.

Ella niega con la cabeza y se levanta de la silla. Aparta una cortina con dos dedos.

—Cecilia, no...

Antes de que su padre pueda decirle que vuelva a sentarse, la niña ya está en la puerta, girando el pomo para abrirla. Por un breve instante están él y tú y la puerta abierta, el viento frío que se arremolina entre sus dos cuerpos. Te lanza una mirada. «Dame un respiro —te dan ganas de decirle—. ¿De verdad crees que voy a salir corriendo? ¿Aquí? ¿Ahora? Todavía siento la herida en la cabeza, esa cicatriz tan gruesa y dolorosa. Todavía siento lo que me hiciste la última vez.»

Cecilia regresa. Te tragas un grito ahogado. La camiseta de la niña... está roja de sangre. Extiende los brazos ante sí. Contra el pecho tiene una masa negra y temblorosa.

Su padre retrocede.

—Cecilia, qué dem... —Aquí, se acuerda de que no es un hombre que diga exabruptos, no al menos delante de gente que no eres tú, y desde luego no delante de su hija—. ¿Qué estás haciendo?

La niña se acuclilla y, con delicadeza, deja la bola de pelo negro en el suelo de la cocina. Es un perro. Una perrita herida con un tajo abierto en la pata trasera izquierda, y la sangre mana sobre el suelo de gres.

Se te enciende el rostro. Pierdes la sensibilidad en los dedos de las manos. Te encantaban los perros. Tuviste uno de pequeña: una mezcla de terranova y boyero de Berna. Enorme como él solo. Todo amor, todo babas, todo el rato.

Esta perrita es pequeña. Si pudiera tenerse en pie, calculas que tendría unos treinta centímetros de alto. Distingues las orejas puntiagudas, el hocico largo. Una terrier muy menuda que jadea mientras sus grandes ojos cafés rebotan frenéticos de un extremo al otro de la cocina.

—Cecilia, la puerta.

Es él quien se apresura a cerrarla. Su primera tarea,

siempre: aislarte del mundo exterior. Acto seguido se arrodilla junto a su hija y se inclina sobre la perra.

Su hija alza la mirada hacia él. Es la cara de una niña pequeña, los ojos redondos y una infinita fe en la capacidad de su padre para arreglarlo todo.

—Tenemos que ayudarla —dice la niña.

Tú también te levantas, te diriges hacia el otro extremo de la mesa de la cocina. Él te mira con una ceja arqueada, como diciendo «no pases de ahí».

Te cruzas de brazos. Cecilia insiste.

—Tenemos que ayudarla. A lo mejor la ha atropellado un coche. Alguien la habrá dejado en el arcén de la autopista. —Una descarga eléctrica en tu cerebro. «¿La autopista?» A Cecilia le tiembla la voz—. Por favor. Habrá recorrido kilómetros para llegar hasta aquí. Tenemos que hacer algo.

«Kilómetros.» ¿Cuántos? ¿Cinco? ¿Diez? ¿Veinte? ¿Se podrá recorrer a pie? ¿Corriendo?

A tu derecha, ese padre suspira y se pellizca las sienes entre el dedo corazón y el pulgar.

—No estoy seguro de que podamos hacer algo.

Ella hace un gesto negativo con la cabeza.

—Podemos ayudarla. Llevarla al veterinario. No tiene collar. —Otra vez ese temblor en su voz—. Nadie la quiere. No podemos dejarla así.

Él se frota la cara con la mano, y la perra sigue sangrando. Parte de la sangre le mancha las suelas de las botas. Ya se la limpiará luego. Debe de dársele bien lo de limpiarse eso de la ropa, de la piel, de cada partícula de su ser. Es preciso.

—Cecilia.

El padre baja la mirada hacia la perrita. Así es como empieza, bien lo recuerdas. La gente como él. Lo oíste de pequeña en la tele, en un pódcast ya de adulta. Comienza cuando son unos niños, a veces adolescentes, más o menos alrededor de la edad que tiene su hija, en algún punto entre la infancia y la edad adulta. Un niño que caza mariposas y las mete en una caja sin aire. Desaparecen las mascotas de la familia. Aparecen ardillas muertas al pie de un árbol. Así es como practican y prueban a ver si hacen pie en esas aguas, rozan con los dedos la oscuridad del fondo.

—Ya es demasiado tarde —le dice él.

Ella responde que no, que no es tarde, que mira, la perrita todavía respira. Pero él no escucha. Se levanta y se lleva la mano a la cinturilla del pantalón. No te habías percatado de que estaba ahí: la pistola en su cartuchera. No suele llevarla por la casa. Debe de ser una nueva precaución, algo que ha decidido después de que te libraras por poco en el salón.

Cecilia alza la mirada.

—¿Qué estás haciendo?

La misma pregunta se te queda alojada a ti en la garganta. No es posible que se lo esté planteando. Delante de ti sí lo haría, pero ¿delante de su hija?

Rodea la pistola con los dedos. Se te tensa hasta el último músculo del cuerpo.

—A veces es lo más humano que se puede hacer —dice—. La perra está sufriendo. No hay manera de que podamos ayudarla.

La niña pone las manos sobre el animal. Aplica presión sobre la herida con las palmas de las manos desnudas. Cuánta sangre: en sus manos, bajo los dedos, hasta el codo.

—Todavía respira —dice ella, y el tórax de la perrita se expande como si quisiera confirmarlo—. Por favor, papá. Por favor.

Por la mejilla le cae una lágrima y se la limpia de inmediato. Tiene sangre en la comisura del ojo, sangre en la barbilla.

Él vuelve a suspirar, con la mano aún sobre la pistola.

—Yo no tengo más ganas que tú de hacer esto —asegura—, aunque mira, esto es lo que pasa cuando un animal se hace daño. Ya sé que no lo parece, pero es lo más considerado que se puede hacer.

Se arrodilla junto a su hija.

—Deja que me la lleve fuera.

¿De verdad va a pasar? ¿Lo vas a permitir? ¿Vas a quedarte mirando cómo le pegan un tiro a esta perrita tan mona con su barriga redonda, los dientes blancos y esas patitas minúsculas?

Cecilia vuelve a cargar en brazos a la perrita, que suelta un gañido como si te estuviera pidiendo que intervinieses.

—Déjala, Cecilia —le sale una voz grave, el mismo gruñido, casi como un ronroneo, que utilizó el día que te retuvo.

Podría ser eso lo que te espolea para que actúes. Quizá te tomas de un modo personal la idea de que esto —cualquier parte de esto— podría compararse con lo que él sentía cuando pensaba que estaba a punto de matarte.

—Todavía respira.

La cabeza del padre se gira de golpe en tu dirección. Te lanza una mirada muy intensa, como diciendo «¿cómo te atreves?». Te encoges de hombros. «Yo solo lo digo.» Juguetea con la cartuchera.

Insistes.

—No está muerta.

Cecilia levanta los ojos hacia ti. Es la primera vez que sus miradas se cruzan desde esa noche en el salón, desde que intentaste salvarla y todo cuanto recibiste de ella en respuesta fue un chillido. Algo te agarra por la garganta: una niña, feroz, temerosa y resuelta. Sometida a la voluntad de su padre.

Sientes la vergüenza densa y ardiente creciendo en tu estómago. Lo habías olvidado. Has estado tan ocupada odiándola, despreciando hasta la última célula de su ser, que se te había olvidado todo lo que sabes sobre ella y su padre. Pasos nocturnos camino de su habitación. La mano de hierro con la que él gobierna su vida. Todo lo que hace él, todo lo que le oculta a su hija.

Y aquí está la niña ahora, agachada sobre las baldosas de la cocina con un animal ensangrentado en los brazos a sus trece añitos, dulce y bondadosa, con su deseo de salvar a esta perrita. Hace apenas unos meses que murió su madre, su vida se ha puesto patas arriba, y, aun así, esta niña pretende hacer una buena obra. Tal vez desee tener alguien a quien querer. Ha estado muy sola. Tú sabes que sí. A lo mejor solo quiere compañía, algo a lo que abrazar y que le corresponda en ese amor. Algo que no le vaya a hacer daño.

Das un paso al frente y te metes entre Cecilia y su padre. Dejas que tu mirada se encuentre con la de él. «Ahora, despacito.» Te agachas para ver mejor la herida. Es bastante fea. ¿Puede sobrevivir un perro a semejante pérdida de sangre? No estás segura, pero merece la pena probar.

Algo se enciende en tu interior. La necesitas a la desesperada, la posibilidad de un renacer dentro de esta casa.

Una prueba de que los heridos pueden volver a la vida entre estas cuatro paredes.

Los engranajes de tu cerebro giran a toda máquina en un intento por convertir esto en una situación que permita a su padre alzarse con la victoria.

—Podría ayudarla —dices.

Él te fulmina con la mirada. Piensa que lo estás desafiando, que eres una temeraria, pero tú ya sabes adónde vas a parar con esto.

—¿No aprendiste lo que hay que hacer en estas situaciones? —prosigues.

Te mira con el ceño fruncido. Con lo cerca, cerquísima, que está de pasar un buen rato, y tú no dejas de estorbar. Ahora bien, a tu izquierda, Cecilia se anima. Vuelve a levantar la mirada hacia su padre con unos ojos agrandados por la determinación.

—Sí, papá —dice ella—. Cuando estabas en los marines, ¿no?

Él pone los ojos en blanco, sin convencerse aún.

Con tanta discreción como puedes, atraes su mirada y, acto seguido, ladeas la cabeza hacia su hija. Tus ojos se desplazan hacia la perrita y vuelven después hacia él. «Aquí tienes tu oportunidad —quieres decirle—. ¿Recuerdas esas peleas que has estado teniendo, todas esas cenas tan tempestuosas y sus pasos furiosos al subir la escalera? Tu niñita se está haciendo mayor, pero tú todavía necesitas que te vea como a un héroe.»

«Salva a la perra, sé un héroe. No lo hagas por ella. No lo hagas por la perra. Hazlo por ti.»

Se inclina hacia delante. Apenas te lo puedes creer. Con la mano libre, abre un armario bajo el fregadero, rebusca dentro y saca un botiquín de primeros auxilios. Acto seguido hace un gesto a Cecilia para que vuelva a dejar a la perrita en el suelo. Aparta la mano de la cartuchera, y Cecilia suelta a la perra. Con gestos rápidos y precisos, su padre abre el botiquín y saca un bote de desinfectante.

Sientes un toque en la pierna.

—Ponle una mano debajo de la mandíbula. La otra sobre la cadera. Asegúrate de que la perra no se mueve.

Tú vacilas un segundo y pones las manos sobre la perra tal y como te ha dicho. Él agita el bote de desinfectante.

—Sobre todo, asegúrate de que no me muerde.

«Tentador», piensas, pero estás más interesada en el bien de la perrita, el de Cecilia, el tuyo, en que ninguna de las tres se meta en un lío. Hay un leve temor en los dedos del padre cuando los aproxima al animal y le rocía la herida. Hace una mueca de dolor y da unos toques con una compresa sobre la piel desgarrada.

—Pon la mano aquí —te ordena.

Aplicas presión sobre el corte profundo. Juntos, los tres esperan a que se detenga la hemorragia. Cecilia hace ademán de ayudar, pero su padre le dice que se mantenga al margen.

Quieres insuflarle vida a la perrita bajo tus manos, te convences de tu capacidad para obrar milagros. La niña está mirando, y no vas a dejar que la perra se muera delante de ella. No volverás a decepcionarla nunca.

Se reduce la hemorragia. Esperas un poco más y, cuando ya se ha detenido en su mayor parte, él comienza a vendar la herida y sujeta el vendaje en su sitio con esparadrapo. La perra jadea. Le duele, eso por descontado, pero está viva. La perrita está viva.

Cecilia se ofrece a traer una almohada vieja de abajo. Lc puede servir de cama a la perra, dice. Su padre le dice que se quede aquí, que ya irá él a buscarla.

Abajo.

Adonde él te llevó después del bosque. Donde tiene sus herramientas. Donde, a juzgar por la rapidez con la que se pone en pie, no quiere que su hija baje de ninguna de las maneras.

Te quedas en la cocina con su hija, las dos atentas a la perrita. La niña te mira y se muerde el labio, como si tuviera algo que decir pero sin estar muy segura de cómo hacerlo. Antes de que se te ocurra un modo de articular tus propios pensamientos, su padre está de vuelta con lo que parece un cojín de un sofá viejo. Lo deja en el suelo, en un rincón de la cocina. Cecilia carga a la perra una vez más y la acuesta con mucho mimo. La perrita suelta un gemido y, justo después, una larga exhalación. Por fin se acomoda con las patas delanteras a ambos lados del hocico.

El padre suspira.

—Vamos a ver si supera la noche.

Cecilia hace ademán de acariciarle la cabeza a la perrita, pero se lo piensa dos veces.

—A lo mejor podríamos... —comienza a decir.

El resto de la frase queda en el aire. Probablemente iba a sugerir llevarla al veterinario ahora que la hemorragia parecía controlada, ver si hay algo que pudiera hacer un profesional de verdad, empezando por unos puntos de sutura. Pero ella conoce bien a su padre, sabe aceptar su victoria y dejar el resto.

Él se levantá, vuelve a guardar el desinfectante y la gasa que ha sobrado en el botiquín de primeros auxilios y se pone a limpiar.

A su espalda, una mano se agarra a la tuya. Contienes el aliento. Te aprieta los dedos con suavidad. «Gracias.» Un gesto callado, tan estruendoso para ti como un tambor. «Gracias.»

Aguardas a que su padre se ocupe con la cubeta y el trapeador. Ese padre, tan concentrado y pragmático, que limpia un charco de sangre del suelo de la cocina como si nada.

Sientes el débil pulso de Cecilia contra tu muñeca. Permaneces inmóvil durante unos segundos y respondes con otro leve apretón en sus dedos.

45
LA MUJER EN MOVIMIENTO

Entra en la habitación, te quita las esposas y dice:

—Vamos.

—¿Qué? —le preguntas.

Te mete prisa con un gesto de la mano.

—Rápido —dice—, que no tengo todo el día.

Te levantas, y lo haces despacio, por si acaso lo has malinterpretado, pero él no se pone violento. En todo caso, quiere que te des más prisa. Te tira de la muñeca y te apremia escaleras abajo.

Es mediodía, un lunes. Cecilia está en clase. Él tendría que estar trabajando, y tú no lo esperabas de vuelta como mínimo hasta la hora de la cena.

La perrita. Ha tenido que volver para echarle un vistazo, y ya que estaba, ha decidido hacer también... lo que sea que sea esto.

Se levanta la parte de abajo del suéter y te enseña la pistola en la cartuchera. Espera a que asientas y abre la puerta.

—A la camioneta —te dice.

No deja de mirarlo todo: a ti, la camioneta, a tu alrededor, los árboles, los pájaros y las casas. En un gesto cómodo, te rodea los hombros con el brazo. Te lleva hacia la camioneta, abre y cierra la puerta del acompañante y corre al otro lado. Notas un cambio en el ambiente, su alivio ahora que están los dos dentro.

—¿Qué está pasando?

Chasquea la lengua como si la respuesta fuera evidente.

—Nos vamos a dar una vuelta.

Se te contrae el estómago. No tienes ni idea de a qué se refiere. Gira la llave en el contacto y se concentra en sacar la camioneta de la entrada de la casa. Tiene un rostro inexpresivo, inescrutable.

Demonios.

No te dice que cierres los ojos. Esperas hasta que la camioneta está en la carretera, una comarcal con árboles a ambos lados, y casas, malditas casas de verdad, pero sin nadie a la vista a quien preguntar.

—¿Puedo...? ¿Puedo mirar?

—Puedes hacer lo que quieras —me dice, como si esa no fuera la mayor mentira de mierda que hubiera salido jamás por esa boca.

Tienes los ojos pegados a la ventanilla. Concentrada. Todo —cada hoja, cada ventana— es una pista vital. Desde aquella noche en el salón de su casa, el proceso de la información ha sido algo así como pedalear sobre hielo: nada que agarre, todo resbaladizo, pero tienes que intentarlo.

Tienes que intentarlo.

Conduce despacio y vamos pasando por una casa detrás de otra. Es un barrio residencial, lo contrario que la casa que tenía antes, aquella finca tan grande oculta en el bosque, sin nadie alrededor, hectáreas de terreno que lo protegían de la vista.

Este entorno no es natural para él; tan expuesto, tan entrometido. Si metes a un hombre como este en un lugar como ese, está destinado a convertirse en un polvo-rín.

Hay árboles, tendidos de cables eléctricos y poco más. Nadie en los jardines delanteros: los adultos están en el trabajo, los niños en el colegio. Pasan por delante de un rebaño de vacas a la derecha y un cartel de una industria cárnica unos metros más allá: Butcher Bros. Junto al cartel, un pozo viejo, oxidado, inquietante como esos pozos sobre los que lees en algún cuento de otro siglo.

Concentración.

Hasta ahora, ha girado a la izquierda, izquierda y derecha. Izquierda, izquierda y derecha. Te aferras a eso como a un truco para pasar de pantalla. Izquierda, izquierda, derecha y todo recto pasados los rebaños de Butcher Bros.

Un hotel a la izquierda, a tu derecha una biblioteca y, allí, de repente —abierto de par en par, disponible y a tu alcance, delante de ti— el centro de un pueblo.

Tienes que estar sufriendo alucinaciones.

Avanza con la camioneta por lo que asumes que ha de ser la calle principal. Esto es demasiado, excesivo para asimilarlo todo de golpe: una tienda de sándwiches y una librería y una cafetería y una panadería y una licorería y una peluquería y una farmacia y hasta un estudio de yoga. A la vuelta de la esquina, un restaurante que se llama Amandine. Está cerrado, porque los restaurantes —lo recuerdas— suelen cerrar los lunes.

Qué normal parece todo, como si pudieras bajarte del coche y volver a hacer cosas: tomar un *latte*, meterte en una clase de vinyasa, comprarte un labial nuevo.

Te das la vuelta para mirarlo. Tiene un brillo en los ojos, traslúcidos en el sol invernal. Pasa las manos por el volante. Tan básico. La librería de fondo. Una mano en las diez, otra en las dos. Un tipo haciendo recados. Un padre que va al centro. Un hombre respetado que lleva una vida respetable en un pueblo respetable.

Se detiene junto a la panadería, se estaciona detrás de un BMW gris metalizado y pone el vehículo en punto muerto.

—Bueno, ¿qué te parece? —te pregunta.

No tienes ni la menor idea de lo que espera de ti. Te arriesgas a mirar por la ventanilla. ¿No debería estar preocupado? Alguien podría verte en cualquier instante. Se ha pasado cinco años escondiéndote, bajando las persianas, encerrándote en habitaciones. ¿Qué está haciendo?

—Es... encantador —pruebas a decir.

Una risa leve.

—Es una buena descripción —te dice—. Y la gente también es «encantadora». —Mira hacia el exterior—. Hablando de lo cual...

Sigues la dirección de su mirada. Un hombre sale de la panadería. Va encorvado y envuelto en un abrigo gris, con una bolsa de papel bajo el brazo. Ve la camioneta y cambia de dirección.

Se dirige hacia ti.

Conforme se acerca, alcanzas a distinguir mejor los detalles de este hombre: con calvicie, manchas cafés en la base del cuero cabelludo, un anillo de oro blanco en el dedo anular de la mano izquierda. Te aferras a cada elemento, cautivada por ese físico absolutamente típico y normal. Esto te lo han provocado los cinco años sin ver una cara nueva.

El hombre saluda en dirección a la camioneta.

—¡Aidan!

Se acabó. Va a sacar la pistola y será el final del hombre del abrigo gris. Te agarras al asiento del acompañante. Se te bloquea la mandíbula. Te chirrían los dientes, unos contra otros, con el eco de la rayadura de la aguja de un tocadiscos que te resuena por todo el cerebro.

Un sonido a tu derecha. Te arriesgas a echar un vistazo.

Se está bajando la ventanilla de tu lado.

¿Qué diablos está pasando aquí?

—Buenas tardes, juez.

Su voz suena cálida, cortés y empalagosa. En su rostro se ve la expresión de ese placer simple y creíble de tropezarte con un viejo amigo por la calle.

Tu ventanilla está ya abajo del todo. El hombre del abrigo gris se inclina apoyado en la camioneta y vuelve a saludar.

—¿Qué tal va todo? —pregunta—. ¿No trabajas hoy?

El hombre a tu izquierda se ríe y tamborilea con los dedos sobre el volante.

—Solo es una pausa, juez. Ya sabe usted cómo van las cosas, el jefe no me pierde de vista demasiado tiempo.

El hombre se ríe.

—Desde luego —dice—, si lo sabré yo. Y llámame Francis. Te lo he dicho cien veces, que tampoco hace falta ser tan formal.

—Si insistes... —Y añade en tono bromista—: Señor juez.

Alzas la mirada hacia el hombre del abrigo gris y la clavas en él tan fijamente como puedes sin levantar sospechas en el asiento del conductor. Se te humedecen los ojos, te arde la cara. «Mírame. Escucha lo que estoy pensando, hijo de puta. ¿Sabes quién soy?»

Seguro que pusieron carteles. Cuando él te llevó. Eso fue en otro sitio, pero no pudo haber sido tan lejos. Si tú fueras juez en algún pueblo cercano, ¿no te habrías enterado? ¿No lo recordarías? ¿No tendrías grabados en tus pensamientos para siempre los rostros de las personas desaparecidas?

La mirada del hombre se detiene en ti. Por fin. Por unos breves instantes, piensas que sí, sí ha sucedido. El hombre te ha reconocido. Este hombre te va a salvar. Entonces vuelve a mirar hacia el asiento del conductor y arquea las cejas en un gesto silencioso de interrogación. «¿Y esta es...?»

Tu cerebro intenta decir a gritos la respuesta, la correcta. Tu cerebro trata de gritar tu nombre, pero nada sale a la superficie. Como un cadáver sujeto con un lastre. No se va a mover ni un pelo.

Por tu izquierda, una mano se te posa en el hombro.

—Esta es mi prima —dice él—. Ha venido a pasar las fiestas.

Lo que sabes: en tu primer día dentro de la casa viste a una mujer en el espejo del baño, y no se parecía a ti en absoluto. Mechones blancos en el pelo, los carrillos hundidos. Cinco años mayor. Sin maquillaje. Solías maquillarte muchísimo: lápiz de ojos, base de maquillaje, toda una gama de labiales. Y mírate ahora. ¿Cómo te iba a reconocer nadie, a no ser que fuesen tus propios padres, que anduviesen buscando tu rostro en todos los desconocidos que se cruzaran por la calle?

Ni siquiera eres capaz de decir tu puto nombre. Ni siquiera en tus putos pensamientos.

El juez hace un gesto de asentimiento y se vuelve hacia ti.

—Y ¿desde dónde viene a visitarnos?

La lengua se te queda pegada al paladar. ¿Se supone que debes mentirle? ¿Decir un sitio al azar? ¿Y si el juez tiene más preguntas? ¿O le puedes decir la verdad? ¿Podrías dejar ahí la semillita, decir el nombre de la ciudad de donde te llevó?

Antes de que te dé tiempo a decidirte, el hombre del asiento del conductor responde por ti:

—Raiford, Florida. Pegado al norte de Gainesville. Toda la familia es originaria de allí.

El juez hace una broma, algo sobre haber venido hasta aquí por el buen tiempo, que si te has cansado del sol de Florida.

Y tú piensas: ¿Raiford, Florida? La facilidad con la que ha salido de sus labios. ¿Cómo es eso que dicen sobre los mentirosos redomados? Que envuelven cada falsedad en una fina capa de verdad.

Será que él es de allí, decides tú. Raiford, Florida. Te imaginas a un niño asándose de calor, con el cabello rizado por la humedad, la camiseta pegada a los hombros. Mosquitos, pequeños caimanes y robles nudosos. En su cabeza se cuece una tormenta.

El juez da un toque en tu lado del coche.

—Bueno, pues no los entretengo más. —Te mira a ti y asiente—. Encantado de conocerla. Espero que disfrute de su estancia, y disculpe este frío tan intenso, es una especialidad de la región.

Se hace un silencio hasta que recuerdas cómo se supone que funcionan estas conversaciones. Sonríes al hombre. Pronuncias un gracias. Hace que te arda la lengua.

«¿No me reconoces? ¿De verdad puede una desvanecerse del mundo como quien se cae por un agujero en la superficie de un lago helado y que nadie se acuerde siquiera de buscarte?»

La ventanilla del lado del acompañante vuelve a subir. Espera a que el juez vaya trotando hasta su coche y, acto seguido, se incorpora al tráfico de la calle. Un último saludo con la mano a su viejo amigo, y comienza el trayecto de salida del pueblo.

Guardas silencio mientras los árboles, los matorrales y el tendido de cables vuelve a dominar el paisaje. Te estás lamentando por haber perdido una oportunidad, por un hombre que te podría haber salvado, por el aspecto de la persona que fuiste, esa a la que han dejado de buscar.

—Un hombre agradable, el juez. —Lleva el codo apoyado en la ventanilla del lado del conductor, con la mano izquierda suspendida en el aire y la otra en el volante—. Así es la gente de por aquí. Muy agradable. Muy confiada.

Echa un vistazo al reloj del tablero, y las piezas comienzan a encajar en tu cabeza. Esto era lo que él quería. Encontrarse con el juez. Sabía cuándo y dónde podía esperar encontrárselo, y se ha asegurado de llegar allí a tiempo.

Sonríe ante nada en particular y toma aire en una larga y sosegada inhalación. Un hombre cuyos planes han salido a pedir de boca.

Él quería que lo vieses. Esta cárcel que ha construido para ti no consiste solo en unos muros, unos techos o unas cámaras. Consiste en el mundo que él ha creado y en que tú te has desvanecido de ese mundo.

46

EMILY

No me quedaré mucho. Eso es lo que me digo. Solo voy a echar un vistazo.

Me acerco en coche después mi turno. A Eric y a Yuwanda les pongo la misma excusa de la farmacia del otro día. Saben que estoy mintiendo. Están siendo unos buenos amigos al darme el espacio que necesito.

Odio mentirles, me siento fatal, pero no me queda otra.

Cuando llego allí, su camioneta está estacionada en la entrada de la casa. Está aquí. Está aquí mismo.

Observo desde la calle, a unos treinta metros de distancia, donde los árboles son espesos y la hierba alta. ¿Qué voy a hacer si me ve? A lo mejor le digo que no arranca el coche y que estaba a punto de llamar para pedir ayuda. Él me diría que no me moviese. Se iría corriendo a su casa y volvería con un par de cables para arrancarlo.

Tampoco sería lo peor del mundo, si él me viese.

Aun así, apago el motor. Las luces también. Tiene los estores bajados, pero puedo ver que las luces de la casa están encendidas en el piso de abajo y en dos habitaciones del de arriba.

Me lo imagino sentado en el salón, leyendo, viendo la tele. A lo mejor está tumbado, pasando fotos antiguas de su mujer en el celular y diciéndose que se va a dormir cuando vea otra más, solo una más.

Se me relajan los músculos. Se me acomoda la espalda contra el respaldo del asiento del conductor. Aun en la distancia, saber de él me tranquiliza. No es suficiente, pero ya es algo.

Está aquí. Es real. Eso hace que yo también me sienta real.

Un fuerte golpe rompe el silencio desde el otro lado de la calle. Me sobresalto y miro entre los árboles. El señor González sale de su casa con una bolsa de basura en la mano. De regreso del bote de basura, se detiene a ajustar la tira de luces del lateral de su casa, los focos de color amarillo y rojo que siguen el contorno del edificio. Los González han tirado la casa por la ventana este año. Un reno con la nariz roja pasta en el jardín de la entrada. Un Papá Noel inflable hace como que se cuela por la ventana del primer piso. Hay una corona grande de Pascua colgada en la puerta principal. La propia casa se ha convertido en un regalo gigantesco con su envoltorio gracias a una enorme cinta roja de regalo que centellea sobre el garage.

No son solo los González. Todas las casas de alrededor están decoradas con reflejos de oro, rojo y verde. La casa de Aidan es la única de la calle que no tiene adornos.

Todos los años, en diciembre, su mujer y él solían dar una fiesta navideña. Mis padres me dejaron ir un par de veces con unos amigos, y nunca se me olvidarán aquellas luces: colgadas desde el techo hasta el suelo, en cascada desde los canalones y alineadas en hileras perfectas, alrededor de los árboles, en las coronas, en cada arbusto en más de quinientos metros a la redonda. La gente no dejaba de alabar a Aidan, que restaba importancia a los cumplidos con un gesto de la mano. «Me dedico a la electricidad —le oí decir—. Sería muy vergonzoso que no supiera poner unas cuantas lucecitas con los ojos cerrados.»

Este año no está de humor para hacerlo. «Por supuesto.» Tiro de una pielecilla seca de mi labio inferior. Por supuesto que este año no está de humor para hacerlo. «Que se ha muerto la mujer de este hombre, Emily.» Como es obvio, no está para mucho espíritu navideño.

En todo este tiempo, he pensado que algo iba mal entre nosotros, conmigo. No me había parado a pensar que tal vez él estaba triste. De luto.

Vuelvo a mirar hacia las ventanas.

A lo mejor no sabe cómo pedir ayuda. Quizá esté esperando a alguien, a una persona intuitiva y terca que llame a su puerta una vez, y otra y otra vez más hasta que no tenga más remedio que dejarla entrar.

47
LA MUJER EN LA CASA

Ha pasado ya un buen rato desde la cena, y el silencio se ha hecho en la casa. El silencio, y después, él ya está aquí. Un suspiro, cierres. Siempre se las arreglan para acabar en el mismo lugar, los dos, como imanes orientados en sentidos opuestos.

Después, él se queda, se sienta a tu lado.

—Escucha —te dice.

Tú lo escuchas.

—Necesito que hagas una cosa.

Te concedes unos segundos.

—Dime.

Se muerde el interior del carrillo.

—Es Cecilia.

Se te contrae el estómago.

—¿Qué pasa con ella?

—Falta poco para las vacaciones de Navidad. —Espera a que tú reacciones, pero no tienes ninguna reacción, así que prosigue—: Necesito que le eches un ojo.

Frunces el ceño.

—¿Que le eche un ojo?

Te lo explica de manera elocuente, como si todo esto fuera muy obvio y tú estuvieses poniendo trabas sin motivo alguno.

—No tiene clases, estará en casa todo el día. Ya es una chica mayor, no necesita que nadie la cuide ni nada por el estilo. Solo... que haya alguien cerca. Saber en qué anda.

Eleva la mirada al techo.

—Solía pasar el tiempo con su madre en esta época del año, pero, ya sabes. Y yo tengo que trabajar, así que...

Cecilia. Su hija, a la que nunca se le concede un minuto para sí, la que nunca va a dormir ni a pasar un rato en casa de las amigas, a la que trae y lleva de su casa un minuto antes de que empiecen las clases y un segundo después de que terminen, la que pasa los fines de semana con su padre y las noches delante de la televisión.

Si dispusiera de un minuto para ella misma, lo mismo le daba por pensar. Sobre su padre y las cosas que hace.

—Claro —le dices—, lo haré.

Te sonríe con la comisura del labio.

—Bueno, muchas gracias —responde con una ironía que te hiere: en realidad no era una pregunta, no tenías elección—. Dos cosas más —te dice.

Asientes.

—La perra. Le he dicho a Cecilia que el animal tiene que salir todos los días a media mañana. Ella lo hará. Ni se te ocurra.

Así te suena esto: «No te preocupes por la perra, que Cecilia se encarga de ella». Lo que significa: «No te acerques a la puerta, ni siquiera por la perra. No la utilices como excusa. No intentes nada».

Se mete la mano en el bolsillo.

—Y esto es lo último.

Abre los dedos para mostrar una pulsera de plástico con un adorno metálico.

—¿Sabes qué es esto?

Tú tenías una de esas, te la ponías para salir a correr y controlar la distancia recorrida por Washington Square Park.

—¿Un rastreador GPS?

Lo entonas como una pregunta para darle la satisfacción de explicártelo.

—Correcto.

Le da la vuelta a la pulsera para mostrarte una tira negra brillante por debajo del plástico. No forma parte del diseño original. Es un añadido suyo.

—¿Y sabes qué es esto?

Haces un gesto negativo con la cabeza.

—Cinta de acero. Muy resistente. No se puede cortar con tijeras, así que no lo intentes, ¿okey? No la toquetees. Si le pasa algo, lo sabré.

Asientes. Deja a un lado la pulsera y saca su celular. Pulsa sobre un ícono que abre un mapa con un puntito azul que parpadea en el centro. Tu mirada rebota de un lado a otro de la pantalla —toda información es buena, todo es una pista—, pero él presiona un botón antes de que te dé tiempo a ver nada relevante, y el celular se vuelve a quedar oscuro.

—El rastreador está vinculado con una aplicación —dice—. Puedo ver dónde estás. Siempre. —La tecnología es otra de las cosas que han seguido avanzando sin ti, y él ha aprendido a hacer uso de ella en su beneficio—. Si intentas algo, lo sabré, y no estaré muy lejos. —Hace una pausa—. ¿Recuerdas cómo me gano la vida? —Señala al cielo.

Le dices que sí, sí lo recuerdas.

Te hace un gesto para que le ofrezcas la muñeca.

Sientes el frío de la pulsera contra la piel. Hace caso omiso de la hebilla y tira de una correa sobre la otra, tan tensas que se te empieza a arrugar la piel.

—No te muevas.

Vuelve a meterse la mano en el bolsillo y saca una herramienta que no alcanzas a identificar: hace un par de *clics* antes de que salga una llama. Es un soplete de butano en miniatura que le encaja en la mano con tanta comodidad como la empuñadura de una pistola. Sin soltarte la muñeca, te acerca el soplete a la piel. Intentas apartarla. Se muerde el labio.

—Te he dicho que no te muevas.

La llama acaricia la pulsera. Los dos ven que el plástico se derrite y se funde para sellar la unión de ambas piezas.

—Ahí está.

El soplete se apaga. Lo pierdes a él de vista por un segundo. Se te tienen que volver a adaptar los ojos a la oscuridad.

Él te encuentra a ti, te esposa a la cama. Ahora duermes en el colchón, lo haces desde que te recuperaste de lo del bosque. Notas el latido del plástico caliente contra la muñeca, un espíritu aferrado a ti mientras se alejan sus pasos.

Hay algo que no tiene sentido para ti. ¿Por qué dejar que te muevas por la casa? Claro que sí, tiene la seguridad del rastreador GPS que llevas en la muñeca, la constante amenaza de su mirada puesta en ti aun desde la distancia, pero ¿por qué cargarse con la molestia de tus movimientos?

Una vez que se ha ido, te tumbas en la oscuridad, con los ojos abiertos. Te conviertes en el techo, ese espacio en blanco tan insulso, tan plano y olvidado. Ni tú misma te detendrías a mirarlo dos veces, pero si lo quitaras de ahí, la casa se vendría abajo. Todo se iría al carajo.

Cecilia.

¿Qué habrá hecho la chica a la que le gusta leer, la que pide las cosas por favor y te da las gracias, la que mira a su padre con tanto amor, la que no daría un solo problema ni en sueños, tan estudiosa, disciplinada, tan dulce y tan leal?

¿Qué habrás hecho tú, niña tierna, que le aterroriza dejarte sin supervisión apenas unas horas?

48
CECILIA

Le ha pedido a ella que me controle. Eso es obvio. No la culpo por ponerse a hacerlo, y la verdad es que tampoco lo culpo a él por pedírselo. Es de los que se preocupan, mi padre. Incluso ha empezado a llevar encima la pistola dentro de casa. «Nada de armas en casa», solía decirle mamá, pero ella ya no está para controlar esta paranoia, y así andamos.

Que a lo mejor yo haría lo mismo si fuese él. Me refiero a lo de pedirle a alguien que le echara un ojo a mi hija. Mi madre no dejaba de decirme siempre lo mismo: «Cuando tengas hijos, lo entenderás».

Ojalá él me creyese cuando le digo que solo fue esa vez.

Fue después de que muriese mi madre. Volví a clase algo así como tres días más tarde, y la gente no dejaba de mirarme. Pensarían que estaban siendo discretos, pero era imposible no darse cuenta de que andaban cuchicheando, que se apartaban de mi trayectoria como si el hecho de tocarse conmigo fuera a desencadenar algún desastre de proporciones descomunales.

Odio este colegio. Me cambiaron hace dos años, y nunca he llegado a estar cómoda ahí. Lo único bueno que tiene son las vacaciones, que son más largas que en el colegio al que iba antes. Todo iba bien en el de antes, hasta una noche en que mi padre llegó a casa enojado después de una reunión con los profesores. Me hizo toda clase de preguntas sobre mi profesora de Matemáticas, la señora Rollins. Resultó que ella le había hecho toda clase de preguntas a él sobre nosotros, sobre lo que mi padre llamaba «vida en familia» y yo qué sé cuántas cosas más. Eso fue antes de que se muriese mi madre, pero después de que se volviera a poner enferma. «Quizá se refería a eso. A lo mejor estaba preocupada», dijo mi madre. Pero mi padre dijo que la línea que separa la preocupación de la intromisión es muy fina, y que la señora Rollins la había traspasado. Él ya lo había decidido: me tenía que cambiar de colegio. En una semana me encontró una plaza en otro sitio: un colegio concertado en el pueblo de al lado.

Pues, como decía, que volví a clase después de que se muriese mi madre, y la cosa se puso rara. Quería volver a casa, pero estar en casa significaba estar con papá, y no quería tenerlo cerca. Solo durante unas horas, quería estar sola.

Lo quiero mucho, por supuesto que sí. Es solo que, delante de él, es como si tuviera que guardar la compostura, y ya no me salía de dentro lo de seguir haciéndolo.

Esperé hasta la tercera hora de clase y, entonces, en lugar de ir a Álgebra, me largué. No me vio nadie, y seguí caminando hasta que llegué a la estación del ferrocarril. Nadie me lo impidió, así que me compré un billete en la máquina y me subí al tren.

Apoyada con la frente en la ventanilla, me daba golpecitos en la cabeza contra el cristal frío a cada sacudida, y las vibraciones del tren me recorrían el cuerpo. Unos minutos después pude volver a sentir que respiraba.

No soy idiota, sabía que se iba a poner de nervios, por eso me bajé en Poughkeepsie. El plan era comprar otro billete y volver antes de que nadie se percatara, pero cuando estaba en la fila de la máquina, alguien llegó corriendo. Me puso las manos en los hombros y me dio la vuelta. Me di un golpe con la barbilla en el pecho y me mordí el labio, pero él no se dio cuenta. Estaba demasiado entretenido sujetándome con fuerza, apartándome para mirarme la cara y volviendo a jalarme para atraerme.

—Qué ha pasado —me dijo, y no era una pregunta, sino más bien un lamento—. Qué es lo que has hecho. Por qué. Por qué has hecho algo así.

Me quedé sorprendida al verlo, pero también tenía su lógica que me hubiese encontrado. Él siempre ha sido así: «Tiene ojos en la nuca», solía decir mi madre, en especial para cualquier cosa que tuviera que ver conmigo.

Fuimos juntos hasta la camioneta, con su mano en mi espalda, como si le asustara que yo saliese corriendo si me soltaba.

No estaba enojado. Con tal alivio, probablemente, que se vio incapaz de sacar la ira. Hizo carne con puré al horno para cenar. Comimos en silencio, y no encontró las palabras hasta más tarde, esa noche.

Estábamos en el salón, viendo una película. La puso en pausa y se movió en la butaca para mirarme.

—No puedes volver a hacer eso —me dijo. Tenía los codos apoyados en las rodillas, las manos juntas debajo de la barbilla como si rezase—. Nunca jamás. ¿Me oyes?

Le dije que sí con la cabeza, y esperaba que lo dejase ahí, pero siguió.

—No tienes ni idea de cómo me he sentido cuando me

lo han dicho. Han llamado del colegio. Han estado a puntito de llamar a la policía.

Había una cosa que no me veía capaz de adivinar.

—¿Cómo has sabido dónde estaba?

—Tu celular —me dijo—. Se puede rastrear.

Eso me cuadraba. En el colegio, la gente se dedica a en-
viarse mapitas con alfileres los unos a los otros en lugar de
decir dónde están, aunque haya algo así como tres sitios en
total donde quedar en todo el pueblo.

Mi padre no había terminado.

—No tienes ni idea de lo que podría haber pasado.
—Hablaba bajo, con la respiración acelerada y corta—.
Podrías haberte ido para siempre. Alguien podría haber...
Y después ¿qué?

Intenté intervenir.

—Papá...

Pero fue como si no me oyese.

—Te habrían buscado. Habrían registrado la casa. Mis
cosas. Las tuyas. Te habrían buscado por todas partes.

Se frotó las sienes y volvió a decir lo mismo.

—No tienes ni idea de lo que podría haber pasado.

Ese fue el único día que lo vi. El día que hice aparecer el
miedo en los ojos de mi padre.

49
LA MUJER EN LA CASA,
CERQUÍSIMA DE UNA NIÑA

Piensas que al final no lo va a hacer. Demasiado riesgo.
Pero este es el hombre que dejó abiertas las esposas. Este es
el hombre que te llevó al pueblo en su camioneta, el que
confía en los muros que ha levantado a tu alrededor.

Entra en la habitación, te libera de la cama y te hace un
gesto para que lo sigas escaleras abajo. El desayuno con
Cecilia y con él: hoy no hay charla sobre el colegio, ni preguntas sobre los exámenes, las calificaciones o una u otra
notita para tal o cual profesor.

Han empezado las vacaciones de Navidad.

Te terminas tu pan tostado. Él se levanta, y lo mismo
hace su hija. Hoy, la niña sí tiene tiempo para ayudar a
recoger la mesa. No tiene que subir corriendo a cepillarse
los dientes, tampoco tiene que bajar corriendo con los golpes de la mochila contra las caderas.

Tú también ayudas, en silencio. Una vez metida en el
lavavajillas la última taza de café, él cierra la puerta del
electrodoméstico y se da la vuelta hacia su hija.

—No te olvides de sacar a la perra a media mañana —le
dice—. No te vayas lejos. —Vuelve la cabeza por encima
del hombro y te mira—. Vendré si puedo.

Cecilia contiene un suspiro.

—Papá —ella le recuerda—, tengo trece años, no tres. No voy a prenderle fuego a la casa, te lo prometo.

Por fin se marcha. Oyes que arranca el motor de la camioneta y se marcha. Por primera vez, están solas Cecilia y tú.

En el universo paralelo que él ha creado para su hija, tú te has tomado unos días libres del trabajo, unas vacaciones en casa. A estas alturas, ya ha quedado establecido que Rachel, tu *alter ego*, no tiene una relación muy estrecha con su familia. No se marcha a ninguna parte. Se toma un respiro.

Cecilia cambia de postura para mirarte de frente. Demasiado educada para ignorarte, demasiado tímida para no sentirse incómoda contigo.

—Bueno... ¿Qué tienes pensado? —te pregunta.

Lo piensas por un segundo. ¿Qué tiene pensado Rachel?

—No mucho —le dices—. Pasar el rato.

Un silencio, y vuelve a la carga.

—No eres supersociable que digamos, ¿eh?

Frunce el ceño como si acabara de decir en voz alta lo que no debía, como si le preocupara haberte ofendido. Hay un recuerdo suspendido en el ambiente, su aire despectivo la noche en que intentaste sacarla de esta casa. «Tú no lo entiendes. No comprendes nada.»

—No lo digo en mal plan —dice con demasiadas prisas—. Solo que..., no sé. Está bien. Está todo bien.

Una mitad de ti tiene ganas de agarrarla por los hombros, sacudirla y contarle todo. «¿No ves que tienes que ayudarme, que todo esto es una farsa? Tu padre, él me ha hecho esto y tienes que llamar a alguien, tienes que sacarme de aquí.» Y después está la otra mitad, la que recuerda la última vez que intentaste que la niña te siguiera, la que ha aprendido en sus recorridos neuronales el patrón de que Cecilia es una niña y que hay cosas que no está preparada para oír, partes de su mundo que no está preparada para dejar que se desbaraten. Si tratas de presionarla, ella se pondrá a la defensiva, te meterá en un lío.

Séptima regla para seguir viva fuera del cobertizo: no le pidas a la niña que te salve.

Así que le dices, con amabilidad, en tono de broma:

—Podría decirte lo mismo, ya sabes. Tampoco es que tú salgas mucho, que se diga.

Algo en ella se atenúa.

—Ya. Es que mi padre y yo... hemos querido estar juntos, supongo.

Me la imagino de pequeña, hace años, cuando su familia todavía estaba intacta. El comienzo de una ristra de perlas: ella, su madre, su padre. Cada uno de ellos unido a los otros dos. Qué desorientación ha tenido que ser para ella que te quiten media alfombrilla bajo los pies, que solo quede una persona que cuide de ti.

—Lo entiendo —le dices—. La gente es complicada. Créeme, lo sé de sobra. A veces es más fácil quedarte a lo tuyo.

Asiente con un gesto grave, como si hubieras tocado una verdad muy profunda.

—Entonces... ¿un poco de tele?

La sigues hasta el salón. La niña trae a la perra y la coloca entre ustedes dos en el sofá. Rosa. Le puso el nombre tres días después de rescatarla, cuando su padre cedió y permitió que el animal se quedara. Le compraron un collar y una chapa. Rosa, explicó Cecilia, como Rosa Bonheur, la pintora francesa de animales. Supo de ella en su clase de pintura. Su padre asintió. Es un nombre bonito, fue lo que le dijo. Muy de adulto.

Y ahora sientes la presencia del padre a tu alrededor. Sus ojos que te miran entre las estanterías de libros, un águila que planea en las alturas observando su territorio.

Por lo que tú sabes, podría estar ahí mismo, en la puerta, esperando para cazarte.

Hace años leíste la historia de una chica en alguna parte de Europa. Ocho años en un sótano, y un día vio su oportunidad. Huyó corriendo. Corrió, corrió y corrió hasta que dio con alguien. No con gente en general, sino con una sola persona. Le pidió ayuda, y por fin la oyeron, un viejo vecino que llamó a la policía.

Otra historia sobre una huida: tres mujeres atrapadas en la casa de un hombre en Ohio. Leíste los titulares, por aquel entonces todavía estabas en la calle. Dejó una puerta sin cerrar con llave, y una de las mujeres pensó que las estaba poniendo a prueba, pero aun así se decidió. Se encontró otra puerta, esta vez cerrada con llave. La mujer llamó la atención de un vecino. Salió y utilizó el teléfono de alguien para llamar a emergencias. La policía llegó justo a tiempo, encontraron vivas a las otras dos.

Todas las veces, un lío. Incertidumbre. La necesidad de que alguien te vea, te oiga.

¿Y si nadie te oye jamás?

En el salón de la casa, Cecilia se acurruca contra ti, con la perra en su regazo. Una amistad silenciosa, reparada de manera oficial.

Algún día saldrás corriendo. Cuando estés segura.

50
NÚMERO CINCO

La cosa no fue tal y como él quería.

Siempre tuvo pensado hacerlo, pero no tan pronto.

Algo sucedió. Fui demasiado rápida para él, demasiado resbaladiza. Eso lo asustó.

Él solo pretendía que me tranquilizara, pero fue demasiado lejos.

Él ya lo había hecho antes, eso desde luego.

La única razón por la que estuve a punto de escaparme es que yo conocía los bosques mejor que él. Mi teoría: él tenía que cambiar de territorio de vez en cuando. Si no lo hacía, la gente podría verlo. Podrían empezar a reconocerlo.

Conocía la zona, eso fue lo que me dijo, pero no conocía este bosque en concreto y justo ese recodo al final del camino y la pendiente en el terreno que parecía una simple zanja pero en realidad era una cuesta abajo.

Una cuesta que podía servir de atajo si estabas intentando huir.

Así que eché a correr. Durante un minuto, o algo por el estilo, y vi la luz. Vi la vida, o la posibilidad de que la hubiera.

Y entonces me atrapó.

Se había quedado sin aliento, con los ojos como si no fuese a volver a ver jamás con nitidez, mirando a todas partes, de una punta a otra de mi ser.

Estaba enojado. Y aterrorizado.

Supongo que le iría mejor con las otras.

Antes de hacerlo, me dijo que su mujer estaba enferma.

Le dije que lo sentía.

No lo sientas, me dijo. Los médicos dicen que se pondrá bien.

51
EMILY

Me tumbo en la cama y añado a la lista de reproducción un viejo álbum de Belle & Sebastian, buscando a la chica que hay en mí. La que creía en el amor y la amistad. La que esperó religiosamente a que llegara alguien que descubriera los remotos rincones de su corazón.

A Stuart Murdoch apenas le da tiempo de terminar la primera frase del estribillo antes de que lo pare.

Vuelvo a dejar caer la mano sobre el edredón. Ojalá me pudiese quedar dormida, pero siento una corriente que me late por todo el cuerpo, un impulso acuciante, aunque desnortado, el impulso de hacer algo.

Lo que sea.

Me levanto. Tengo los ojos secos, pegajosos. Áspera la piel de las manos. Hoy es lunes, ese raro día de descanso. Miro qué hora es en el celular. La una de la tarde.

Quiero verlo.

No. Esto no es deseo. Es necesidad.

Necesito verlo.

Lo he intentado, ¿de acuerdo? He intentado darle espacio. He intentado olvidar. He intentado confiar en que ya acudirá él a mí. He intentado convencerme de que quizá, cuando él haya salido de su hibernación, podría ser su amiga.

No ha funcionado.

Todas las noches sueño con él. Todas las mañanas vuelvo a sentir otra vez el vacío de su ausencia. Pienso en él, pienso en la oscuridad de su casa y en la nula presencia de luces de Navidad, en que mi cerebro se siente así a veces: a oscuras, cerrado sobre sí mismo, sin un destello de luz que salga al exterior.

En esos momentos, daría lo que fuese por que alguien tirase la puerta abajo para entrar.

Me pongo en marcha. Llevo un retraso con la lavada, dos semanas de camisas que se salen ya del cesto de la ropa. Me salva un suéter coral que hay en el fondo de un cajón. El collar de plata cae siguiendo la línea del cuello de pico entre mis clavículas. Rescato unos pantalones de mezclilla de aspecto limpio y decente de entre el montón de ropa que hay a los pies de mi cama. Enciendo el secador y me cepillo un poco el pelo. Mascarilla, rubor, maquillaje, rímel. Brillo de labios. ¿Brillo de labios?

Hago una pausa con el aplicador centelleante a unos centímetros de la cara.

No.

Nada de brillo de labios. Demasiado juvenil. El hombre al que estoy buscando... es un hombre hecho y derecho. Un padre, no un rarito con complejo de Lolita.

Labial, decido, y me lo aplico en los labios con las yemas de los dedos. Es un tono discreto, como si hubiera mordido una cereza o probado un sorbo de un vino tinto muy oscuro.

Me ato los cordones de las botas de nieve con los dedos temblorosos. Algo similar a la excitación emocional me comprime el pecho.

Voy a esperar, por mucho tiempo que pase. Él llegará a casa, y allí estaré yo..., bueno, en realidad no allí, allí, que tampoco estoy completamente loca. Estaré por el vecindario, haciendo recados. Nos encontraremos por casualidad. Él dará una explicación a su silencio, y yo le diré: «Calla, calla, ni lo digas. La vida, es como es. Todos hemos estado muy ocupados».

Tendrás que ser tú misma quien haga que las cosas sucedan. Eso dice todo el mundo: las revistas, los consejeros a los que entrevistan en los matinales de la tele, todo hijo de vecino. «¿Que fulanito te ha robado tu idea? ¿Que te ha agarrado el trasero cuando iba camino de la cámara de refrigeración? Pues te endureces. No vayas a Recursos Humanos. Allí solo acuden los problemáticos. No les hagas ni caso. No hagas caso a la ola de ansiedad que te retuerce las tripas todos los días en cuanto pones un pie en el trabajo. Tú sigue trabajando. Sé mejor que ellos, que esa es la mejor forma de venganza.

»Sé atrevida. Sé valiente. Oblígalos a verte. Oblígalos a escucharte.»

Me subo el cierre del abrigo, agarro las llaves del coche y me voy al piso de abajo; el eco de mis pies en los escalones es como una declaración de fe.

52

LA MUJER EN LA CASA, SIEMPRE EN LA CASA

La casa te está suplicando que lo hagas. Quiere contártelo todo, solo con que tú se lo permitas.

Tiene que ser algo seguro, algo que se pueda explicar con facilidad si él lo ve en la pantalla de su celular.

Octava regla para seguir viva fuera del cobertizo: distingue en qué cosas puedes salir bien librada.

Sin pretenderlo, él mismo te ha ido enseñando a reconocerlas. La forma que tienen. La sensación que dan. Son perezosas, traicioneras, cosas que no parecen ser nada, que ocultan su importancia.

Tiene que ser la estantería de libros, lo has decidido.

Te acercas cuando Cecilia ya está arriba. Levantas la mano hasta la hilera de libros. Los de bolsillo, los de *thriller* médicos: los de él o los de su difunta esposa. De cualquier manera, es algo que tú no tienes por qué tocar.

Piensas en una rosa metida en una campana de vidrio, en una campesina a quien una bestia tiene encerrada en un castillo. Piensas en un hombre llamado Barbazul y en las esposas a las que asesinaba constantemente porque se empeñaban en meter las narices en su habitación secreta. Piensas en la última mujer. Barbazul también fue por ella, y fue su hermana Anne quien la salvó. Lo recuerdas de un libro de cuentos.

Tú no tienes una hermana llamada Anne.

Levantas el brazo y, con la yema del dedo, inclinas hacia ti el lomo del libro más cercano.

Lo que ves: un título, *En coma*, y un cuerpo que flota en el aire, sujeto por unas cuerdas. Lo que ves: sus cosas, y tú las has alterado.

Y entonces, un traqueteo.

Se te pone el cuerpo en tensión. Vuelves a empujar el libro en el lugar que le corresponde, vas de un salto hasta el sofá. Tiene que ser él. ¿Quién si no? Su hija está arriba. No reciben visitas, nunca.

Preparas tus excusas. «Solo estaba buscando algo para leer. Te lo prometo. ¿En qué tipo de lío me iba a poder meter por un libro? Lo siento. Es un libro de bolsillo. Lo siento. Con un libro de bolsillo no se le hace daño a nadie. Lo siento. Lo siento. Lo siento.»

Pero... el timbre de la puerta. Una vez. Dos.

No es él.

¿Verdad?

¿O se trata de alguna clase de jueguecito? ¿Acaso quiere ver lo que harías?

Tres golpes en la puerta principal, y das un respingo con cada uno de ellos. *Toc, toc, toc.* Y piensas: «Ha venido alguien. Él lo ve todo».

La perra ladra desde una esquina del salón y te alerta de la presencia de algún desconocido en el exterior. Le ordenas callar, con un susurro, le suplicas que se calle. ¿Y Cecilia? Aguzas el oído a la espera de sus pasos que bajan por la escalera, pero no llegan. Tendrá los audífonos puestos. Entonces, están solos los tres: tú, con quien sea que esté en la puerta, y el hombre que tiene ojos en todas partes.

Oyes un ruido áspero. Una llave que entra en una cerradura, una puerta que se abre.

Hay alguien aquí.

53
EMILY

El pecho se me llena de esperanzas renovadas mientras conduzco desde mi casa hasta la suya. Ni siquiera siento la tentación de poner música. Es un momento esperanzado, lo bastante cómodo como para que me pueda quedar sentada en silencio.

Aparco en una calle cercana y recorro a pie el último tramo.

Su camioneta no está en el camino de entrada. Estamos en plena tarde en un día laborable. Lo más probable es que él esté trabajando, pero podría pasarse a comprobar algo. A su hija: ¿no están los niños de vacaciones en esta época del año? O podría pasarse sin más, de camino entre un trabajo y otro.

Qué más da. Antes o después aparecerá. Dispongo de tiempo. Tengo todo el tiempo del mundo.

Me paseo un poco por aquellos alrededores. Avanzo unos pasos por la calle, me doy la vuelta y me voy hacia la otra punta. Hay vecinos, gente que dirá algo si me ve merodear.

Antes de poder refrenarme, estoy saliendo de detrás del árbol, avanzando hacia su casa. Esto es lo más cerca que he estado nunca. Hago inventario: tablones blancos de madera, tejas grises y un jardín pequeño y bien cuidado, con un mobiliario de exterior de hierro forjado. La puerta principal, la trasera. Las dos cerradas.

El timbre.

Lo toco una vez, dos. No pasa nada. Me quedo escuchando durante un minuto, pero solo oigo el silencio.

No es tan sorprendente. Está claro que no está en casa, pero tampoco es que odie la idea de estar aquí sin él, ensayando, explorando su territorio. Pruebo a llamar con los nudillos, tres toques rápidos en el marco de madera de la puerta. Más silencio, y entonces... ¿Eso ha sido un ladrido?

Nunca ha comentado que tuviera un perro.

Bueno, a lo mejor acaba de comprar uno. O tal vez ha tenido un perro a escondidas durante todo este tiempo. Quizá no lo conozca tanto como yo creía.

No aparece nadie. Pienso en volver a intentarlo, pero tampoco quiero que el perro se ponga frenético.

Se me ponen en alerta los oídos. ¿Ha sido eso...?

Creo haber oído algo. El sonido de alguien chistando. Muy leve, pero ahí estaba. Alguien diciendo *chsss, chsss*, intentando evitar que lo descubran.

Mis manos se ponen a la obra antes de que me dé tiempo de pensar qué voy a hacer a continuación. Estoy buscando. ¿Qué busco? Una imagen, una llave, una puerta que se abre para revelar su mundo.

Respuestas, estoy buscando respuestas.

Levanto el tapete. Nada. Paso la mano por la parte superior del marco de la puerta. Ahí tampoco hay nada.

Macetas. Hay unas cuantas, variadas y desperdigadas por la terraza. Ninguna de ellas está en flor ahora mismo, en pleno invierno. Ningún tono rojo, rosa ni blanco, solo tallos verdes que sobresalen perezosos de la tierra.

Esas plantas no deberían estar en el exterior, no si su verdadero propósito es el de florecer. No, a menos que oculten algo.

Levanto una maceta, dos, tres. Bingo.

La llave está debajo de la más perjudicada de todas, quemada por la escarcha, parduzca, muerta. Esa planta no va a volver a florecer jamás.

La llave me deja unas marcas en la piel allá donde el metal me presiona en la palma de la mano.

¿De verdad voy a hacer esto?

Hay alguien dentro. Alguien que no es él. Alguien que no ha venido a abrir la puerta.

Contengo el aliento al deslizar la llave en la cerradura. Un último instante de vacilación..., una historia, necesito una historia. ¿Cuál va a ser? «¿Me ha parecido oler a quemado y quería asegurarme de que estaba todo bien?»

Claro que sí, por qué no. Eso servirá.

El mundo se detiene. Empujo la puerta y la abro.

54
LA MUJER EN LA CASA

Hay una mujer en la puerta.

Es joven. De tu edad, tal vez, o de la edad que tenías tú cuando desapareciste. Qué difícil es distinguirlo todo, la edad que aparentas ahora mismo, la edad que aparentarías si él no se hubiera cruzado en tu camino.

Es guapa, de eso sí estás segura. El cabello brillante, los pómulos relucientes, las cejas perfiladas y... ¿lleva los labios pintados?

La perra va a saludarla, pero la agarras por el collar.

—Se escaparía —le dices, medio inclinada—. Todavía no reconoce su nombre.

La mujer entra y cierra la puerta a su espalda. En cuanto la sueltas, la perra se abalanza. Olisquea el abrigo de la desconocida con la lengua fuera, meneando el rabo.

«Estoy más que muerta —piensas—. El celular le debe de estar vibrando como loco.»

«Maldita sea —le dices mentalmente—. ¿Te haces una idea de lo que he hecho para seguir con vida todo este tiempo? Por supuesto que no. Da lo mismo, ahora que lo has echado todo a perder, ahora que nos va a matar a las dos.»

La desconocida le da una palmadita distraída a la perra en la cabeza y se concentra en ti.

—Soy una amiga —te dice.

¿Deberías advertirla? ¿Sacarla de la casa a empujones y decirle que salga corriendo, que corra y corra y no vuelva jamás?

Continúa y se dedica a responder preguntas que tú no le has hecho.

—Me ha parecido oír... He creído que olía a quemado. Hoy no trabajo, así que estaba solo... dando un paseo, matando el tiempo. Me ha parecido oler a quemado y quería asegurarme de que no estaba ardiendo la casa.

Extiende la mano.

—Bueno, soy Emily.

Notas la suavidad de la palma de su mano contra la tuya. Esta mujer viene de otro planeta, uno donde hay mesitas de noche con tubos de crema, rituales antes de acostarte. Tú también solías embadurnarte las manos y los pies todas las noches antes de irte a la cama.

Ella —Emily, ahora es Emily— te sostiene la mano un instante un poco más largo de lo necesario. Está esperando, te percatas, a que tú le digas tu nombre.

A lo mejor esta es la prueba. Tal vez la ha enviado para ver cómo reaccionas.

¿Confías en esta mujer de la que no sabes nada salvo que te acaba de mentir —de la manera más descarada— sobre el olor a quemado?

Piensas en cámaras y en micrófonos. Piensas en la casa y en todas las formas que tiene de susurrarle a él tus secretos.

«Te llamas Rachel. Vas a actuar con naturalidad.»

Si él puede oírte y tú te ciñes al plan, tal vez haya una oportunidad. Una oportunidad para ti y una oportunidad para esta desconocida.

—Me llamo Rachel —le dices—. Soy... una amiga. —Recuerdas la historia que le contó al juez cuando estaban en la camioneta: una mentira para los desconocidos, distinta de la mentira que ha urdido para su hija—. Bueno, somos parientes. Soy una pariente amistosa. —Te ríes, o lo intentas—. Su prima. Vengo de visita desde Florida, acabo de llegar de vacaciones.

Si sabe que le estás mintiendo, no se le nota nada. Sonríe, se recoge el pelo castaño y brillante en un lado del cuello, y es entonces cuando lo ves.

El collar.

Parece igual que... No.

Pero ¿podría ser?

Emily sigue la dirección de tu mirada confusa.

—Disculpa —le dices—. Es solo... Es el collar que llevas. Es... es tan bonito.

Te sonríe.

—Muchísimas gracias —te dice, y lo levanta para que lo veas mejor.

Es un símbolo de infinito en plata que cuelga de una cadena.

Reconoces esa cadena.

Es la misma cadena tan delicada que llevabas puesta el día que él te llevó.

«¿Cartera? ¿Celular?», te preguntó. Y luego: «¿Arma? ¿Espray de pimienta? ¿Navaja? Voy a comprobarlo, y si descubro que me has mentido, eso no me va a gustar nada».

322

Le dijiste la verdad, que no llevabas nada en los bolsillos, nada en las mangas.

«¿Joyas?»

«Lo que llevo puesto, nada más», le dijiste.

Julie te compró ese collar por tu cumpleaños, cuando cumpliste los diecinueve. Solía reírse de tu fascinación por las cajitas azules, los lacitos blancos. Qué propio de una niñita, qué básico. No encajaba con el resto de tu personalidad. «Solo una cosa —te dijo mientras tú le quitabas el envoltorio—. No podía dejar que te pasearas por ahí como una extra de *The Hills*, así que le he añadido un detallito.»

Toqueteó la cadena para mostrar una baratija añadida: un cuarzo rosa en un engarce de plata que, no sé muy bien cómo, había adherido al símbolo de infinito.

«Es precioso —le dijiste—. Me encanta. Qué buena amiga eres.»

«Ya lo sé», replicó ella.

Llevaste puesto ese collar todos los días hasta que él te lo quitó.

Y aquí lo tenemos ahora.

Tu collar —una pieza única, la única joya personalizada que has tenido en toda tu vida— te ha encontrado a ti, de nuevo.

Emily suelta el colgante, que aterriza en la base de su cuello con un toque delicado.

Te obligas a tragar saliva.

—Realmente bonito —le dices en un tono que esperas que pase por natural—. ¿Dónde lo has conseguido, si no te importa que te lo pregunte?

Sonríe. ¿Se está sonrojando?

—Ah —dice—, es un regalo. De... un amigo.

Tiene las mejillas sonrojadas, relucientes. Se abre el abrigo.

—Perdona —te dice, y se abanica la cara con la mano—. Ya sabes cómo es esto, que te abrigas tanto y aun así tienes frío en la calle, pero en cuanto pones un pie bajo techo, te asas.

«Pues lo cierto es que no lo sé —te dan ganas de decirle—. Hace cinco años que no he tenido un abrigo en condiciones. Pregúntale a tu amigo, seguro que él te lo contará todo.»

—Bueno, ¿y cuándo has dicho que llegaste? —te pregunta.

«No lo he dicho», piensas, e intentas imaginártelo: ¿qué le gustaría a él que dijeras? ¿Cuál sería la respuesta que te mantendría a salvo?

—Ah, pues el otro día —le contestas.

Frunce la sonrisa. La estás frustrando. Aquí estás tú, en la casa de este hombre, incongruente y estúpida, y ella se ve incapaz de sacarte nada.

Lo sientes. Cuánto lo sientes. Quieres arrojarte a sus brazos y contárselo todo. Quieres decirle que no —de verdad, de verdad que no—, que no es lo que ella piensa.

—Bueno —no se molesta en contener un suspiro—, debería marcharme.

Surge un impulso en ti. El de retenerla. Cerrar los dedos en la tela de su abrigo, agarrarte y no soltarla nunca. Ponerte a hablar y no callar nunca.

Se da la vuelta y se dirige a la puerta.

—Hasta luego —te dice, y apenas se gira para echarte un último vistazo.

Vas a hacerlo. Vas a contárselo todo a Emily y vas a confiar en ella porque es tu única esperanza, y...

La puerta se cierra a su espalda, justo en tus narices.

Como si nunca hubiera sido una opción. Como si ella supiera, ya desde el principio, que no ibas a hacerlo.

55
EMILY

Vuelvo a dejar la llave donde la he encontrado. La respiración me sube y me baja por la tráquea como una caja de ritmos en mi recorrido hasta el coche. Me siento al volante y hundo la cara entre las manos.

Bueno.

Pues ya lo sé.

Es guapa, en ese estilo crudo y llano que es lo opuesto de la belleza. Sin maquillaje. El cabello al natural. Le importa una mierda lo que se ponga, está claro. Pero ¿por qué le iba a importar?

Si yo tuviera su estructura ósea, tampoco me importaría.

Se me escapa una risita como si tuviera hipo. Me tiemblan las costillas. Como si fueran sollozos, pero en realidad no lo son.

Ha dicho que era una amiga, después que era su prima. Era una mentira, bastante obvia.

Lo único que sé es que hay una mujer en su casa, y desde luego que no es su prima.

56
LA MUJER EN LA CASA

Regresas al dormitorio, como si aquel lugar pudiera mantenerte a salvo.

En cualquier momento a partir de ahora, los neumáticos de su camioneta van a chirriar ahí fuera, y subirá por la escalera con el *tac-tac-tac* furioso de sus botas como el preludio de su ira.

Se va a materializar en la puerta en un abrir y cerrar de ojos y se va a encargar de ti.

¿Y a ella?

¿Qué le va a hacer a ella?

Tiene que haber sido ella, la desconocida que le dejó esas marcas en la espalda, la que le clavó las uñas y le dejó una marca de placer en la carne, eso lo sabes ahora.

«¿Quién diablos eres tú, Emily, y qué querías?»

«Y tú... Tú, sí, tú. ¿Cómo has podido dejar que se fuera?»

«¿Cómo has sido capaz de no decirle nada?»

«¿Cómo has sido capaz de no advertirla, carajo?»

Te rodeas las piernas con los brazos. Cecilia continúa en su cuarto, sin hacer ruido. «Quédate al margen de esto, chica. Mantente lejos de este desastre y tal vez crezcas para ver un mundo mejor.»

La camioneta. El rugido del motor, después el silencio.

Plac, plac: la puerta del conductor se abre y se cierra. La puerta principal.

Un breve silencio. El golpeteo seco de sus pasos. Lejano, después cerca, y después aún más cerca.

Se abre la puerta.

—¿Qué haces aquí metida?

Se queda mirándote, hecha un ovillo junto al calefactor, donde no tenías que estar.

—Solo estaba... descansando —le dices.

¿Deberías comenzar a explicárselo todo o esperar a que te pregunte?

Él ha decidido que no le importa.

—¿Está en su dormitorio?

Se refiere a su hija. Le dices que sí. ¿Acaso quiere saber si tiene el camino despejado? ¿Si te puede llevar a rastras escaleras abajo sin que nadie se entere?

—Muy bien —dice—. Bueno. Estaré en la cocina. Por qué no te quedas aquí hasta la cena, ya que tanto te gusta esto.

Cierra la puerta con suavidad.

Se te bloquea la garganta. No tienes ni idea de lo que pretende. No puedes interpretarlo. Tu capacidad para seguir viva ha dependido de esto, sobre todo lo demás, de que sus pensamientos fuesen como un nudo con el que te podías poner a trabajar hasta que se deshacía.

Los olores de la comida suben por toda la casa. Las llama desde la cocina, y Cecilia y tú se encuentran en lo alto de la escalera. Te hace un gesto para que vayas tú delante.

Su padre deja una sartén humeante de macarrones con queso en el centro de la mesa y te ofrece el cucharón de servir. Es una tortura, llegados a este punto. Su calma en las formas, algo que desde fuera se iba a malinterpretar como simple cortesía.

«Dame solo ese capricho —piensas—. Di algo. Lo que sea.»

Pero se sienta y le pregunta a su hija qué tal su día. Mientras ellos hablan, tú lo miras con mayor detenimiento. Buscas señales: alguna muestra de entusiasmo en su postura, un brillo en los ojos, la adrenalina que le correrá por el cuerpo igual que siempre, después de cada asesinato.

Nada.

Te dedicas a mover los macarrones con queso por tu plato hasta que Cecilia y él han terminado. Entonces sigues sus rutinas: recoger la mesa, sofá, televisión. Aun así, te quedas esperando un problema que no termina de llegar.

Cuando la casa se dispone para el resto de la noche, te esposa al radiador. Esa parte no ha cambiado con la llegada de las vacaciones de Navidad.

Permaneces tumbada, despierta, hasta que él regresa. «Ahora sí», piensas. Esperas sus instrucciones. «Levanta», te dirá, y entonces te llevará a la camioneta y pondrá el motor en marcha.

Un suspiro. Una pequeña sonrisa. Se centra en el cinturón, deja caer los pantalones.

Sucede como de costumbre.

Después se vuelve a vestir, se pasa la mano por la cara y reprime un bostezo.

Con calma y seguridad, te coloca el brazo sobre la cabeza, te rodea la muñeca con un extremo de las esposas y engancha el otro al armazón de la cama. Gestos rutinarios. Todo normal.

La puerta se cierra a su espalda. Te quedas tumbada, con los ojos abiertos. Un pitido en los oídos.

No lo sabe.

Una mujer se ha metido en su casa, se ha plantado en su salón. Le ha robado la llave. Ha invadido sus dominios. Y él no tiene ni idea.

La mujer lo ha hecho todo ante el ojo de sus cámaras, esas que no pierden detalle de nada, las que lo mantienen informado sobre el menor movimiento por medio del teléfono.

Las supuestas cámaras. Las que él se ha inventado. Esas que tan solo existen en tu imaginación.

57

NÚMERO SIETE

Qué cuidadoso fue.

Había cometido errores, me dijo. Las dos veces anteriores.

En una ocasión fue con demasiadas prisas, y en la otra fue demasiado bondadoso: dejó viva a la chica.

Conmigo, necesitaba que todo fuese perfecto.

Tenía una hija, me contó, y a su mujer enferma.

Se suponía que la mujer se pondría mejor, pero no fue así.

Y ahora se estaba muriendo.

Dentro de poco, él sería el único que quedaría para cuidar de su hija.

No se podía permitir cometer ningún error.

Tenía que estar ahí con ella, me dijo. Era una niña tan lista. Era increíble, qué niña tan impresionante.

Se merecía contar con uno de sus padres para que cuidara de ella.

Así que las cosas tenían que salir bien conmigo. No habría ninguna cagada conmigo.

Yo creo que él te diría que todo salió conforme a lo planeado.

58
LA MUJER EN LA CASA

Tu cerebro va a tener que trabajar para aceptar esta nueva realidad. Sin cámaras. Nadie que vigile.

Pruebas con lo más obvio. En la cocina, primero con las tijeras, después con un cuchillo. Con muchos esfuerzos, consigues meter la hoja entre la banda de plástico y tu piel con cuidado de no cortarte. La retuerces, frotas y haces presión, pero no te mintió: la cinta de acero no se puede cortar, ni con tijeras ni con cuchillos de cocina.

Buscas herramientas, aunque desde luego que no hay el menor rastro del soplete de butano. Ni sierra circular ni cuchillas especiales. Pero ¿qué te has creído que es? ¿Un idiota?

Así que el rastreador GPS continúa ahí puesto. Tu puntito parpadea en su celular. Te retiene en la palma de su mano, atrapada en un mapa virtual.

No te puedes marchar, todavía no, pero sí te puedes mover por aquí. Hay lugares que explorar, puertas que abrir. Novena regla para seguir viva fuera del cobertizo: averigua lo que puedas. Guarda sus secretos como oro en paño.

Comienzas por el lugar menos arriesgado. El dormitorio. Tu dormitorio. Allí practicas toqueteándolo todo. Pasas las manos por esas superficies que nunca habías podido tocar. La mesa que no es más que un señuelo, la cómoda de cajones, cada esquina de la cama.

No sucede nada. Todo esto es un mundo nuevo, un universo donde no tienes que sopesar todos tus actos en función de las reacciones que cabe esperar de él.

Sales al pasillo. El cuarto de Cecilia: ella está dentro, pero aunque no lo estuviera, lo dejarías al margen. Es su mundo, y no serás tú quien lo violente. ¿El cuarto de baño? Él nunca te ha dejado entrar ahí sin supervisión. Te dijo que no entraras durante el día, que te limitaras a tu cuarto, la cocina, el salón. Tú ya sabes lo que significa esto: ahí dentro hay cosas a las que él no quiere que tengas acceso cuando no está en la casa. ¿Cortaúñas, rastrillos, botes de pastillas?

Toca averiguarlo.

Llena de temor, entras en el cuarto de baño. Aquí estás, sin él, sin su mirada vigilando cómo te desvistes, esa mirada que se adhiere a ti cuando estás de pie en la regadera.

Abres el armario de las medicinas. Aftershave, enjuague bucal, desodorante, cepillo de dientes, peine, pomada, hilo dental. Fragmentos de él, como en el camerino de un teatro.

En el armario que hay bajo el lavabo descubres un producto desatascador y un limpiador con cloro para el retrete. Barras de jabón de repuesto, limpiacristales, un montoncito de trapos limpios. Su otra vida: la limpia, la organizada. El cuarto de baño de un padre viudo con un firme control de su casa.

No hay tiempo que perder. Vuelves a salir al pasillo. Su dormitorio... Sientes dudas. Envuelves el pomo de la puerta con la mano y lo giras para abrirla. La empujas... No. Sí. No. Sí. SÍ.

Te quedas en la entrada. Su dormitorio. Aquí es donde él se acuesta por la noche, indefenso, sin consciencia del mundo a su alrededor. Una gruesa alfombra verde en el suelo. Una cama grande de matrimonio hecha de manera impecable, sin una sola arruga en las sábanas de franela.

Entras de puntillas. Tiene una mesilla de noche: una lámpara de lectura y, a su lado, un libro en edición de bolsillo. No lo puedes ver con claridad desde aquí, pero crees reconocer una de las novelas de suspense del piso de abajo. La mesilla de noche tiene un cajón. Cerrado, por supuesto. Lleno de posibilidades. ¿Qué guarda ahí dentro? ¿Lentes para leer? ¿Pastillas para dormir? ¿Un arma?

El suelo cobra vida bajo tus pies. Te arde la piel como si estuvieses pisando una montaña de desechos tóxicos. ¿Y si te delatan tus pies, si dejan alguna marca en la alfombra? ¿Y si es capaz de percatarse de algún modo..., y si puede olerte, sentir tu presencia suspendida en su rincón del universo?

Esto no merece la pena. Sales de allí con una sola zancada larga y compruebas que la alfombra no va a delatar tu intrusión.

Tienes que seguir adelante.

En el preciso instante en que bajas al piso inferior, Cecilia se materializa detrás de ti. Se acomoda en el sofá y se entrega a un libro. La zona del salón va a tener que esperar. Le das una somera pasada al cuarto de baño del piso de abajo: toallas de recambio, papel higiénico, más barras de jabón, más cloro.

Con eso, te queda la cocina. Con Cecilia a unos metros

de distancia, lo haces lo mejor que puedes para ser discreta. Abres los armarios, miras en los cajones. Nunca has tenido la posibilidad de memorizar lo que contienen, no en su presencia. Ahora ya puedes hacer el inventario. Sobre la barra, los cuchillos. En el último cajón antes del fregadero: tijeras largas, rollo de cinta adhesiva, bolígrafos, un par de menús de comida a domicilio. Debajo del fregadero: productos de limpieza, toallitas desinfectantes, cloro, cloro, cloro.

Ninguna sorpresa en los armarios: platos, tazas de café. Una tostadora vieja, posiblemente rota. Vasos disparejos.

Estaba aquí mismo, en su casa. La mujer que llevaba puesto tu collar.

Ese collar. No has dejado de pensar en ello.

Él guarda recuerdos. Tesoros. Algunos te los ha dado a ti, pero ¿tu collar? Se lo quedó hasta que decidió que quería vérselo puesto a otra persona.

Tiene que haber guardado más cosas. ¿Dónde las esconde? ¿En su dormitorio? Algo te dice que no. Está tan limpio, tan arregladito... No es ahí donde él se siente libre. Ahí dentro, él sigue fingiendo.

¿Dónde, entonces?

Te sientas en el sofá. Cecilia te lanza una mirada rápida y vuelve con su libro.

La puerta que hay debajo de la escalera.

Lleva a alguna parte. Abajo.

Lo que tú ya conoces de ahí abajo: un banco de trabajo, el suelo bajo tu cuerpo. Montones de cajas.

Abajo es donde él te llevó en su momento más tenebroso, el lugar que tú recuerdas que era todo suyo.

Tienes que comprobarlo.

Pero no puedes bajar ahí con Cecilia delante. Necesitas que se vaya.

Miras por encima de su hombro.

—¿Qué estás leyendo?

Cierra el libro de bolsillo para que puedas ver la cubierta, una pletina de microscopio salpicada de gotas de sangre.

—Uno de los de mi padre —dice—. No está mal. Ya he averiguado el final, solo estoy esperando a que el detective se entere.

Con la punta del dedo, levantas el libro como si quisieras mirar la contraportada. Si sigues molestándola, a lo mejor se marcha a su cuarto.

—¿De qué va?

Te lanza una mirada curiosa, con la ceja arqueada en un gesto de sospecha.

—¿Estás aburrida o algo así?

Lo ha heredado de él. Poner en tela de juicio las motivaciones de los demás, intentar ver qué es lo que hay detrás. Tú también serías así, si te hubiese criado él.

—Simple curiosidad —le dices.

—Se trata de un médico —te cuenta—. Un cirujano que no deja de matar a sus pacientes. Nadie se lo impide, porque la gente no es capaz de saber si es un hombre malvado o si solo es que se le da fatal su trabajo.

Le dices que, tal como suena eso, debe estar interesante. Cecilia asiente y vuelve a leer.

«Levántate —te dan ganas de decirle—. Vete a tu cuarto, vete a tu cuarto de una maldita vez.»

Vuelves al piso de arriba y te bajas tu propio libro. No estás aún en condiciones de tomar prestado uno de los suyos, doblar las esquinas de las páginas, forzar el lomo del libro. Regresas con *Le gusta la música, le gusta bailar* y mantienes vigilada a Cecilia con el rabillo del ojo.

Un poco después, la niña se levanta. ¿Podría ser ya? No. Es una pausa para ir al baño. Falsa alarma. Hasta última hora de la tarde, cuando los rectángulos de luz de alrededor de los estores hayan comenzado a desvanecerse, no cerrará el libro y se dirigirá a la planta de arriba.

Esperas un par de minutos, prestas atención al sonido de su puerta al abrirse y cerrarse, el *tap-tap-tap* de sus pies en el suelo.

Silencio.

Queda todo tan despejado como puede llegar a estarlo.

Rodeas con la mano el pomo de la puerta.

No gira.

Mierda.

Está cerrada con llave.

Buscas, con los ojos y con las manos, y ves posibles llaves por todas partes.

Es el mismo tipo de pomo que el de la puerta de tu cuarto: redondo con una cerradura en el centro. Pruebas con un tenedor, con un cuchillo, con un bolígrafo, con la puta esquina de un marco de fotos, como si eso pudiera servir para algo.

Nada funciona.

Te tiemblan los dedos. Con el tremendo esfuerzo que has hecho, con todo lo que has hecho. No te puedes tomar un respiro, y eso te enfurece.

Era tu collar, tu puto collar, el que tu amiga personalizó para ti porque te quería.

Necesitas seguir intentándolo.

Necesitas una habitación que no forme parte de la escena, un lugar que él no pudiera dejar neutral.

Necesitas el dormitorio de su hija.

59
LA MUJER EN LA CASA

Llamas a la puerta de la habitación de Cecilia, que abre con un «¿en serio?» escrito en la expresión de la cara.

—¿Cómo va eso? —le preguntas.

Frunce el ceño, pero se controla. Qué encanto de niña. No sabes qué le habrá contado su padre sobre ti, pero la ha convencido de que te siga la corriente, siempre.

—¿Necesitas algo?

Sí, pero no sabes qué. Lo sabrás cuando lo veas.

Ojalá te dejara pasar.

—¿Tienes un...?

Echas un vistazo por encima de su hombro. Es una habitación violeta, azul y algo que tú crees que se llama «verde piscina». Hay una cama individual, un escritorio pequeño de la tienda de muebles suecos. Unos dedos te aprietan en la garganta: tú tenías ese escritorio, tenías una computadora y acceso a papel y...

—Bolígrafo.

—¿Quieres un bolígrafo?

No quieres ningún bolígrafo. Ya has probado con uno, y no funcionó, pero si un bolígrafo te ayuda a entrar en su cuarto, bienvenido sea.

—Si tienes uno de sobra, por favor.

Te dice que sí, que por supuesto, y te hace pasar. Su habitación, el mundo conforme a su mirada: láminas de arte en las paredes, fotos que le gustan y que ha debido de imprimir en el colegio. Latas de sopa de Andy Warhol, ratas de Banksy, más Keith Haring. Se acerca a su mesa para agarrar un bolígrafo.

«Piensa. Ahora. Tienes que despertar de una maldita vez y que se te ocurra algo.»

Al pie del escritorio, abandonada durante la pausa navideña, está su mochila. Es un diseño básico, de algodón morado, un par de cierres, un logotipo que no reconoces..., pero Cecilia, esta niña con su vena para el arte y las manualidades, la ha hecho suya. La ha pintado con rotuladores. La rama de un árbol en un costado, una rosa grande en la parte superior y, en la de delante, dos letras, «C C», hechas —entornas los ojos— con seguros. Ha hecho las cosas bien, se ha asegurado de que las letras sean simétricas, con líneas dobles para que la gente las pueda ver desde lejos.

—Qué mono es esto. —Señalas su mochila.

Piensas en Matt, tu casi novio, que sabía forzar cerraduras. Un despliegue de herramientas en la mesita de su salón, sus dedos flexionados al meter unas varillas metálicas en los agujeros, sostener una en el sitio y jugar con la otra hasta que algo hacía *clic*.

Decides que un seguro podría servir, merecería la pena probar con uno.

—Gracias. —Cecilia mira la mochila con desinterés y vuelve con los bolígrafos—. ¿De tinta azul está bien?

Le dices que sí.

—¿Lo hiciste tú? —Te arrodillas junto a la mochila, pasas los dedos sobre el adorno.

—Sí. —Se encoge de hombros—. No es nada del otro mundo, ya sabes, unos seguros.

Te tiende un bolígrafo. Tú apenas lo miras y te lo guardas en el bolsillo.

—Es una idea genial —le dices—. Qué bonito.

Cecilia cambia el peso del cuerpo de una pierna a la otra. Estás poniendo a prueba su paciencia.

«Bien.»

Este es su rato para ella, y tú se lo estás robando. Hará lo que sea con tal de recuperarlo.

—¿Quieres uno?

«Sí.»

—Oh, no podría aceptarlo —le dices—, no quiero estropearte esas letras.

Cecilia se arrodilla a tu lado.

—Conseguiré más y lo sustituiré. Serán diez segundos.

Antes de que puedas decir nada más, quita un seguro de la primera C y te lo entrega.

—Gracias —le dices—. Muchísimas gracias.

Te vuelves a poner en pie y haces un gesto hacia el resto de la habitación.

—Te dejo con tus cosas.

Cecilia asiente. Acto seguido, porque no puede evitarlo, porque es dulce y complaciente y porque si ella te mata, lo hará de pura amabilidad, te dice:

—Cuéntame si no pinta la pluma, te doy otra.

Le dices que lo harás. La puerta de Cecilia se cierra a tu espalda.

En el piso de abajo, rebuscas en los olvidados confines de tu cerebro.

Matthew compró por internet el juego de ganzúas después de que lo echaran de su trabajo en una empresa emergente del sector tecnológico.

«No es tan difícil cuando sabes lo que haces», aseguró. Y, por cómo lo dijo, todo lo que había que hacer era poner eso en lo otro, retorcer así y asá, y ¡pam!, el mundo se te abría como una ostra, blanda y con olor a mar en la palma de tu mano.

Te enseñó un video en YouTube, en un canal que se llamaba —tuviste que leer el nombre tres veces para asegurarte— *Habilidades esenciales para hombres.* Un tipo te enseñaba cómo insertar primero una herramienta en sentido vertical, cómo hacer la presión correcta, cómo insertar otra herramienta perpendicular a la primera y cómo trabajar con una herramienta contra la otra hasta que la cerradura cedía.

«Esto consiste en hacer presión y contrapresión», decía.

Cómo te lo tomaste tú: al final, lo que te libera es la magia de dos fuerzas opuestas.

Delante de la puerta de debajo de la escalera, doblas el seguro hasta que se parte en dos piezas, la que termina en punta y la redondeada.

Insertas la parte redonda, después la puntiaguda. Actúas despacio, con suavidad. Todo gira en torno a esto, la presión sobre el metal que hagas con los dedos. La cantidad precisa. Suficiente, pero no demasiada.

Requiere su tiempo. Tienes que practicar. Igual que hablar otro idioma, igual que aprender un nuevo baile: cada intento te aproxima un poco más. Mantienes un ojo en la cerradura y tienes el otro pendiente de cómo van desapareciendo los rectángulos de luz alrededor de los estores bajados. No tienes todo el día.

Piensa. Haz memoria. No es algo que le resulte fácil a tu cerebro, recordar. Has dejado que algunas partes de ti se desvanezcan. Tuviste que permitirlo.

Y ahora las necesitas de vuelta.

Esos bombines redondos, solía decirte Matt, ese tipo de bombín redondo es uno de los más fáciles de forzar. Qué sencillo era todo, en teoría: haces presión, lo meneas, te vas abriendo paso a través del mecanismo. Estás atenta al *clic*. La parte más importante, solía decir Matt, era conseguir la herramienta adecuada. Tenía que ser minúscula pero sólida, discreta pero mortal. Si supieses hacia dónde ibas, tus dedos averiguarían la manera de llevarte allí.

Hacia dónde vas: su cerebro, su mente. Esa fuerza contundente que tiene él encerrada y oculta bajo llave.

Se oye una serie de *clics*, y la cerradura gira.

Te guardas el seguro —los dos trozos— en el bolsillo de la sudadera, con el bolígrafo de Cecilia.

Vuelves a probar con el pomo.

Funciona.

«Hazlo.»

Abres la puerta que hay debajo de la escalera, que cruje para dar paso a un tramo de escalones de cemento.

Y bajas.

60
LA MUJER, BAJANDO

La oscuridad te envuelve. Te late la sangre en los oídos, buscas a tientas un interruptor de la luz. No te puedes permitir un tropiezo, rasparte la rodilla. No te puedes permitir ni un solo moratón inesperado en una de las espinillas.

Al final de la escalera, tus dedos tropiezan con lo que estabas buscando. Un *clic*, y la luz amarillenta de un foco desnudo te muestra lo que hay a tu alrededor.

Es el sótano. Lo está utilizando como una especie de híbrido entre trastero y rinconcito para sus cosas. Una silla de jardín junto a una mesita plegable. Una botella de agua reutilizable, una linterna. Cajas de cartón apiladas contra la pared del fondo. En un lado, el banco de trabajo. Sus herramientas: alicates, martillo, bridas de plástico.

Aquí dentro huele a él. Huele a bosque, a naranjas, un olor campestre y acre que no te generaría ningún temor a menos que conocieras de verdad a este hombre.

Es aquí donde viene a estar solo, a oír sus propios pensamientos. Es una sala de meditación, un lugar donde puede ser él mismo.

Dejas la mano suspendida sobre sus herramientas. Los alicates: ¿los agarras, intentas deslizarlos entre la piel de la muñeca y la banda de plástico?

No son unos alicates cualquiera. Son los suyos. Han viajado con él, hecho su voluntad.

Retiras la mano.

Concéntrate. No has venido por unos alicates. Has bajado aquí en busca de secretos y de objetos robados. Has venido en busca de los rincones ocultos de su corazón.

Te acercas a las cajas. Tienen algo garabateado: COSAS COCINA, ROPA, LIBROS, etcétera. Objetos de sobra que no le cabían en la casa nueva, pero que ha decidido no tirar.

En algunas cajas dice: CAROLINE.

Aidan, Cecilia y Caroline, la madre que puso a su hija su misma inicial.

Alargas el brazo hasta la caja más cercana de Caroline. Está cerrada con precinto. No puedes abrirla, no puedes arriesgarte a rasgar el cartón o estropear la tira de precinto. ¿Y qué esperarías encontrar ahí, de todos modos? ¿Una voz? ¿Un espíritu?

Caroline. No debía de saber nada. Ya has visto a ese hombre en la calle, cómo se mueve en el mundo exterior, el efecto que causó en el juez aquel otro día. Lo viste amable, cortés y encantador, y su mujer se marcharía en paz, sabiendo que si su hija se caía, él estaría allí para sujetarla.

Abrir las cajas es imposible, pero sí las puedes mover, bajarlas una por una, memorizar el orden en el que están apiladas para poder volver a colocarlas bien cuando termines. Quieres leer los garabatos que hay en todas ellas, sopesar el contenido con tus propias manos. Pegar la oreja al cartón con la esperanza de que te hable de lo que sea que hay en su interior.

Una película de sudor te cubre la cara. Te duelen los brazos, también las piernas. Sigues adelante, la nebulosa energía de la adrenalina te recorre el cuerpo.

Tienes que ver. Tienes que saber. Son cinco años. Tienes que verlo a él, entero.

CAROLINE, CAROLINE, COSAS CAMPING. Entonces, al fondo del todo, una fila donde pone VARIOS.

Te apoyas en la pila de cajas más cercana. Tu pecho sube y baja

VARIOS. Cajas triviales, del mismo cartón beige tirando a sucio que el resto, con su letra en rotulador negro en la parte frontal.

Excepto —un vistazo rápido alrededor para confirmarlo— que las cajas de esos «varios» tienen manchas de humedad. Todas ellas, y ninguna otra. Siluetas abstractas, como si fueran mapas de regiones desconocidas, que se extienden en la esquina superior izquierda de una, en la mitad inferior de otra.

Variadas.

Otro vistazo alrededor: aquí no hay tuberías, en ningún lugar que coincida, donde tendrían que estar para causar ese tipo de daño. Son manchas antiguas, marcadas, no son producto de una llovizna en un día de mudanza.

Estas manchas llevan ahí mucho tiempo.

Estas cajas han estado almacenadas antes en algún otro sitio. En un cuarto distinto: en una bodega, quizá, en una casa vieja con tuberías que gotean. No es el mejor sitio para guardarlas, pero estarían ocultas. A nadie le apetece ponerse a husmear debajo de una tubería que gotea.

Y ahora están escondidas otra vez. No con tanta habilidad —hay menos espacio en la casa nueva, menos rincones y escondrijos—, pero aun así. Están al fondo, detrás de las demás cajas, prácticamente enterradas debajo del resto, y no las encontrarías a menos que las estuvieses buscando.

La mano te tiembla al aproximarse a la caja. La primera de las tres apiladas una encima de otra. Seguro que el cartón es frágil, estará listo para rasgarse al primer tirón brusco. Debes hacer las cosas con delicadeza.

La caja se desliza en tus brazos y, después, sobre el suelo. Las solapas superiores están plegadas unas sobre otras, cerradas sin precinto.

Bien.

Casi llegas a oírla, cómo se agita ahí dentro. Su alma, el abismo de ese hombre. Un portal por el que precipitarte.

El temor se te contrae en nudos alrededor de la caja torácica. Solo son cosas, te dices. Objetos que te pertenecían a ti y a gente como tú.

¿Qué más se guardó? ¿El suéter que llevabas puesto ese día? ¿Ropa interior? ¿Cartera, licencia de conducir, tarjeta de crédito?

Trofeos. Pruebas policiales. La prueba de quién eres tú.

¿Estás lista para volver a verla, a tu yo más joven, a esa chica que se te escurrió entre los dedos, esa a la que no pudiste salvar en realidad, no del todo?

¿Y qué hay de las otras?

¿Estás lista para verlas a ellas, para conocerlas?

Agarras una de las solapas superiores de cartón entre dos dedos y la levantas hacia un lado muy despacio, siempre muy despacio. Otra solapa. El roce de cartón sobre cartón. Algo que cede, un cofre del tesoro que se abre con un crujido.

Se abre la caja con un tufillo a moho. Su contenido..., lo cierto es que nadie quiere saber qué hay dentro. Nadie tiene el deseo real y sincero de guardar esa información en su corazón y llevarla consigo para siempre, pero alguien debe encargarse.

Tú llevas esa carga para que los demás no tengan que hacerlo.

Lo primero que ves son las fotos. Polaroids. Parece lógico: ni tarjetas de memoria ni película que revelar. La mayoría de ellas tomadas desde lejos. Siluetas. Estilos de vestir de diferentes épocas que comienzan, digamos, en la década de los noventa.

Las fotografías están divididas en nueve paquetitos sujetos con unas ligas elásticas. La bilis te quema el fondo de la garganta. ¿Vas a mirar?

Por supuesto que vas a mirar. Alguien tiene que verlas, contemplar su rostro, su sonrisa, el color de su pelo. Mujeres desaparecidas, personas desaparecidas. Historias que terminaron sin que nadie tuviera ni idea de cómo. Excepto él, y ahora tú.

Tú lo recordarás.

Ves la primera y ves la segunda y la tercera y la cuarta y la quinta... y entonces te ves tú. Un «tú» que más bien parece un «ella», tan diferente de la persona que eres ahora.

Te tiemblan las rodillas. Tragas saliva, o lo intentas. La lengua se frota, seca, contra el cielo de la boca.

Sobre el suelo de cemento, tan frío y duro bajo tu piel, se desliza todo lo blando que queda de ti.

Tienes que volver a conocerla de cero, a tu yo más joven.

El cabello negro, recién cortado, que te roza en los hombros. Los ojos grandes y redondos. Labios carnosos.

La ropa que habías metido en la maleta para aquella salida al norte del estado: leotardos, suéteres sueltos y botas impermeables para el campo. Maquillaje. Te maquillabas mucho, siempre, incluso cuando estabas sola. Te gustaba. Lápiz de labios rojo, lápiz de ojos con el rabillo alargado y una base pálida, rubor rosado en los pómulos.

Tan joven. Una mujer con los restos de la chica que quedaban en ella, con más futuro por delante que pasado a su espalda.

Ella solo quería un respiro, la mujer joven de las polaroids. Solo necesitaba recobrar el aliento, dormir de un tirón por la noche, bajar revoluciones.

Estás en movimiento en todas las fotos. Subiéndote y bajándote de tu coche de alquiler, conduciendo hacia el pueblo, saliendo de la farmacia.

Una oleada de náuseas te sacude desde lo más hondo de tu ser. Te tiemblan los labios.

Te vigilaba.

Siempre te preguntaste cómo te había encontrado, si sabía que ibas a estar justo ahí o se tropezó contigo por puro azar y vio la ocasión. Ahora lo sabes. Las fotografías lo confirman. Te estuvo siguiendo durante días. Te estudió. Te escogió. Se preparó para ti.

Se te revuelve el estómago. Respira. No puedes vomitar. Ahora no, y no aquí, desde luego. Solo son fotos. Solo son caras.

Te fijas en la número siete, la ocho, la nueve. Las que vinieron después de ti. Esas a las que no pudiste salvar.

«Lo siento. Demonios, cuánto lo siento.»

No son solo fotos ni son solo caras. Más al fondo, en la caja, rescatas un suéter azul marino. Un bote de pintura de uñas, rojo y reseco. Un sombrero de paja. Un anillo de plata. Un solo tenis de deporte con la suela rebozada en barro seco. Unos lentes de sol que reconoces del cobertizo, las que te entregó a ti y te quitó de inmediato. Tesoros. Recuerdos. Objetos. Objetos que eran de ellas.

Sostienes cada uno de los objetos durante unos segundos. «Es todo lo que puedo hacer —dices a esas mujeres—. Contemplar sus fotos, sostener sus pertenencias e intentar casarlas con las siluetas de las fotografías. No conozco sus historias. Ni siquiera sé cómo se llaman.»

Vuelves a guardarlo todo —esto es lo más importante— tal y como lo encontraste. Lo compruebas una vez, otra vez y otra más. Sacas la caja número dos. No hay más fotografías, afortunadamente. Solo más cosas.

Unos pantalones de mezclilla manchados de hierba. Unos zapatos amarillos de tacón de aguja con la suela roja. Un suéter gris de casimir: tu suéter gris de casimir. El que te pusiste aquella última mañana, antes de salir a dar tu habitual paseo por el bosque. No te pusiste un abrigo. No pensabas estar fuera mucho tiempo.

Te acercas la tela a la cara. Buscas el olor de aquella otra mujer, tu yo antiguo. Lo único que percibes es el olor a moho.

Más prendas. Un brasier, aretes de perlas, un pañuelo de seda. Nada de esto es tuyo. No se guardó nada más que te perteneciera, tan solo el suéter y el collar que terminó regalándole a Emily. Debió de desprenderse del resto: tu cartera, tus tarjetas.

Solo te queda la caja número tres.

La colocas en lo alto de la pila de cajas y la abres.

No son recuerdos. No son suéteres, ni brasieres, ni maquillaje.

Son herramientas.

Herramientas de una clase distinta. Unas esposas similares a las que utiliza contigo. Binoculares. La cámara Polaroid.

Algo duro envuelto en algo blando. Metal que sale a trompicones del interior de un trapo sucio. Un arma.

No es la que tú ya conoces. Esta es de color gris claro con una empuñadura negra. Sin silenciador.

La levantas con los dedos temblorosos, la depositas de costado sobre la palma de tu mano.

Un sonido te saca de tu aturdimiento. Llega hasta ti, aun en el sótano. Primero un ronroneo, luego un gruñido y después un rugido.

El potente rugido a pleno pulmón de su camioneta en el camino de entrada de la casa.

61
EMILY

Me debe una explicación. Al menos una mentira. Quiero ver cómo se retuerce, cómo se le traban las palabras en la lengua y se mira los pies. Lo quiero avergonzado y lo quiero arrepentido.

Mantengo los ojos bien abiertos: en el supermercado, en la cafetería. No estamos hablando de una capital bulliciosa donde la gente pasa desapercibida. Aidan tiene que aparecer en alguna parte.

Voy en coche al centro hacia la hora de comer. Miro en la tienda de sándwiches, en la farmacia. Nada. Busco su camioneta en la calle principal, pero va a ser que no.

Mi suerte cambia con la puesta de sol. Llegados a ese punto, ya ni siquiera lo estoy buscando, pero nos hemos quedado sin angostura, y tengo que ir a ver a la competencia y pedirles que me presten un poco.

Sale de entre las sombras.

Tardo un segundo en verlo aparecer al fondo del callejón, detrás del restaurante.

—¡Eh!

Intento mantener un tono desenfadado, como si me agradara verlo sin más. Vuelve la cabeza. Creo verlo fruncir el ceño —¿se ha sorprendido de verme aquí, justo en la puerta de mi propio restaurante?—, pero su expresión se suaviza conforme avanza en mi dirección. Alto, guapo y callado, con un pulgar metido bajo el asa de su bolsa de deporte.

—¡Eh! —me corresponde—. Perdona, estaba tratando de atajar hacia...

Hace un gesto hacia la calle principal.

—No te preocupes —le digo—. Solo me molesta cuando los chicos se meten detrás del contenedor para drogarse, así que, mientras tú no estés haciendo lo mismo, bueno, sin problema por mi parte.

Se ríe. Esto soy yo: una nota de color en su vida, un toque de absurdo que ameniza las cosas. Algo bonito que puede retomar cuando quiera y dejarlo cuando haya terminado con ello.

No es suficiente ni tampoco está bien —y me mata, me mata pensarlo, pero es lo que pienso—, lo prefiero, con los ojos cerrados, a la alternativa de no tener nada.

Aidan desliza del hombro la bolsa de deporte y la deja caer a sus pies. Con ambas manos libres, se cruza de brazos y me contempla de arriba abajo.

—¿Vas sin abrigo?

Me quedo mirando mi camisa blanca, los pantalones negros de pinzas, el delantal rojo carmesí.

—No iba muy lejos.

No hacía frío hasta que él lo ha mencionado, y ahora no puedo pensar en otra cosa que no sea el viento de diciembre en la piel, tan gélido que casi quema.

—Espera.

Se deshace el nudo de la gruesa bufanda de lana y se queda mirándome en una petición silenciosa de permiso para aproximarse. Al ver que no digo nada, se acerca y me rodea el cuello con ella.

—Ya está —dice.

Huelo agujas de pino. Huelo hojas de laurel.

—¿Mejor?

Parpadeo de regreso a la tierra.

—Sí —le digo—. Gracias. Yo...

¿Qué era eso que quería hablar con él, me lo repites?

Ah, sí. La mujer en su casa.

Antes de que llegue a encontrar las palabras adecuadas, él interviene:

—Bueno, ¿qué tal vas?

Es como si bailara con alguien que siempre va medio paso por delante. Le digo que voy bien.

—Trabajando. Como siempre.

Asiente.

—¿Y tú?

—Lo mismo —contesta—. Mucho trabajo. Mucho que hacer en casa, también.

Un silencio.

—Siento muchísimo no haber contestado a tus mensajes —dice.

Me está mirando a los ojos con la frente arrugada y el cuello desnudo ante el frío cortante, una sinceridad que me atraviesa el corazón. Algo se me desinfla en el pecho. Venía preparada para la guerra, y el tipo me acaba de quitar el cuchillo de la mano.

—Está bien —le digo, pero él niega con la cabeza.

—No, no lo está. Tú has sido, eres, perfecta. Es solo que... Tengo muchas cosas en el aire ahora mismo, ya sabes. En casa y...

Ay, Dios mío.

Quiero envolverlo entre mis brazos, quiero decirle que él es perfecto y que yo soy una idiota. Quiero decirle que no tengo ni idea de cómo es eso, perder a la persona con la que compartes tu vida y ver cómo su cuerpo desaparece bajo tierra. Quiero decirle que no pasa nada. Esto es lo que quiero más que cualquier otra cosa en el mundo: que él sepa que todo va a ir bien.

—Lo entiendo —le digo—. Quiero decir, no puedo saber lo que es, pero no pasa nada. En serio.

Me ofrece una sonrisa tímida.

—Espero que aun así podamos... Espero poder hacerlo mejor. En el futuro.

Asiento con la cabeza. ¿Qué significa «mejor»? ¿Significa una amistad? ¿Cruzar mensajes de texto? ¿Besarnos? ¿Sexo?

Su bufanda me raspa en el cuello. Voy a recolocarla con la mano y, al hacerlo, aparece debajo una porción de piel desnuda entre dos pliegues de lana. Extiende la mano hacia mi cuello.

—Lo llevas puesto.

Sus dedos me rozan la garganta y descienden hasta el collar que él me regaló.

—Claro que lo llevo puesto —le digo—. Lo...

No puedo decirlo, no puedo decir «lo quiero» porque se acerca demasiado, tiene un peligrosísimo parecido con «te quiero», y no quiero ni acercarme a semejante catástrofe, ni por asomo.

—Es precioso —le respondo, en cambio.

Él asiente de un modo vago. No me aparta los ojos del cuello, con el pulgar sobre el colgante. Desliza el resto de los dedos bajo la bufanda y los apoya en la curva de mi hombro.

No sé qué está pasando. Lo que sí sé es que tengo sus dedos sobre mí y siento su calor, que tengo frío y su calor es agradable. Y pienso que qué bien, aunque es un poquito raro que te toquen así después de echarlo de menos durante semanas. La sensación de estar encontrándonos otra vez el uno al otro. Un recordatorio de que nos conocemos, de que podemos hablar.

—Tengo que hacerte una confesión —le digo, y se cae su mano. Sus ojos abandonan mis clavículas hacia mi rostro—. Me pareció... El otro día me pareció que olía a quemado. En tu casa. —Ladea la cabeza—. Entré, solo para asegurarme de que todo iba bien, y...

—¿Entraste en mi casa?

Siento un picor en la cara.

—Yo... no pretendía meterme donde no me llaman. Solo quería asegurarme de que no se estaba quemando nada. —Un recuerdo, una frase que dijo un agente inmobiliario del pueblo una noche en el bar—: Es lo que tienen esas casas de madera tan bonitas. Que son preciosas, pero desaparecen así como así.

Chasqueo los dedos con el último «así». Él juguetea con el cierre del bolsillo del abrigo, con un sonidito molesto, *zip, zip, zip*, como si estuviera nervioso o —peor aún— enojado..

—Todo estaba bien —le digo. Me echo a reír y me meto con mi propia paranoia anterior—. Sin novedad en el frente.

Cállate ya.

—Bueno, me alegra saberlo. —Le da un toquecito a la bolsa de deporte con la punta del pie. Me pregunta de pasada—: ¿Quién te abrió? ¿Mi hija?

Se me viene encima otra oleada de vergüenza.

—Nadie venía a la puerta, y el olor era realmente fuerte. —Oigo a la perfección cómo descarrila mi voz, la mentira descarada que no puedo hacer que funcione, ni un poco—. Tuve que utilizar tu llave de emergencia.

Se acabó. Va a llamar a la policía, va a pedir una orden de alejamiento..., pero, si acaso, parece que le hace gracia.

—La encontraste, ¿eh? Imagino que debería buscarme un escondite un poco mejor.

Oigo mi risita nerviosa.

—Debajo de la maceta, qué astuto. Tardé en encontrarla algo así como... veinte segundos.

Se ríe conmigo. Volvemos a ser nosotros por un instante: dos personas, dos amigos, dos almas que se han entrelazado la una con la otra.

Baja la cabeza. Otra vez se pone serio.

—¿No había nadie en casa?

—Sí —le cuento—. Conocí a tu... tu prima. Parece encantadora.

A nuestro alrededor, las calles están desiertas. Hace demasiado frío para que haya alguien por allí parado.

—La has conocido, ¿eh? —me dice, y se queda pensativo—. Bien. —Chasquea la lengua e insiste—: Bien.

Sigue habiendo un rastro de preocupación en su rostro, tensión en la parte superior de su cuerpo.

—¿Puedo pedirte una cosa? —comienza a decirme—. Es la camioneta, le pasa algo..., no arranca. Por eso iba atajando por aquí, para pedir ayuda.

¿Cuánto cree que sé yo sobre camionetas?

Debe de ver el gesto de confusión en mi rostro, porque añade:

—Imagino que es la batería. ¿Tienes cables?

Tengo. Los que le pedí a Eric y nunca le devolví.

—Claro —le respondo.

Me dice que genial, que ha visto mi coche estacionado en la calle y que su camioneta no está muy lejos.

Yo también le digo que genial. Recoge la bolsa de deporte, se la vuelve a echar al hombro y arranca hacia la acera. Voy detrás.

Estamos a punto de salir del callejón cuando se abre la puerta de atrás del restaurante.

Se asoma Yuwanda.

—¿Todo bien por aquí? —Ve a Aidan a mi lado y contiene una sonrisa—. Ay, hola. Perdona. —Y me dice a mí—: No me he dado cuenta de que estabas acompañada.

Lo dice y sonríe abiertamente. El gato que se comió al canario, una sumiller que se acaba de enterar de un buen cotilleo.

—¿Necesitas algo? —le pregunto.

Me dice que no con la cabeza y se apoya en el marco de la puerta.

—Nada. Es que te he visto aquí fuera y quería asegurarme de que estabas bien. —Su mirada se desplaza hacia Aidan—. Pero ya veo que estás en buenas manos.

Antes de que me dé tiempo a mirarla con los ojos desorbitados, vuelve a desaparecer y nos llega una risotada al cerrarse la puerta a su espalda.

No voy a poder mirar a los ojos a Aidan en mi vida.

—Perdona por esto —digo mirando al suelo.

—No pasa nada.

Pero no suena como si no pasara nada cuando lo dice. Tiene una voz débil, distante. No hay forma de que me mire a los ojos.

Doy otro par de pasos hacia la calle, pero él no se mueve.

—¿Sabes qué? —me dice—. Que no te preocupes por esto. Sé que estás ocupada.

Ah, por favor.

—No me importa, de verdad —le digo—. Solo voy...

—Está todo bien.

—Pero ¿y tu camioneta?

Penosa, una súplica más que una pregunta.

—Ya se me ocurrirá algo.

Se hace un breve silencio. Nada que añadir.

Comienzo a desanudarme su bufanda, pero me lo impide con una mano en alto.

—Ya me la devolverás otro día.

No hay tiempo para preguntarle si está seguro, para decirle que no voy a estar mucho tiempo en la calle. Una despedida con la mano y desaparece del callejón con el tintineo de su bolsa de deporte al hombro.

De vuelta en el restaurante, Yuwanda me aparta de mi camino hacia la barra.

—Espero no haber interrumpido nada.

Me da un empujoncito. Juguetona, feliz, de un modo que se me escapa.

Debería imitarla, ser más como ella. Tengo tanto que aprender...

Le devuelvo el empujoncito. Me arranca una sonrisa por mucho que le estoy diciendo que pare ya.

62
LA MUJER EN LA CASA

En el exterior, una puerta se abre y se cierra de golpe. Se ha bajado de la camioneta.

No te has movido tan rápidamente en cinco años. Un último vistazo para asegurarte de que todo vuelve a estar donde lo encontraste. Apagas la luz y subes dando saltos descuidados e imprudentes por la escalera. Giras el botón del pasador de la parte de atrás del pomo de la puerta. La cierras al salir y te aseguras de que el pasador está echado. Te acurrucas en el sofá en el momento justo en que suena la llave en la cerradura. Abres *Le gusta la música, le gusta bailar* por la primera página que encuentras.

Entra en la casa. «Yo estaba leyendo, solo eso, leyendo. Vamos, que no estaba husmeando, te aseguro que no estaba a puntito de hundirte las manos en el pecho y arrancarte vivo el corazón.»

Cuelga la llave de la camioneta junto a la puerta, estudia el cuarto. Contienes la respiración para que no se fije en los movimientos de tu tórax al expandirse y contraerse, cómo se recupera tu cuerpo de tu carrera escaleras arriba.

Un gesto con el ceño fruncido. «¿Qué? ¿Qué pasa?» Te mira de arriba abajo. «Mierda.» Se te olvidó mirarte tú bien al subir. Estabas tan centrada en dejar el sótano inmaculado que se te ha olvidado mirar a ver si tenías manchas rojas en la piel o algún restregón de polvo en la frente que te delate.

«Mierdamierdamierdamierdamierda.»

—¿Está arriba? —te pregunta.

Le dices que sí. En voz baja, como si estuvieran los dos en el mismo equipo y su hija en otro, añades:

—Se ha pasado la mayor parte de la tarde aquí abajo, pero ya hace un ratito que ha subido a su cuarto.

Su mirada se dispara por toda la estancia. Trae un peso en el ánimo, como si la gravedad lo mantuviese pegado al suelo con mayor firmeza que de costumbre.

Da un paso hacia la puerta de debajo de la escalera.

Algo ha sucedido. Necesita bajar al sótano. Necesita el silencio, un lugar que sea solo suyo. Necesita el espacio que tú acabas de invadir, hace apenas unos minutos.

No puede bajar. Todavía no. Es demasiado pronto. Y si baja, lo sabrá. Verá tu fantasma en el sótano, tu sombra en las paredes.

—Puedo ayudar con la cena —le dices.

Te mira como si se le hubiera olvidado lo que significa cenar, y entonces vuelve a la realidad.

Toda la elaboración de esta noche consiste en recalentar dos latas de chile. Hoy no hay pan de maíz, no hay mantequilla. Llama a Cecilia, que se salta el paso de la tele y se sienta directamente a cenar en silencio, con diligencia, como si supiese que esta es una de esas noches en que es mejor quitarse de en medio.

Este hombre, alterado, nervioso. Ha sucedido algo que él no tenía planeado. El mundo se ha escapado de su control, y ahora forcejea con él, reajusta su control férreo.

Más tarde, cuando él acude silencioso a tu habitación, tiene un aire sombrío. Le das un puntapié a tu sudadera para meterla debajo de la cama y rezas por que él no se dé cuenta del seguro que aún tienes metido en el bolsillo junto con el bolígrafo de su hija. Mañana, cuando él se haya ido, lo esconderás en los cajones de la cómoda. Él nunca ha mirado ahí, y tienes que pensar que no va a empezar justo ahora a hacerlo.

Y si lo hace, le mentirás. Le dirás que no sabes nada sobre los cajones de la cómoda ni sobre nada de lo que pudieran ocultar.

No se da cuenta. Este hombre tiene preocupaciones que van más allá de los secretos que puedan acechar en tus bolsillos. Esta noche, sus manos se detienen alrededor de tu cuello. Este hombre es todo uñas, dientes y huesos, todo partes duras que se te clavan en la piel. Un soldado que va a la guerra, un hombre que tiene algo que demostrar.

Seguro que ella ha hablado. Emily. La mujer que encontró la llave de esta casa, la que se metió hasta el salón.

Y ahora él lo sabe.

63
CECILIA

Lo que pasa con mi padre: es agradable, pero yo siempre he estado... Yo qué sé. *Asustada* no es la palabra correcta. Es muy fácil que sienta aversión por alguien y, entonces, le deseo la mejor de las suertes. Mi madre solía decir que eso es porque nos parecemos mucho. Dos personalidades fuertes, los dos con nuestras simpatías y antipatías y sin espacio para sacrificar nada.

No sé por qué mi madre pensaba eso. Yo no paro de sacrificarme, demonios.

Supongo que fue un detalle por parte de mi padre lo de dejar que me quedara a la perrita, eso sí. Ya no nos sobra el dinero, y él tampoco tiene ya tanto tiempo libre. Ha estado bien que lo haya hecho, y lo ha hecho por mí. Gracias a Rachel.

Rachel.

Bueno, mira, Rachel es superrara, pero me cae bien.

Ya sé que suena penoso, pero es una especie de... ¿amiga?

Piensa un montón de locuras sobre mi padre y sobre mí, es claro, pero en el fondo no es mala persona. Es solo que habrá tenido sus rollos, imagino, y cuando una ha tenido sus rollos, pues tiene permiso para ser un poco rara. Y fue ella quien salvó a Rosa. Eso no se me olvidará nunca.

Así que le he regalado uno de mis seguros. No es nada, pero es que le han gustado, y es algo que sí le puedo regalar. Además, quería que saliese de mi cuarto, y sabía que se iba a largar si le daba el seguro.

Me cae bien Rachel, pero a veces también me apetece estar sola. Mi madre me decía que tampoco tenía nada de malo. Y también me decía que era otra de las cosas que mi padre y yo teníamos en común.

Está bien tener una amiga —si es que puedo llamar así a Rachel, y tampoco es que esté supersegura de que pueda hacerlo, porque la verdad, es un poquito vieja—, pero también es un problema.

Me da la sensación de que puedo hablar con ella.

Me dan ganas de hablar con ella.

Me dan ganas de contarle cosas que no le he contado a nadie.

64
LA MUJER BAJO LA CASA

No te puedes marchar. No eres lo bastante fuerte para huir corriendo, pero sí te puedes mover por la casa y en el dormitorio. Puedes hacer cosas cuando su hija no está mirando. Te puedes ir preparando.

¿Qué recuerdas sobre mover el cuerpo? Buscas recuerdos de aquellos tiempos en los que estabas ahí fuera, corriendo. Los planes de entrenamiento, trabajo de velocidad entre semana y carrera larga los findes. No te sirve. Lo que necesitas es la otra parte, esa que te saltabas tan a menudo porque eras joven y porque tu cuerpo te convencía de que tampoco te hacía ninguna falta. El *cross training*, movimientos que te fortalecían las piernas, la espalda, el abdomen.

Pruebas en el dormitorio cuando él ya se ha marchado. Lo más fácil que recuerdas: sentadillas. Una, dos, tres, diez. Es una sensación desconocida, te queman los gemelos. Los gemelos: levantar los talones y ponerte de puntillas. También pruebas con eso. El corazón te late más rápido. Por primera vez en años no es por temor ni por adelantarte a lo que te espera. El corazón te late más rápido porque se lo pide el resto de tu cuerpo.

Todo cuanto hay en esto te pertenece: tus extremidades y lo que les obligas a hacer. La curvatura de la parte baja de tu espalda contra el suelo cuando te tumbas para hacer abdominales. El dolor en el bíceps cuando sujetas la edición de bolsillo de *It* con el brazo extendido: es el más grueso que tienes, y aun así no pesa mucho, pero mantienes la postura el tiempo suficiente para que te empiecen a arder los hombros. También te pertenece el dolor en las muñecas cuando intentas hacer una colu flumión de brazos. La sequedad de la boca, la sensación pegajosa en la nuca.

Cuando él regrese, el sudor ya se te habrá secado de la ropa, se te habrá disipado el calor de las mejillas. No se enterará. Aunque lo vuelvas a hacer mañana y pasado mañana. Esto seguirá siendo tuyo y solo tuyo.

Cuando los brazos te empiezan a temblar y las piernas te suplican un descanso, tú vuelves al sótano. Fuerzas la cerradura con el seguro. Te imaginas que te va a fallar un millón de veces, y un millón de veces el seguro te lleva la contraria. Te lo guardas en el bolsillo de atrás y continúas.

Encuentras la pistola. No sabes si está cargada. No sabes dónde tiene el seguro. ¿No deberías saberlo? No tienes ni idea. Todo lo que sabes sobre las armas lo has aprendido en las películas, pero hasta tú sabes que las películas no reflejan bien estas cosas. En la vida real fallas el disparo si no practicas; en la vida real no tienes ni idea de lo que estás haciendo.

Rebuscas en el interior de la caja, quitas de en medio un martillo, un cuchillo de caza, unos guantes de nieve, una tira de cuerda. Encuentras unos rectángulos de metal negro, uno, dos, tres. Son cargadores. Las balas brillan en la parte superior, a través de unos agujeros en los laterales. No sabes si eso es mucha munición o si es poca, lo único que puedes hacer es rezar por que eso sea suficiente para lo que sea que vayas a hacer.

Si tuvieras un celular o una computadora, lo mirarías todo en internet. En cuestión de un videotutorial o dos, aprenderías a cargar el arma. Tal vez aprenderías también a disparar, cómo apuntar, cuándo apretar el gatillo y cómo resistir el retroceso.

Tendrás que aprender tú sola. No sabes nada, pero es una pistola, no física cuántica. Tendrás que volver e ir descubriendo las cosas tú solita.

Más fotografías en una bolsa de papel. También son polaroids, separadas del primer lote de fotos, pero de un estilo similar. Tomadas desde lejos, desprevenida la fotografiada. Las vas pasando. Cabello castaño y piel clara. Abrigo blanco. Escenas de lo más cotidiano: subiéndose y bajándose de un Honda Civic, entrando en un restaurante. Las tomas son poco nítidas, pero distingues una silueta, una barra de bar y un delantal rojo carmesí.

Una foto de buena calidad, como un asteroide caído sobre la Tierra. El rostro de la mujer, su cara bonita. La conoces. Pues claro que la conoces. La has conocido aquí mismo, en esta casa.

Es la mujer del salón, la que llevaba puesto tu collar.

Es un proyecto, un objetivo.

En el mismo paquete de las polaroids hay un disco de cartón con la palabra *Amandine* escrita con letra cursiva y elegante. Amandine, igual que el restaurante que viste el día que te llevó de paseo en la camioneta. Un posavasos. Él tiene que haber ido por allí y habérselo guardado en un bolsillo. Un fragmento del mundo de Emily que él se lleva a escondidas al suyo. Igual que las baratijas que arrebató a las demás mujeres y te dio a ti. Tus libros, la cartera vacía, la pelota antiestrés. Todo robado.

Tienes que seguir adelante. Por ella, por ti, por todas las que son como tú.

En el fondo de la caja hay tres libros apilados en una esquina: *Los secretos del valle del Hudson*, *Más allá del Hudson* y *Joyas ocultas del norte del estado*. En los tres libros, el mismo capítulo tiene dobladas las esquinas de las páginas y está subrayado.

El nombre de un pueblo. Siete letras, un «gh» mudo según dicen las guías. Tiene que ser este. El pueblo, su pueblo. Este pueblo.

Un mapa. Algunos garabatos, nada dramático. No hay una X que marque la situación de la nueva casa, ni otra X que marque la antigua. Ningún código que indique sus víctimas ni forma geométrica alguna que conecte sus asesinatos. Solo carreteras y grupos de casas, extensiones verdes e hilillos azules.

Cerca del centro, casi oculta en el pliegue, una forma blanca y minúscula: el símbolo de un lugar de interés local, según indica la leyenda de la esquina inferior izquierda. Aguzas la mirada. ¿Cuánto tiempo ha pasado desde la última vez que te examinaste la vista? ¿Cuánto tiempo ha ido tu cuerpo a la deriva, envejeciendo cada parte de tu ser a un ritmo más alto de lo normal?

EL POZO DE LOS DESEOS; eso es lo que dice en una letra negra y menuda, junto a un número de página para ampliar la información. Buscas esa página. Además de la historia del pozo —se construyó hace siglos y aquí acudían las familias para pedir el deseo de una buena cosecha y unos bebés sanos—, también hay fotos.

Piedras astilladas. Una cadena herrumbrosa. Musgo allá donde puede crecer, e incluso en lugares donde no debería ser capaz de hacerlo.

Es el pozo. El mismo por el que pasaste aquel día en la camioneta, desde la casa hasta el centro del pueblo y vuelta. Justo al lado de las vacas. Justo al lado de Butcher Bros.

Concéntrate. Busca la escala del mapa. Encuéntrala. Haz las cuentas. Más rápido. De prisa, vamos. ¿Podrías llegar corriendo tan lejos? A lo mejor. No tienes ni idea de qué es capaz tu cuerpo.

Concéntrate. Mira el mapa. Tienes que aprendértelo. Ahora. Rápido. Recuerda las curvas y los giros: «Izquierda, izquierda, derecha y todo recto pasados los rebaños de Butcher Bros». En sentido contrario. Aplícalo al mapa. Aléjate un poco, acércate más. Aquí es donde estás.

Ahora lo sabes. Lo sabes con certeza.

Otra cosa más. En la parte de atrás de una de las guías, *Secretos del valle del Hudson*. Una lista garabateada en una hoja de papel doblada y oculta. Nombres, direcciones, horas, puestos en empresas. Es un papel grueso y amarillento, la tinta violeta. Lo escribió hace mucho tiempo. Cuando se mudó aquí, probablemente, con su mujer y su hija. Cuando convirtió el pueblo en su proyecto, cuando lo convirtió en su patio de recreo. Un espacio donde él viviría por encima de toda sospecha, un universo a la medida de sus necesidades.

Ha estado observando, estudiándolo todo y a todos durante tanto tiempo, creando un espacio donde puede hacer cosas y salir bien librado.

Has llegado al fondo de la caja.

Ponlo todo de nuevo tal y como te lo has encontrado. Compruébalo, compruébalo de nuevo.

Llega un sonido desde arriba. Una voz.

—¿Rachel?

Mierda. Mierda. Si no es el padre, es la hija. Quédate quieta. Cecilia no sabe que estás aquí. ¿Y si viene a buscarte? Vuelve a colocar las cajas una encima de otra. Límpiate las manos en los pantalones de mezclilla. Mira a tu alrededor y busca algo: una excusa, una idea, lo que sea.

Se abre la puerta en lo alto de la escalera. En unos segundos, la tienes abajo, a tu lado.

¿Podrá ella sentirlos, los secretos de su padre flotando como el vapor en el aire? ¿Puede oír las voces de las mujeres, susurrando en la oscuridad para suplicarte a ti, para suplicarle a ella y a cualquiera dispuesto a escuchar que no las olvide?

—Eh, hola —te dice—. Te estaba buscando.

«Bueno, pues ya me has encontrado», quisieras decirle, pero te ves incapaz de hablar.

—¿Quieres venir conmigo a pasear a la perra? —te pregunta—. Estaba a punto de salir. No voy muy lejos, solo hasta el agua y volver.

El agua. Das por sentado que se refiere al Hudson, a juzgar por las guías y el mapa. El mismo río por el que tú solías correr en la ciudad.

—Vaya, gracias —le dices tú—, pero no puedo. Tengo que, mmm, sacar adelante algo de trabajo. Arriba.

—Bueno —dice Cecilia—. Sin problema.

Guarda silencio. Mira a su alrededor.

—¿Estabas buscando algo?

Piensas.

—Sí —le dices—. Necesitaba... unas pilas, y no encontraba ninguna, así que he bajado a mirar aquí. Pero bueno, tampoco pasa nada. No es urgente. No hay de qué preocuparse.

Se apoya en la silla de jardín.

—Yo también bajo aquí, ¿sabes?

Habla en un susurro.

—¿En serio, bajas aquí?

—Sí, claro. Por las noches. Es que..., bueno, tenemos algunas de las cosas de mi madre aquí abajo.

No digas nada, déjala hablar. Necesita que alguien la escuche.

—Es una bobada —te dice—. Es solo que echo de menos su olor. Otras cosas también, aunque tenemos fotos y videos. Pero su olor es más difícil de encontrar, así que a veces bajo aquí, saco alguno de sus suéteres y, bueno..., me siento aquí un ratito con él. —Levanta la cabeza para mirarte—. Qué tontería, ¿verdad?

—A mí no me lo parece —le dices—. La echas de menos.

Lo que no le dices: justo después de que su padre te llevara, en aquellos días posteriores, tú eras incapaz de pensar en tu madre sin que se te olvidara respirar. Tuviste que dejar de pensar en tu familia por completo porque te dolía demasiado, y no te podías permitir venirte abajo.

—Mi padre no se puede enterar de esto —te dice—. No lo entendería. O a lo mejor sí, pero le iba a doler, así que vengo por la noche, cuando él está durmiendo.

—¿Por las noches? —le preguntas.

371

—Claro —te dice mirando al suelo—. Espero hasta que él se duerme, bueno, hasta que todo el mundo está dormido. Entonces salgo. Intento no hacer ruido, pero sé que él me ha oído un par de veces. Me preguntó una vez, y le dije que iba al cuarto de baño.

Las palabras le salen a borbotones, como si durante un tiempo esto hubiera sido una carga sobre su conciencia.

—Tengo que robarle la llave —te cuenta en una voz tan baja que tienes que contener la respiración para poder oírla—. Todas las veces. —Hace un gesto negativo con la cabeza—. No me gusta hacerlo, pero él deja la llave en el bolsillo de su abrigo por la noche. Él no sabe que lo sé. Odia que la gente le toque sus cosas.

Antes de que puedas abrir la boca, te hace una pregunta.

—¿Cómo has entrado tú?

Te buscas la mentira más fácil.

—Estaba abierta —le dices—. Supongo que se le ha olvidado cerrarla.

Contienes el aliento por un segundo. Quizá sea una mentira demasiado grande. A lo mejor te llama la atención, pero lo que hace es poner los ojos en blanco.

—Vaya. ¿En serio? —te dice, y tú asientes con cara de póquer—. Imagino que anda distraído.

Estás a punto de decirle que sí, que es cierto, que su padre es un hombre ocupado, que es imposible que se acuerde de cada detallito, pero Cecilia quiere seguir hablando. Tiene cosas que decir, confesiones que soltar, cuestiones más acuciantes que una cerradura y si su padre se acuerda de utilizarla.

—Tengo que reponer el precinto —te dice—. En las cajas. Cada vez. Tiro los trozos viejos a la basura en el colegio para que él no los vea.

Quieres decirle que no pasa nada: con la llave, con el precinto, con todo. Quieres preguntarle más cosas sobre las llaves y los lugares donde su padre las guarda, pero Cecilia no ha terminado.

—No quiero hacerle daño.

—¿Te refieres a tu padre?

—Claro.

Te planteas lo que te acaba de decir. Va allí por la noche, cuando todo el mundo está dormido..., o eso cree ella, cuando supone que nadie la oye.

Esas pisadas. En el pasillo por la noche. Tú pensabas que era él, que hacía daño a Cecilia. Parecía lógico que fuese él. Creías que ese hombre rompía todo lo que tocaba.

¿Te equivocabas al pensarlo? ¿Era ella desde el principio, una niña que visita al espíritu de su madre en el sótano?

—Estás muy unida a él, ¿verdad? —le preguntas—. Quiero decir que parece que hay un vínculo muy fuerte entre ustedes, si eso tiene sentido para ti.

Asiente con la cabeza. Sigue sin mirarte.

—Claro —dice—. Ahora estamos solos los dos. Él no es perfecto, pero yo tampoco lo soy. Y él lo intenta. Se esfuerza mucho por llegar a todo, ¿sabes?

Asientes.

Ahí hay algo. Es tan real como tu viejo suéter de casimir entre tus dedos, tan pesado y contundente como el arma en la palma de tu mano.

Es algo más que lealtad, más que el sentido de la obligación que los niños sienten hacia sus padres.

Es muy fuerte, y tú no podrías romperlo ni aunque quisieras.

65
EMILY

Regresa al restaurante. Un jueves, igual que antes. Me sonríe. Me roza la mano con los dedos cuando le devuelvo su tarjeta de crédito, pero los tiene fríos, muertos. Como si nunca se fueran a aferrar a mí de nuevo, a agarrarme como si yo fuese la criatura más seductora y más amada del planeta.

En la noche del viernes, el juez viene a cenar y se sienta en la barra, su sitio preferido. Así es más informal, dice. Se puede mezclar con la gente. Además, se sentiría más cohibido sentado a solas en una mesa.

La idea la tengo aquí, en la cabeza. Tiene un aire de generosidad, pero es tóxica. Parece interesante y un poquito peligrosa.

A Aidan no le va a gustar de entrada, pero —si juego bien mis cartas— terminará aceptándola.

—Deberíamos hacer algo más.

El juez alza la mirada como si acabara de reparar en mi presencia.

—Por la familia —le digo—. Han pasado por mucho. No me puedo ni imaginar cómo debe de haber sido para su hija.

Se queda mirando algo por encima de mi hombro, valorándolo. El juez Byrne. Tres décadas con la toga puesta y, cada cuatro años, su nombre en la papeleta. Cada cuatro años, su futuro en manos del pueblo. Cómo le importa no solo caer bien a la gente, sino que la gente sepa que a él también les cae bien.

—Tienes razón —me responde—. Tienes toda la razón.

Bueno, ya no hay vuelta atrás. Vamos a hacerlo. Yo voy a hacerlo.

—Si yo fuera ella —le digo al juez—, querría una pequeña fiesta. En las vacaciones de Navidad echas de menos a tus amigos, ¿no? —Un leve gesto de asentimiento—. Yo nunca lo reconocería, por supuesto. Los adolescentes...

El juez y yo elevamos la mirada al techo a un tiempo, como si lo supiéramos los dos, como si él recordara tan bien como yo cómo es eso de ser una chica de trece años.

Eric deja un plato de risotto con champiñones delante del juez. Yo le preparo un café irlandés a cuenta de la casa, y seguimos la charla.

Lo más fácil, aporto yo, sería hacerlo en la casa de Aidan.

El juez no lo tiene tan claro.

—¿No los estaríamos obligando?

—Usted es el dueño de la casa, juez.

—Lo sé, lo sé —dice—, pero Aidan paga su alquiler, y no tengo muy claro que yo quiera ser ese tipo de casero.

Me inclino sobre la barra. «No se me vaya por las ramas, juez.»

—Podríamos hacerlo en el exterior de la casa. El jardín es magnífico —le digo, y el juez ladea la cabeza—. Podemos utilizar las estufas de la terraza del restaurante, colgar luces de Navidad. Prepararé un vino caliente. Nos ocuparemos de todo. Va a ser genial.

Se lo piensa.

—¿Ha visto la casa, juez? —le pregunto—. Podrían tenerla tan bonita..., pero ahora mismo solo tiene un aire triste. Es la única de la calle que no tiene una sola luz. No estoy culpando a nadie, eh. Se han mudado en el peor momento de su vida, y me da la sensación de que necesitan un poco de ayuda para hacer de esa casa su hogar. Tienen que empezar a crear buenos recuerdos en ella.

Esta vez, el juez sonríe. Ya me gané su confianza.

—Muy bien —dice—. No es mala idea. Hablaré con Aidan para que sepa que él no va a tener que mover un dedo.

—Magnífico. —Con una sonrisa de oreja a oreja, añades—: Eso sí, lo más probable es que le cueste un poco aceptarlo. Ya sabe usted cómo se pone. No puede quedarse quieto, siempre tiene que ponerse a ayudar con todo.

El juez suelta una carcajada, como diciendo «si lo sabré yo». Le relleno su café irlandés, y el juez levanta la copa por nuestro querido amigo.

—Habría que hacerlo pronto —le digo mientras enrosco el tapón de la botella de Jameson—. Debería ser antes de Navidad.

El juez asiente.

Cuando se marcha, apoyo ambas manos en la barra y reflexiono sobre lo que acaba de pasar. Un poco mareada, un poco falta de aliento.

Aidan.

Su casa, su hogar.

Vamos a estar allí, juntos. Y voy a llegar a él. Voy a llegar directa a su corazón.

66

LA MUJER EN LA CASA

Tú siempre supiste el tipo de hombre que era. Supiste lo que hacía y supiste cuándo lo hacía, pero jamás habías visto sus rostros, nunca habías invocado el espíritu de aquellas mujeres, sostenido en tus manos los vestigios de sus vidas.

Por la noche acuden a visitarte. «Nos dejaste morir —te dicen las que vinieron después de ti—. Ya tenías que haberlo detenido. ¿Qué estás haciendo? ¿Por qué no has huido? ¿Por qué no le estás contando al mundo la verdad sobre él?»

Les dices que lo sientes mucho. Les dices que es complicado. Intentas que vean las cosas desde tu punto de vista. «Ya saben cómo es él. Tengo que hacer las cosas bien. Si das un paso en falso con él, estás muerta.»

«Ah, así que ahora es culpa nuestra, ¿no? —te dicen las mujeres—. Te considerarás listísima, mientras que nosotras..., nosotras somos las idiotas que hemos muerto, ¿no?»

Intentas explicárselos. «No es eso lo que quería decir. Jamás lo diría. ¿Es que no saben que estoy de su lado?»

Pasado un rato, las mujeres dejan de responder, y tú no puedes conciliar el sueño ni siquiera después de que se hayan marchado.

Eso en lo que a ti se refiere. Ahora bien, Cecilia, ¿cuál es su excusa? ¿Por qué anda tan alicaída?

En la cena, espera a dejar vacío su plato y se vuelve hacia su padre.

—¿De verdad no hay ninguna manera de librarnos de eso? —le pregunta.

Su padre suspira como si esa no fuese la primera vez que tienen esta conversación.

—Es un buen detalle, Cecilia. A veces, la gente intenta tener detalles contigo, y lo más cortés es dejar que lo hagan.

—Pero estamos en vacaciones de Navidad —insiste—. ¿Es que no pueden dejarnos en paz durante las Navidades?

Él frunce el ceño.

—Escucha —dice a su hija. «Qué padre»—. Me he pasado todo el día trabajando, estoy cansado. No quiero volver a pasar por esto. Tú les caes bien, y yo les caigo bien. Creen que somos buena gente, y quieren darnos una fiesta. A mí tampoco me entusiasma, pero así es la vida.

Cecilia aparta la mirada. Él lo sabe, ella lo sabe y todos ustedes saben que él gana, pero aun así continúa.

—¿Recuerdas cómo conseguimos la casa? —pregunta a su hija—. Fue el juez, que tiró de algunos hilos por nosotros, porque le caemos bien. Es más fácil moverte en la vida cuando caes bien a la gente.

—Es solo... —mascula Cecilia—. ¿Es que tienen que hacerla justo aquí? ¿En el jardín?

Él se encoge de hombros.

—Eso es lo que quieren hacer. Vamos a seguirles el juego.

¿El jardín?

Intentas encontrarle el sentido.

¿Este hombre, en este pueblo? ¿Va a permitir que la gente se acerque tanto, que entren en la órbita de sus secretos más oscuros?

Está planeando algo.

De lo contrario, ya habría dado con la manera de escabullirse. Este es un hombre que hace lo que desea, por los motivos que él desea.

Está planeando algo.

Décima regla para seguir viva fuera del cobertizo: puedes aprender de él. Tú también puedes planear las cosas.

Pasas otra noche entera despierta. Te obligas a permanecer tumbada, con la espalda pegada al colchón. El latido de una corriente eléctrica te corre por las piernas; una inquietud te cosquillea dentro del pecho. Antes has hecho tus ejercicios, cuando él no estaba. Tienes cansados los gemelos, los brazos. No es tu cuerpo el que te mantiene despierta, es la cabeza, que no deja de dar vueltas y más vueltas en vano como una brújula rota.

Una fiesta. Va a haber una fiesta. Gente, un montón de gente. «Aquí mismo, en el jardín.»

Él estará ocupado, ocupadísimo, tratando de controlarlo todo. Concentrado en lograr que la gente no se mueva de donde él necesita que estén. Centrado en asegurarse de que su plan, cualquiera que pueda ser, se desarrolla como él quiere.

Y habrá muchas miradas, ojos por doquier.

Tu cerebro piensa, piensa y piensa hasta que se pasa de vueltas. Igual que con el Lego de tu hermano cuando eran pequeños: probar así y asá, juntar dos piezas y volver a separarlas. Construir, construir, ver cómo todo se venía abajo y empezar a construir de nuevo.

Esa mujer llevaba puesto tu collar.

Emily. Su nombre te viene a la cabeza, imponiéndose al zumbido que te atruena en los oídos.

Es ella. Tiene que ser ella. El objeto de la fiesta, la razón por la que él le está abriendo la puerta a todo el mundo. Él ha estado rondándola, reconociéndola como si fuera el banco que va a atracar.

Las mujeres de las cajas comienzan a armar barullo. «Ya sabes lo que tienes que hacer —te dicen—. ¿También la vas a dejar morir a ella?» Quieres decirles: «Paren ya, por favor, solo por un segundo: déjenme pensar», pero no puedes decírselos, y no puedes porque te arden los dedos y te arde la garganta y hay una mujer ahí fuera y resulta que estaba en el salón y la viste, se presentó y parecía agradable, y aunque no lo sea, debería seguir viva. Esa mujer debería seguir viva tanto tiempo como fuera posible.

Ruedas sobre el costado y te cubres la cabeza con la almohada. Empujas con la mano libre, haces presión hasta que ya casi no puedes respirar, hasta que ya no te queda nada en los oídos salvo el latir de la sangre y el levísimo flujo del oxígeno en el fondo de la tráquea. Abres la boca, con los dientes contra la sábana, y entierras un grito mudo en las profundidades del colchón.

67
NÚMERO OCHO

Su mujer se estaba muriendo. Otra vez.

Igual que yo.

Cuando los médicos me lo dijeron, pensé en un único sitio.

La cala fluvial junto al Hudson, oculta del resto del mundo por hileras y más hileras de árboles. Había que saber que estaba ahí, y si lo sabías, era como tener las llaves del cielo.

Había un letrero de PROHIBIDO BAÑARSE, pero nadie hacía caso. Era un lugar para sumergirte bajo el agua, un lugar para la arena, los kayaks y las neveras llenas de cervezas.

Era allí donde deseaba pasar el tiempo que me quedaba, sin nada encima salvo el traje de baño y un sombrero de paja.

Dio conmigo un atardecer.

Yo tenía la cabeza en otras cosas. Me estaba muriendo e intentaba asimilarlo.

No esperaba que un hombre como él tomara cartas en el asunto.

Lo sé. Lo sé. Me iba a morir, sí o sí, antes que la mayoría.

Aun así, es importante; lo que él me arrebató.

Después de toda una vida corriendo de aquí para allá y tratando de complacer a otros, esta era mi última oportunidad.

Se suponía que ese momento era mío.

68
LA MUJER EN LA CASA

No se lo puedes explicar. No puedes contarle nada.

Tienes que confiar en que ella lo entenderá.

—Ojalá ese rollo de la fiesta no tuviera que ser justo aquí —te dice Cecilia la tarde siguiente, cuando están las dos solas.

«Lo sé —le dices mentalmente—. Pero si tú supieras... Va a ser algo magnífico.»

La dejas hablar.

—Casi pienso que ojalá no tuvieran que hacer la fiesta, en ninguna parte. Ya sé que la gente está intentando ser amable, solo que... —Deja la frase suspendida en el aire.

—Lo entiendo —le dices—. A mí tampoco me gustan las multitudes.

Asiente con la cabeza.

—Sinceramente, yo creo que me voy a ir a mi cuarto en cuanto pueda. A tomarme un respiro, ¿sabes?

Ahora te toca a ti asentir.

«Lo entiendo, chica. Recuerdo cómo es eso de necesitar un respiro.»

Vuelves al sótano. No miras las fotos: te van a sorber la vida, y no te queda ninguna vida que malgastar.

Lo que te interesa es la pistola. La levantas. Sientes su peso en la mano. Te acostumbras a ella. Intentas insertar un cargador. Lo haces mal. Lo vuelves a intentar. No habías hecho esto nunca, pero tampoco tiene por qué saberlo nadie.

Con el arma acomodada en la palma de tu mano, sientes una energía que te asciende por dentro. Cuántas cosas podrías hacer. Acercarte a él con sigilo cuando esté dormido. Apuntar y apretar el gatillo. ¿Cuántas balas serán necesarias? Una, si va donde debe. Dos, tres, cinco... No tienes ni idea.

Eso no es lo que tú quieres. Sábanas manchadas de sangre. Masa encefálica en la almohada. Cecilia corriendo desde la otra punta del pasillo, tropezándose, adormilada, sorprendida. Una imagen que la niña no olvidará jamás: el cuerpo de su padre y la pistola todavía caliente en tu mano. ¿Y tú? Tú irías a la cárcel. Encerrada otra vez.

Ya sabes qué es lo que el mundo le ofrece a la gente como tú. Lo mejor que te puedes esperar: él, vivo, vestido con un enterizo de color naranja. Un juzgado. Grilletes en las muñecas y los tobillos. Los titulares de los periódicos contándole al mundo lo que ha hecho este hombre. No, no es eso ni de lejos, y no estás segura de querer nada de ello, pero es la única opción, y vas a tener que aceptarla.

Aquí, en la casa, por primera vez —por única vez—, puedes decidir por ti misma.

Lo que tú quieres: alguna forma de vivir ahí fuera, en el mundo, después de esto. Una vida que no implique despertarse todas las noches atormentada por el recuerdo del

384

hombre al que has matado. Porque te iba a atormentar, el hecho de matarlo. Tú no eres él. Nunca lo serás.

Él ha moldeado la vida de su hija de tal forma que esta gire alrededor de su padre, y algún día se lo van a llevar de su lado. La vida que él le ha dado a su hija está cimentada sobre unas tumbas poco profundas, y los muertos se levantarán y removerán la tierra bajo sus pies.

En la cena, ella está feliz. Lo bastante feliz. Se ha pasado la mayor parte del día leyendo. Ha enseñado a Rosa un truco nuevo. Lleva cinco respuestas correctas en *Jeopardy!* Quizá esta noche le dé esperanzas. Quizá esta noche le muestre que, algún día, la vida volverá a ser alegre.

En la mesa de la cena, se vuelve hacia ti. Algo pierde intensidad en ella. Avergonzada —te atreverías a decir tú— de su propia euforia.

«No pasa nada —quieres decirle—. Deberías ser feliz. Te mereces ser feliz. No eres más que una niña. No has hecho nada malo.»

«Te mereces crecer sin tener que pensar en nada de esto. Eres una niña. La vida no tardará en enseñarte lo que es un mal hombre.»

«Algún día te enterarás de que tu padre era uno de ellos.»

Cecilia necesitará a alguien a quien culpar, porque esto le va a doler, y cuando algo te duele así, sirve de ayuda saber quién lo ha hecho. Si tú lo hubieras sabido, aquella noche en la discoteca, tal vez habrías podido quedarte en la ciudad. Si le hubieras puesto un nombre y una cara, una persona concreta en lugar de un mundo hostil, te habrías curado y jamás habrías conocido al padre de esta niña. Tu vida seguiría siendo tuya.

Necesitará a alguien a quien culpar, y si no es él, entonces tendrás que ser tú.

«Cecilia, cuánto lamento lo que estoy a punto de hacerte.»

«Cuánto lamento lo que estoy a punto de hacerle a tu vida.»

«Tal vez algún día lo entenderás.»

«Espero que entonces sepas que todo lo hice por ti.»

Esa noche, tienes previsto hacer lo que siempre haces. Tienes previsto esperar a que él termine. Tienes previsto ser Rachel. Tienes previsto hacer las cosas que te mantienen viva.

Y lo intentas, pero él te encuentra en la oscuridad, y piensas en las mujeres del sótano. Piensas en su hija. Piensas en ti y en las que son como tú.

Nunca hasta ahora te has permitido sentir esto porque sabías que sería peligroso; que esta ira no es de las que pueden administrarse con un cuentagotas, solo en forma de tsunamis.

Va a esposarte a la cama y falla. El metal te pellizca la piel. Retiras la muñeca: es algo instintivo, la reacción que tiene todo el mundo cuando se hace daño. Te agarra del brazo y lo sujeta en su sitio. Esto también es instintivo, colocar tu cuerpo, todas sus partes móviles, en los lugares donde él las quiere.

Lo inteligente es dejarle hacer. Te va a esposar de todos modos, así que ¿qué importancia tiene? Pero esta noche sí que importa. Esta noche te pones de rodillas y das otro tirón. Tu muñeca se le escapa. De inmediato tienes su mano encima, que intenta agarrarte por el codo, el hombro, cualquier parte del cuerpo que pueda utilizar de anclaje. Te resistes. Te escurres y te escapas fuera de su alcance, te pones de pie y le apartas la palma de la mano con un manotazo. Tus movimientos te sorprenden: tan rápidos, tan precisos. Memoria muscular. Tus sesiones secretas de ejercicio han hecho que tu cuerpo salga de su hibernación.

Viene por ti con ambas manos y se te olvida tener miedo. Solo estás furiosa.

Es un forcejeo silencioso, temerario, desesperado. Tu mano encuentra su pecho. Empujas: es un empujón leve que apenas lo altera, a esta fuerza inamovible de hombre. Apenas le hace nada, pero para ti lo significa todo, lo es todo para ti.

Él recupera el control; por supuesto que lo hace. Él es él y tú eres tú. Te agarra del brazo y te lo retuerce, el otro también, y carga sobre ti su peso hasta que te arrugas como una hoja marchita en el suelo. No obstante, tiene alterada la respiración y le notas el pulso agitado contra tu espalda, acelerado, sonoro y presa del pánico, y eso lo has conseguido tú, te has escapado de él unos segundos, y se ha asustado.

Has aterrorizado a este hombre. Le has disparado el pulso.

—¿Qué demonios crees que estás haciendo? —suelta en un susurro furioso entre los dientes apretados.

Te retuerce los brazos con más fuerza, y te rindes. Ya puedes hacerlo. Debes hacerlo.

—Lo siento —le dices sin un ápice de sinceridad: es una contraseña, un salvoconducto para llegar a mañana.

A ti también se te va calmando la respiración. Te das cuenta de lo que has hecho, lo cerca del sol que has volado. Una estupidez, sin pensar un segundo en tus alas ni en la cera que las mantiene unidas.

—Lo siento —vuelves a decir, y añades con un atisbo de sinceridad—: No sé en qué estaba pensando.

Recupera el control sobre las esposas y te encadena al armazón de la cama.

Qué fuerza, la de este cuerpo tuyo. No sabías que eras capaz de tal cosa, de empujarlo así, de desafiarlo.

Te pasa los dedos por la parte de atrás de la cabeza, te recoge el pelo en un puño cerrado y tira. Te lleva la cabeza hacia atrás de un latigazo. Te planta la cara delante de las narices.

—Vete al demonio, eres una malagradecida, ¿lo sabías?

No intentes asentir. No intentes explicarte. Tú déjalo hablar.

—Qué perdida estabas. Qué sola estabas, carajo. Yo te encontré. —Un tirón—. Si estás viva es solo gracias a mí. ¿Sabes lo que serías tú sin mí?

«Nada.» Lo recitas mentalmente para que sus palabras no te toquen cuando él las pronuncie. «Estarías muerta.»

—Nada. Estarías muerta.

No lo escuchas. No le permites entrar en tu mente.

Te suelta del pelo con un empujón.

—Lo siento —le vuelves a decir, y podrías decirlo quinientas veces si fuera necesario para él. Un «lo siento» no te cuesta nada.

—Cállate ya. ¿Puedes hacer eso? ¿Podrías callarte la puta boca durante un solo segundo?

Te apoyas en el armazón de la cama. Te hace un gesto negativo con la cabeza.

Tiene planes que van más allá de ti. Ya has visto las fotos, las polaroids de Emily en el sótano, las herramientas en sus cajas y en el banco de trabajo.

Ha sido un error empujarlo. Asustarlo de ese modo. No te arrepientes, no del todo, pero has de tener cuidado.

Qué cerca estás.

69

LA MUJER EN LA CASA

Él te lo explica.

—Va a haber una fiesta —dice, como si Cecilia y él no lo hubieran discutido ya delante de ti. Como si tú solo pudieras oír las cosas cuando él quiere que las oigas.

Asientes con la cabeza.

—Va a venir gente. Aquí. En el jardín delantero. No van a entrar en la casa. ¿Me oyes?

Le dices que sí, que lo estás oyendo.

—Tú te vas a quedar aquí —te dice, y se refiere a esta habitación.

«Ninguna sorpresa», te dan ganas de decirle, pero vuelves a asentir.

—Haremos las cosas como de costumbre.

—Entendido.

Toquetea las esposas.

—Dime cómo te llamas.

«¿Otra vez con esto?», piensas, pero tu cerebro ya sabe cómo actuar. Las palabras tienen un poder muy especial cuando te mantienen viva.

«Eres Rachel. Él te encontró.»

—Me llamo Rachel —le dices, y te quitas un peso que te comprimía el pecho, como si hubieras estado mintiendo y hubieras regresado a la verdad en este preciso instante.

«Todo lo que sabes es lo que él te ha enseñado. Todo lo que tienes es lo que él te ha dado.»

No hace falta que él te pregunte lo demás.

—Hace poco que me he mudado aquí. Necesitaba un lugar donde vivir, y tú me ofreciste una habitación.

Asiente con la cabeza. Te agarra por el hombro y te clava los dedos en la piel, presionando sobre los músculos que hay debajo. Incrustándose en ti.

—No vas a gritar —te dice—. No vas a decir ni a hacer nada. Y si lo haces, te llevaré al bosque y acabaremos con esto para siempre.

—Lo entiendo —contestas.

—Bien. —Acto seguido, y solo para asegurarse de que el mensaje ha quedado claro, añade—: Vas a guardar silencio. No vas a hacer un solo ruido.

Asientes una vez más.

No estás mintiendo. Él tiene razón.

No lo harás.

70
NÚMERO NUEVE

Tuvo la desfachatez de hacer como si me tuviera miedo.

Él. Tenerme miedo. A mí.

No sé qué se esperaba.

A lo mejor pensaba que sería más mayor. O más joven.

¿Quién sabe?

Yo no.

Lo obligué a golpear. Lo desafié. No sabía que tuviera dentro semejantes reflejos, pero me vinieron justo cuando los necesitaba, cuando se inclinó sobre mí y tuve vía libre con el codo directo a su nariz.

Y fui por todo.

Se agachó antes de que mis huesos pudieran contactar con los suyos, pero menudo efecto tuvo eso en él, algo tan minúsculo. La chispa de la vida en el otro extremo.

Estaba desconcertado.

Yo creo que estaba más enojado consigo mismo que conmigo. «Tengo una hija», me dijo. «Tengo una... Tengo a alguien. Una inquilina. Tengo una vida.»

Me dijo que tenía una vida. No le dije que yo también la tenía.

Él ya lo sabía.

Y entonces lo hizo. Peleé, y, al final de todo aquello, aun así lo hizo.

Como si hubiera decidido que yo era una fuerza del mal y que tenía que acabar conmigo.

Lo último que recuerdo: a él, mirándome fijamente a la cara como si de un abismo se tratase.

Aferrado a mi cuerpo como si aquello fuera el final de todo.

71
EMILY

La casa está preciosa. Por fin. Sophie y yo vinimos un buen rato antes para poner unas tiras de luces por el jardín, por las plantas y en su único árbol. Encendimos los calefactores del restaurante, unas llamaradas altas encerradas en jaulas de acero. Anoche nevó, apenas un par de centímetros, pero una parte se adhirió al suelo.

Lo contemplo todo, y eso me levanta un poco el ánimo.

Aidan está en la puerta, indicando a la gente dónde estacionarse y dirigiéndola hacia el vino caliente que Sophie y yo hemos traído. Todos contentos, todos abrigados. Eso lo incluye a él, la chamarra con el cierre subido hasta las orejas y su gorro gris con orejeras de siempre.

No puedo quedarme mirándolo mucho tiempo.

Estaba la cuestión de si ponerme o no su bufanda. No quería ser demasiado obvia, pero bueno, fue él quien me la dio. Y es una buena bufanda, de las que te mantienen calientita de verdad. He pensado que la gente se iba a fijar si me la ponía. Podrían reconocerla, su bufanda anudada en mi cuello, y atar algunos cabos.

Además, me dijo que la recuperaría en algún momento, y a lo mejor ese momento es hoy. Si me la ponía, quizá hablase conmigo.

He decidido venir con la bufanda.

Ahora mismo la llevo puesta, con mi abrigo blanco de plumas y mis buenas botas de nieve. Orejeras para evitar un gorro que me estropee el pelo. Algo de maquillaje: lo justo para sentirme arreglada, pero no tanto como para que parezca que me esfuerzo.

Cuando Sophie y yo hemos llegado, me ha saludado con un abrazo.

—Me alegro de que hayas podido venir —me ha dicho, y quiero creer que sus manos me han rodeado unos segundos más de lo necesario, pero yo qué sé.

Ha venido todo el mundo, desde el juez hasta el señor González. Incluso Eric y Yuwanda («¿Fiesta en casa del viudo?», ha escrito Eric en el grupo. «No me lo pierdo por nada del mundo»).

Aquí está su hija, envuelta en su plumas violeta, con una bufanda blanca que le tapa la mitad inferior de la cara. El mismo pelo largo y rojizo de su madre, y también sus pecas. A veces resulta difícil verlo a él en su hija. En otras circunstancias —si estuviéramos hablando de otro tipo de hombre, si su mujer y él hubieran sido otra clase de matrimonio—, lo mismo te preguntabas si de verdad es hija de Aidan.

Está de pie en un rincón con otros chicos que he visto por el pueblo. Tampoco es que se la vea muy integrada. Es tímida, tal y como imagino que sería él a su edad. Como todavía puede ser él, a veces.

Si lo observas detenidamente, te darás cuenta. Esos pequeños descansos que se toma para recomponerse: cómo pone fin a sus conversaciones, se retira a un rincón y se presiona las sienes durante un segundo antes de estar listo para volver a empezar.

Se supone que no debemos entrar en la casa. Esa era la única condición, y el juez nos la envió a todos en un correo electrónico colectivo: «Aidan ha pedido que tengamos la amabilidad de limitar la celebración al jardín delantero de la casa. Espero sinceramente que todos podamos concederle esto. Todos estamos muy ocupados con las Navidades, y no queremos dar a nadie más trabajo del necesario».

Así que nos hemos quedado fuera. Todos salvo él.

Pensará que ha sido discreto, pero yo me he dado cuenta.

Además de los breves descansos, además de la presión en las sienes, se ha escapado ya un par de veces al interior de la casa. Ha cerrado la puerta con llave cada vez que ha vuelto a salir. No le habría prestado la menor atención si hubiera hecho, no sé, algo. Si hubiera vuelto con un paquete de vasos de cartón o con un paquete de servilletas. A lo mejor con un suéter para prestárselo a algún invitado.

Sin embargo, lo he visto por una ventana, por esa rendija que queda entre el cristal y el estor. Ha entrado y se ha quedado ahí quieto, al pie de la escalera, con la cabeza inclinada hacia el piso de arriba. Escuchando.

¿Escuchando qué?

Pienso en su casa y en la gente que vive en ella. En su prima que no es su prima. En esa mujer a la que ahora mismo no se ve por ninguna parte.

Espero hasta que el juez engancha a Aidan en una conversación con una pareja a la que casó el verano pasado. No hay nadie mirando.

Me acerco a la casa. No ha cumplido con su propósito de buscarse un escondite mejor para su llave de emergencia. Todavía no.

Como si no me tuviera miedo. Como si no le preocupara lo que pudiera hacer yo con esa información.

Entro en la casa.

72
LA MUJER EN LA CASA

Cada paso es una improvisación, un interrogante repleto de posibilidades de cagarla de forma memorable.

Esta noche es la fiesta. Vino antes a verte, te esposó al radiador y se guardó la llave en el bolsillo como la madrastra de Cenicienta en la noche del baile.

—Recuerda lo que hablamos —te dijo.

—Sí —le respondiste—. Lo tengo claro.

Se quedó pensativo por un instante.

—Habrá música. Ahí fuera. La gente estará festejando, hablando y comiendo, ese tipo de cosas. Van a estar ocupados.

«Ya lo sé —quisiste decirle—. No hace falta que me cuentes que nadie va a venir por mí.»

Te quedas esperando a oír el sonido de los coches en el camino, las voces y los saludos, la música. Esperas a esos invitados de mirada expectante, defensores de los desvalidos, que se mueren de ganas de colmarlos de afecto a él y a su hija.

Primero, ahí está el seguro, recuperado del cajón de la cómoda esta misma tarde mientras él estaba fuera, y ahora oculto en el relleno de tu brasier deportivo. Te pasaste años poniendo los ojos en blanco ante los brasieres con relleno, y mírate ahora.

Siempre pensaste que, cuando llegara el momento, lo sabrías con certeza.

Esta noche hay cosas que sabes con certeza. Lo que ha hecho ese hombre y a quién. Dónde guarda el arma de repuesto.

Tú sabes, y él no, que su hija acudió a ti. Que te dio unas compresas y un seguro.

Lo que él no advierte: que ahora sabes que el mundo no es solo un lugar donde te suceden las cosas. Que tú también puedes causar las cosas que suceden en el mundo.

No lo has oído entrar en la casa, pero has de asumir que es una posibilidad. Tienes que actuar con precaución, con confianza.

Hay dos cerraduras en las esposas, y te basta con abrir una. La que tienes más cerca. La que mantiene uno de los aros vinculado a tu muñeca.

Insertas el seguro en la cerradura.

Invocas a los espíritus que necesitas. El de Matt. El del hombre de YouTube. Todo lo que te han enseñado sobre cerraduras. Todo lo que recordaste mientras trabajabas con la puerta de debajo de la escalera.

Este tipo de cerradura es distinto, pero hay algo universal en estos mecanismos: son piezas de metal que se enganchan para cerrar espacios de la gente. Tú lo sabes todo al respecto.

Encajas contra la pared la muñeca esposada para tener un mejor agarre.

Concéntrate.

Lo cierto es que ni tu casi novio ni el tipo de YouTube te explicaron demasiado bien que digamos cómo funciona una cerradura. En sus demostraciones, siempre llegaba un

momento en que tenían que rendirse al misterio de aquello. El pensamiento mágico en acción. Utilizas la mente
racional para colocar las herramientas en su sitio y, acto
seguido, dejas que el corazón se encargue.

Tienes que trabajar con esa cerradura como quien se
pone a trabajar con una persona: llegar a conocerla, conseguir que se abra poco a poco.

No hay vuelta atrás. No hay contratiempos. Cada centímetro, cada victoria, se ha de lograr de forma definitiva.

Algo en el interior de las esposas está a punto de ceder.
Se te acelera el pulso, respiras, sigues manos a la obra.

El aro se te cae de la muñeca.

Lo cazas antes de que golpee contra el radiador.

«Vas a guardar silencio. No vas a hacer un solo ruido.»

Ahora es cuando abandonas la habitación. Ahora es
cuando empiezas a hacer las cosas por las que algún día la
gente dirá: «Qué valiente fue».

Un vistazo por la ventana, un dedo para retirar el estor.
La gente ahí abajo. Pisoteándole el césped, invadiendo sus
dominios. Y él está en el centro de todo. Te está dando la
espalda, pero llegas a verle las manos, que se mueven muy
animadas, el cuerpo que se inclina al ritmo de sus palabras.
Un hombre haciendo teatro.

Cecilia. No la puedes mirar. Es un borrón de color lavanda en una esquina. Un pegote de color en un mar de
gris y negro. Un pajarillo a punto de caerse del nido.

Ahora es cuando desbloqueas desde dentro el pasador
de la habitación, envuelves el pomo con los dedos y lo giras.

Ahora es cuando empiezas a tener fe. En que sus invitados no se van a entrometer. En que vas a llegar a donde tienes que ir, en el momento planeado y sin que te molesten.

Cierras la puerta al salir.

Esto es muy fácil. Lo has hecho decenas de veces. Avanzas por el pasillo sin hacer ruido. Aquí no hay nadie. Sabes que no hay nadie. Después, la escalera: bajas un peldaño, después otro, después otro. Encorvas la espalda como si pudieras hacerte invisible.

Sé rápida. Eso es lo más importante aquí. Si eres rápida, no te verán. No del todo. Serás un fantasma. «Me ha parecido ver —dirá la gente—, pero no, no era nada.»

Sabes cómo hacerlo. Has sido un fantasma durante cinco años.

Llegas al salón. Te da vueltas la cabeza. No tienes tiempo para estabilizarte, para ponerte a pensar en lo que estás haciendo. Tiene que ser ya, absolutamente todo.

Otro piso más. Utiliza el seguro. Abre la puerta. Esta es la última vez. Si todo va conforme a lo planeado, o incluso si no es el caso. La última vez en el sótano. La última vez en la casa.

Toma solo lo que necesitas.

La pistola, para empezar, metida por dentro de la cintura del pantalón, entre la tela vaquera y la piel. Los cargadores. Ya sabes qué hacer. Cárgala.

No.

Tu mano se detiene.

Porque Cecilia es un pegote de lavanda en un mar de oscuridad, y no se merece lo que se le viene encima.

Porque no vas a levantar un arma delante de una niña.

Tienes que salir viva de esta. Por dentro y por fuera. Vivir en tu propia piel, mostrarle tu rostro al mundo.

Toma el arma, no los cargadores. Toma las polaroids, unos rectángulos en la parte de atrás de tus pantalones, debajo de la sudadera gris con gorra, ocultos, como la pistola. Un seguro de vida. Por si acaso.

Ahora es cuando te despides de él.

«Hasta siempre. Y sigue con vida. Te necesito vivo.»

Quita las cajas de en medio, vuelve a subir la escalera, empuja la puerta para abrirla y...

Demonios.

Hay alguien aquí.

Cierra la puerta. Vuelve a abrirla, solo una rendija. Lo justo para mirar.

Es ella.

«No puede ser, Emily. Es que no puede ser, carajo.»

Está husmeando. Pues claro que sí.

La pistola te pesa mucho en la cintura del pantalón. Notas que te está dejando marcas en el abdomen, el metal, que se está grabando en tu piel.

Si está husmeando, entonces tendrá que largarse pronto. La gente que está husmeando no se puede quedar mucho.

Pasa los dedos por la parte de atrás del sofá. Levanta un libro de bolsillo de la mesita del salón y lo vuelve a dejar. Tiene el cabello reluciente y las mejillas cada vez más sonrosadas; está entrando en calor, das por sentado, con su abrigo blanco de plumas.

Finalmente, se dirige hacia el cuarto de baño.

En el preciso instante en que está a punto de desaparecer, se abre la puerta principal. Mierda. Mierda. Mierda.

Tus pensamientos van de un salto a las cajas de abajo, a los cargadores que te has dejado allí, a tu arma descargada. ¿Es demasiado tarde para volver por las balas?

Tienes un latido en la garganta, las manos húmedas, resbaladizas. No vas a poder hacer esto con las manos resbaladizas. A lo mejor es que no puedes hacer esto, y punto.

Una ráfaga de aire frío. Alguien que contiene la respiración y después la libera.

Es Cecilia.

Emily se sobresalta. Cecilia también. Se han asustado la una a la otra, igual que te han asustado a ti. Están las tres en lugares donde se supone que no deberían estar.

—Ah —exclama Cecilia—. Hola.

Emily la saluda con otro «hola».

—Solo iba al cuarto de baño —dice Emily en tono de disculpa.

Cecilia asiente.

—Claro. Yo... —vacila—. Yo solo necesitaba un descanso.

Esto es bueno para ti. No esperabas que se escabullese tan pronto de la fiesta. Ibas a tener que esperar de nuevo en el dormitorio, pistola en mano, pero ahora... Ya la tienes aquí. Puedes continuar.

Se oye el golpe seco de las pisadas de Cecilia al subir la escalera, después nada. Escuchas un poco más, como una silueta desapercibida a través de una puerta entreabierta, un fantasma en una casa encantada.

Dentro, el silencio. Fuera, el eco amortiguado de las voces, el golpeo rítmico de una canción pop.

Es el momento de salir.

Cierras la puerta, pero sin el pasador. Es un acto de fe, sembrar la semilla de la perturbación en su mundo. Y un cálculo, también: no te hace ninguna falta dejar sus cosas tal y como te las encontraste. No vas a volver, termine esto como termine.

Uno, dos, tres pasos, y entonces una fuerza: un arrepentimiento que te quema, una liga elástica invisible que tira de ti de nuevo hacia el sótano y te hace pensar que ojalá no hubieras salido nunca de detrás de esa puerta.

Has cometido un error. Has calculado mal. Lo has oído mal. Lo arruinaste. Sigue aquí, en el salón. Sin permiso, viva y preciosa, con esos ojos que se posan en ti y se enganchan levemente.

—Ah. Hola —te dice.

Le ofreces otro «hola» en respuesta, porque ¿qué otra cosa hay que decir?

—Solo andaba buscando el cuarto de baño —te cuenta.

Le señalas la puerta que hay justo detrás de ella.

—Ahí mismo.

Mira hacia atrás. Chasquea los labios.

—Cierto. Gracias.

Se da la vuelta, uno, dos, tres pasos, igual que tú; entonces se detiene y los desanda.

—Escucha —dice—, lo cierto es que no debería estar aquí. Se supone que nadie debería entrar en la casa. Yo solo... —Piensa. Probablemente intenta decidir cuál es la mejor manera de mentirte—. Es que he bebido mucho. —Se muerde los labios rosados y pone los ojos en blanco ante su propia conducta—. Es que ya no me podía aguantar más.

La miras fijamente, ambas son tanto el ciervo como las luces del coche.

Está esperando a que digas algo.

—Comprensible —es lo que le dices.

—Justo —dice ella—. Así que, por favor, ¿podrías evitar contarle que me has visto aquí dentro? No es para tanto, la verdad, eso creo yo, pero tampoco quiero que él..., preferiría que él no lo supiera.

Parpadeas.

—No se lo contaré —contestas. Se te ocurre una idea, un acuerdo—. La verdad es que yo tampoco debería estar aquí. Es... Es complicado.

«Eres su prima —recuerdas—. Para ella, tú eres su prima. La mujer solitaria que ha decidido, por razones que el resto del mundo ignora, no asistir a la fiesta en el jardín. Estás ocupada. Eres tímida, el tipo de persona que prefiere quedarse sola.»

—Somos una familia complicada —le cuentas.

Te sonríe.

—¿Y qué familia no lo es?

Asientes con la cabeza.

La sombra de un ceño fruncido aparece en su bello rostro.

—Pero ¿va todo bien?

Tragas saliva.

—Todo va fenomenal. Todo bien. Son solo, ya sabes, cosas de familia.

Asiente.

—Quizá debería dejar que entres ya en el cuarto de baño —le dices.

—Cierto.

Sigue allí un breve instante y se da la vuelta hacia la puerta del cuarto de baño. Dos mujeres en un acuerdo tácito para dejar a la otra en paz.

A lo mejor ella también llega a entenderlo. Quizá llegue a saber que lo hiciste todo por ella, también.

405

Pero ahora viene la parte que va a echarte a perder para siempre.

Es la parte que tú solo puedes vivir desde fuera de tu cuerpo. Es cuando cierras todos esos lugares de tu ser donde sientes dolor, tristeza, lo que sea.

Es la parte donde aprendes de él. Un soldado, alguien que se ciñe al plan.

Hay una llave colgada junto a la puerta, en su sitio habitual. Tómala.

Sube por la escalera.

Llama a la puerta de Cecilia.

No te dice que entres, sino que viene a abrirte la puerta y te da la bienvenida. La perra está durmiendo enroscada en un rincón del cuarto. Lejos de los invitados y de la fiesta.

Ahora viene cuando te desprendes de una parte de ti y la dejas atrapada para siempre entre las paredes de esta casa. A lo mejor la gente la oye durante años. Saldrá por las noches pidiendo perdón, suplicando que la quieran.

—No me había dado cuenta de que estabas aquí —te dice—. Mi padre me dijo que ibas a estar fuera esta noche.

Cierras la puerta a tu espalda.

Esta es la parte en que dejas de fingir. Tiene que parecer real, o no funcionará. Tiene que parecer real, o morirán todas.

—No grites —le dices.

Te lanza una mirada y ve que tienes el arma en la mano. Su cuerpo se encoge. Retrocede un paso y, cuando te vuelve a mirar, la niña es un manojo de temor y confusión.

Tal vez una parte de ella lo sabía. Quizá pudiera presentirla, corriendo por las tuberías como el vapor caliente, serpenteando por los cimientos de la casa, la perspectiva de la violencia.

Tal vez una parte de ella se la esperase, pero nunca la vio venir de ti.

—Si gritas, eso no me va a gustar nada —le dices.

Unas palabras, de él, que son de arena en tu boca. Tienes que arrancártelas de la lengua, y cada parte de tu cuerpo se resiste a decirlas.

—¿Qué está pasando? —pregunta con un gimoteo.

«No te lo puedo decir», piensas. Sientes que estás empezando a ceder, notas la molestia en el estómago, las palabras que se te agolpan en la garganta. Quieres contárselo todo. Quieres que lo entienda. Quieres que sepa que tú jamás...

No.

—Nos vamos a dar una vuelta —le dices.

No es una pregunta. No es una petición. Es alguien que está viendo lo que va a pasar.

Asiente. ¿Es así de fácil? ¿Apuntas a alguien con una pistola y hace todo lo que tú le digas?

—No vas a hacer un solo ruido —le dices—. No vas a salir corriendo. No vas a gritar.

Acto seguido, le ofreces la única verdad que le puedes dar:

—Haz exactamente lo que yo te diga, y todo saldrá bien.

Otro gesto de asentimiento.

Lo que no le dices: que esta es la única manera de asegurarte de que ella estará a salvo, tener los ojos puestos en ella todo el rato.

Más adelante, cuando ella piense en lo de esta noche, esto es lo que esperas que ella recuerde: una gran agitación; tú, haciendo algo malo, y su padre, alejándose de ella.

La niña se considerará la víctima de una gran injusticia, y no se equivocará al respecto de esa parte. Algún día se enterará de toda la historia, algún día la descubrirá. Pero no ahora.

Haces un gesto hacia la puerta con la mano libre.

—Vamos —le dices.

Sus ojos se desplazan hasta la perra. Te preparas para repetírselo: «He dicho vamos». Pero Cecilia lo piensa mejor y se arma de valor ella sola.

Lo que no le dices: «Ojalá pudiera venir la perrita con nosotras. Espero que la recuperes de una forma u otra».

La niña baja la escalera, y no tienes ni que meterle prisa. No tienes que jalarla ni zarandearla, no te hace falta clavarle la pistola en el costado. Ella tiene trece años y tú eres una adulta con una pistola, y esto te parte por la mitad, te destroza a cada paso, uno detrás de otro, lo fácil que es esto con ella.

—Alto —le dices.

Una pausa hacia la mitad de la escalera para asomarte al salón.

Está vacío.

—Vamos —dices.

Llegan a la puerta de atrás.

—Esto es lo que va a pasar —le cuentas entre susurros, encorvando los hombros, desapareciendo. Él podría estar en cualquier parte—. Vamos a ir hasta la camioneta. Tú me vas a seguir. No intentes nada, ¿de acuerdo?

En tu tono de voz hay un trasfondo de súplica. Nada de esto te sale de forma natural.

—Confío en ti —le dices.

Cecilia gimotea. Las lágrimas se deslizan por sus mejillas. «No pasa nada —quieres decirle—. Si te digo la verdad, me sorprende que hayas tardado tanto en llorar.»

En cambio, le dices que sea fuerte.

—Necesito que seas valiente, ¿lo entiendes?

Se seca las mejillas con el dorso de la mano y asiente.

Agarras la pistola con más fuerza. Un vistazo rápido por la ventana. Nada. Todo el mundo está en el jardín delantero de la casa, de fiesta, ajenos a la gran evasión que se está produciendo en el interior.

Que sigan así las cosas.

Esta es la parte en la que saltas.

Esta es la parte en la que no hay ninguna certeza.

Esta es la parte en la que se alinean los planetas y tú quedas en libertad.

73
EMILY

Echo un vistazo en el cuarto de baño: el jabón de marca blanca, las toallas recién lavadas. En un armario bajo el lavabo, botellas de cloro. Le gusta tener la casa tan limpia como a mí me gusta tener mi cocina.

Salgo de nuevo.

Esa mujer se ha ido. Vuelvo a estar sola.

La puerta de debajo de la escalera. Ha salido de ahí.

¿Qué estaba haciendo?

La abro y me encuentro un tramo de escalera de cemento.

En el fondo de la escalera, un interruptor de la luz. Lo pulso.

Es un sótano. Limpio, aunque feo, muebles plegables y una linterna.

Huele bien. Igual que su bufanda, igual que la base de su cuello. Huele a él.

Hay un banco de trabajo, su bolsa de deporte metida debajo del banco. Hay cajas. Montones de cajas, apiladas al fondo de la habitación. Lo que sobró de la mudanza, supongo.

Con la yema del dedo, voy siguiendo las letras grandes e irregulares que él garabateó con prisas. COSAS COCINA,

LIBROS y, como si fuera un conjuro, CAROLINE, CARO-
LINE, CAROLINE.

Su esposa, la mujer con la que se supone que él iba a
quedarse. La que recibió un juramento y ofreció otro a
cambio. La que le dio una hija y le regaló lo que imagino
que serían los días más felices de su vida. La que...

Un sonido a mi espalda. Un roce: unas suelas sobre el
cemento.

Mierda.

No lo he oído abrir la puerta. No lo he oído bajar la escalera, pero aquí está, aquí mismo, a centímetros de mí,
esa bella mirada que es tan penetrante que me dan ganas
de decirle que la aparte, que me deje en paz. Pero no puedo, porque yo soy la intrusa. No he hecho caso de sus indi-
caciones. He venido a donde no debería estar, y he perdido
toda capacidad negociadora.

—¿Cómo has acabado aquí abajo? —me pregunta.

Está tranquilo, con el rastro de una sonrisa en la cara.
Siente curiosidad, me digo, solo tiene curiosidad por saber
qué demonios estoy haciendo aquí abajo.

—Estaba buscando el cuarto de baño —le miento.

—¿Y se te ha ocurrido que a lo mejor lo encontrabas en
el sótano?

Se hace un silencio entre los dos. Entonces, el más bello
de los sonidos: se ríe, y yo me río con él de mí misma, de
mi mentira flagrante, de la maravillosa sensación de alivio
que me calienta de la cabeza a los pies.

—Me atrapaste —le digo.

Ladea la cabeza. Me estudia como si nunca me hubiera
visto, como si fuera una estatua en un museo y quisiera memorizar hasta el último de mis pliegues y mis detalles.

Como si quisiera averiguar y no olvidar nunca qué partes de mí emiten luz y qué partes son pura penumbra.

Me muevo nerviosa ante su mirada.

—Lo siento —le digo, otra vez seria.

Abre la boca, quizá para tranquilizarme y decirme que no pasa nada, que él no quería que toda la fiesta se trasladara dentro, pero que no es para tanto si entra en la casa una sola persona, si soy solo yo, pero...

Sus ojos se llenan de inquietud. Su mirada me abandona y salta hacia algo sobre mi hombro derecho. Vuelven conmigo, se van otra vez a esa cosa. Sigo la dirección de su mirada desde la manga de mi abrigo hasta...

¿Las pilas de cajas?

Es un acto reflejo, un instinto de la infancia, cuando el niño que se sentaba a mi lado en clase protegía su examen de la vista y me provocaba todavía más las ganas de mirar.

Mi cuerpo se mueve antes de que yo le diga que lo haga. Es un cambio imperceptible, un levísimo giro de la espalda, el tórax que se da la vuelta, el cuello que se estira hacia las cajas a mi espalda.

Una mano me agarra el brazo. Se está aferrando a mí, pero no como una vez lo hizo, con la delicadeza del afecto, la urgencia de la pasión. Me está sujetando con firmeza, con algo entre la fuerza y el pánico. Esto es control.

Trazo con la mirada una línea invisible que va desde su mano, venosa y con los nudillos blancos en la manga de mi abrigo, hasta su rostro. Ese rostro tan guapo que tuve entre mis manos aquella noche en el restaurante. Los labios que mordisqueé. La nariz que besé tan rápido, con tanta timidez, cuando terminó todo.

Hay algo que no reconozco. Una dureza, un vacío. Un abismo que se abre bajo nuestros pies. La consciencia repentina de que no lo conozco. No de verdad. Que jamás nos hemos quedado despiertos la noche entera charlando. Que él jamás me ha hablado de su infancia, de sus padres, de sus esperanzas, de sus sueños y de cómo resultaron.

Es un hombre que oculta algo en el sótano.

El abanico de posibilidades es infinito, desde lo más inocente hasta lo más embarazoso.

«No pasa nada —quiero decirle—. Todos tenemos secretos. La verdad es que yo odiaba a mis padres... No, espera, ni siquiera eso es cierto. La verdad... La verdad es que nadie me ha querido nunca de manera incondicional. Nadie me había prestado atención antes de que tú lo hicieras, y yo pensaba que estaba fenomenal en mi rinconcito, pero no lo estoy. Lo cierto es que no.»

«Lo cierto es que hace mucho tiempo que no estoy fenomenal.»

«Lo cierto es que quiero ocupar un espacio. Quiero ser el centro de la vida de otra persona. Que me adoren, sentirme reconocida. Lo cierto es que quiero tener a alguien que se ría con mis chistes, en especial los chistes malos, y quiero tener a alguien que me vea y no salga corriendo en la dirección contraria.»

«Lo cierto —me dan ganas de decirle—, lo cierto es que te seguiría a cualquier parte.»

Parpadea. Relaja la mano en mi brazo y me suelta, lentamente, como si acabara de caer en la cuenta de que me ha agarrado, siquiera.

Carraspea.

—Perdona, yo... —Hace un sonido gutural y lo vuelve a

decir. Como una oración que se sabe de memoria—: Perdona.

Me toco la piel bajo el abrigo y el suéter, todavía caliente por la compresión, con un leve dolor al tacto.

—No pasa nada —le digo.

Mi propia mano se extiende sola y se queda en el aire en un gesto torpe, como si fuera incapaz de decidir qué hacer: ¿un abrazo, una palmadita, un maldito apretón de manos?

—Ven por aquí —me dice— Deja que te enseñe algo.

Señala hacia el banco de trabajo, en el extremo sombrío del sótano donde no llega la luz de ese foco desnudo.

«Te seguiría a cualquier parte.»

—No es más que una cosilla en la que he estado trabajando —me dice, y me hace un gesto con la mano para que lo acompañe.

En ese instante, un golpe seco, en realidad más bien como un portazo que viene del piso de arriba y un motor que arranca como la descarga de un trueno. Muy cerca de nosotros. Justo al lado de la casa, si tuviera que intentar adivinarlo. Donde lo único que está estacionado es su camioneta. Todos los demás nos hemos estacionado en la calle.

Su cabeza, su cuerpo entero gira en la dirección al sonido. Como un rayo: veo su silueta, que sale disparada y desaparece escaleras arriba.

Durante el instante más breve, vuelvo a estar sola. En su sótano, en las entrañas de su casa. Me tiemblan las manos. Me pitan los oídos.

Fuera de la casa, el rumor del motor. La voz de él por encima del ruido.

Finalmente, mi cuerpo recuerda.

Echo a correr. Corro tras él.

414

74
LA MUJER EN LA CAMIONETA

No hacen un solo ruido. Salvo los leves sollozos de Cecilia, salvo las pisadas de las dos en la hierba: las tuyas descalza, las de ella en tenis. Nada de eso basta para delatarlas. Hay una fiesta. La gente está entretenida, cegada por las tiras de luces, con la mente difusa gracias a eso que huele como a vino caliente.

A él no lo ves por ninguna parte. Lo ideal para ti hubiera sido tenerlo controlado en la distancia, verlo con el rabillo del ojo, pero tendrá que valer con esto.

Abres la puerta del acompañante de su camioneta.

—Sube —le dices a su hija.

Sabes cómo se hace esto.

Cecilia te lanza una mirada al subirse al asiento con el cañón de la pistola a escasos centímetros de ella. Herida. Es la mirada de una niña que no te va a perdonar nunca. Ella no sabe que la pistola no está cargada, que esto te está matando, puede que tanto como a ella.

Cierras su puerta de la manera más silenciosa posible. En algún lugar, antes de que él se pueda percatar siquiera, se le ponen las orejas de punta. Una alteración en el universo. Está sucediendo algo que él no tenía planeado.

Él aún no lo sabe, pero dentro de unos instantes va a venir por ti.

Rodeas la camioneta hasta el asiento del conductor. Estos son los segundos de peligro. Es una situación que no podrías explicar. En tu mano una pistola que no es tuya, una chica retenida que tampoco es tuya.

Este es el momento que te va a matar si sale mal

Estás en un vehículo. Estás sentada al volante.

—El cinturón de seguridad.

Cecilia te lanza una mirada de incomprensión.

—El cinturón de seguridad —le vuelves a decir, y haces un gesto con la pistola.

Se lo pone. Te vuelves a guardar la pistola en la cintura del pantalón.

La camioneta cobra vida.

Concéntrate.

Tu manera de lograr salir de aquí pasa por que tu existencia se reduzca únicamente a este instante, en la cabina, con las manos en el volante. Piensa solo en lo que tienes que pensar. Fíjate solo en lo que tienes que ver. Maniobra con la camioneta para sacarla de la entrada de la casa. Crees oír algo: a alguien que grita en la distancia, confusión, el comienzo de un alboroto.

Concéntrate.

Pisa el acelerador.

Lo que suceda en la casa ya no es tu problema.

75
EMILY

Le entra el pánico. Sale corriendo al exterior y busca en el jardín. Descontrolado. Frenético.

—No está aquí —dice.

Vuelve a entrar en la casa y ni se molesta en cerrar la puerta principal, sube la escalera de dos en dos peldaños, de tres en tres. Arriba, las puertas se abren y dan un golpazo contra las paredes. Vuelve aquí, sin aliento.

—Cece no está en la casa.

Me lo está diciendo a mí y al resto de la gente que ha empezado a aglomerarse en el salón y en la entrada, alarmados. Es la primera vez que lo veo así. Un padre herido al que le han arrancado algo vital.

—Tiene a mi hija —dice—. En la camioneta.

Nadie entiende a qué se refiere exactamente, pero captamos lo esencial. La camioneta se ha marchado de aquí, y su hija iba en ella. Carne de su carne, sangre de su sangre.

—Necesito un coche —dice.

La gente se busca en los bolsillos, pero yo soy más rápida. Corro hasta él y le pongo las llaves del Honda Civic en la mano.

Sale corriendo hasta el coche sin mirarme siquiera.

Me subo al asiento del acompañante. Este es mi coche, mi mundo. No necesito permiso de nadie.

Gira la llave en el contacto. La gente se aparta. Ruge el motor del Civic. Los neumáticos chirrían sobre el asfalto.

Nos alejamos de la casa.

76
LA MUJER EN MOVIMIENTO

Estás en la carretera. Eres la carretera. Clavas en ella la mirada, tienes las manos soldadas al volante. Conduces. Conduces como él aquel día, cuando te arrancó de un rodal de hierba, cuando te apartó del mundo.

Te ha enseñado bien.

Te llega un sollozo desde el asiento del acompañante. Una mirada fugaz: sigue donde tiene que estar. Sigue aceptando esto.

·«Todo va a salir bien —quieres decirle—. Todo esto es un poco de teatro, aunque el miedo es real, y nunca dejaré de pedirte disculpas por ello.»

Izquierda, izquierda, derecha. No es un trecho muy largo, pero el tiempo se te escapa. A lo mejor conduces durante diez minutos, o a lo mejor durante un año entero. A lo mejor Cecilia y tú se van de viaje, una mujer y una chica en una película postapocalíptica, recorriendo Estados Unidos en pos de una vida mejor, de una nueva vida, de cualquier vida, la que sea.

Justo cuando estás a punto de pasar por Butcher Bros y sus vacas, captas algo en el retrovisor. Un brillo, un logotipo de Honda que viene hacia ti

Hundes el pie en el acelerador y esperas que el Honda se pierda en la distancia, pero se te engancha. Enseguida lo tienes pegado a la defensa. No te puedes librar de él, como una avispa en el borde de una lata de refresco en pleno verano.

En el retrovisor, un resplandor de blanco. Es ella. Sentada en el asiento del acompañante con su abrigo blanco de plumas. Si no es ella quien conduce, entonces tiene que ser él. Viene por ti, te va siguiendo para recuperar lo que es suyo por derecho.

Después de las vacas, todo recto. El hotel a la izquierda. La biblioteca a tu derecha. Y llegarás al meollo, un edificio detrás de otro.

El centro del pueblo.

Tienes que llegar, aun con el Honda pegado al trasero. No puedes dejar que te atrape.

Cecilia solloza. Puede notar su presencia, tan cerca, llamándola para que vuelva a ese mundo que ella conoce, a todo lo que tú le has arrebatado. Quitas una mano del volante y buscas la suya a tientas. La presionas levemente, igual que hiciste en la cocina cuando salvaste a su perrita, cuando la salvaron juntas, las dos contra él.

—*Chsss* —le dices con una entonación tranquilizadora que aprendiste de tu madre cuando eras niña, cuando el mundo era injusto contigo y tú te desmoronabas en sus brazos—. *Chsss.*

No quitas los ojos de la carretera. Tienes que ir tan rápido como puedas sin perder el control. Tienes que conducir como nunca lo has hecho.

Lo intentas. Intentas hacerlo bien. La presión de tu pie derecho sobre el acelerador, la vital sujeción de tus manos en el volante.

El Honda comienza a quedarse atrás. No sabes muy bien cómo, pero has puesto cierta distancia entre ustedes y él.

Sin embargo, han pasado cinco años, e incluso antes de eso tampoco eras una gran conductora. Eras una chica de ciudad. No conocías los nombres de los árboles, el canto de los pájaros. Aprendiste a conducir en Manhattan, a treinta por hora.

Algo capta la atención de tu mirada.

Una silueta que va directa hacia ti y cruza disparada por tu ventanilla.

Das un volantazo. No quieres hacerlo —es lo ultimísimo que querrías hacer—, pero en este momento no tienes el control de tus manos.

«Era un pájaro», te dice tu cerebro, y ves que se aleja volando. Alguna clase de ave rapaz, con las garras curvas, el pico como un abrelatas, que volaba demasiado cerca de ti, de la camioneta, y aun así ha salido indemne.

«¿A quién le importa el pájaro?»

La camioneta patina. En el asiento del acompañante, Cecilia chilla y busca la manija con la mano, cualquier superficie a la que agarrarse.

Intentas recuperar el control, regresar a la carretera, pero la camioneta ya no te hace caso. Como si hubiera recordado de sopetón que tú no eres su verdadera dueña, que su obligación nunca fue obedecerte a ti.

Hay un terraplén. La camioneta, la niña y tú caen juntas. En este momento estás a merced únicamente de las leyes de la física, de las fuerzas que tiran de ti hacia el suelo y las que permiten que te hundas.

Abres los ojos. ¿Cuándo los habías cerrado?

No lo sabes. Lo que sí sabes es que tú no les has pedido que se cierren.

Lo que sí sabes: que la camioneta, la niña y tú ya no se están moviendo. Que están en una zanja.

Lo que sí sabes: que él está ahí fuera. Persiguiéndote.

77

EMILY

Conduce como un loco. Como un padre que va persiguiendo a su hija.

El Civic lo obedece, hasta que deja de hacerlo. Él pisa el pedal del acelerador, pero el coche no puede seguirle el ritmo. Suena un zumbido.

La transmisión.

Busca la palanca de cambios con la mano e intenta meter cuarta.

El cambio está atascado.

El coche termina parándose. Allí delante, la camioneta se aleja a gran velocidad.

—¡Carajo! —Fuerza la palanca de cambios a derecha e izquierda. No conoce los secretos del Civic, del cambio manual. Intenta forzarlo una vez más, pero el coche no se inmuta—. ¡Carajo! —Descarga un puñetazo contra el tablero—. Esa puta —dice en una voz que no reconozco—. Tendría que haberla matado hace mucho.

Antes de que pueda preguntarle, antes de que pueda formular un solo pensamiento, antes de que se me pueda contraer el estómago, antes de que me dé tiempo siquiera de pensar en sentir náuseas, de cuestionar todo lo que creía que sabía, de oír el aire que se me escapa de los pulmones como si nunca jamás se me fuesen a llenar otra vez, él se ha largado.

Se baja del coche de un salto y echa a correr.

«Tras ella» es todo cuanto acierto a pensar.

Tras la mujer a la que he visto en su casa.

Y su hija.

Es el ancla de la esperanza, la posibilidad de un malentendido.

Todos decimos cosas, ¿verdad? En el calor del momento. Cosas que no pensamos de verdad. Cosas que lamentamos.

Corre tras ella, decido.

Corre por su hija.

78
LA MUJER, MUY CERCA YA

—Tenemos que salir de aquí.

Te duele el cuello. El dolor te late en la nuca. Mierda. Tiene que haber sido durante la caída, cuando has derrapado y te has metido en la zanja.

Ahora no tienes tiempo para que te duela nada. No tienes tiempo para ponerte a comprobar si tu cuerpo continúa funcionando como debe.

—Tenemos que salir de aquí ahora mismo —le dices a Cecilia.

La pistola. Aún tienes la pistola. La buscas por debajo de la sudadera. Se te endurece el gesto.

Las va a alcanzar en cuestión de segundos.

—Sal del coche —le dices.

Te escucha. Tú tienes el arma, así que te escucha.

Te bajas. Hace un frío gélido. Aquí estás, al aire libre y sin él. Pistola en mano. Un breve repaso: hielo en la calzada, los carámbanos que caen de los árboles que la flanquean.

Te queman los pies descalzos contra el suelo congelado. No te puedes resbalar. No te puedes caer. Una caída pondría un fin trágico a todo este esfuerzo.

«Date prisa.»

Rodeas con los dedos la muñeca de la niña. Las dos, juntas.

—Vamos.

No hay tiempo, ninguno en absoluto. Subes por el terraplén, sales de la zanja y tiras de ella hasta el asfalto.

Una zancada, después dos.

Encuentras el ritmo. Vas metiéndole prisa a Cecilia, y ella te sigue, suave y maleable, no porque confíe en ti, sino porque tienes una pistola y ella, a fin de cuentas, es una niña, tierna y desprotegida.

Enseguida están corriendo. Tu cuerpo tira de las dos, y el pueblo está más cerca con cada paso.

Busca. Lo viste en las guías. En el mapa. Un ícono pequeñito como la placa de un agente de policía. En el sótano seguiste el recorrido con el dedo, desde Butcher Bros hasta el Pozo de los Deseos y hasta el centro del pueblo. Tienes que confiar en que lo interpretaste correctamente.

En algún lugar a lo lejos se oye chirriar el Honda. Portazos. Un grito. Es su voz. Te ha encontrado, tal y como prometió que haría.

Corres por ti y corres también por ella, y eso ha de ser suficiente. Quizá Cecilia mire hacia atrás, quizá intente cambiar de sentido, con cada fibra de su ser tirando de ella de vuelta hacia la camioneta. De vuelta a él, a las manos que la sostuvieron cuando nació y que la alimentaban cuando tenía hambre, a los ojos que la vigilaban en el parque infantil y a los oídos que estaban atentos a sus llantos por las noches.

Gravitamos hacia los cuerpos que nos mantienen vivos.

La está llamando. Reconoces las sílabas, el nombre de Cecilia en los labios de su padre, y es una mala noticia. Si puedes distinguir lo que está diciendo, es que está demasiado cerca.

Algo cede. Sientes una ligereza a tu izquierda, el mismo lugar donde sentías la tensión del brazo de su hija hace unos instantes.

La has perdido. Su padre habrá llegado a tu altura y te la habrá arrebatado para recuperarla.

Qué cerca estabas.

Agarras el arma, piensas en las balas que has dejado allá en la casa, los cargadores en la caja de cartón, y lamentas no haber cargado la pistola. Lo lamentas todo.

No.

Cecilia está aquí. A tu lado, donde tenía que estar.

Ya no da tirones, no se resiste. Sus zancadas replican las tuyas.

Vuelve la cabeza hacia atrás, y tú no sabes qué es lo que ve. Tu mejor apuesta: ve a su padre furioso, con un rostro que es una máscara de traición. Un hombre al que ella conoce, pero no reconoce.

Esta es la parte que solo ella comprende.

Por motivos que son solo suyos, Cecilia lo hace. Los pasos de su padre se acercan a ti, y esta niña corre. Corre contigo.

79

EMILY

Vuelvo a arrancar el Honda.

Aidan es rápido. En mi vida he visto a nadie correr tan rápido.

Las encuentra. A su hija y a la mujer, que corren delante de él. Juntas.

Estoy a unos diez metros de distancia cuando sucede, todo ello dentro del alcance de las luces del Honda.

Primero la niña. Aidan alarga el brazo para agarrarla y la recupera de un tirón.

Ya está, me digo. Ahora es cuando él se detiene, la abraza con fuerza y le cuenta lo preocupado que estaba, tan asustado que casi se muere, tan aterrorizado como para matar a alguien.

Pero la deja allí.

En cuanto la ha recuperado de un tirón de la muñeca y la ha separado de la mujer, arranca a correr de nuevo.

Como un hombre que jamás oirá otro sonido, como un hombre al que jamás se le pasará otro pensamiento por la cabeza.

Echa a correr detrás de esa mujer como si fuera lo único que importase.

Detengo el Honda.

—¡Aidan! —Estoy de pie fuera del coche, gritando su nombre a pleno pulmón, forzando las cuerdas vocales—. ¡Aidan!

Se da la vuelta. Primero el rostro, después el torso.

—¡Aidan, vuelve aquí!

Da igual lo que le diga, solo importa que lo estoy diciendo.

Baja el ritmo, se detiene. Por un instante muy breve, pero con eso basta. Es suficiente para cuestionarse. Suficiente para tenerme en consideración.

Se me corta la respiración. Me falta el aire aunque no haya corrido un solo paso. Es el terror de esto, el inmenso abismo de esto.

Mi esperanza es que dé media vuelta, que deje de perseguirla.

Mi esperanza, caigo en la cuenta, es que empiece a perseguirme a mí.

Se le crispan las piernas. La sombra de un esprint, el inicio de un plan B. La primera palabra de un relato en el que él cambia de opinión. Donde él va por todo. Por mí. Donde él va por mí.

La realidad lo espolea. ¿O será la esperanza? ¿La esperanza de atraparla? ¿De detenerla, adondequiera que vaya esa mujer?

No es a mí a quien quiere, no soy yo a quien persigue.

Pero le he conseguido algo de tiempo a esa mujer. Sea quien sea, le he conseguido unos metros de distancia respecto de él.

Aidan me da la espalda y echa a correr de nuevo.

80
LA MUJER, A LA CARRERA

Al final, todo se reduce a dos cuerpos.

El tuyo y el suyo.

Corres.

Esto no se trata de correr rápido. Esto va mucho más allá.

Corres igual que corrías en tu otra vida, la de antes, cuando anhelabas la sensación de que se te deshacían las piernas, cuando ansiabas el martilleo del corazón en el tórax, el ardor en los pulmones en busca de aire.

Corres hacia allá. Un edificio pequeño y aislado. Tan humilde bajo el cielo estrellado. Ahí mismo, tal vez a cien metros de distancia.

Eres capaz de correr cien metros. Te has preparado para esto, has sentido la musculatura de las piernas, el tono en los muslos, la dureza de los gemelos.

Lo haces y no miras atrás y tienes a ese hombre justo detrás de ti y ya puedes oírlo y lo puedes sentir ahí, lo sientes en los huesos y en el cerebro y bajo tu piel y detrás de los ojos y en cada rincón de tu ser, en cada grieta del mundo.

Por eso corres.

La regla final para seguir viva: corres, porque así es como te has salvado tú siempre.

81
LA MUJER EN LA COMISARÍA

Es el fin del mundo. Un caos tan enorme que no cabe esperar que los planetas vuelvan a alinearse jamás.

Lo que sabes: aún respiras. Eres un cuerpo con dos brazos y dos piernas, una cabeza y un torso.

Lo que has dejado ahí fuera: frío, hielo y nieve. La pistola, que has tirado en el último segundo. La bandera de las barras y estrellas flameando mansamente en la brisa de diciembre. Un edificio de ladrillo y cristal. Ahora estás dentro, en sus entrañas. Como una rata de laboratorio bajo los fluorescentes. Demasiado ruido, demasiadas voces.

Parece que la cabeza te va a reventar, y lo único que oyes es el martilleo de tu corazón en el pecho, el pulso de la sangre en los oídos.

Esto no se ha acabado. Él está aquí. Ese padre tan justo y recto, el hombre en el que todo el mundo confía. Ese hombre que sabe que todo el mundo lo respalda ahora, ese hombre siempre cae de pie haga lo que haga.

—Se ha llevado a mi hija —dice él, una y otra vez—. Se ha llevado a mi hija.

Este hombre. Tú te vas aquí y allá, y él te encuentra. Es como un hotel del que es imposible marcharse.

431

Y su hija. Cecilia. Ella también está aquí. La has perdido, y ella te ha encontrado.

A él, te percatas. Lo ha encontrado a él.

Esto siempre se trata de él.

Estás de pie varios metros en el interior de la comisaría. Él está en la puerta. Un hombre de azul se interpone entre ustedes dos.

—Aidan —dice el hombre de azul—. Aidan, ya lo sabemos. Cálmate.

No se calma.

—Se ha llevado a mi hija. —El eco de su voz retumba por toda la sala, rebota en las paredes, agudo y lastimero.

Una vez. Tan solo una vez, tú te has llevado algo que es suyo.

Quiere que ellos lo sepan, antes de que tú puedas decir nada. Quiere ser el primero, asegurarse de que se oye su voz de tal modo que la tuya se desvanezca para siempre.

Y no es solo la voz. Ahí está su cuerpo también, tan alto, esbelto, tratando de apartar al hombre de azul para pasar.

El hombre de azul se da la vuelta, solo a medias, para mirarte. Un policía. Es joven, todo grasa de bebé y mejillas rollizas. Un agente. Dos oídos y un cerebro. Tienes que llegar a él.

—Aidan —dice el policía joven en una súplica para que entre en razón.

Él no escucha.

—Se ha llevado a mi hija. —Qué indignación, pura incredulidad.

Cecilia levanta la mano.

—Papá —dice como si fuera un eco de la letanía de su padre—. Papá. Papá.

Tal vez sea la voz de la niña, que los años de paternidad lo hayan predispuesto para saltar al oír esa palabra, *papá*, *papá*, *papá*. Lo más esencial de ella, despertando lo más esencial de él.

—Déjame pasar —dice él en su pretensión de llegar hasta ti.

El joven policía se mantiene en su sitio.

—Aidan —lo intenta el policía—, cálmate, no quiero tener q...

Un forcejeo. Voces, encontronazos físicos. Aprietas los ojos cerrados, un acto reflejo. Aprietas los puños. «Toma aire. Inspira, espira. Sigue viva.»

—Lo siento muchísimo, Aidan —dice el policía.

Se oye un *clic* metálico, el cierre de unas esposas. Cuando vuelves a abrir los ojos, el padre de Cecilia está de pie con las manos en la espalda, las muñecas cruzadas, la cabeza baja. Callado. Por fin.

—Usted también. —El policía alarga el brazo en busca de algo, y te arden los hombros.

Tienes las manos en la espalda, el metal frío contra la piel. Otra vez. A lo mejor esta va a ser tu vida ya para siempre. Allá donde vayas habrá un hombre esperándote con unas esposas, exigiéndote que le ofrezcas las muñecas.

—Muy bien —anuncia el agente—. Ahora podemos hablar.

Se acerca otra silueta de azul.

—Llévatela a ella, yo me lo llevo a él —le dice la mujer al policía joven.

Él asiente y te da un empujoncito para que lo acompañes.

Miras hacia atrás. Cecilia. Tienes que saber qué van a hacer con ella.

Con el rabillo del ojo, ves que la niña intenta ir con su padre. Un tercer agente —más mayor, casi demasiado mayor para ser su padre— la detiene.

—Quédate aquí —le dice, y crees haber oído «bonita».

Oyes «papá», oyes «unas preguntas». Cecilia asiente mientras el policía más mayor le hace un gesto para ofrecerle una silla.

Desde la otra punta de la sala, él también mira hacia atrás. El padre. El hombre esposado.

Su mirada se cruza con la tuya.

Y en ella hay un reconocimiento, una especie de «por supuesto». Como si él ya lo viera venir. Como si hubiera estado esperando a que tú lo delataras, desde el principio.

«Así es como tenía que terminar esto —quieres decirle—. Nosotros dos esposados cada uno por nuestro lado, y la niña en medio. Libre.»

82

LA MUJER QUE TIENE NOMBRE

Es una sala pequeña y sin ventanas. Una mesa, luz fluorescente, una carpetilla rojiza. El ambiente cargado de olor a sudor y a café instantáneo.

Te encanta. Todo ello. Una estancia donde el aire no le pertenece a él.

—Siéntese —dice el policía.

Te sientas.

—Tengo que contarle... —le dices, pero te interrumpe.

—¿Qué ha pasado ahí fuera? —quiere saber—. ¿Quién es usted? ¿De qué conoce a Aidan?

Respiras hondo. Te pica la piel. «Lo estoy intentando —quieres decirle—. Estoy intentando contárselo. Llevo cinco años esperando esto, ahora me toca a mí, y usted tiene que escucharme a mí.»

«Tiene que creerme.»

«Prométame que me creerá —quieres decirle—. Prométame que todo esto se habrá terminado cuando se lo cuente.»

Esa manera en que este policía acaba de decir su nombre, en que se ha disculpado al ponerle las esposas. «Lo siento muchísimo, Aidan.» Amigos. Dos hombres que se conocen hace tiempo.

«¿Aidan Thomas? —dirá el policía joven en la tele—. Era un hombre de lo más agradable, el tipo de persona que le cae bien a todo el mundo. Educado. Si no te arrancaba el coche, ahí estaba él con los cables. Nunca tuvimos el menor problema con él. Se llevaba muy bien con todo el mundo.»

Tomas una bocanada de aire cargado. «Escuche —quieres decirle—. Vamos a hacer un trato. Le voy a dar el caso del siglo y voy a cambiarle a usted la vida siempre que usted cambie la mía.»

Míralo. Las palabras que vienen a continuación hay que decirlas con la espalda recta y la cabeza alta. Sin vacilaciones. Llevas cinco años esperando esto, una habitación privada de su presencia, un par de oídos que te escuchen; llevas cinco años esperando oír tu voz en medio de todo esto.

—Agente —empiezas a decir con una voz espesa como el jarabe, luchando con la mandíbula para sacar adelante cada sílaba.

Tienes que decirlo.

Acuérdate de cómo es. Cómo suena, la sensación que te deja en los labios.

Tu nombre.

Prohibido, como un exabrupto malsonante.

No lo has pronunciado en cinco años.

Incluso pensarlo te hacía sentir mal. En el cobertizo. Siempre que él estuviese cerca. Te preocupaba que él pudiese oír el sonido de las sílabas en tu mente, que pudiese presentir tu engaño, que guardabas una parte de ti fuera de su alcance.

—Me llamo... —dices.

Empiezas de nuevo. No la puedes cagar.

Tiene que ser perfecto.

Cuando digas estas palabras, tienes que dotarlas del poder para abrir cerraduras y puertas y dejarlas abiertas para siempre.

—Agente —le dices otra vez, y ahora no te detienes—. Me llamo May Mitchell.

83
EMILY

Allá donde vaya, él me clava la mirada.

Abandonado en algún banco del parque. Junto a la caja registradora sobre el mostrador de la farmacia. En casa, sobre la mesa del salón, donde Eric ha dejado un ejemplar del periódico de ayer. Volví a casa antes de que Yuwanda pudiera quitarlo de en medio.

La mayoría de los periódicos ha usado su foto de la ficha policial. Dos de ellos, periódicos sensacionalistas de la ciudad, han utilizado un par de fotos familiares. Una de ellas es de hace años, en una fiesta de Halloween, cuando su hija era una niña pequeña. Él lleva puesto un suéter gris de felpa, y tiene a su hija sujeta por la cintura mientras ella trata de atrapar con la boca unas manzanas que flotan en el agua en la plaza del pueblo, con la cara pixelada. La invisible hija del hombre más visible.

La otra foto es aún más antigua. Se le ve joven, posando con su mujer delante de su antigua casa, la casa grande del bosque. Ambos sonríen a la cámara. Ella descansa la cabeza en su hombro; él la rodea con el brazo. Imagino que se la tomaron cuando se mudaron a vivir aquí, en aquellos tiempos en que miraban juntos hacia el futuro y les gustaba lo que veían.

Han pasado diez días. Nadie creía nada al principio. No dejaban de salir artículos en los periódicos, y la gente no dejaba de negarlo con la cabeza. Y entonces él confesó. Parte de ello, no todo. Pero lo suficiente.

La policía intentó hacerme preguntas la primera noche. En un principio, esperé fuera en mi coche. No pasó nada. Entré y no fui capaz de verlo por ninguna parte. La niña estaba sola, sentada en una silla. Iba a ir hacia ella, pero una agente me lo impidió. Me llevó a una sala independiente.

—¿Conoce usted al padre de esta niña? —me preguntó—. ¿Conoce a Aidan Thomas?

Me dijo una serie de cosas que para mí no tenían ni pies ni cabeza. Siguen sin tenerlo. La mujer continuó sondeándome, pero no le serví de nada. Estaba confundida, muerta de frío. Se rindió y me indicó que me fuera a casa, que ella pasaría a verme al día siguiente.

—¿Puedo venir yo aquí, mejor? —le pregunté.

No quería verla dentro de nuestra casa. No quería arrastrar a Eric y a Yuwanda a todo esto. La agente me dijo que sin problema.

Cumplí mi palabra. Regresé al día siguiente. Para entonces, el FBI ya había llegado. El maldito FBI. Estaban ayudando en la investigación, me dijo la agente de policía, que si podía hablar con ellos.

Le dije que estaba bien, que daba igual a quién se lo contara. Me presentó a la agente No-Sé-Cuántos. No me quedé con su nombre la primera vez que me lo dijo, y luego ya fue demasiado tarde para preguntar.

Da igual cómo se llamara. Lo único que importa es lo que le conté, y esos hechos iban a seguir siendo los mismos. Seguirán siendo los mismos para siempre.

En una salita con la calefacción demasiado fuerte, me senté con la agente No-Sé-Cuántos y le entregué todo lo que antes era nuestro, una traición en cada frase. Los mensajes de texto. Aquella noche en la despensa. Elegí las palabras con sumo cuidado, pero hay cosas que no suenan muy bonitas que se diga, por mucho que te pongas a buscar sinónimos.

La agente No-Sé-Cuántos tomó sus notas. Se tenían que quedar con mi celular, me dijo. Lo mismo que el collar. También se quedó con la bufanda.

—Solo es una bufanda —le dije—. ¿Qué van a encontrar aquí?

Negó con la cabeza.

—No lo sabemos —respondió—. Por eso tenemos que comprobarlo. Podría ser una prueba. Cualquier cosa podría serlo.

Me quité la bufanda y se la entregué. Una corriente de aire me descendió serpenteando por el cuello.

—Una cosa más —me dijo—. Hemos registrado su casa esta noche. Hemos encontrado varios objetos que le pertenecen a usted.

Esto era nuevo para mí. Jamás le di nada aparte de una caja de galletas.

La agente No-Sé-Cuántos se inclinó sobre la mesa que nos separaba.

—¿Le gustaría saber qué? —me preguntó.

Ahora me tocaba a mí negar con la cabeza.

—Ya da igual —le dije.

Asintió y volvió una página de su cuaderno de notas. Lo estudió como si estuviera buscando algo sin estar segura de qué.

—Escuche —me dijo, y dejó caer de nuevo la mano sobre la página—. A lo mejor me puede usted ayudar a comprenderlo. Todas y cada una de las personas con las que hemos hablado hasta ahora dicen que este hombre era alguien querido en el pueblo, o, al menos, que caía muy bien a todo aquel que lo conocía. Nadie recuerda una sola discusión, ni un solo encuentro desagradable. Tengo entendido que usted estaba... muy unida a él.

Se quedó esperando. No le dije nada.

—A mí me parece que la gente lo quería y confiaba en él porque era un hombre normal. Porque era un padre que llevaba a su hija al colegio, que la vestía y le daba de comer, además de ayudar a la gente del pueblo. —Cambió de postura en la silla y se recolocó el arma de servicio que le colgaba del cinturón—. No sé yo si una mujer en su misma situación habría conseguido tantos puntos de compasión. Eso es todo.

«No tiene usted ni idea —me daban ganas de decirle—. Y no tiene ni idea porque usted no lo conocía como nosotros, y ya jamás lo hará. Él no le puso a usted los ojos encima y le hizo sentir que ya nunca jamás volvería a estar sola. Usted jamás ha sentido el calor de su risa, el consuelo de la calidez de su piel contra la de él.»

«Usted jamás lo ha amado, así que no, nunca lo sabrá. Usted jamás entenderá cómo podía ser él.»

—Supongo que tendrá usted razón —le dije.

La agente soltó un leve suspiro y me dijo que me podía marchar cuando quisiera.

Justo antes de que me abriese la puerta para dejarme salir, se detuvo con la mano en el pomo.

—¿Le parecería bien que nos pusiéramos en contacto con usted un poco más adelante? —me preguntó.

Asentí con la cabeza.

Cooperar. Eso es lo que he estado haciendo. Contarles todo lo que sé. Mostrarles todo cuanto puedan ver.

Ya sé lo que están pensando, que yo tendría que haberlo sabido. ¿Cómo no iba a saberlo? ¿Cómo podía mirarlo a los ojos, tener tal intimidad con él, y no saberlo?

Quieren creer que sí lo sabía. Necesitan decirse que sí, porque si no, eso significa que ellos tampoco lo hubieran sabido.

Me paso tres días escondida. No voy al restaurante. No abro. No cierro. Nadie pregunta. Nadie quiere saber nada de mí.

El tercer día, Yuwanda entra en mi dormitorio con una taza de té y otra de café.

—No sé cuál prefieres tú —me dice—. Me da la sensación de que hay mucho de ti que no conozco.

Hago una mueca de dolor. Me dice que lo siente. Yo le digo que no pasa nada.

Charlamos. Solo un poco. Eric se une a nosotras y se sienta en el borde de la cama. No quieren preguntarme demasiado, y yo no tengo muchas respuestas que ofrecer. Les hablo de los mensajes de texto. Les cuento que Aidan y yo nos habíamos estado viendo, y ellos no me preguntan qué significa exactamente eso de «vernos».

Algún día, el informe de la policía se hará público, y ellos lo leerán. Lo va a leer gente a la que no he conocido en mi vida, cientos de personas.

Nada de esto me pertenece ya.

Yuwanda hace un gesto negativo con la cabeza.

—Estuviste a solas con él —me dice—. No puedo creer que estuvieras sola con él, todas esas veces, y que no tuviéramos ni idea.

Levanto una mano. Se calla. No quiero hablar sobre él. No quiero hablar sobre por qué no quiero hablar sobre él. No quiero tratar de explicarme.

No lo puedo explicar.

Eric cambia de tema.

—El restaurante —dice—. ¿Tienes alguna idea de qué va a pasar con eso?

Llevo tres días pensando en eso, pero tengo que darle una última oportunidad antes de tomar una decisión.

Era el restaurante de mi padre. Era mi casa, algo parecido. Era imperfecto y con frecuencia me amargaba, pero aun así era mi hogar.

En la cuarta noche me pongo una camisa limpia y mi delantal rojo carmesí y voy en el coche hasta el centro.

Hago como que no me doy cuenta de las miradas cuando paso detrás de la barra. Tengo a Eric y a Yuwanda cerca de mí como si fueran dos guardaespaldas. Gestos que recuerdo: hacer una peladura enroscada de limón, rellenar aceitunas con queso azul y ensartarlas con un palillo de coctel. Lo que quiero: desaparecer en mi trabajo. Concentrarme tanto que se me olvide oír los susurros, ni siquiera percatarme de esta cantidad tan anormal de clientes que te piden cenar en la barra esta noche porque quieren verme más de cerca, buscar alguna pista, algo en mi manera de comportarme que les sirva de explicación de por qué me escogió a mí.

El ambiente está sofocante. La camisa se me pega a la espalda, húmeda de sudor. Cruzo una mirada con Cora cuando le entrego dos *old fashioned*, de los normales, con alcohol. Nadie pide ya de los otros, los vírgenes. Cora me da las gracias y se aleja de la barra más rápido —creo yo— de lo necesario.

Con todo te surge la duda. Cada detalle viene teñido de sospecha.

Sigo con lo mío. Paso el turno de la cena con dificultades. Tengo el derecho de estar aquí. Esta esquina del mundo ya era mía mucho mucho antes de que fuera de él

Pero claro. Me quedo sin limones. Me quedo sin naranjas. Me quedo sin cerezas al marrasquino. Esto significa dos cosas: para los cítricos, la cámara de refrigeración; para los tarros de cerezas, la despensa.

Me digo que no es para tanto. Se me tensa la espalda. Uno de los incisivos se me clava en el labio inferior. Me obligo a relajarme y entro en la despensa como si fuese una habitación más. Tengo que hacerlo. Tengo que hacerlo absolutamente todo, como si nada hubiera sucedido nunca.

El tarro está en el estante superior. Levanto el brazo, y la camisa se me sale de la cintura de los pantalones de pinzas.

Soy él. Soy su silueta aquel día, el día de la carrera de cinco kilómetros, el día del chocolate caliente. Cuando tomó el azúcar de este mismo estante y se le deslizó la camisa de franela para dejar su abdomen a la vista.

Cuando me hice suya y él se hizo un poco mío.

Me vuelven a la cabeza las líneas que he leído en los periódicos. Víctimas. Recuento de cadáveres. Acoso. Asesinato. En serie.

El suelo se mueve. Llevo días sin dormir. A lo mejor no vuelvo a dormir jamás.

Voy a vomitar.

No vomito.

Salgo de la despensa y termino mi turno. A la mañana siguiente, mi decisión está tomada.

Ese ha sido mi último turno.

No tengo la menor idea de cómo se vende un restaurante. Mis padres nunca me enseñaron esa parte, solo cómo regentarlo.

Internet me cuenta que venderlo requiere de una estrategia, de reflexión con cautela y de una planificación detallada.

Un restaurador de la ciudad me cuenta que me quiere comprar el local. Su precio no me parece del todo ofensivo.

Acepto su oferta.

Aún necesito un empleo para pagar las facturas mientras me llega mi dinero. E incluso después de que llegue, la venta de un restaurante tampoco es un fondo fiduciario.

Tengo que trabajar.

Yuwanda llama a una amiga que llama a su prima, cuyo hermano necesita un mesero de barra. El empleo es en la ciudad, en un restaurante en una de las bocacalles de Union Square. Sueldo de mierda, horario de mierda. Lo acepto de inmediato.

Jamás soñé con la ciudad, pero ahora es algo que sí me está pasando. Encuentro un subarriendo en Harlem, lo veo por Skype. Es una habitación pequeña que apenas tiene una ventana minúscula. El alquiler se va a llevar más de la mitad de mi paga. Firmo un contrato virtual y hago una transferencia a mi nuevo casero por el importe del depósito.

Esta voy a ser yo. Este empleo, esta habitación. Tomaré el metro para ir al trabajo y deambularé entre los rascacielos mientras espero a que comience mi turno. Con un poco de suerte, la ciudad no me va a prestar la menor atención. Voy a desaparecer.

No ha sido fácil encontrar la dirección. Los medios tenían prohibido filtrarla. Lo mismo la policía. Pero un amigo de la familia pasó por el restaurante una noche en que iba de camino a entregarle un detalle de cortesía. Yuwanda oyó de lejos lo suficiente y me pasó la información la mañana después.

—Haz lo que tú quieras con esto —me dijo—. He pensado que tal vez querrías saberlo. Al parecer, sus padres se mudaron a vivir allí cuando ella desapareció. Está cerca del lugar donde la habían visto por última vez. Nunca dejaron de buscarla.

Es aquí mismo, en el siguiente pueblo: restaurantes, supermercados y cafeterías, el tipo de sitio al que una solo va si conoce a alguien que vive allí. La casa está bastante bien, en la falda de una colina, moderna, con ventanales del suelo al techo, con el tipo de muebles rústicos que no vas a encontrar en el Walmart. Una casa habitada por la pérdida y la tragedia, y aun así con un gusto tan refinado.

¿Cómo sería para ellos enterarse de que habían estado apenas a unos kilómetros de distancia? Tan cerca, todo este tiempo.

Me estaciono a la vuelta de la esquina y voy andando hasta el final del camino de entrada, cubierto de piedrecillas rastrilladas de manera meticulosa.

Un paso, después dos. Me obligo a seguir caminando hasta que llego a la puerta principal. Es ahora. Tiene que ser.

Se me quedan los dedos suspendidos ante el timbre. Antes de que me dé tiempo de pulsarlo, se abre la puerta, una rendija. Me está mirando una mujer con edad suficiente para ser mi madre.

—¿En qué puedo ayudarla?

Al fondo, la imagen fugaz de unos colores: pantalones de mezclilla, suéter negro y ese pelo largo, limpio y salpicado de blanco. La mirada de sus ojos redondos se cruza con la mía incluso en la distancia.

—Está bien, mamá —dice ella—. Déjala pasar.

La mujer vuelve la cabeza para mirar hacia atrás por encima del hombro y, acto seguido y a regañadientes, hace lo que le han pedido.

Entro con una sonrisa de disculpa que ella no corresponde.

—Siento mucho haber venido sin avisar —le digo—. Pasaba por aquí ahora que me voy. Del pueblo, quiero decir. Me marcho de aquí.

¿Qué estoy haciendo aquí? ¿Por qué estoy molestando a estas desconocidas con mis tristes planes cuando ellas tienen tanto de lo que recuperarse, tanto que reconstruir?

Busco la mirada de la persona a quien he venido a ver.

—Creo que quería decirte adiós. —Mis palabras, pesadas e inseguras—. Y que lo siento.

Me tiembla la voz. Lo odio, ese sonido. ¿Qué derecho tengo yo a ser la traumatizada? Estoy perfectamente. Él no me hizo ningún daño. Yo le gustaba, quizá, de ese modo extraño en que él pudiera sentir.

Viene hacia mí. Se palpa en el aire el recuerdo de nuestros últimos instantes juntas. La urgencia de la situación, ella en casa de él, camino de la salida, y yo tan ciega como un Edipo que se clava unos alfileres de oro en los ojos.

—Tú no lo sabías —me dice—. No tenías ni idea.

No es del todo exculpatorio viniendo de sus labios. Solo es una verdad: yo no lo sabía, y así actué.

—Lo siento muchísimo —repito.

Algo brilla en sus ojos. Ojalá tuviésemos más tiempo. Ojalá estuviésemos solas las dos y pudiésemos hablar durante horas. Ojalá ella pudiera contarme todo lo suyo y yo pudiera contarle todo lo mío. Ojalá pudiésemos unir fuerzas, fundirnos en una sola fuerza imparable.

—Imagino que no... —Estoy al borde de la estupidez. ¿Qué tengo que perder? ¿Qué credibilidad me queda? ¿Qué dignidad, qué intimidad? Y si ya me han despojado de todo eso, ¿no es justo, entonces, que intente envolverme en otra cosa distinta?—. Imagino que no me permitirías... darte un abrazo de despedida, ¿no?

Se hace el silencio. El eco de mis palabras, tan grotescas, estampándose contra las paredes del vestíbulo. Hay una consola a mi izquierda, un espejo, un cuenco de cerámica con objetos sueltos, llaves, botones, papelitos doblados.

—No pasa nada si no quieres —le digo—. Lo entiendo a la perfección. Ya sé que es raro. Es que...

Entonces interviene la mujer, la señora mayor que solo puede ser su madre.

—Mi hija —dice. Habla con dificultad, como si no supiera exactamente cómo explicarlo—. Mi hija no...

448

Pero ella la interrumpe. May. Leí su nombre en el periódico. Me sonaba de forma vaga, un recuerdo lejano de las noticias, tal vez del cartel de una persona desaparecida en una gasolinera. Resulta difícil decir cuánto recuerdo en realidad y hasta dónde es mi cerebro el que está llenando los huecos en blanco.

May se apoya en la consola que tengo al lado. Sus ojos, en un anillo de ojeras oscuras, son penetrantes a plena luz del día. Están buscando algo en mí. Si yo supiera lo que es, se lo daría al instante.

—Mamá —dice May—. Está bien.

84
MAY MITCHELL

Entra ella, y ves lo destrozada que está. Como dos submarinos, el uno en el radar del otro, se reconocen la una a la otra: las que han salido vivas después de haber pasado por ciertas cosas.

Durante días, el mundo te ha estado echando sus zarpas. Dándote la bienvenida de vuelta. Manos que se lanzan hacia ti, brazos que te quieren acoger, gargantas que sollozan contra tus sienes. Voces roncas que te dicen lo mucho que te han echado de menos. Una casa nueva. No en la ciudad. Todavía no. Algunos objetos del pasado. Más voces: en persona, por teléfono, notas grabadas, videollamadas, tarjetas y regalos de cortesía.

Tu madre, tu padre. Tu hermano. Julie. Incluso un correo electrónico de Matt, tu casi novio. «Espero que te encuentres bien. Bueno, todo lo bien que puedas estar. Perdona si esto suena idiota», te ha escrito él.

Nadie tiene ni idea de cómo gestionar esto, y todo el mundo lo siente.

Por la noche, las voces se van. Te tumbas en la cama que tu madre dice que es tuya. Prestas atención a ver si oyes las pisadas en el pasillo, pero solo hay silencio. Aun así, te quedas escuchando, siempre lo haces, preparada para que algo quiebre la calma. Tan solo te quedas dormida por las mañanas, cuando tu familia se despierta, el olor del café llena la casa y el mundo comienza a hacer guardia.

Cecilia.

Piensas en ella a todas horas. La gente de los periódicos te asegura que se encuentra bien, «sana y salva al cuidado de unos familiares». Lo mismo te dice la policía. Llamas todos los días, y todos los días te dicen lo mismo.

«¿Consiguió recuperar la perrita?», preguntaste el tercer día. Te dijeron que sí. Un agente encontró la caja durante el registro de la casa, y entregaron la perra a los abuelos de la niña.

«Vive con ellos —te dijo el agente—. No está sola. La niña va a estar bien.»

«La niña va a estar bien.»

Necesitas que sigan diciéndotelo. Si lo oyes el suficiente número de veces, quizá te lo llegues a creer algún día.

Y ahora, la otra mujer está aquí. La mujer del salón. La que llevaba tu collar. Emily.

Entra en la casa nueva, y quizá sea ella la única que lo entiende. Cómo era eso de vivir en un mundo donde él era el centro de todo.

No sabe cómo vivir ahora. Cómo quedarse ahí de pie, cómo hablar. Cómo mirar a tu madre. Cómo mirarte a ti.

Quiere un abrazo.

Tu madre intenta intervenir. Sabe que ahora te pones un poco rara con todo ese rollo, que te cuesta un mundo dejar que te toquen. Que no te gusta que la gente husmee en tu vida. Que no puedes soportar que te abracen demasiado fuerte ni demasiado tiempo. Que a veces necesitas un rato a solas y que no hay más remedio que esperar a que el rato se termine.

Lo que tu madre no sabe: que esta mujer que ha aparecido en su casa es la única persona que te resulta conocida en varios días. Que significa algo para ti. Que la viste entonces y que la ves ahora. Que esta mujer es como tú, su cuerpo es un puente entre dos mundos.

Ojalá pudieras tenerla siempre cerca. Ojalá pudiera quedarse y pudieran hablar las dos sobre todo aquello, o sentarse juntas durante horas sin decir nada.

La gente ha estado intentando entenderlo. Los periodistas te han hecho preguntas y han transmitido las respuestas. Los policías también. Están recopilando pruebas, escarbando en su pasado, buscando una razón para sus actos y su método, recorriendo sus pasos, intentando poner nombre a las mujeres del sótano.

Todos ellos afanándose con tal de conseguir su trocito, pero jamás lo sabrán.

Ella, tú y su hija. Las tres. Sus historias combinadas. Eso es lo más cerca que llegará nadie jamás a la verdad.

—Mamá —le dices—. Está bien.

Tu madre se aparta. No es algo que le salga de manera natural, en estos días, dejarte a merced del mundo.

La otra mujer espera, envuelta en ese abrigo blanco hinchado que amenaza con engullirla, los pantalones de mezclilla y las botas de nieve que asoman, el pelo castaño recogido debajo de un gorro con orejeras. Nuevecito. Recién comprado, probablemente. Un complemento nuevo para una nueva vida.

Quiere un abrazo. Te lo ha pedido, y ahora está ahí de pie, con las manos caídas en los costados y un aire de arrepentimiento ya en la cara.

Y tú abres los brazos.

AGRADECIMIENTOS

Yo (que soy francesa) comencé a jugar a los diecinueve años con la idea de tal vez escribir algún día una novela en inglés. Tardé una década en llegar ahí: una década durante la cual me pareció que publicar en Estados Unidos sería una maravilla tan brillante como inalcanzable. Lo que intento decir es que no me puedo creer que haya llegado hasta aquí. Perdona, se supone que tengo que hacer como si no fuera nada del otro mundo, pero lo cierto es que no puedo.

Durante la creación de esta novela, he tenido la inmensa fortuna de trabajar con gente que no solo es impresionantemente buena en su trabajo, sino que además entendió lo que estaba tratando de lograr con esta historia, y no solo eso, aún mejor, les encantó. Para mí, esto significa mucho más de lo que soy capaz de expresar con palabras (aunque, literalmente, me gane la vida expresando las cosas con palabras). Así, hago extensivo mi agradecimiento más sentido a:

Reagan Arthur, mi editora: has editado y publicado algunos de mis libros preferidos, los que me convirtieron en escritora. Gracias por tu bondad, tu atenta mirada, tu energía y tu generosidad. Tim O'Connell, el director edi-

455

torial que apostó por mi libro, por la primera ronda de ediciones y por recordarme ya desde el principio que se supone que esto ha de ser divertido. Reagan, Tim: creo que no es nada fácil lograr que un autor se sienta absolutamente seguro con lo que ha escrito, pero ustedes dos lo consiguieron. Gracias.

Stephen Barbara, a quien tengo la suerte de tener por agente literario, por tu apoyo a esta novela desde el primer instante, por tu trabajo incansable y tu amistad. No quiero sonar dramática, pero tu fe en mi trabajo me ha cambiado la vida. Gracias por todo.

El *dream team* de Knopf: Jordan Pavlin, mi amiga Abby Endler, Rita Madrigal, Izzy Meyers, Rob Shapiro, Maria Carella, Kelsey Manning, Zachary Lutz, Sara Eagle, John Gall y Michael Windsor.

El *dream team* de InkWell Management: Alexis Hurley, por llevar este libro literalmente por todo el mundo, Maria Whelan, Hannah Lehmkuhl, Jessie Thorsted, Lyndsey Blessing y Laura Hill. Y a Ryan Wilson, de Anonymous Content, por su trabajo con los derechos audiovisuales.

A Clare Smith, de Little, Brown en el Reino Unido, por traer este libro a este lado del Atlántico, por su inagotable entusiasmo y por sus notas siempre tan útiles. Gracias, Clare. Mi agradecimiento especial también para Eléonore Delair, de Fayard/Mazarine, y a los editores de todo el mundo a los que les ha encantado esta obra.

A Paul Bogaards, un publicista muy especial que lo hace todo fácil y divertido (y que se trae a los mejores invitados sorpresa a tomar el café). Qué gran honor que te guste mi trabajo. Y también a Stephanie Kloss y Stephanie Hauer, de Bogaards PR.

Es una verdad universalmente reconocida que los autores quieren ser amados, pero creo que muchos de nosotros subestimamos cuánto puede cambiarte la vida el amor de un buen *scout*. Mi agradecimiento más sentido para los *scouts* literarios que han apoyado este libro.

A Tyler Daniels, mi marido. Gracias por creer en mí, por leer mis manuscritos, por encontrar el título de esta novela y por debatir a fondo sobre las cuestiones de la trama. Qué suerte tengo de tenerte en mi vida y de estar en la tuya. Y gracias por ser un padre tan increíble para nuestra perrita, Claudine.

A mis padres, Jean-Jacques y Anne-France Michallon, por enseñarme, respectivamente, eso de perseguir unas metas un tanto absurdas (como escribir novelas en inglés cuando tu lengua materna es el francés) y dar pie a mi amor inmenso por los libros (y encender la chispa de mi, *mmm*, interés en los asesinos en serie). A mi abuela Arlette Pennequin, que supo de esta novela antes de que se convirtiera en un libro y se enteró de todo lo que había que saber sobre el mundo editorial estadounidense. Yo diría que quizá es la abuela francesa con el conocimiento más profundo del sector.

A mis suegros, Tom y Donna Daniels: empecé a escribir esta novela cuando me encerré en su casa del valle del Hudson con ustedes. Más adelante la utilicé (su casa) como modelo para la de Aidan en el libro. Y no les dije ni pío hasta después de terminar la novela y conseguir un contrato editorial. Y ni siquiera se molestaron. Es más, qué felices y orgullosos estaban Gracias por su amor y su apoyo, que tanto significan para mí.

A Holly Baxter, por su fe en esta novela antes incluso de que estuviera terminada. Tu entusiasmo me ha llevado volando a la meta, igual que tus sabios consejos (el borrador inicial primero, la crisis existencial después).

A mis amigos franceses, por apoyarme tanto, por ser tan increíbles, ingeniosos y, aceptémoslo, tan extremadamente guapos: Morgane Giuliani, Clara Chevassut, Lucie Rontaut-Hazard, Ines Zallouz, Camille Jacques, Xavier Eutrope, Geoffroy Husson, Swann Ménage.

A Christine Opperman, increíble amiga y generosa lectora que no sé cómo se las arregla para que sus comentarios siempre coincidan con los que me harán más adelante los editores. Muchísimas gracias por dedicarle tiempo a la lectura de mi trabajo y por hablar conmigo para hacerme entrar en razón cuando era necesario.

A mi querido amigo Nathan McDermott, el mejor amigo que podría querer un escritor (o, en realidad, cualquier persona). Gracias por tu apoyo, tus elogios y todo lo demás.

A mi terapeuta, a quien no puedo nombrar por razones obvias, que leyó uno de los primeros borradores de la novela (qué locura, ¿no?). Gracias por mantenerme cuerda, literalmente.

La cita del capítulo 33 es de una película real, la maravillosa *Last Christmas*, con Emilia Clarke y Henry Golding. Muchas veces me he preguntado qué sentirá la gente que tenga algo que ver con un asesino en serie (o, ya sabes, que sea un asesino en serie) al oír chistes sobre asesinos en serie en el cine o la televisión. Pues ahí está.

En el capítulo 25, May envía un ensayo a una sección de una página web llamada «Esto lo he vivido». Está inspirada en la colección de ensayos «It Happened to Me» dirigida por la ya difunta xoJane, si no me equivoco, desde la creación de la página web en 2011 hasta su cierre en 2016. Esos textos fueron mi introducción al ensayo de carácter personal cuando estudiaba en la universidad en Francia. Me cautivaban. Cómo me alegro de haber tenido la oportunidad de vivir una versión de aquellos tiempos, de manera vicaria, a través de esta novela, muchos años después.

Y, por último, un millón de gracias al resto de la gente que me hizo escritora: Madame Sultan, la profesora del instituto que me decía cuando era una adolescente: «No dejes de escribir, de lo contrario, dejarás que la vida te lleve por delante...» (no dejé de escribir). A Monsieur Chaumié, que leía mis relatos breves antes de que estuvieran listos para que nadie los leyera. A Arlaina Tibensky, que acogía mis caóticas ideas. Y a Karen Stabiner, que me enseñó que esto me tenía que gustar más que cualquier otra cosa.